CARTAS
DESDE EL
OLVIDO

CARTAS
DESDE EL
OLVIDO

Anna Ellory

Editado por HarperCollins Ibérica, S.A.
Núñez de Balboa, 56
28001 Madrid

Cartas desde el olvido
Título original: The Rabbit Girls
© 2019 by Anna Ellory
© 2022, para esta edición HarperCollins Ibérica, S.A.
© De la traducción del inglés, Celia Montolío Nicholson

Diseño de cubierta: CalderónStudio
Imágenes de cubierta: Shutterstock

ISBN: 978-84-9139-708-3
Depósito legal: M-34566-2021

A todas las mujeres olvidadas por el tiempo

Dando vueltas y vueltas en la espiral creciente
no puede ya el halcón oír al halconero;
todo se desmorona; el centro cede;
la anarquía se abate sobre el mundo,
se suelta la marea de la sangre, y por doquier
se anega el ritual de la inocencia;
los mejores no tienen convicción, y los peores
rebosan de febril intensidad.

W. B. Yeats, *La segunda llegada*
[N. de la T.: Traducción de Antonio Rivero Taravillo,
en *Poesía reunida*, Pre-Textos, 2010]

ENERO DE 1945

No podía precipitarse.

Agachada al pie de la cama, concentrada en el uniforme que tenía sobre el regazo, descosió un par de centímetros del dobladillo con dedos hinchados y entumecidos. Con cuidado, con mucho cuidado, fue empujando el trocito de papel hasta el bolsillo.

Tenía que quedar liso. Completamente oculto entre los pliegues.

Metió otro papel, siguiendo por la línea de la costura hasta donde pudo, y miró el dobladillo por delante, por detrás y por los pliegues. Después, otro más, y, por fin, el último.

El último.

El tiempo se agotaba. Era el final.

Los dedos se apresuraron a enhebrar la aguja, pero el ojo era minúsculo y el hilo muy fino. Los gritos resonaban cada vez más cerca, más fuertes, a cuál más apremiante que el anterior. El temblor de las manos se le reflejaba en la barbilla, en los labios y en el corazón.

Ocultos por fin.

A salvo.

Se enrolló hábilmente el hilo a los dedos y lo remetió por la costura. Pasó la aguja por el dobladillo, cerrándolo.

No quedaba nada por hacer, excepto…

1

MIRIAM

Diciembre de 1989

El muro entre el Este y el Oeste está abierto. La puerta que separa a Miriam del resto del mundo está cerrada. A cal y canto. Pasa el dedo por el hueco que hay entre la puerta y el marco y comprueba que la minúscula pluma sigue en su sitio. Recorre con los dedos la veta de la madera desgastada hasta llegar al picaporte. Para comprobarlo por tercera vez. Sí, está cerrada.

Descuelga el telefonillo y escucha.

Silencio.

Enfila hacia el dormitorio por el pasillo, que está cubierto por una tupida moqueta. Sin mirar al hombre, alisa las cortinas de terciopelo y al descorrerlas ve un cielo color lavanda. La lluvia ha limpiado el ambiente y Miriam agradece la brisa.

—Hace un día precioso —susurra, deseando que así sea. El edificio de enfrente, de fachada austera y con las ventanas todavía sin abrir, se alza con clásica dignidad. Una verja vieja y retorcida impide que la luz que se filtra por las rendijas del muro llegue al otro lado de la calle. «Berlín vuelve a ser Berlín». Y Miriam está en casa.

Las aceras empedradas de Klausenerplatz brillan tras la lluvia nocturna. Cuando el chirrido del colchón antiescaras se transforma en ruido blanco, Miriam se aparta con aire mustio de la ventana y se acerca al hombre que yace en la cama. Está boca arriba, bien arropado por sábanas blancas.

Se queda quieta.

Los circuitos se conectan y, aliviada, inicia la familiar rutina.

—¿Has dormido bien?

Habla para ahuyentar el miedo a que, si guarda silencio, sus pensamientos se pongan a arder.

Coge el ejemplar del *B.Z.* que está sobre la mesilla de noche y lo abre. Tiene fecha del 10 de noviembre, no ha vuelto a comprar el periódico desde entonces. El olor a palabras le despierta una intensa nostalgia.

Lee el titular («Damos gracias a Dios») y pasa la página. Rostros sonriendo, llorando, gente abrazándose, brindis con botellas de cerveza y, al fondo, el Muro.

—¿Tú qué crees, papá? ¿Crees que esto —el papel se arruga en sus manos— es obra de Dios?

Sonríe, porque sabe lo que habría dicho su padre. O cree que lo sabe.

—Llaman «pájaros carpinteros del Muro» a toda esa gente que intenta pasar al otro lado a fuerza de martillo y cincel. Con ese método van a tardar diez años, pero mira… —Gira el periódico para que, en el caso de que su padre abra los ojos, pueda ver la foto en blanco y negro de un niño con un pequeño martillo. Se imagina el clac-clac que hacen los pájaros carpinteros, jóvenes y viejos, al picar el Muro—. Tendrías que ver esto —murmura.

No hay respuesta, ni siquiera un parpadeo que dé a entender que se está enterando.

Su padre siempre había estado ocupado con una cosa o con otra; no paraba. Hasta ahora. Tenía una mente ágil, pero de repente empezó a chocarse con todo; aunque la cabeza mantenía su vigor, el cuerpo delataba su edad.

Miriam dobla el periódico y vuelve a dejarlo en su sitio; el tiempo se detiene y el mundo sigue girando a su alrededor. La noticia es de tal magnitud que resulta incomprensible. La alegría, la euforia… El Muro de Berlín ha caído, pero para ella la noticia tiene poca importancia y la emoción no está a su alcance porque lo único que hace es limpiar, cuidar y cambiar a su padre.

Un ciclo que acabará, y pronto.

—Voy a levantarte.

Se apoya en la cama y le agarra por las axilas, evitando mirarle a la cara. Consigue auparle y le da un empujoncito en el pecho para acercarle unos centímetros al cabecero de la cama. Le ahueca las almohadas y tira de él hacia arriba; sus pequeñas manos le dejan recostado, descansando.

—Ya está —continúa mientras vierte agua de una jarra de plástico en la taza—. A sorbitos. —Y le coloca una toalla de mano limpia debajo de la barbilla.

Según el equipo médico, el canto recortado y las dos asas de la taza hacen que le resulte más fácil beber, pero el agua no pasa por los labios cerrados y le gotea por la barba. Los médicos también dicen palabras como «equilibrio de fluidos», «hidratación», «comodidad». Sus rostros reflejan aburrimiento. Desinterés. Repetición. Miran, no ven. Hablan, pero no pueden oír. Tiene que estar cómodo, hidratado, y hay que medir todo lo que entra y todo lo que sale. No esperaban que fuese a vivir más que unos días, y sin embargo, varias semanas después, sigue respirando. Aun así, el pronóstico es de muerte. Intentar hacer de esto una experiencia «cómoda» se le antoja tan inútil como ponerle una tirita.

—Venga, unos sorbitos. Un poquito más.

Las enfermeras le insistían en que le afeitase cuando estaba en el hospital, pero a ella le parecía un acto demasiado íntimo y por consiguiente la barba sigue creciendo mientras el agua le gotea sobre la toalla.

Miriam vacía la bolsa del catéter en un recipiente con forma de riñón y se lo lleva, atenta al escalón que hay entre el dormitorio y el cuarto de baño. El líquido se agita y sube un olor ácido que le agrede no solo al olfato sino también al estómago; intenta contener las arcadas. Después de echarlo al wáter y de vaciar la bandeja, se sienta en el borde de la bañera a esperar a que el agua se caliente. Deja que le caiga sobre los dedos y contiene las ganas de lavarse las manos.

Llena de agua una palangana y vuelve al dormitorio. Le desnuda en la cama y le baña. Todo esto lo hace sin hablar.

Ni una vez.

Se lava, se seca con una toalla blanca y suave y le extiende la crema para las escaras por las zonas afectadas. El flujo de aire del interior del colchón se desplaza para acoplarse a los movimientos de su cuerpo.

Miriam le coge el brazo izquierdo y se lo mete por la manga de la camisa del pijama limpio. Al darle la vuelta a la muñeca, se fija en que el reloj de pulsera se ha parado. Da unos toquecitos a la esfera, pero no se mueve nada. El viejo reloj, con sus manecillas de oro, su esfera también de oro y sus números negros, se ha transformado en un diminuto armazón con el paso del tiempo.

Le coge la muñeca y la apoya sobre la cama, intentando encontrar el cierre. La ancha correa de oro no tiene eslabones que pueda desabrochar, y, acercándose más, toca el borde con los dedos por si encontrase algún tipo de cierre.

Absorta en el reloj, no nota que su padre empieza a respirar de otra manera. No nota que se remueve. No nota que agita el otro brazo.

No nota ninguna de estas cosas hasta que una mano gélida la agarra de la muñeca.

Le mira a la cara. Todavía tiene la cabeza caída y los ojos cerrados.

Hasta que dejan de estarlo.

Su padre le aprieta la muñeca, transportando a Miriam a una versión más joven y animosa de sí misma. Finales de la adolescencia, el zoo, amigos. Caras borrosas, nombres olvidados. Vivos colores de camisetas jipis, de sombra de ojos y de plumas.

La «zona interactiva» era un pequeño recinto rodeado por una cerca de madera de un palmo. El aire, sofocante, estaba lleno del serrín que echaban por el suelo. De un empujón, alguien la puso delante de una enorme ave rapaz. Miró a sus amigos, que la habían ofrecido como «voluntaria», y sintió claustrofobia. Los guantes que le habían dado no le impedían sentir las patas curtidas y las afiladas garras del ave. Los ojos del animal se movían en todas las direcciones. Miriam se sentía observada por todos. La gente empezó a desplazarse por su campo visual, formando un caleidoscopio. Pero el ave, lejos de soltarse, se agarró más fuerte, a la vez que todo se oscurecía.

Miriam intenta aflojar la mano de su padre con la mano que tiene libre, pero tira la palangana al suelo y con ella las jabonaduras, salpicándolo todo. Ahora que se había acostumbrado a ver los párpados cerrados de su padre, sus ojos abiertos le parecen demasiado blancos y profundos. Quiere apartar la vista. Adonde sea. Pero la mirada de su padre la retiene; la está mirando sin verla.

—¿Qué quieres? —pregunta Miriam con voz suave. Al notar que la tira de la muñeca, se acerca otra vez a su padre mientras él se incorpora más y se quedan a la misma altura—. ¿Qué pasa?

El aliento de su padre desprende un olor rancio, dulzón, como de fruta podrida. Intenta apartarse, pero le llega hasta la mejilla. Nota que el pulso se le acelera en la mano atrapada, y acto seguido la sangre empieza a circular más despacio y nota las palpitaciones. Todavía le está mirando a los ojos cuando, de repente, la mirada de su padre cambia y parece verla. Se le suavizan los rasgos.

—Tranquilo, estoy aquí —dice atropelladamente, y se le resquebraja la voz.

—Frieda —dice su padre, como el susurro de una hoja caída—. Frieda.

Su voz le recuerda que el hombre que tiene delante es su padre, el hombre que le cantaba a la hora de dormir, que le leía cuentos y le acariciaba el pelo. Papá, el hombre con el que hace diez años que no habla.

Carraspea.

—Papá, soy Miriam —dice con dulzura.

Por un instante parece que la reconoce, y Miriam pone la mano que tiene libre encima de la de él, que sigue apretando. Su padre tose y el ruido vibra por toda la habitación.

—¿Papá?

— ¡Frieda! —exclama él, como si fuera una sirena de niebla queriendo hacerse oír entre una multitud—. ¡Frieda!

Intenta salir de la cama, pero su cuerpo se niega a colaborar. Forcejea, araña y tira de las sábanas, incapaz de zafarse. Es un esfuerzo inútil, y Miriam no puede apartar la vista. Dice «Frieda» una vez más y se calma. Se desinfla, cierra los ojos. La mano derecha se queda apoyada sobre la muñeca izquierda, agarrada al reloj.

Su hija espera a que coja aire.

A que lo exhale.

Pausa.

A que vuelva a inhalar.

Y también ella exhala, temblorosa. Permanece un rato inmóvil, simplemente observando cómo sube y baja el pecho acompasando el ritmo al sufrimiento. El rostro de su padre se relaja y le cae saliva por la comisura de los labios. Se la limpia con un trapo.

HENRYK

—Papá.

Oigo una voz de mujer, suave como las lilas.

Pero estoy perdido...

Perdido en el pasado.

Perdido con Frieda...

Era 1942 y Frieda llevaba casi seis meses en mi clase. Apenas hablaba, nunca sonreía, pero escuchaba con una intensidad que habría hecho sentirse eufórico a cualquier profesor..., es decir, a cualquier profesor que no estuviera enseñando bajo un régimen nazi.

A mí, en cambio, su perspicaz comprensión de los temas que yo impartía, de los textos que estudiábamos, me ponía cada vez más nervioso.

Era atractiva de la misma manera que lo eran todos los demás alumnos. Tanto ellos como ellas eran rubios, fuertes. Pero había algo en ella que me llamaba la atención, y quería saber a toda costa qué pensaba de los textos que leíamos. En lo que llevábamos de curso, aún no le había oído una sola palabra.

Al otro lado de la ventana caían densos copos de nieve, y los alumnos estaban malhumorados, aburridos; parecían cachorritos de perro, ansiosos por salir.

Tiza en ristre, me paseaba de un lado a otro por detrás de mi mesa. Había escrito la palabra *Schmerz*, dolor, en la pizarra, y tenía manchadas las puntas de los dedos. Les había hablado de la teoría que intenta explicar la muerte, el hecho de que morimos y el «bien superior». Hasta ahí, todo bien. Entonces, la miré por casualidad y asumí un gran riesgo.

Me desvié de la cuestión. Por ella.

Para ver si reaccionaba.

—La reflexión sobre el dolor… —Formé las palabras, dándoles vueltas en la boca antes de comprometerme con ellas—. Los autores contemporáneos no pueden describir el dolor como los de hace siglos.

Alzó los ojos y me miró directamente a la cara; yo me interrumpí y me paré en seco justo enfrente de su pupitre, pero continué:

—El dolor es una entidad antigua y…, bueno, quizá podamos aprender algo de los rusos, después de todo.

—Sí, a morirnos de hambre —dijo uno de los chicos, provocando unas risitas sofocadas. Le clavé la mirada hasta que volvió a hundirse en su silla.

—Los escritores rusos sienten su dolor para que sus lectores puedan sufrir —dije.

La clase se rio, aunque no era mi intención hacerme el gracioso.

—No van a tardar en sentir el dolor del Führer —intervino otro alumno.

—No —interrumpió *ella*—. Usted a lo que se refiere es a que nosotros sentimos su dolor como si fuera nuestro.

Era la primera vez que participaba, y el resto de la clase, y yo también, la miramos con curiosidad, asombrados de que hubiese hablado siquiera. Uno de los alumnos soltó un silbido de admiración que fue recibido con risas y cháchara generalizada.

Pero había hablado, me había hablado a mí, y siguió haciéndolo. Bajó la voz con tono cómplice y me incliné hacia ella.

—La fuerza de la escritura no está en las palabras ni en las acciones, sino en la capacidad de recrear cada matiz de los sentimientos de otra persona, ¿no cree, profesor? —preguntó ¡en francés!

Eché un vistazo a la clase, pero estaban demasiado ocupados en burlarse de ella. Me senté sobre mi pupitre.

—Estoy de acuerdo —dije, formulando cuidadosamente las palabras en francés y sospechando que lo mismo se trataba de una broma. Tenía el francés bastante olvidado, pero en la recámara de mi cabeza las palabras me sonaban elegantes.

—Si nos fijamos en Rusia, Francia e Irlanda, podemos explorar un dolor que no podemos ni imaginarnos.

Siguió hablando en francés, con una voz fuerte y ronca que contradecía su edad. Mientras la escuchaba, el idioma se volvió fresco, emocionante, liberador. Los demás alumnos estaban alborotando otra vez y nos miraban.

Bajé la voz.

—También nuestra historia está llena de dolor.

—Así es —dijo ella. Y a continuación, pasando del francés al inglés, añadió—: Pero nuestra historia también está sometida a los que mandan, sean quienes sean; cada vez guarda menos relación con los hechos y más con la ficción, una ficción abierta a los caprichos y las fantasías de un imbécil con pretensiones.

Dijo «imbécil» en alemán, *Schwachkopf*, y el espanto que asomó a mi cara llegó a todos los rincones del aula. Nadie pudo entender el resto del diálogo, pero parecía que aquella palabra, *Schwachkopf*, se quedaba flotando en el ambiente. Me miró. Desafiante.

—Vayan a la página setenta y seis —dije en inglés. Ella se rio y me pasé al alemán, repitiendo la página y añadiendo—: Discutan cada uno con su compañero las técnicas que utiliza el autor para describir el dolor.

Los alumnos se rebulleron antes de iniciar una animada charla. Me acerqué al pupitre de la chica y, agachándome, le pregunté:

—¿Se puede saber qué hace?

—Para sumergirnos de verdad en el dolor colectivo de una cultura y leer los textos tal y como quisieron sus autores que los leyéramos, tenemos que entender cómo funciona el lenguaje. No como estos estúpidos. —Volvió al francés—. Estos *connards*. Bufones fabricados en serie que no saben pensar por sí mismos: sí señor, no señor —imitó en inglés. Buena parte de los alumnos estaban mirando por la ventana, y otros hojeaban con desgana el texto que tenían delante.

—Esto es muy arriesgado, *Fräulein* —dije en inglés, de nuevo adaptándome a su cambio. El inglés aterrizaba mejor en la lengua, pero tardaba más en formarse en mi cabeza. Me recreaba en la complejidad de los idiomas que hacía años que no tenía oportunidad de practicar. Pasar de uno a otro era increíblemente difícil, pero el desafío me provocaba una efervescencia mental que merecía la pena.

—¿Arriesgado? —Sonrió como si la idea de asumir un riesgo le hiciera gracia—. Pensaba que, como profesor que es, querría sostener una conversación. Una... —Pero entonces pasó a otro idioma y me perdí; la miré a los labios mientras hablaba, sin entenderla.

Se rio.

—Conque nada de holandés... Quizá... —Soltó una sarta de palabras, tan deprisa que sonaron como balas.

—¿Cuántos idiomas habla?

—Unos cuantos —respondió en francés.

—Más vale que tenga cuidado si habla el idioma del enemigo en los tiempos que corren —dije, bajando la voz y volviendo al inglés.

—¿Son el enemigo? —preguntó despacio—. ¿O son los que nos van a liberar?

Eché un vistazo al aula, pero los alumnos estaban charlando ajenos a todo lo demás. Cuando volví a mirarla, tenía la vista clavada en su libro como si no hubiese abierto la boca.

—Gracias, *Fräulein*... —dije, deseoso de que siguiese hablando.

—Me llamo Frieda —dijo, sin alzar los ojos.

—Frieda.

MIRIAM

«¿Frieda? —piensa—. ¿Quién es Frieda?».

Su padre sigue agarrando el reloj, y Miriam va a soltarle la mano, pero cambia de opinión porque no quiere volver a molestarle. Sus dedos le abotonan la camisa del pijama a la misma velocidad que le late el corazón.

Los ojos de su padre, aunque están cerrados, se han abolsado dentro de las cuencas, sujetos por unos finísimos párpados como si fueran globos aerostáticos amarrados a unas estacas. Tiene la boca abierta de par en par y Miriam se aparta de la dirección por la que le sale el aliento, pero el sentimiento de culpa la obliga a quedarse. Y entretejida con esa culpa que la lleva a permanecer al lado de su padre está su madre.

Su madre habría cuidado mejor de él, habría sabido qué hacer, qué decir. Jamás metía la pata ni se quedaba bloqueada; siempre tenía la solución perfecta. Pero cuando su madre la había necesitado a ella, Miriam no había estado.

No estaba cuando murió, y se niega a creer que también ella sufriera como sufre él. En cambio, se imagina una ventana que refleja el polvo como si fuera purpurina sobre una sábana blanca y almidonada. Su madre lleva puesto su camisón «bueno» y está perfectamente tapada con mantas, y su padre, con la cabeza inclinada y de rodillas, le coge la mano entre las suyas.

Miriam mira el reloj; son las cuatro y diez. Las manecillas están quietas, pero el reloj se ha movido. Miriam ve una rayita cenicienta en la piel de su padre. Le da la vuelta al brazo, atenta por si reacciona.

Y de repente, lo ve.

Ya lo ha visto antes en libros de texto y en la televisión.

Pero ¿aquí, ahora? Negro sobre blanco, oculto bajo el oro.

En su padre.

Números.

Números negruzcos, como mucho de un centímetro cada uno y de forma cuadrada, tatuados en su piel.

Estuvo *allí*.

Le pone el reloj como estaba y con los ojos llenos de lágrimas le aprieta la mano. Se inclina para besarle en la cabeza, pero cambia de idea y, dándole un último apretón a la mano, sale de la habitación.

En la cocina, abre el grifo y deja correr el agua antes de apoyar la cabeza sobre la fría encimera. El miedo le sube por la columna correteando con sus patas de rata. Los números. Recuerda los vídeos y las fotos que vio de pequeña, vídeos y fotos de uniformes de rayas, caras demacradas, cuerpos amontonados. Es incapaz de imaginarse el rostro de su padre entre ellos.

Piensa en su madre. La única que podría ayudarla ahora. Ojalá estuviera aquí, aunque fuera solo un momento.

Un momento en el que no estaría tan sola.

Cierra los ojos y la ve. El recuerdo, tan claro, tan intenso, hace que retroceda el tiempo. El delantal atado sobre uno de sus vestidos más bonitos, color amarillo girasol, y los tacones altos que repiquetean sobre el suelo de la cocina, donde la comida había alimentado ya al alma antes de que la probasen los labios.

Cierra el grifo y se pasa por la cara un viejo trapo que huele desagradablemente a puré de patatas. Con el trapo pegado al cuerpo —es un consuelo sujetar algo—, dirige sus pasos hacia el dormitorio de su madre. Unos visillos amarillos de algodón dejan pasar la poca luz que hay fuera. Las paredes y los muebles tienen adornos floreados y la habitación está recogida, con las mantas y las sábanas sobre la cama y el armario lleno.

Lleno de mamá, piensa.

Aparta las cajas de zapatos y se sienta dentro del gran armario. La cortina de vestidos se cierra sobre ella, un arcoíris de colores y texturas, envolviéndola en el aroma a azahar y a hojaldre. Los vestidos cuelgan inmóviles, como si esperasen a que volviera su madre.

Ve su mano, su manera de coger un cepillito de labios levantando el meñique como si estuviera bebiendo un té exquisito. La mano pálida, como un guante, y luego, conforme iba envejeciendo, cada vez con más manchas y señales. Su madre girando ante el espejo que hay dentro del viejo armario, probándose un vestido nuevo. Su madre cruzando la pierna sobre la rodilla contraria, metiendo primero la punta del pie y después el talón en un par de zapatos, cuidadosamente, como si fueran zapatillas de cristal.

Cada imagen, inabarcable por lo inmensa, relampaguea un segundo, como un faro, antes de iluminar a la siguiente. Girando en torno a cada destello, alumbrando su pérdida con una luz blanca y brillante. Una pérdida congelada, como vista a través de un marco.

La tumba de ausencia que fue su madre.

El corazón, encerrado en un puño, da golpetazos a la jaula que lo contiene. Incapaz de calmarse, Miriam sale torpemente del armario, arrastrando vestidos de la barra y tirando cajas de zapatos a su paso.

Evitando el espejo grande que hay sobre el lavabo del cuarto de baño, se obliga a sí misma a serenarse mientras abre el grifo del agua caliente. Pone las manos bajo el agua, como en una plegaria invertida. Al principio, sale fría. Le cae un chorrito por los dedos, a la palma de la mano. En cuanto la nota un poco templada, abre el grifo del todo.

Después, el jabón. Lo coge con las dos manos para calentarlo un poco.

Frota hasta sacar un montón de espuma, deja la pastilla en la jabonera y se restriega las manos hincándose las uñas y los nudillos en las palmas, presionando enérgicamente una mano contra la otra. Tanto, que al jabón se le va la suavidad y lo empieza a notar áspero.

24

Al ver que el dolor, que tan bien conoce, va en aumento, sigue frotando, permitiendo que la voz del dolor se imponga sobre las otras voces. Algo concreto. Algo que la llene allí donde la ausencia es el rescoldo de una llama olvidada, a la espera tan solo de una chispa que la prenda.

Sus manos, pequeñitas, entre las de mamá. Pero ya no.

El jabón le tira de la fina piel como si fuera velcro, arrancando recuerdos de una caricia que lo era todo.

Al poner de nuevo la mano bajo el agua, el calor le corta la respiración y la devuelve al presente. Deja las manos quietas. Para que se aclaren todas las burbujas.

Una vez que las manos se le quedan de un rosa reluciente, sin rastro de jabón en la superficie, se queda mirándolas un buen rato. Y se imagina el pulso que discurre con violencia bajo la piel. Coge el cepillo de uñas y se frota bajo el chorro de agua.

Ya están cepilladas las uñas, por la izquierda, por la derecha y por la punta, pero se le clava una púa en el pulgar, en mal sitio. Sale una gotita de sangre, tirando a rosa, y desaparece por el desagüe formando un remolino.

Aclara el cepillo con el agua humeante antes de poner las manos, primero una, después la otra, bajo el grifo. Bajo el ardiente dolor. Cuenta.

Tres.

Dos.

Uno.

Después cierra lentamente el grifo, apretando bien, e intenta calmar a su corazón acelerado colocando las manos lustrosas en la toalla para secárselas a palmaditas. Va dedo por dedo, y examina el daño causado al pulgar.

—No es nada —se dice para sus adentros. Y se siente más tranquila, relajada y aliviada por el agua y por el hormigueo de las manos. Da vía libre a sus pensamientos, ahora que ha amainado el pánico.

Por el momento.

2

MIRIAM

Se sienta en la vieja butaca, la que se trajo su padre de la oficina cuando volvió a casa para quedarse. En esa misma silla se había sentado ella cuando no le llegaban los pies al suelo, dando tironcitos a la tela suelta de las costuras, las uñas recién pintadas. ¡Cuántas veces se había refugiado en ella abrazada a un cojín!

La lluvia repiquetea sobre la ventana y Miriam sintoniza la radio en el mismo instante en que termina de sonar la señal horaria.

«Son las once. Noticias. —La voz del locutor es potente y Miriam baja el volumen—. Los berlineses del Este están ejerciendo su recién estrenada libertad para viajar al Oeste y se ven largas colas en los principales controles fronterizos. Esta libertad…».

Desconecta al periodista y piensa en la libertad. ¿Cómo ha ejercido ella su recién estrenada libertad?

Hay una pequeña cafetería en la acera de enfrente; en tiempos, recuerda, tenían un surtido maravilloso de cafés y pasteles. ¿Seguiría igual que entonces? ¿Podría ir?

Desde la ventana, mira la esquina de la otra punta de la calle. Hay gente arremolinada, y se le ocurre que quizá podría bajar a por algo y volver; serían solo unos minutos y, según Hilda, se le puede dejar solo incluso varias horas. Lo dice a menudo, pero Miriam no ha salido de casa en ningún momento.

Hasta ahora.

—Voy a salir —dice, y le sorprende la seguridad de su voz—. No tardo.

Seguro que a su padre le sienta bien que traiga a casa el olor a café recién hecho, piensa. Casi ha terminado de ponerse las botas y está a punto de coger el abrigo del perchero cuando suena el teléfono. El ruido estridente taladra el piso y Miriam se para en seco, retrocediendo de golpe un mes, a otra llamada y otra puerta distintas… Se ve a sí misma cogiendo el teléfono mientras las noticias siguen pasando imágenes de gente bailando sobre el Muro, bebiendo y cantando. Es increíble pensar que solo fuera hace un mes, y sin embargo…

Llevaban toda la tarde viendo los acontecimientos desde el sofá. Estaban a dos horas de distancia de Berlín…, a dos horas de distancia de su padre.

—¿*Frau* Voight? —preguntó una mujer.

—Sí —susurró Miriam.

—Figura usted como el familiar más cercano de *Herr* Winter. Lamento informarle de que su padre está muy enfermo.

Mientras la mujer hablaba, Miriam se sentó en las escaleras, los ojos clavados en *su* cuello. Estaba viendo la tele. No se dio la vuelta.

La mujer siguió hablando. «Derrame cerebral». «Inoperable». «Pronóstico».

La raya del pelo, acurrucada en el cuello de la camisa.

Delante de ella estaba la puerta de la calle. Justo enfrente. Cinco pasos y se plantaría en la puerta. Seis, y saldría.

Cinco pasos. Se imaginó los cinco, uno por uno; ¿sentiría algo distinto por ser pasos que la acercaban a la libertad? Pero al final, se había arrepentido de darlos.

La mujer colgó, pero Miriam siguió agarrando con fuerza el auricular. En la puerta, sus zapatos y su abrigo estaban al lado de los de *él,* dos abrigos a juego colgados el uno al lado del otro, sin llegar nunca a tocarse del todo. Y de repente, *él* se plantó delante de ella.

Le retiró el auricular de la oreja y se puso a escuchar.

—Alguien que se ha confundido —explicó Miriam, y, sin alzar la vista, se levantó y volvió al sofá. Él colgó y la siguió, pisando suavemente. Miriam respiró hondo, y a la vez que él la agarraba del hombro le llegó el olor de su mano, una mezcla a papel y aceite.

De repente piensa que sigue impregnada del vago olor a aceite y da un paso atrás. Se quita las botas y se asegura de que la puerta está cerrada.

Entonces vuelve a la butaca y, para evitar toquetearse y rascarse la piel, se aprieta un cojín contra el pecho. El día transcurre en una bruma de Bach, Brahms y sinfonías que no había oído nunca, interrumpida por las señales de la radio y las mismas noticias repetidas hasta el infinito.

Al oír las evocadoras cuerdas de las *Escenas de la infancia*, se le forma un nudo en la garganta.

—No lo sabía —dice—. No sabía que hubieras estado… allí. ¿Por qué no me lo dijiste, papá?

Le toca la mano.

—No entiendo por qué…, cómo… ¿Y mamá?

Le da la vuelta para verle bien.

—Tenías razón, papá. En todo. Lo siento. —La voz, perdida hace mucho tiempo, sale ahora—. Y ya es demasiado tarde.

Tira de la manta y le atusa el cabello blanco por detrás de la oreja.

—Este es el último viaje, papá. Así que, por favor, déjame ayudarte.

Se sienta y le aprieta la mano, sintiendo los huesos.

—Por favor, papá, si puedes oírme: ¿quién es Frieda?

No responde. Miriam ve que parpadea y lo intenta de nuevo.

—¿Es alguien a quien conociste cuando estuviste…, cuando estuviste preso?

Repite la frase con variaciones.

Nada.

—¿Dónde estuviste? ¿En Auschwitz? ¿En Bergen-Belsen?

Hubo muchos campos por toda Europa, piensa; no se acuerda de todos los nombres.

—Fue hace tanto tiempo… —dice, esforzándose por recordar sus años de colegiala. Lo único que le viene a la memoria es la lección sobre el ascenso del Tercer Reich: todos los alumnos habían guardado silencio, apabullados por el peso de saber que sus padres y sus abuelos habían vivido en la época del fascismo, y que no tendría nada de sorprendente que hubieran apoyado a Hitler. Ni siquiera su padre, que era profesor, le había hablado nunca de la guerra.

HENRYK

Emilie y yo considerábamos una suerte que yo todavía tuviese trabajo en la primavera de 1942. La expulsión de profesores de la universidad había comenzado poco después de incorporarme yo. A algunos los obligaron a irse, otros lo «eligieron».

Yo me quedé, agaché la cabeza, enseñé lo que me dijeron que podía enseñar. «Alemán. Visto bueno nazi». Idioma alemán, historia alemana, literatura alemana: acepté sin rechistar porque Emilie quería tener hijos y yo iba a tener que mantener a una familia. Pero fue un trago amargo.

Miré a la clase. Cada alumno era una copia del anterior.

El aula estaba llena de imágenes de propaganda. Desde los pupitres, los ojos de los alumnos seguían todos mis movimientos. Me vigilaban: los rayos de sol convergían sobre mí y me convertían en el centro de todas las miradas.

Estaba solo.

Hasta Frieda.

Los secretos susurros de su voz eran el imán que me hacía ir cada día a la universidad. Seguía el juego a todo lo que me exigiera el claustro de profesores para poder quedarme. Enseñaba la «literatura» aprobada y no abría la boca cuando el jefe del departamento me devolvía las listas de libros que preparaba para cada trimestre con la mitad de los títulos tachados. Todo esto lo hacía para que no se acabasen las conversaciones en inglés o en francés con Frieda. Por ella me mantenía en vela hasta la madrugada, recordando lo que me había dicho y ensayando lo que iba a decirle yo.

Me puse a leer con un apasionamiento que a mí mismo me sorprendía. Devoré todos los libros escritos en inglés y en francés que había por casa; leía en voz alta a solas y también le leía a Emilie, que, aunque me quería por mis peculiaridades, pensaba que lo mismo me había pasado un poco con mi nueva obsesión por el lenguaje.

Quería enseñar, enseñar de verdad, así que le di a Frieda mi ejemplar del *Ulises* en el original inglés, escondiéndolo entre los trabajos de fin de curso. No dijo nada, como si ni siquiera notase el peso del libro que le había pasado.

A la semana siguiente, mientras el resto de los alumnos trabajaba, hablamos un rato en susurros, en inglés, y comprendí que no tenía ante mí a una alumna dispuesta a que yo le instruyera a mi antojo, como había esperado. Por el contrario, Frieda, que era diez años más joven que yo, me desafiaba y no paraba de sorprenderme mucho más que mis coetáneos. Con frecuencia, nos quedábamos hablando hasta mucho después de que se acabase la clase; el resto de mis alumnos se había marchado sin que me diese cuenta.

Hablábamos a través de libros, de palabras, de secretos. Sin alejarnos de los textos, nos explorábamos y tanteábamos el uno al otro en los análisis que de ellos hacíamos. *Les Misérables*, edición francesa, pero solo el segundo tomo porque no conseguimos encontrar el primero. Hemingway no nos gustaba a ninguno de los dos. También, un ejemplar chamuscado y desvencijado de André Gide; yo sabía que si nos descubrían en posesión de este tipo de literatura, nos encarcelarían a los dos. Los riesgos iban en aumento con cada semana que pasaba y cada libro que intercambiábamos.

Entonces, al comienzo del trimestre de primavera, me pasó *Karl y Anna*. Yo no había leído a Leonhard Frank. Con el pretexto de echar un vistazo juntos a la novela, le hice ir a mi despacho.

—Es demasiado peligroso. Se acabó. Podría costarme el empleo, y a ti tu plaza de alumna. —Le devolví el libro, a pesar de que estaba

31

desesperado por leerlo, por cogerlo, por pasar sus páginas y perderme en aquella prosa prohibida; una prosa que era libre—. Se acabó. Lo siento.

—Nunca se acaba —dijo, y se marchó.

Dejándose el libro sobre mi escritorio, un peso pesado.

MIRIAM

Al caer la tarde, le coloca boca arriba, le ofrece agua y vacía la bolsa del catéter. El silencio del apartamento crece hasta convertirse en un rugido. Saca una botella de vino con una capa de polvo en el cuello y se sirve un vaso grande antes de volver junto a él con el vaso y la botella.

—¿Te acuerdas de aquella vez que volví del zoo antes de lo previsto? ¿Aquella vez que me desmayé?

Bebe, y el líquido le calma a la vez que le quema.

Recuerda cuando se conocieron. Camisa blanca desabotonada por arriba, gafas de sol colgando de la v del cuello. El vello del pecho le hizo cosquillas en la mejilla cuando la cogió en brazos para alejarla del calor, del serrín y de aquel pájaro que no le quitaba la vista de encima. La había sacado fuera; el aire tenía el azul del cielo y el frescor de la hierba.

Sus amigos los siguieron y se quedaron cerca, mirando. Pero *él* solo habló con ella. Era mayor, y alto, y no había tenido ojos más que para ella. La había tratado como a una mujer. Por primera vez, había sentido que alguien la veía y que era objeto de admiración.

—Preciosa —la había llamado.

Pero por poco tiempo.

Bebe otro sorbo, que se convierte en un trago.

—Fue hace tanto tiempo… —Se pasea por la habitación, dando tragos largos y sirviéndose otro vaso—. Os lo presenté a ti y a mamá aquellas Navidades…

33

Un tictac interno que le dice que el tiempo se va agotando. Quiere aferrarse a cada momento, pero sabe que cada día la acerca más a *él*. No teme a la muerte; la idea de morir es un vacío.

Se estremece y se bebe medio vaso para ahogar el eco del recuerdo. Para ser puro presente.

—¿Tu madre se llamaba Frieda? ¿Alguna hermana, quizá? —Se deja caer pesadamente en la butaca y se lleva el vaso a los labios a la vez que su aliento riza, tiñéndose de rojo, la superficie del vino—. Y yo no sabía nada…

Pasa el pulgar por la piel venosa y manchada de su mano, que, casi reptiliana, se arruga; Miriam esboza una sonrisa tensa.

—Sigo aquí —dice, más para sus adentros que para él, observando cómo le cambia la piel al contacto con su pulgar.

—Debes hacerlo.

La voz de su padre la envuelve en medio de la oscuridad. Da un respingo y el vino se derrama sobre su mano.

—Debes… irte.

La voz de su padre es suave, cada palabra es una voluta que le deja los labios secos. Vuelve a recostar la cabeza sobre la almohada. Huesos esqueléticos, cubiertos por pellejos: solo queda eso. La cabeza echada hacia atrás, la mandíbula floja, los ojos todavía cerrados, los labios abiertos. Miriam hace ademán de tocarle la cara, pero se interrumpe.

—Me fui, papá. Le he dejado. Todo ha terminado —dice, y habla en serio.

—Nunca… se… acaba —dice él, las palabras salpicadas de exhalaciones estáticas.

Miriam se pone en pie de un salto, emocionada.

—Pero, papá, hay cosas que… El Muro… Decías que no iba a suceder jamás y mira, ha sucedido: está derribado. Todo ha terminado.

Pero al mirarle a la cara se da cuenta de que está perdido; no la ha oído. Miriam se tambalea y deja el vaso en la mesa.

Su padre tira del reloj que lleva en la muñeca; sus dedos no aciertan a agarrarlo, tira de los eslabones de metal como si fueran plumas. Miriam intenta calmar sus manos, pero él sigue hablando.

—El ritual —su padre resuella, las palabras le salen con esfuerzo—… de la inocencia —el pecho le hace ruidos—… se anega.

Se le llenan los ojos de lágrimas, le resbalan cada vez con más impulso por las mejillas.

Miriam intenta detenerle la mano, pero su padre se defiende ciegamente a manotazos. Siente que el sollozo que sale del pecho de su padre se refleja en su propio pecho.

—Mi… amor… mi… luz —gime su padre, con voz tan pavorosa que Miriam se lleva la mano a la boca, moviendo la cabeza sin apartar la vista del atormentado.

Su padre se serena, calla.

Miriam hinca los pies en la moqueta y cierra los puños dentro de las mangas.

Da un paso y dice:

—¿Papá?

Las lágrimas han mojado la almohada, tiene el pelo pegado a la frente y las mejillas coloradas. En su interior vibra un alarido susurrado.

—¿Miriam? —pregunta. Sigue aquí, con ella, y se abandona al llanto. Su respiración, rasposa y rápida, tropieza consigo misma.

Toca el brazo de Miriam para acercarla.

—Frieda —empieza a decir.

Antes de que ella pueda decir nada, la cabeza de su padre se arquea hacia atrás, su cuerpo se contrae. Da una sacudida, se dobla y vuelve a desplomarse sobre la cama.

Miriam da un paso atrás, alarmada.

Y otra vez.

Todos los nervios del cuerpo de su padre, en tensión. Vibrando. La cama rebota con el impacto. Sus manos se agarran. Sus dientes rechinan. La cabeza se golpea contra la almohada, cada vez más deprisa.

—¡No! —grita Miriam, y acto seguido se le ocurre una idea.

Se acerca a la mesilla de noche, se da con la cama en la espinilla.

Midazolam. Entre la presión a la que está sometida y el alcohol, sus ágiles dedos parecen torpes pulgares mientras abre la tapa y saca un mililitro del líquido.

El aire de la cama silba y gruñe. El somier traquetea. El ruido hace eco. Un eco vacío.

A su padre le sale saliva por la comisura de la boca.

Le coloca la jeringa entre los labios, la ladea apretando para que le entre el líquido en el interior del carrillo y le masajea la hirsuta mandíbula para que le penetre en las encías. Los dientes apretados dibujan una mueca.

Debería tranquilizarle con su voz, pero no tiene voz.

Espera.

Pensando que ojalá.

Rezando.

Ve que su cuerpo sigue moviéndose nerviosamente, pero con menos fuerza. Respira con estertores largos y sonoros.

A Miriam se le saltan las lágrimas, la esperanza se le escapa a chorros por los ojos.

La abruma la necesidad de abrazarle y de que sus fuertes brazos la envuelvan y le den seguridad; solo una vez más…

Le pone de lado y se va al teléfono que hay en el salón. Con dedos torpes, llama a una ambulancia, cuelga y después llama a Hilda.

3

HENRYK

Desde el momento en que salió de mi despacho, Frieda no volvió a hablarme dentro del aula, pero yo ya estaba irremediablemente atraído por ella. La veía chuparse el dedo para pasar la página. La veía acariciarse el labio inferior con el pulgar. La veía mover el lápiz y quería saber qué estaba pensando, a qué se debía tanta urgencia por hincar el lápiz en el papel. Apretaba los labios para concentrarse, y cuando venía con la melena suelta, ligeramente rizada en las puntas, pestañeaba y se la apartaba de los ojos. Y yo, demasiado a menudo, me quedaba atrapado en el vórtice de aquellos ojos profundos como un bosque.

No carecía de pretendientes, pero siempre se la veía con un chico llamado Felix, alto, flacucho y asustadizo como un escarabajo. No lograba entender qué veía en él. Intentaba no darle vueltas, pero era como si me consumiera pensando en ella.

Cada día, al entrar en el aula, lo primero que hacía era mirar hacia su pupitre. Al leer los áridos papeles de los que se suponía que tenía que dar la clase, los veía a través de sus ojos y me proponía mencionar a Yeats o a Joyce, ofrecerle algo, lo que fuese, a ella. Sus ojos me taladraban, diciéndome algo que yo no podía saber.

Quería desdecirme de lo que le había dicho en mi despacho, estaba dispuesto a correr el riesgo de que me pillasen con libros prohibidos a cambio de poder oír su voz, de escuchar lo que pensaba, de

37

absorber los idiomas que le salían rodando por la lengua. Era peligroso y lo sabía, pero seguía fascinado por todos y cada uno de sus movimientos.

Parecía la única manera.

MIRIAM

La ambulancia ha venido y se ha marchado y su padre duerme, pálido como un hueso, mientras Hilda, arrugada y tan colorida como de costumbre, bebe de una delicada tacita. La mejor vajilla de mamá: blanca con un ribete azul zafiro.

—Has hecho bien en llamarme —dice Hilda—. Creo que está llegando el final; siempre es duro, y has hecho bien en llamar —dice con un tono de voz que obliga a Miriam a apartar la vista de la máscara de oxígeno, que, torcida sobre el rostro de su padre, se empaña con su respiración—. Está cómodo.

—Hay tantas cosas que no sabía… —dice Miriam.

—Es normal tener esa sensación —dice Hilda, alzando la taza—. Querer más tiempo.

—Hace un rato estaba hablando… no sé qué de la inocencia… de un ritual —dice Miriam, la voz temblorosa—. Y tiene números.

—¿Números? ¿Un tatuaje?

Miriam asiente con la cabeza y se lleva las manos, ocultas por las mangas, a la cara.

—Yo creía que estuvieron juntos —dice, su voz amortiguada por el limpio tejido del suéter. El olor a planchado evoca los tiempos en que, con nueve o diez años, se tumbaba en la cama y se quedaba mirando cómo subía el vapor de la ropa mientras su madre hacía desaparecer hasta la última arruga.

—¿Qué hiciste durante la guerra? —preguntó una vez la pequeña Miriam alegremente.

—¿Cómo dices?

Su madre dejó la plancha y se puso de espaldas para buscar una percha entre el montón.

—Durante la guerra, mamá. Te acuerdas, ¿no?

—¿Por qué lo preguntas?

—Hoy hemos hablado de eso en el cole. —Al ver que no respondía en medio segundo, que era el tiempo que Miriam consideraba razonable para hacerlo, continuó—: Los padres de Anita salieron huyendo de Francia a Inglaterra antes de volver, y Dieter dijo que sus abuelos estuvieron en un campo de concentración, una especie de campo de la muerte. ¿En aquella época también eras enfermera?

—Sí...

—Estamos leyendo sobre...

Pero su madre había agachado la cabeza y estaba toqueteando el botón de un cuello.

—Por favor, mamá, no llores.

Miriam se acercó al borde la cama.

—Estoy bien, cielo —dijo secándose atropelladamente las lágrimas con el pulgar—. ¿Has hablado con tu padre?

—No..., está en... —Estaba en su despacho. Miriam había asomado la cabeza y había comprendido que era el inicio de uno de sus «episodios» al ver que el humo del cigarrillo le envolvía en un manto de niebla. Le había besado en la frente y había abierto la ventana antes de irse al dormitorio con su madre. Mejor que su madre se enterase por su cuenta del episodio—. Bueno, ¿qué pasó? Si me lo quieres contar, claro.

—Trabajaba en el hospital, ayudando a soldados heridos para que volvieran al frente —explicó, pasando a otra camisa. Después de una larga pausa, continuó—: Vivíamos en un apartamento muy pequeño, cerca del hospital. No tenía ventanas. No cabía ni una aguja.

—Ni un alfiler —corrige Miriam.

—¿Alfiler? ¡Aguja!

—¿Aguja? ¡Alfiler!

Se echaron a reír al unísono.

—¿Te importa ir a remover un poco la sopa ? —dijo su madre, y, rodeando la tabla, se acercó al borde de la cama y le plantó un beso en la frente.

—Pensaba que pasaron la guerra juntos —vuelve a decir Miriam.

Hilda rodea la cama a zancadas.

—He cuidado a muchos supervivientes. —Pasa un brazo por los hombros de Miriam—. Es muy duro para las familias, sobre todo si no lo sabían.

—No es judío; entonces, ¿qué hacía… allí?

—Está todo muy documentado, sorprende lo mucho que se puede descubrir hoy en día. —Mira a Miriam con aire reflexivo—. Puedes dejar solo a tu padre un par de horas, ¿sabes? Te sentará bien salir un poco.

Se le seca la boca al pensar en abandonar la seguridad del apartamento y se lame los labios con la lengua seca, intentando tragar.

—Lo siento, Hilda, pero yo…

Las palabras se forman, cambian, vuelven a formarse. Piensa, se asegura, vuelve a pensar cómo decir lo que quiere decir. Se lo piensa dos veces. Se asegura tres. Se retuerce las manos entre las mangas del suéter. Por su cabeza pasan las plumas, su padre agarrándole la muñeca, Frieda, su madre y, por último, *él.*

—No puedo. Pero gracias, Hilda.

Hilda la mira y cambia de tema.

—Creo que lo peor ya ha pasado. Ahora necesita un sueño reparador, aunque puede que veas que cada vez le sucede con más frecuencia. —Hilda mira a su padre y ve que un ligero temblor, como conectado con lo que acaba de decir, le sacude las piernas—. Puede que esta sea su manera de irse.

Miriam se lleva la mano al estómago para no seguir resquebraján-dose por dentro.

Las piernas de su padre dejan de temblar y murmura:

—Frieda.

HENRYK

De repente, un miércoles de marzo, la universidad cesó mi contrato. Aquel día, ella no estaba en su pupitre.

No me lo dijeron al final del trimestre ni al acabar la semana, ni siquiera al final del día. El jefe del departamento, *Herr* Wager, un exoficial del Tercer Reich de armas tomar, se presentó de repente en el aula con el esmirriado decano de la universidad, Erik Scholl.

—Disculpe, *Herr* Winter, pero su clase ha terminado. Ya no pertenece usted a esta facultad. Por favor, coja su chaqueta.

Me plantó la manaza en el hombro y me hizo girar cuarenta y cinco grados en dirección a la puerta.

—¿Por qué? —pregunté, pensando que, total, daba lo mismo el motivo.

—Lo siento, Henryk —dijo Erik—. Ahora, los únicos que tienen la educación que se exige para enseñar en este centro son los funcionarios nazis.

Con la cabeza bien alta, se puso a borrar mis palabras de la pizarra y empezó a llenarla con las suyas.

Cogí mi chaqueta del respaldo de la silla. Algunos alumnos miraban con interés, otros con compasión, y muchos se limitaron a clavar la vista en sus libros mientras cerraba mi maletín.

—¿Puedo ir a mi despacho a por mis cosas?

Erik me dio la espalda y empezó a hablar a la clase. A mi clase.

Me sacaron al pasillo de un empujón. Solo se oían nuestros zapatos mientras me acompañaban hasta el portón de la calle. *Herr* Wager abrió, pero se quedó dentro.

—No salga de Berlín, habrá que hacerle unas preguntas —fueron sus últimas palabras. Y en ese momento pensé que debía de haber sido Frieda, que seguro que me había delatado ella.

Las dos manazas me apretaron los brazos dejándome marcas.

—Adiós —dijo *Herr* Wager.

Me ardían los ojos y la garganta. Y en el pecho se me formó una estaca de hielo. Encontrarían los libros, me arrestarían. Con alas en los pies a causa del miedo, eché a andar y doblé la esquina, alejándome de la entrada. Acababa de convertirse en mi salida.

La vi venir hacia mí por el rabillo del ojo.

—Profesor —llamó, y me volví hacia ella sin pensármelo dos veces aunque sabía que lo que tenía que hacer era irme.

Su cabello soltaba destellos blancos a la luz del sol. Venía corriendo hacia mí, y me quedé clavado en el sitio, sin saber dónde poner los pies. No sabía si debía salir corriendo, agacharme y ponerme bajo cubierto o ir a su encuentro. Lo que sí sabía era que me había olvidado de respirar, así que cuando llegó me faltaba el aliento tanto como a ella.

—Profesor —dijo, jadeante, y añadió con voz más grave—: Tengo algo para usted.

La tenía tan cerca que tuve que mantener los brazos cruzados a fin de controlar mi cuerpo. Teníamos la misma altura, y el hecho de no poder apartar la vista de su rostro, de no verla por entero, creaba una intimidad perturbadora.

—¿No le basta con lo que ha hecho? —dije. Pareció dolida, y me pegué las manos a los lados para evitarles la tentación de tocarla. Aunque temía que fuera la causante de cuanto había sucedido, no conseguí dominarme lo suficiente como para salir corriendo, como tendría que haber hecho.

Ella era la imagen de mi caída.

MIRIAM

La imagen de su padre sufriendo ataques hasta el día mismo de su muerte, y que nadie pueda hacer nada por impedirlo, no se le va de la cabeza. El silencio se expande hasta que Hilda apura la taza, la deja sobre el platillo y coge su bolso del suelo, tirando el periódico que está sobre la mesa.

Hilda pasa el dedo por el titular.

—Sí, seguro… «Gracias a Dios»… —se ríe—. Por cierto, hoy he tenido una charla con el médico de tu padre, el doctor Baum. Te lo pensaba contar mañana por la mañana, pero ya que estoy aquí…

Miriam cruza una mirada con Hilda. El giro que ha dado la conversación hace que se le agudicen los sentidos.

Alerta total.

Al oír el nombre, a pesar de que ya han pasado diez años, se le encoge el estómago. El doctor Baum estaba sentado detrás de su escritorio; al otro lado de la puerta cerrada se oía el bullicio de la sala de espera. El doctor se iluminaba únicamente con la luz que entraba por la ventana, así que nunca llegaba a ver sus rasgos del todo.

Se hinca una uña en el lecho ungueal y tira del pellejo. Su memoria recorre aceleradamente todas las «citas», como si fueran una sola: el café frío, el montón de notas médicas, el antiséptico y las recetas, y la mano fría y húmeda de su marido cerrada sobre la suya.

Una necesidad abrumadora de lavarse las manos se apodera de ella, como un ataque de vértigo. Pelarse las capas de piel, volver atrás en el tiempo, al momento en que *sus* manos aún no la habían tocado.

Mientras se esfuerza por que le entre aire en los pulmones para no desmayarse allí mismo, delante de Hilda, Miriam huele la consulta del doctor Baum. Sabe que en estos momentos no está allí, que está en el dormitorio de su padre, que está en casa y que Hilda la mira frunciendo el ceño con aire preocupado, pero el ambiente rezuma el olor de los gruesos cojines de gomaespuma con funda de lana de la consulta.

Siente la mano de su marido como si fuera un guante que envuelve la suya, huele su aliento caliente y oye al doctor Baum carraspeando a la vez que deja las gafas sobre las notas con gesto teatral, expresando sus condolencias y dándoles su pronóstico. Hablaron de alternativas *para ella* y de qué le convenía hacer *a ella*, se despidieron con un apretón de manos y salieron de la consulta con unas pastillas.

Para ella.

Agarra la tela que le tapa el estómago, un nailon suave, casi transparente, y se toca la cálida piel con las yemas de los dedos en un intento de centrarse.

—La semana que viene hay una reunión para hablar de asistencia médica —dice Hilda.

Las palabras caen como pesados goterones.

—No estoy enferma. —Mira a Hilda para ver si sabe algo de su pasado. Y de su presente. Pero Hilda le está tomando el pulso a su padre.

—Es por tu padre. Cuestión de rutina. Para asegurarnos de que te estamos ayudando de la mejor manera.

Miriam se desplaza los dedos sobre el estómago. Pulgar. Índice. Corazón. Anular. Meñique. Y luego, al revés: meñique. Anular. Corazón. Índice. Pulgar.

—Has hecho muy bien, no es agradable verlos en este estado. Lo entiendo perfectamente. —Hilda echa un vistazo a su reloj—. Es muy tarde. Mejor dicho, es muy temprano. Te dejo para que descanses.

Hilda coge sus bolsas.

—Recuerda, vigila sus respiraciones, llama otra vez a los paramédicos si te hace falta. Mucho líquido una vez que se pase el efecto del misazolam. Y tú…, haz el favor de dormir, ¿vale?

Miriam consigue esbozar una vaga sonrisa. Hilda, las gafas posadas sobre el cabello rizado como un pájaro en su nido, es todo color. Abraza a Miriam, que, envuelta en la vaharada floral del perfume de Hilda, se mantiene inmóvil.

—Quédate aquí, ya salgo yo sola.

En cuanto oye que se cierra la puerta, Miriam se abalanza a echar la llave y corre el pestillo. Ve que la pluma que vive entre la puerta y el marco está caída en el suelo entre un montoncito de polvo. La coge y se la mete en el bolsillo.

4

MIRIAM

Al día siguiente, su padre está estable y sonrosado. Miriam no tiene fuerzas para soltar el monólogo con que suele acompañar sus cuidados, así que le atiende en silencio. Tiene los ojos rojos y cargados: no ha dormido, ha pasado la noche en la butaca, descansando a ratos y mirándole. A la luz de la mañana, el mundo parece hostil.

Los armarios de la cocina están casi vacíos: galletas saladas, café, poco más.

—Hoy me va a tocar salir —se dice para sus adentros mientras saca un paquete de galletitas. Se va a la sala de estar y enciende la televisión. El encuentro del Este y el Oeste sigue siendo la única noticia al cabo de un mes.

—Estaba muerto de miedo —le dice un joven con una mata de pelo negro y chaqueta vaquera a la cámara, el micrófono pegado a su boca. Son imágenes mil veces vistas, pero vuelve a verlas mientras come.

—Cuando di el primer paso…, bueno, pensé que me matarían. Que me pegarían un tiro allí mismo —continúa el chico—. Pero seguí andando. —Aparta la vista de la cámara y la dirige hacia el muro que está a sus espaldas—. Y no pienso volver.

La cámara vuelve a enfocar al periodista mientras la muchedumbre arrastra al joven.

—Y las celebraciones continúan. Se puede decir que la Navidad ya ha llegado aquí, a Checkpoint Charlie.

El periodista cierra la transmisión y vuelven al estudio.

Mientras se suceden fotos de Helmut Kohl, Gorbachev y Bush en la pantalla, Miriam oye que entra correo en el buzón.

Apaga la tele y deja media galletita en un lado de la cocina antes de coger una carta dirigida a su padre. Conoce bien la abigarrada caligrafía.

Herr Winter, pone, pero en realidad es para ella.

Es como si la carta pesara mucho, y vuelve al dormitorio arrastrando los pies.

Su padre duerme.

Está sola.

Le besa la mejilla, fina como el papel.

—Por favor, no me dejes —dice retirándole el pelo de la cara, y le pone otra manta más, una manta de la cama de su madre. Se hurga en la costra que se le ha formado sobre la uña del pulgar y se queda mirando el suelo, el solo esfuerzo de respirar ya es suficiente. No puede hacer nada más que esperar.

Antes, el tiempo la presionaba como un compañero silencioso, pero desde anoche ha empezado a hacer tictac. Y se oye mucho.

—Siento no haber estado cuando me necesitabas —le dice a su padre—. Quiero ayudarte.

Abre el sobre de un tajo. Da igual lo que contenga. Sabe que es de *él.*

Saca una polaroid. Lee su nombre, escrito en el dorso de la foto con letras muy apretadas: *Frau Voight.* Nada más.

Frau Voight. Eso pone. Pero en el sobre está escrito el nombre de su padre.

—Te ha enviado esto a ti —dice, asustada al ver su propia imagen. Una oleada de calor le sube desde el pecho hasta la coronilla.

Se pone bruscamente de pie y se va al despacho, el lugar en el que reside la mayoría de los recuerdos que tiene de su padre.

Al abrir la puerta, le llega un olor a viejo, a estancado, como el de las bibliotecas en verano. El despacho está lleno de palabras y pensamientos volcados al papel y olvidados después. Se va derecha al macizo escritorio de nogal y busca las cerillas. El escritorio ocupa todo el fondo del cuarto. El cuaderno todavía tiene anotaciones escritas con su letra.

Una foto de sus padres, sepia. Aunque los dobleces que la cruzan por el centro crean una división, la foto es una foto de unión. Está enmarcada; es el único adorno que hay en el despacho. El toque de su madre jamás llegó hasta allí.

El escritorio cierra el paso a la ventana de guillotina, que da a la calle flanqueada por robles esqueléticos y castaños de indias. Los cafés tienen los toldos rojos, verdes y azules cerrados, y las mesas y las sillas, recogidas, pero a la puerta de la panadería han sacado un panel que anuncia pan recién hecho.

Al otro lado del mostrador de cristal están apilados el pan de centeno, el integral y las hogazas campesinas, y recuerda que hay otro mostrador con repostería: cuando abría la puerta sonaba una campanilla y, apoyando las dos manos en el cristal, se quedaba pensando cuál de los dónuts glaseados iba a ser para ella y cuál para su padre, mientras su madre charlaba con el panadero sobre si convenía o no usar levaduras tradicionales y cosas por el estilo.

Le suenan las tripas y se aparta de la ventana.

Estanterías llenas de sesudos volúmenes en muchos idiomas flanquean la habitación hasta la pared del fondo, que está despejada. En la moqueta hay cuatro huellas, sombras de la silla que estuvo allí.

Encuentra las cerillas en el cajón de arriba y enciende una con manos temblorosas, acercando la llama a la esquina de la foto polaroid. Cuando prende, la deja en el cenicero de cerámica que hay al fondo del escritorio y ve cómo la foto se riza y se dobla, ennegreciendo primero la imagen y luego, por fin, su nombre.

El humo se queda flotando en el aire y la estrangula.

Abre la ventana mientras las cenizas forman bucles grises y piensa en las chimeneas. Imágenes de humo y ceniza. Los campos de concentración. Y su padre, allí.

En medio de su estudio, donde todas las cosas son él, empieza a rebuscar en los cajones, saca libros de contabilidad, libros gruesos, papel y más papel. Buscando respuestas.

Escudriña cada documento por si ve la letra de su padre. Parece que hay facturas fechadas desde los años sesenta, también hay cuadernos escritos con taquigrafía y sobre todo hay notas garabateadas a lápiz.

Miriam descarta casi todo lo que ve y lo va echando a un montón en el suelo. Al poco rato se pierde por el laberinto del trabajo de su padre, intentando descubrir el camino cuaderno tras cuaderno. Una vez que todos los contenidos del escritorio están en el suelo, se va a las estanterías.

Echa un vistazo a los títulos, muchas baldas llenas de textos en alemán, inglés y francés. Tanto académicos como de ficción. Poesía, ensayo, teatro.

Colecciones de Yeats traducidas se alzan resueltas al lado de las obras originales en inglés. Coge una, *Michael Robartes and the Dancer*, y la hojea mientras se pasa los dedos por los labios. En la balda de debajo hay más cosas de Yeats. El mismo libro. La balda entera llena de una misma obra, en muchas ediciones y traducciones distintas. Las saca una por una y las mira, abriendo la tapa. Propiedad de la Biblioteca Estatal de Berlín. Y otro. Lo mismo en todos. Cuenta veinte ejemplares. La mayoría, de la biblioteca. ¿Qué había estado haciendo su padre? ¿Por qué necesitaba tantos?

Se lleva uno al dormitorio y lo deja caer en la silla.

La respiración de su padre empieza a resultarle hipnótica. Abre la cubierta del libro y le pasa las páginas sobre la cara para que le llegue el olor. Olor a viejo, a gastado, un olor bueno. «El último sentido que perdemos es el olfato», dijo uno de los rostros cambiantes del hospital.

Pasa unas pocas páginas y llega al primer poema, que tiene el mismo nombre que la colección.

Mientras lee, las palabras bailotean por los recovecos de la habitación como un móvil colgado del techo de un cuarto infantil. Caballeros con lanzas, dragones y una dama, a la que se imagina con un sombrero picudo y un velo.

Al terminar la primera estrofa, alza la vista.

—Me acuerdo de esta, ¿y tú?

Sigue leyendo, toca delicadamente las doradas hojas de papel mientras el libro se comba entre sus manos. A sus dedos llega el recuerdo muscular de las muchas ocasiones en que tuvo aquellas páginas entre sus manos.

—Te toca ir sola al cole, Miriam —había dicho mamá al salir del apartamento—. Tengo guardia, te veo mañana por la mañana.

—¿Y papá? —dijo Miriam cogiendo una tostada de la mesa.

—Tú tranquila, ya se apañará solo.

Miriam fue al dormitorio de su padre. Las cortinas estaban echadas y había un ambiente cargado y somnoliento. Estaba acostado.

—Buenos días —dijo, subiendo de un salto a la cama y besándole en la frente. Olía a recalentado, y la suave piel estaba sin lavar.

Era uno de sus *episodios*.

Se quitó los zapatos de una patada y, arrastrándose sobre la cama, se sentó sobre los almohadones y metió los pies debajo del edredón.

—¿Hoy cuál toca? —preguntó, pero al ver el libro de Yeats en la mesa no lo dudó—: ¡Anda, mi favorito! ¿Estás cómodo? Pues empiezo…

Y le leyó en alto. Siempre, cada vez que tenía uno de sus episodios, Miriam se saltaba las clases y se pasaba el día a su lado, ayudándole a recuperarse. Nunca se había parado a pensar por qué le daban aquellos ataques de apatía; le daban y ya está. Recuerda la versión infantil de sí misma. Jamás se había preguntado el porqué: simplemente, así eran las cosas. Le leía poesía y funcionaba.

Su madre jamás se enteró.

—«Dicen cosas tan distintas en la escuela» —lee; es el último verso del poema.

Las lágrimas le bañan el rostro y las palabras de la página giran a su alrededor. Por si sirve de algo, es lo que va a hacer: leerle en voz alta para ayudarle a volver.

Hasta ahora, jamás se le había ocurrido preguntarle por su vida. Hitler mató a judíos, y sus padres no eran judíos. No es algo a lo que le haya dado más vueltas. La historia, con todo su horror, nunca había estado tan cerca de ella.

HENRYK

Aquel día, mi último día, Frieda y yo no estábamos lo bastante lejos del edificio de la universidad. El viento del inicio de la primavera soplaba su cabello en mi dirección, en torno a su cuello y sus hombros. No hacía frío, pero llevaba un vestido de algodón muy abrigado; por la raya del pelo le asomaban gotitas de sudor.

—¿No te basta con lo que has hecho?

—En realidad, demasiado poco he hecho. —Me apretó el brazo, transmitiéndome calor al mismo sitio por el que me había agarrado *Herr* Wager—. Toma.

De la pesada mochila que le colgaba del hombro sacó un libro tras otro, arrojándolos a mis brazos. Todas las portadas y las primeras páginas habían sido arrancadas mucho antes de que yo los comprase, pero los conocía tan bien como la palma de mi mano.

—¿Cómo los has conseguido?

—Los cogí para dártelos; si los hubieran encontrado, te habrían detenido.

—¿Qué haces?

—Devolvértelos. No estaba segura de cuáles debía coger, así que arramblé con todos los que pude y con los papeles que tenías en el cajón del escritorio que estaba cerrado con llave. —Hizo una pausa. Y como un padre que encuentra a su hijo perdido, sentí una mezcla de furia y de alivio infinito.

—Toma; ya que estamos, quédate también con la mochila.

Se la sacó del hombro y me la pasó, pero entre el maletín y los libros que tenía en las manos no pude cogerla. Soltó una carcajada grave a la que respondí al instante con una sonrisa. Al devolverme la sonrisa, le cambió la cara. Sus ojos, enmarcados por las rubias pestañas, eran grandes y de color esmeralda.

—Déjame ayudarte —dijo, y volvió a meter los libros en la mochila antes de pasármela. Me sorprendió su peso—. No pude coger todo —siguió—. No supe nada hasta esta mañana, y tardé siglos en poder acceder a tu despacho.

—Pensaba que la quema de libros ya había terminado. No debería haber guardado estos en mi despacho —dije echándome la mochila al hombro.

—Si queman libros, no tardarán en quemar también a personas —dijo con desolación. Miró al suelo y yo hice lo mismo, recorriendo con la mirada su vestido y deteniéndome en sus zapatos marrones. Y sin pensármelo dos veces le cogí la barbilla con los dedos, con la palma de la mano hacia arriba, y le levanté la cabeza para que sus ojos volvieran a cruzarse con los míos.

Sentí una descarga en la punta de los dedos y di un respingo. Y, como si de un relámpago se tratase, unas llamas de calor eléctrico me aturdieron y di un paso atrás, bajando la mano pero no la mirada.

—No lo entiendo —dije—. ¿Por qué me estás ayudando?

Sonrió satisfecha.

—Y tengo un regalo de despedida para ti. —Se ruborizó, y sentí deseos de tocarle de nuevo la piel, de resplandecer con su calor. Sacó un libro ajado de la mochila. *Michael Robartes and the Dancer*—. ¿Lo tienes ya?

Miré en derredor, cayendo de pronto en la cuenta de dónde estábamos. Dudé un instante en cogerlo, pero me lo plantó en las manos.

—¿Yeats? No, no lo tengo —dije admirando el fino volumen—. Gracias.

—Hasta la vista, profesor —dijo con expresión de alivio, y echó a andar.

Pero iba en mi misma dirección. Me quedé clavado en el sitio, consciente del contrabando que llevaba encima. Ahora que volvían a estar en mi poder, quería llevarme los libros a casa cuanto antes y no volver a pasar por delante de la universidad, alejarme del vientre de la bestia. Cuando quedó claro que Frieda no iba a entrar de nuevo en el edificio, no tuve más remedio que seguirla.

—Disculpe, *Fräulein* Hasek —dije con excesiva formalidad—. Vamos en la misma dirección y da la impresión de que la estoy siguiendo. ¿Le importaría ir un poco más despacio y que la acompañe?

—Me llamo Frieda.

—Lo sé.

—Entonces no me llame por el apellido si se sabe el nombre de pila.

—Yo...

—Todos tenemos familia —continuó—. Pero eso no significa que yo quiera tener nada que ver con la mía, ¿no?

Y aunque sus palabras eran hostiles, los ojos le brillaban.

—Claro, claro —empecé a decir—. ¿Frieda entonces?

—Sí.

—Frieda: ¿puedo acompañarte mientras nuestros caminos sean los mismos? Yo me llamo Henryk.

—Encantada de conocerte, Henryk. —Pronunció mi nombre en voz baja y con un tono más grave; jamás había oído nada tan sensual.

Caminamos en silencio. No sabía qué decirle ni lo que iba a decir en casa cuando llegase, pero lo que más me obsesionaba era cómo podía conseguir que volviese a decir mi nombre.

—Te has arriesgado mucho para coger los libros.

Di un toquecito a la mochila.

—No tanto. A veces hago trabajo de documentación para *Herr* Wager, y cuando le oí hablar esta mañana, antes de clase, decidí colarme en tu oficina y coger todo lo que pudiera.

—Aun así, podrían haberte pillado.

—Un pequeño acto de desafío.

—¿De manera que robar mis libros ha sido un acto político?

—No, un acto de sensatez.

No supe qué responder mientras seguía por el camino de siempre a casa. Me metí en mi calle y ella siguió caminando.

—Gracias, Frieda.

—Hasta la próxima, Henryk.

Y sonrió antes de alejarse.

Quería gritar: Pero ¿cuándo será?

Enfilé el sendero de la entrada, sabiendo que acababa de experimentar uno de esos momentos que te cambian la vida. Fue una idea fugaz, y no por ser un tópico era menos cierta. Me quedé mirando la calle principal, esperando ver su silueta, esperando que volviera y esperando retrasar la inevitable verdad: que me hallaba bajo sospecha, que Emilie y yo estábamos en peligro y que, en el momento en que lo dijera en voz alta, se iba hacer realidad.

Planté los pies sobre el escalón de cemento y sentí que la llave me pesaba mientras giraba en la cerradura y la puerta se abría silenciosamente. El olor a abrillantador de madera, a Emilie, llegó hasta la puerta.

La calle estaba vacía cuando miré por segunda vez, y supe que catar el paraíso me llevaría al infierno. ¿Paraíso e infierno? Sacudí la cabeza, intentando deshacerme de la niebla que se había adueñado de mí.

Una niebla llamada Frieda.

5

MIRIAM

Se encuentra con un verso que le oyó pronunciar la noche anterior.

«Se anega el ritual de la inocencia». Está en esta colección, y en el resto de los ejemplares que ha sacado su padre de la biblioteca pública. Hay algo más en este poema, pero no sabe qué es. Puede que este sea el camino para llegar hasta Frieda, para descubrir qué le pasó a su padre y para ayudarle a seguir.

Seguir, dicen, cuando seguir significa morir. ¿No habrá, quizá, una manera de conseguir que vuelva?

Se quita la idea de la cabeza.

—El lecho de muerte no es lugar para la esperanza —había dicho su madre con su naturalidad de siempre cuando se producía un cambio difícil, y, por supuesto, tenía razón—. Lo único que podemos hacer es ayudar a que el tránsito se produzca en paz y sin cargas.

Se morirá. Pero ¿no será que está aguantando por algún motivo? Observa en qué se ha convertido su padre, y al ir a ofrecerle agua piensa en lo que ha dicho Hilda: que está todo muy documentado. Puede que su padre estuviese buscando algo en la propia biblioteca y, si no, puede que le dé más claves para entender su pasado. A fin de cuentas, se trata de un pasado compartido por millones de personas, aunque pocas tuvieron la suerte de su padre, que sobrevivió.

Echa un vistazo al cuerpo dormido antes de coger el abrigo y las botas. Se queda mirando la puerta de la calle.

—No voy a tardar mucho —se dice para tranquilizarse—. Un paseo cortito y enseguida me planto en la biblioteca. Puedo hacerlo.

Él sabía dónde estaba ella, pero ella le había abandonado. Eso era lo más difícil, y ahora…, ahora, iba a salir.

Vuelve a dejar la pluma blanca entre el marco y la puerta; faltan partes del tupido plumaje y el cálamo está doblado por la punta. Pasa el dedo voluptuosamente por la superficie, tocando la parte del interior que se ha quebrado sin crear una punta afilada.

La llave gira en la cerradura. Chirría, hace un ruido metálico. Miriam echa a andar por el pasillo vacío, sintiendo el consuelo y la llamada del hogar incluso mientras baja las escaleras. Lionel está detrás de su mesa.

—Buenas tardes —dice alzando los ojos—. ¿De compras navideñas, *Fräulein*?

Miriam asiente con la cabeza.

—¿Cómo está su padre?

—Estable —responde empujando la puerta de la calle.

La lluvia de la víspera ha amainado. Camina por el paisaje de su infancia pisando la alfombra otoñal que acolcha la calle.

Estructuralmente, nada ha cambiado, pero los sentimientos que evoca se han transformado. Ya no está a salvo, cada esquina es un riesgo, una incógnita. Cuando llega a la plaza, oye alboroto en las tiendas y en los cafés: voces, música y luces. En la calle hay niños jugando, le asalta el estruendo de sus maquinitas portátiles, y unos ciclistas le salpican agua cerca del bordillo.

Todo es una masa indiferenciada, menos *él*.

Una vez en Neufertstrasse, se adentra por territorio desconocido. Sus ojos no buscan monumentos de interés, sino reconocer lo que ven. Camina mecánicamente, escudriñando a todos los que se cruzan con ella de la cabeza a los pies. Mira a todo el mundo. Debajo de cada capucha, de cada gorro, busca los ojos de él, su cara.

A él.

La tienda de la esquina está llena de gente, carritos, comida. La radio suena atronadora por los altavoces. Sus pensamientos se arremolinan, sus ojos se pasean erráticos, pasan raudos de una cosa a otra. Coge una cesta vacía y se queda mirando los estantes hasta que al fin se decide por marcas que le suenan vagamente. En el mostrador coge un periódico: «Freiheit», chilla el titular. Libertad.

Miriam se hurga en los bolsillos en busca de dinero y sale de la tienda sin coger el cambio. De nuevo en la calle, respira hondo varias veces y da un paso. «El primer paso fue el más difícil», recuerda que dijo aquel alemán de Berlín Oriental, «pero poco a poco se fueron haciendo más fáciles». Tiene que seguir avanzando.

Para ver si encuentra respuestas.

HENRYK

No tuve que esperar mucho para volver a ver a Frieda. Al cabo de una turbulenta semana en la que no hubo noche en que Emilie no llorase en mis brazos, intentamos decidir lo que había que hacer a continuación. Ninguno de los dos dormía. Emilie había encontrado un lugar al que mudarnos, un pequeño apartamento con acceso a un desván. Aunque no nos estábamos escondiendo, habíamos encontrado un apartamento que nos lo permitía si fuera necesario. Emilie pagó seis meses de alquiler por anticipado y le dio su nombre de soltera al casero.

Abandonar Berlín estando bajo sospecha suponía un riesgo mucho mayor. Que nos pillasen intentando salir significaba una detención cierta, y, como ninguno de los dos queríamos marcharnos de la única ciudad que habíamos considerado nuestro hogar, nos quedamos. Repitiéndonos que la única solución era esperar pacientemente.

Nos despedimos de nuestro hogar, dejándole a regañadientes la llave a *Frau* Voss, que chasqueó la lengua por lo que quise entender como conmiseración pero quizá fueran ansias por «cuidar» de nuestras pertenencias abandonadas.

Dudaba que jamás volviéramos a ver la casa y me sentía vacío. Con un montón de bolsas, nos mudamos al apartamentito en el que íbamos a estar más seguros. Emilie seguía llorando, pero las lágrimas le ayudaban a dormir. Yo me quedaba escuchando cómo se le calmaba la respiración mientras, entre mis brazos, dormía. Me era imposible descansar

61

sabiendo que estaban en cada esquina de cada calle; bastaba un giro equivocado para que vinieran a por mí.

No sabía qué iba a pasar a continuación y no tenía ni idea de cómo iba a protegerla en cada una de las posibilidades que se me pasaban por la cabeza.

A Emilie le inquietaba seguir trabajando, pero iba a diario y con la cabeza bien alta. Era enfermera, era con eso con lo que se identificaba, y no estaba dispuesta a permitir que nada la apartara de su trabajo.

Cuando ella salía para el hospital, yo me echaba a la calle en busca de un poco de paz, sabiendo que si no me obligaba a mí mismo a salir del apartamento, no saldría.

MIRIAM

El autobús que sale de Sophie-Charlotte-Platz va lleno. Todos los pasajeros se dirigen al centro, dicharacheros y alegres. Miriam, con la compra en el regazo, enrolla el billete entre los dedos y oye las conversaciones sin prestar atención.

Sus pasos resuenan pesadamente sobre el mármol de la entrada de la biblioteca, cuyas columnas impiden ver a todos los que, arrebujados en sus sacos de dormir, se han refugiado de la lluvia. Se fija en las marcas de bala que hay en el muro interior, un recuerdo del pasado, intacto. Jamás había estado allí; total, para qué iba a ir, cuando su padre tenía una biblioteca en casa.

Envuelta en un calor húmedo, camina sin rumbo entre las estanterías, como si se adentrase por un libro abierto. Hay mucha gente andando de acá para allá y se siente un poco fuera de lugar.

En la mesa de recepción hay una mujer con un cárdigan rosa, y se está formando una larga cola. «A ver, me refiero a que…», dice con vehemencia, apoyando los brazos sobre el mostrador.

Miriam pasa de largo en dirección a las oscuras estanterías. El edificio es enorme y está iluminado desde múltiples niveles; hay escaleras que dan la vuelta y sobresalen inesperadamente, obligando a Miriam a subir a otra planta en la que se acaba topando con otra escalera. Sigue una flecha que señala la sección de Historia, y después otra que la lleva hasta Europa.

Hay muchísimos libros, y solo de ver la cantidad se siente intimidada. Se le disparan los ojos a uno en el que lee la palabra *Holocausto* escrita en grandes letras en negrita. Coge el pesado volumen y se sienta a una mesa cercana. Le tiemblan las manos, y antes de abrirlo se muerde la mejilla por dentro hasta que nota sabor a sangre.

Rostros.

Gente.

Va pasando las páginas, con miedo a lo que pueda encontrarse. Con miedo a lo que anda buscando. Mira a todos, cada cara. Busca a su padre y a su madre. Pero al cabo de unas páginas, siente náuseas. Todas estas personas han sido un padre o una madre, un hermano, una hermana, un hijo o una hija. Jamás los había mirado de esta manera y cada página que pasa le hace sentirse peor. Le da vueltas la cabeza, pero no aparta la vista. Simplemente, intenta absorber algo que escapa a la comprensión.

—Disculpe —le dice una mujer, deteniéndose al lado de su hombro. La mujer del mostrador de recepción—. Se ha sentado sobre mi abrigo.

Miriam se levanta de un salto deshaciéndose en disculpas.

—No pasa nada —dice la mujer—. Muy duro, ¿eh? —dice, indicando con la cabeza el libro abierto sobre la mesa.

—Solo estaba... —empieza a decir Miriam, pero no puede terminar la frase.

—¿Acaba de cruzar el Muro? —pregunta la mujer.

—No, esto, yo..., yo... —farfulla Miriam. La mujer tiene el pelo muy corto, blanco pero con algún toque rubio de juventud. Tiene la piel bronceada y una mirada dura.

—Yo fui una de las primeras personas que cruzaron —explica—. Vivía en Leipzig y se me ocurrió venir a ver a qué se debía tanto jaleo. —Se recoloca la camiseta negra por debajo del cárdigan rosa y Miriam ve un precioso collar de cuentas rojas que se le remete por la camiseta mientras se la ajusta.

—¿Alboroto?

—Sí, eso de «Si es occidental, fenomenal…». —Va sin maquillar, pero tiene un aspecto fuerte y saludable. En contraste, Miriam está pálida; se tira de las mangas, se rasca la piel de la muñeca y cruza los brazos—. En fin, no estoy yo muy segura, la verdad. Esta biblioteca está edificada sobre mentiras, construida gracias al saqueo de los nazis. Estos libros han sido robados a la gente.

La intensidad de su mirada obliga a Miriam a apartar la suya y la dirige hacia el libro. Lo coge y vuelve a dejarlo en el estante.

La mujer continúa:

—Está escondido, olvidado. Todo. Como dijo Stalin, una muerte es una tragedia, cien mil muertes una estadística y seis millones…

—Seis millones son seis millones —dice Miriam para romper el silencio.

—En efecto. En fin, perdone, le dejo con lo que estaba.

Y antes de que Miriam pueda decir esta boca es mía, la mujer se da media vuelta y se aleja.

Miriam mira hacia los estantes, uno, otro, otro más, preguntándose cuántos libros habrá en la biblioteca. Arrastra los dedos por los lomos; ¿cuántos hogares habrán tenido estos libros antes de aterrizar aquí?

Recorre un pasillo tras otro, dejando atrás filas de mesas con estudiantes. Muchos alzan la vista cuando pasa. Llevan gafas más grandes que sus caras, parecen crías de búho pestañeando a la luz del sol. Otros siguen encorvados, centrados en sus cuadernos. Sus rostros aplicados le recuerdan a su padre sentado ante su escritorio.

Piensa en las imágenes del libro y se le forma una bola de rabia en el estómago. Debieron de detenerle, subirle a un vagón de ganado y, después… Mira en derredor y piensa que si cada libro fuera una persona… Pero la mera cantidad es inabarcable.

La biblioteca es demasiado grande, lo único que quiere es volver a casa.

6

MIRIAM

El olor a rancio de los abrigos y las personas mojadas sube envuelto en una niebla que se va condensando. Pasa la manga por la ventanilla y considera quitarse el abrigo, pero la fatiga se ha apoderado de todo su cuerpo. Se deja mecer por el movimiento del autobús. Está abstraída en los rostros, en las rayas de los uniformes y en el intangible vacío de aquellos ojos que miraban a la cámara, entre suplicantes y enfadados, buscando… no sabe bien qué: ser reconocidos, o quizá solo constar en acta.

Su padre tiene un número grabado. También él estuvo allí. Pero sobrevivió. Y en su imaginación, le ve retorciéndose en el suelo. Llamándola. Gritando «¡Miriam!». Necesitándola. Le cae sudor por la espalda y se rebulle con impaciencia en el asiento mientras el autobús se abre camino trabajosamente a través del tráfico.

Empieza a mordisquearse y a toquetearse la piel de la uña. La bolsa de la compra, retorcida varias veces entre sus manos. Mientras los pasajeros cotorrean, Miriam cuenta las paradas que quedan para llegar a casa: cinco. La mujer de la biblioteca se sube. Miriam se mueve para hacerle sitio y le sonríe.

—Hola otra vez.

—Hola —dice la mujer, y Miriam vuelve a mirar por la ventana mientas el tráfico se detiene en torno al cruce principal que lleva a la Puerta de Brandeburgo. Es tal la multitud que le cuesta ver el Muro.

Hay gente haciendo fotos. Ha pasado de ser un muro de cemento a ser una atracción turística, piensa, y la idea la entristece. La historia convertida en espectáculo.

Miriam se concentra con todas sus fuerzas en mantener las manos quietas sobre el regazo. En coger aire y soltarlo. Y en no pensar en su padre.

Faltan cuatro paradas para llegar a casa.

—¿Encontró lo que andaba buscando? —pregunta la mujer.

Miriam dice que no con la cabeza.

—La verdad es que no sé por dónde empezar.

—¿Algo en concreto?

—Más o menos, pero en realidad no. Yo solo… —Miriam se arrima más a la ventana bajo la atenta mirada de la mujer.

—Me llamo Eva.

—Miriam —dice ella, estrechando la cálida mano de Eva.

El autobús se para de sopetón y el conductor suelta un taco a voz en cuello. Se oyen risitas por todo el autobús y Miriam y Eva sonríen.

—Para ser sincera, no tengo del todo claro qué estoy buscando. No sé por lo que pasaron y eso me hace sentirme muy estúpida.

—¿Te refieres a las víctimas del Holocausto?

Miriam tiene la sensación de que la envuelve una especie de neblina que no se disipa. ¿Víctimas? ¿Su padre fue una víctima? No puede ser. Se le saltan las lágrimas y, mientras Eva permanece sentada sin interrumpir su llanto, a Miriam le invade la calma, sus manos se relajan y dice:

—Vi un número en la piel de mi padre. Creo que estuvo en un campo de concentración. Supongo que quería averiguar más cosas, pero…

En el larguísimo silencio que se hace a continuación, el autobús se detiene y un batiburrillo de cuerpos sube y baja.

Tres paradas.

Una vez que el autobús reemprende su traqueteo, Eva dice suavemente:

—Solamente los tatuaban en Auschwitz.

—¿Cómo dices?

—Si tu padre tiene un tatuaje, tuvo que estar en Auschwitz en algún momento.

—Dios mío.

—No; nada de Dios.

El autobús está lleno, pero la gente sigue subiendo y apelotonándose a pesar de la falta de asientos. Se levantan, esforzándose por mantener el equilibrio mientras el autobús avanza con dificultad.

Dos paradas.

—Auschwitz —repite Miriam.

—En los libros de la biblioteca podrás encontrar bastantes detalles sobre Auschwitz, si es eso lo que quieres saber.

Miriam la mira.

—No lo sé. Es tan espantoso… —dice, y siente la mano de Eva en el hombro. De sus ojos agotados caen lágrimas. Siguen saliendo y no encuentra el modo de contenerlas. Eva rebusca en el bolsillo de su abrigo y le pasa su pañuelo. Es gris, con un reborde de encaje, y está pulcramente doblado en un cuadrado presidido por una flor azul.

«Auschwitz».

—¿Eva? —dice mientras el autobús reduce la velocidad—. ¿Por qué iba a haber estado mi padre en Auschwitz? Quiero decir…, no es judío, ni tampoco nuestra familia lo es.

—No todos los prisioneros eran judíos. —Eva se apoya en el borde del asiento, los pies en el pasillo—. De hecho, a los campos iban a parar personas con conductas consideradas antisociales, criminales, activistas políticos, gitanos. De todo. Si no estaban de acuerdo con el régimen de Hitler, los mandaban a un campo.

—¿Crees que estarían juntos? Mis padres, quiero decir. Se casaron antes de la guerra.

—No. En cualquier circunstancia, separaban a hombres y mujeres.

—Mi madre jamás habló de nada de esto. Aunque no tenía un tatuaje —dice Miriam con certeza.

—Había más campos. Campos en los que no se tatuaba a los prisioneros. Campos concebidos específicamente para las mujeres.

—No…, no sé nada de todo esto.

—Tranquila. ¿Dónde tiene el tatuaje?

Miriam parece confusa.

—En qué parte del cuerpo —aclara Eva.

—En la muñeca.

—Entonces tuvo que ser después de 1942; antes de esa fecha, los grababan en el pecho.

Eva habla con tanta naturalidad que Miriam siente que la cabeza le da vueltas.

—¿Ah, sí?

Eva asiente con un gesto y empuja el brazo del asiento para levantarse.

—Me bajo aquí.

Ha aprendido más sobre el pasado de su padre en un breve trayecto de autobús que en toda su vida hasta la fecha. Quiere darle las gracias a Eva, pero como no encuentra las palabras se limita a mirarla. Le brillan los ojos, y Eva, consciente de que la está escudriñando, sonríe y le tiende la mano.

Miriam, confusa, le devuelve el pañuelo. Eva se lo mete en el bolsillo y baja del autobús. Levanta la mano a modo de despedida desde la acera mientras el autobús continúa su torpe marcha.

Una parada.

El autobús pasa por delante del palacio y deja el río Spree a la izquierda, los árboles perennes en llamativo contraste con el lienzo gris que los rodea.

HENRYK

Exactamente una semana después de abandonar la universidad, me fui a los jardines del palacio de Charlottenburg. Absorto en mis problemas y agotado, casi pasé por delante de Frieda sin verla. Estaba sentada en un banco mirando al Spree, a la sombra de unos pinos muy altos, junto al sendero principal. Tenía una taza en la mano y en el suelo, al lado de sus pies, había otra. Llevaba un vestido azul celeste y los zapatos marrones de cuero, y el pelo recogido en una trenza que se había enrollado en un nudo. Al verme se recostó contra el respaldo del banco, y la mezcla del olor a pino, a hierba y a flores me mareó un poco.

—¿Cómo sabías que iba a venir? —pregunté.

—No lo sabía.

Me miró y acabé ruborizándome.

—Lo siento, me he pasado de presuntuoso. Esa no será para mí, ¿no? —dije señalando la taza del suelo. Negó con la cabeza—. Estoy pensando en mil cosas y…, vaya, no hago más que decir tonterías. Te dejo con tu… —Dejé la frase sin terminar.

—No pasa nada. Toma. —Me ofreció la segunda taza—. Quédate aquí conmigo, si quieres. Por lo que se ve, a Felix se le ha olvidado que habíamos quedado.

Cogí la taza, la que sus labios no habían tocado, y me sirvió café de un termo. Intenté articular mis pensamientos de manera coherente. Admirar a una mujer hermosa no tenía nada de malo, babear cual mentecato ante una mujer hermosa, sí. Se llevó la taza a los labios, gruesos, grandes, y después de beber sonrió al ver que me sentaba a su lado.

—Es café —dijo, como si me viera indeciso.

—Gracias.

Eché un trago. Estaba caliente y cargado.

—¿Qué le ha pasado a Felix? —pregunté.

—Por ahí andará, a su aire.

—Pero sois pareja, ¿no?

Dio un sorbito con aire reflexivo y vi cómo sus labios volvían a cerrarse sobre el borde de la taza. La dejó a un lado.

—No me quitas ojo —dijo.

Carraspeé y la miré a los ojos. De nuevo se acercó la taza y vi cómo se le abrían los labios. Sonrió, la bajó y se relamió pausadamente el labio inferior. Se echó a reír, y yo, enredado en su contagiosa explosión de placer, me reí con ella.

—No he podido evitarlo —dijo.

—Yo tampoco. —Y después, intentando desesperadamente recuperar un mínimo de claridad, dije—: Me estabas hablando de Felix.

Me aparté de ella y me quedé mirando al Spree. En la orilla de enfrente había hojas brotando de ramas esqueléticas. Me recliné en el banco. Estábamos sentado el uno al lado del otro. Cerca, pero sin tocarnos.

—Ah, sí… Bueno, da la impresión de que Felix y yo estamos juntos. Somos buenos amigos, y lo de parecer una pareja nos beneficia a los dos, para guardar las apariencias.

—¿Por qué? Vamos, si no te importa que te lo pregunte…

—Por nuestros padres. Los míos y los suyos. Estar juntos mantiene a raya los «planes» de nuestros padres. —Debí de poner cara de desconcierto—. Matrimonio —aclaró.

—Entiendo.

—¿A ti también te obligaron tus padres a casarte?

—No, mis padres se murieron cuando era pequeño. Al acabar la guerra se dedicaron al activismo político y pasaban más tiempo en concentraciones y manifestaciones que en casa. Aunque nunca lo dijo, mi abuela se avergonzaba de mi madre, pero a mí me quería mucho. Yo nací en algún momento de la batalla que libraban mis padres entre el amor y el deber —dije; los nervios convertían mis pensamientos en una cascada de palabras—. No me acuerdo de ellos. Fue mi abuela quien quiso que me casara, pero Emilie no le hacía mucha gracia.

—¿Y eso?

—Mi abuela era... conservadora. Y Emilie no lo es.

—Ah, pero de todos modos te casaste con ella, ¿no?

—En efecto. Hace ya ocho años de eso, y... Emilie es...

—¿La quieres?

—Mucho. —Era cierto, y la verdad hacía que fuera más soportable decirle todo aquello a la persona más enigmática que había conocido en mi vida. El hecho de estar sentado al lado de Frieda no mermaba mi amor por Emilie, ni hacía que Emilie dejase de existir.

—Siento que tus padres te lo pongan tan difícil, debe de ser duro para ti —dije, intentando desviar la conversación hacia otro tema que no fuera yo.

—Creo que les preocupa que acabe como la tía Maya. Es lesbiana.

Me reí, pero la noté triste.

—¿Por eso haces el paripé de Felix?

—¿Para ocultar mi sexualidad? No. ¿La suya? Quizá. —Debí de poner cara de escándalo—. No me digas que eres tan conservador como tu abuela.

Me reí.

—No. Bueno, ¿cómo acabó tu tía Maya?

—Estábamos muy unidas. Era lingüista, y me lo enseñó todo.

—¿Conque de ahí te vienen los idiomas?

—Sí. La tía Maya viajaba y volvía siempre con un idioma nuevo; yo era una alumna muy dispuesta. Pero la mataron, estoy segura.

—¿Tus padres? —dije asustado y tratando de encontrarle la

lógica a sus palabras. Estaba cerca de mí. A mi lado. Cuando levantó la taza, nuestros brazos se rozaron.

—No, hombre. —Se giró y volvimos a quedarnos cara a cara—. La «limpieza». Me imagino que la arrestarían hace tiempo; defendía aquello en lo que creía. Ojalá mi familia hiciera lo mismo. Cobardes, son todos unos cobardes.

—Cada uno se enfrenta de distinto modo a los tiempos que corren —dije intentando ser comprensivo.

—Ya, pero los respetaría más si tuvieran agallas.

—Siento lo de tu tía y tus padres.

—Y yo lo de los tuyos.

—Pero tus padres tienen que ver que eres demasiado joven para casarte, ¿no?

—¿Lo soy? Tú estás casado.

Asentí con la cabeza.

—Supongo que debía de tener tu edad cuando me casé con Emilie.

—¿Cómo es tu mujer?

—Menudita, morena, de lengua afilada y sagaz donde las haya —dije con una sonrisa.

—¿Cómo se tomó la noticia de tu despido?

—No demasiado bien —dije, y me eché a reír porque me hizo gracia edulcorar su reacción de esta manera.

—Vaya, lo siento —dijo riéndose también.

—No lo sientas, soy yo el que lo va a sentir.

Su risa gravitó hacia mí como un abrazo y me sentí mejor al instante, como si su hondura me quitase un poco de peso de los hombros.

La luz que brillaba en sus ojos era una fuerza increíble que tiraba de mí. Hacia aquellos ojos, hacia aquellos labios. Y cesaron las risas.

Dejé la taza en el suelo y le levanté la barbilla con los dedos como había hecho antes, aunque esta vez no retrocedí asustado por la sacudida. Me vi reflejado en sus ojos. Y había algo más en ellos, algo que no pude entender. Noté que la piel se le calentaba bajo las yemas de mis dedos, una oleada de calor electrostático que, de alguna manera, me cargó de energía mientras intentaba entender si lo que sucedía en mi interior le estaba sucediendo también a ella.

—¿Qué haces? —susurró.

—No lo sé.

Pero al decirlo lo supe, tan seguro estaba como de que me latía el corazón. Era algo nuevo, algo infundado en mí que se reflejaba en ella. Algo de lo que no podía escaparme.

Mis ojos solo la veían a ella, el contorno de su cara desdibujaba el paisaje de fondo. Le pasé los dedos por la mandíbula, se le aceleró el pulso cuando le rocé el cuello y le rodeé la cara con la mano.

Tenía un minúsculo lunar oculto tras la curva del labio superior.

Observé cómo reaccionaba cuando incliné la cabeza hacia ella. No se movió. Me interrogó con la mirada, pero sus labios se abrieron una pizquita y vi que el inferior estaba húmedo. Me acerqué a su boca, atrapando su labio superior con los dos míos.

Me eché hacia atrás para volver a verle los ojos. Mientras mi mano le rozaba la cabeza y bajaba hasta su nuca, la arrimé a mí y se fundió conmigo.

Acarició mis labios con los suyos, un roce suave y superficial pero que me llegó muy hondo.

Era una fuerza que erradicaba cualquier otro pensamiento.

Sus labios sobre mis labios.

Se apartó y me subió una oleada de calor por las extremidades, el deseo de mantenerla a mi lado. Me acerqué para volver a besarla, pero me miró a los ojos y de alguna manera me lo impidió, así que le pasé la mano por el hombro y la acurruqué en mi brazo. Nos quedamos mirando el parque, juntos los dos.

—Estás casado.

El corazón me zumbaba en la garganta. Pero al ver que no decía nada más, tragué saliva.

—El país está en guerra —respondí.

—¿Y eso qué tiene que ver?

Se zafó suavemente de mi abrazo.

—Es un hecho incontestable, ¿no?

—Sí.

—Un hecho es algo absoluto —dije.

—¿Y yo qué soy, entonces?

No tardé más de una milésima de segundo en responder:

—Frieda, tú eres la mismísima luz.

Nuestros ojos se entrelazaron y, aunque no lo dijo, la vi pensando, y se sonrojó. Quería besarla de nuevo. Quería tocarla.

—Tengo que volver a la universidad —dijo levantándose—. No quiero llegar tarde.

Me puse en pie a la vez que ella, esforzándome por dar coherencia a mis pensamientos. Se alisó el vestido y se metió las tazas en el bolso.

—Gracias por el café.

—Me ha gustado hablar contigo, Henryk.

Al oír mi nombre me subió un hormigueo por los brazos y por el cuello.

—¿Y si quedamos otro día? —sugerí—. ¿En el mismo lugar?

—¿A la misma hora?

—¿Mañana?

Dijo que sí con una sonrisa y se marchó.

7

MIRIAM

—Auschwitz —dice. Después de dejar la compra en la cocina, ofrece agua a su padre y le cambia de posición mientras descansa.

Pasa mucho tiempo lavándose las manos, pensando en la palabra «Auschwitz». Al acabar le sangran tres uñas y el agua le ha hecho tanto daño que se siente mareada.

Agotada, se sienta en la butaca, se tapa las rodillas con una manta y se queda profundamente dormida.

Se despierta en mitad de la noche. La mala conciencia le eriza la piel mientras atiende aceleradamente a las necesidades de su padre, le ofrece agua, que se bebe de un trago, y comida, que no se come. Una vez que vuelve a estar tranquilo, Miriam mira por la ventana. Noche de sábado. Oye sirenas y voces, pero su calle está tranquila. Al amparo de la noche, le mueve delicadamente el reloj de pulsera.

Se queda un rato mirando el número. Como si buscara las respuestas en las líneas grises que le marcan la piel.

El artículo del periódico de ese mismo día gritaba «Libertad». Vale, el Muro se está cayendo, pero ¿alguna vez ha sido libre su padre? Vuelve a taparle y se va a la cocina a guardar la compra y a lavar los cacharros que se han ido acumulando. No encuentra el trapo, ni tampoco uno limpio en el cajón. Se seca las manos en el cuarto de baño y respira hondo antes de encender la luz en el cuarto de su madre.

El desbarajuste que armó el día anterior sigue igual que estaba, y encuentra el trapo de cocina entre el montón de vestidos que desbordan el armario. De pequeña se escondía ahí para probarse los zapatos de su madre y para jugar con las borlas y las telas de los vestidos, que caían a su alrededor como la lluvia mientras esperaba a que pasara la tormenta que se avecinaba en el resto del apartamento.

Mete los zapatos en sus cajas y cuelga los vestidos. Están arrugados, y, sintiéndose culpable, los alisa, evitando a toda costa tocarlos con los dedos heridos.

Amontona la ropa de su madre: zapatos de baile, zapatos para las grandes ocasiones, zapatos de verano y de invierno. Incluso los que se puso para la boda de Miriam. Todos, impecables y cuidados. Pero algo se ha salido de su sitio y no hay manera de apilarlos en línea recta. Los saca todos y vuelve a empezar, pero encuentra el asa de una vieja bolsa de viaje que se ha volcado en el fondo y desequilibra las cajas.

Pesa mucho y no recuerda haberla visto nunca. La aparta y reordena el armario. Al acabar se vuelve y, al ver la bolsa esperando pacientemente como un perrito faldero, le da una toba al cierre y se abre de par en par.

Saca una sábana amarilla, deslustrada como un narciso marchito, y se sienta al borde de la cama. Cuanto más desenrolla la sábana, más fuerte se hace el olor a orina, sudor y tierra que sale del paño. Es una sábana grande, y lo que estaba envolviendo le cae sobre el regazo: una camisa a rayas azul marino y gris. Al tirar, la camisa se convierte en un vestido. Es largo y grueso, de un algodón basto.

Tiene un cuello triangular, y tres botones que bajan por en medio. Despliega la sábana amarilla y ve que tiene el tamaño de una sábana individual; se levanta y la extiende en el suelo, y después coloca encima el vestido.

No puede apartar la mirada, es como una sombra bajo el sol.

El vestido tiene agujeros y está raído y arrugado como si llevase doblado muchísimo tiempo. Es un vestido a rayas. Un uniforme.

HENRYK

El resto del día, o eso me pareció, me quedé en aquel banco a orillas del Spree. Los patos pasaban volando y las garzas esperaban a poder pescar algo. Yo miraba cómo se movía el mundo. Por fin, cuando calculé que Emilie ya habría vuelto a casa, me levanté. Durante todo el paseo de vuelta estuve pensando en cómo decírselo, en cómo formular el sentimiento para que lo entendiera. Siempre le había contado todo. Hablábamos igual que respirábamos. No contárselo era impensable, pero, a pesar del rodeo que di, al llegar a casa no se me había ocurrido ni una sola cosa que decirle.

—Henryk, ¿eres tú? —gritó, nerviosa, desde el minúsculo espacio que era ahora la cocina. Nuestro piso se había convertido en una especie de tocador, abarrotado de los pequeños lujos —flores, cuadros, libros— que en nuestra antigua casa habían tenido sitio de sobra y aquí estaban amontonados por todas partes. Y allí estaba mi mujer, con el delantal puesto, los cordones sueltos por detrás.

—Hola.

Me acerqué a darle un beso en la mejilla.

—¿Dónde has estado?

—Paseando.

Tiré del nudo deshecho y volví a atárselo, alisándole el uniforme del hospital que llevaba debajo. Le puse la mano en la muñeca, le di la vuelta y, abrazando su cuerpo menudo, la saqué de la cocina y pasamos al abarrotado salón. Tarareando un vals desafinado, bailé con ella un poco aceleradamente.

—Henryk, ¿qué haces? —se rio.

—Estoy contento —dije, y a punto estaba de explicárselo, de dejar que salieran bailando las palabras, de hacerla partícipe de aquel sentimiento, cuando se paró en seco.

—¿Qué motivo hay para que estés tan contento? —preguntó, poniéndose de puntillas con una mirada tan dolorida que me hirió en lo más vivo. Me puso la mano en la mejilla y me besó antes de volver a la cocina. Y la verdad de sus palabras me afectó tanto que me quedé sin aliento: la razón de mi felicidad sería precisamente lo que destrozaría a Emilie.

MIRIAM

El vestido, el uniforme, está sobre su regazo. Papá está durmiendo y la noche flota en cada rincón del dormitorio. Miriam toca los botones, lisos y redondos. El bolsillo de la pechera está deshilachado y sobresale algo por una esquina. Mete las manos en el bolsillo y la tela hace un frufrú, pero no hay nada dentro que explique el sonido. Ni tampoco nada que comunique con el bolsillo.

—Hay algo aquí dentro —dice, y su voz resuena en la oscuridad.

Saca las tijeras de costura de su madre del cajón de la sala. El frío de la plata contrasta con el calor de sus manos, siente la suavidad de la curva de acero, toca la tuerquecita que permite que las hojas se abran sin soltarse. Acaricia las hojas y al llegar a la punta acerca la yema del dedo y la mantiene a poca distancia, rozándola.

De repente, el metal presiona y se le hinca en la carne, y en el mismo instante en que sale la sangre su cuerpo se relaja como si se hubiera sumergido en un baño templado. Contempla la gota que se le forma en la yema. Respira hondo. Un batiburrillo sin nombre de algo que ya conoce se desenreda.

Lo conoce y le da la bienvenida. Es un viejo amigo.

Carraspea y se lleva el dedo a la boca. El sabor a hierro es un puntito en la lengua y su calidez le surca el velo del paladar.

Acerca las tijeras a la costura, corta varios centímetros, hurga con los dedos y encuentra un papelito doblado. Como mucho tendrá el tamaño de una caja de cerillas.

Desdoblado, abulta lo que un cuaderno, pero es fino como el papel de seda. Miriam jamás ha visto una caligrafía tan diminuta. Es prácticamente ilegible. Se deja la carta sobre el regazo y enciende la lámpara, que al derramar su luz crea un contraste con la oscura falda y resalta el trazo gris del lápiz. El papel no tiene márgenes, no hay párrafos, solo letras que lo cubren todo. Por ambas caras.

Mira más de cerca. Se le pone la piel de gallina en los brazos. Acerca el papel a la luz y empieza a leer la intricada telaraña de palabras.

Querido Henryk:

Eugenia Kawinska cree que ya no existe, que se murió en el mismo instante en que nos convertimos en un simple número.

A estas alturas, el hecho de morirse y convertirse en cenizas carece de importancia.

La escucho, pero no puedo permitir que sus palabras me hagan mella. Estoy intentando mantener la esperanza. Pero la esperanza, aquí, es lo mismo que pedir un deseo a las estrellas; una fantasía caprichosa, infantil. Pura ingenuidad. Como mucho, un recuerdo.

Un recuerdo del puente de ladrillo rojo de Gleis 17, un recuerdo de otros tiempos.

Ahora nos devoran los vapores de nuestros propios cuerpos. Las mantas de lana parece que se elevan, envolviéndonos en un desagradable tejido que nos estanca. El único movimiento es el de mi respiración, que flota fláccida y monótona en el crepúsculo veraniego. Cojo mi lápiz para protegerlo con mi vida. Mientras muchas rezan, yo no encuentro otro modo de seguir siendo, de seguir siendo yo, más que este, así que aprieto firmemente el lápiz para que se marque bien en el papel y se salve una vida.

Eugenia empezó a hablar. Hablaba casi para sus adentros, y, entre los confines de nuestro propio aire, escuchamos.

Nos contó cómo fue su captura.

Escondida en una caja pintada de blanco y oculta detrás de unas cortinas, en la trastienda de un comercio de su ciudad natal, Lublin, esperó. Oyendo cómo temblaba la tierra de ira mientras los soldados destripaban, violaban y quemaban el pueblo entero. Nadie se escapó de la muerte o de la deportación.

Eugenia dijo que fue como una pesadilla, una en la que quieres correr, pero no puedes porque no sientes las piernas.

Así me siento yo aquí, cada minuto de cada día, sin ti.

Eugenia es una chica católica. Te caería bien; su rostro tiene algo cálido y reconfortante. Supongo que antes de estar aquí debía de parecerse a los ángeles que vimos en el cuadro de la Virgen de las Rocas: paz y serena belleza. Su rostro ha sufrido adversidades, tiene el ceño fruncido y sus ojos se mueven demasiado deprisa, pero cuando habla domina el escenario. ¡Es tan serena! Elegante. Incluso tiene rizos de ángel en el cabello y labios ondulados, como los ángeles.

Eugenia dijo que desconectó del fragor de la marcha de la muerte. Ni dormida, ni despierta. Oyendo voces, susurros y pisadas rápidas. Se abrió la tapa de otro compartimento de la caja en la que se había escondido y entró la luz. Como no podía levantar la cabeza, se quedó mirando al frente por el hueco abierto en la caja. Vio zapatos, zapatos azules con cordones verdes. Zapatos de bebé. Un cordón flojo, y el otro sin atar siquiera. Calcetinitos grises asomando por el borde, y piernecitas rosadas y gordezuelas.

Una mamá y su bebé.

Eugenia cuenta que la madre intentó silenciar al bebé, pero que al intentar meterlo en la caja se puso a berrear. Las piernecitas, con sus zapatos, se agitaban intentando salir de la caja, salir trepando, pero el bebé era demasiado pequeño. La mamá le habló bajito. Le dijo que se tumbase, pero el niño se incorporaba. Agarraba un trapo con fuerza y cada vez que le chocaba el culo con el suelo levantaba los brazos para que su madre le cogiera.

La madre iba descalza. Se metió en la caja y, aunque no llevaba más que un vestido muy ligero, se quitó la chaqueta y arrebujó en ella al bebé, como si estuviese arropándole en la cama. Se tumbó y se acurrucó a su lado; no había espacio para que se estirase. Se colocó como para protegerle desde todos los ángulos; ella lo era todo: la almohada del niño, su manta y su cama. Una vez tumbados los dos, cerró la tapa. Volvían a estar en la oscuridad.

Henryk, voy a escribir aquí sus palabras para atraparlas, porque lo dice de una manera que..., en fin, es su historia, no la mía.

«Yo no quería ver la cara de la mujer. Durante un rato reinó el silencio, tan solo punteado por las palabras tranquilizadoras que la mamá le susurraba al bebé. Al oír los cuchicheos de aquel placer tan sencillo, sentía que se iba abriendo en mi interior una hondonada hueca. Y yo me caía por ella y se me revolvía el estómago. El bebé debió de pedir de mamar, porque le oí chupar y tragar, rebosante de salud; al principio con ansia, después más suave. Debió de quedarse dormido mientras entraba el huracán».

Miriam se recuesta, silenciosa, en la butaca.

8

HENRYK

Antes de la guerra, los andenes de la estación de Berlín-Grunewald eran seguros. La gente iba en tropel en busca de una oportunidad para dejarlo todo atrás; en busca de una oportunidad para ser libre. Pero 1944 no fue un año seguro, y marcharse ya no era plato de gusto.

Eran viajes forzosos. A un paradero desconocido.

Sudando y con una sed que neutralizaba la creciente bilis de odio que me atenazaba la boca del estómago, encontré un huequecito para que nos sentásemos Frieda y yo, pero no podíamos descansar. Nos meneaban, nos zarandeaban.

Por fin, en la madrugada de la noche en la que nos detuvieron, después de varias horas recorriendo forzosamente las calles, habíamos apoyado la espalda contra el ladrillo rojo del puente de la estación. Mientras veíamos los vagones de ganado que estaban alineados en las vías, me sentí capaz de mirar a Frieda. Tenía los ojos llenos de lágrimas, pero no derramó ni una.

—Lo siento —dije.

Estábamos en el ojo del huracán. Esperando. En Gleis 17 había cientos de personas, todas como nosotros. Combatiendo el frío de la noche lo mejor que podíamos. Los susurros de incertidumbre se interrumpían con el ruido de las botas de cuero sobre los guijarros, gritos y tiros. Cientos de personas juntas, algunas con equipaje y la mayoría como nosotros, que solo nos teníamos el uno al otro. Estaba envuelta en mi abrigo: el cuello azul marino subido hasta las orejas, la melena suelta cayéndole por encima. Sentía su corazón palpitando como si hubiera un hilo invisible que lo conectase con el mío, cargándolo con cada latido. Una conversación de corazones.

Con Frieda, mis palabras nunca me permitían expresarme libremente, de la manera a la que estaba acostumbrado. Me escondía detrás de las palabras de grandes poetas, de los mejores artistas que nos había legado el tiempo. No podía confiar en las mías porque me resquebrajaban los labios y me dejaban la lengua áspera. Debería haberle hablado con mis propias palabras, pero, a menudo, no era necesario. Balbuceaba y la voz se me quebraba cada vez que intentaba describirle la intensidad y la novedad de mis sentimientos. Entonces ella me desafiaba con los ojos, obligándome a que dejase de mirarme los dedos, que no paraban de moverse, y me veía. Llegaba hasta lo más profundo de mi ser.

Para ser un profesor de Literatura, un hombre que dominaba tres idiomas, me sentía completamente inepto. Farfullaba sin sentido, era tan frustrante como escribir con agua en lugar de tinta. Ella, sin embargo, me hizo comprender el idioma del silencio y la poesía del contacto visual.

Con los ojos cerrados al mundo que había a mi alrededor, me limité a escuchar su corazón, que latía como la lluvia batiendo sobre la carretera.

Desprendía un aroma cálido que era mi hogar.

No podía dormir esperando en el andén, así que puse los dedos sobre el basto cuello de mi viejo abrigo. Abrazado a Frieda, me arrebujé en mis recuerdos, porque solo viviendo en el pasado sobreviviría aquella noche.

MIRIAM

Suena el teléfono.

Se queda mirando el papel que está al pie de la cama de su padre, encima del vestido, hasta que la bruma matinal lo envuelve en sombras.

—¿Estuvisteis los dos?

Le cae una lágrima, pero no se la seca. Deja que se la trague la tela de la falda.

El teléfono vuelve a sonar, pero esta vez no para. Miriam sale del cuarto en el que están el vestido, la carta y su padre y sale a responder.

—¿Diga?

Al otro lado solo se oyen interferencias.

—¿Diga?

Nada. El corazón le martillea en los oídos.

—¿Quién es?

Se le eriza el vello de la nuca. A medida que el silencio va en aumento, da la impresión de que sacude las paredes. Miriam se arranca el auricular de la oreja y cuelga. Deja la mano encima.

A la luz de primera hora de la mañana, pone a llenar la bañera y tirita mientras sube el vapor. Está sepultada. Congelada. Una vez que está sumergida en el agua del baño, la piel de gallina desaparece escaldada. Como gotas de agua, sus pensamientos se van acumulando hasta que se desbordan.

Vestida con una falda de algodón a rayas y un jersey, vuelve a la habitación. De nuevo suena el teléfono. Lo coge despacio y se lo lleva a la oreja.

—¿Diga?

—Miriam —responde una voz. Una voz familiar. Su voz.

«Axel».

Miriam cuelga. Mira el auricular, la huella de sudor que ha dejado la palma de su mano. Desenchufa el cable y se queda plantada delante de la mesa: sobre ella están la lámpara con su descomunal pantalla, la caja de pañuelos de papel, un bloc de notas y, ahora, el teléfono.

Silenciado.

Se sienta en la vieja butaca, tapizada más de una vez y cubierta ahora con una tela de pana. Pasa los dedos, pequeños y delgados, por la tela, transformando el granate intenso de la superficie en un rojo vino.

De un lado a otro.

¡Cuántas veces habrá reído, llorado, en esta butaca, hablando con su padre!

Recorre con los dedos, cada vez más deprisa, los cordoncillos de la pana, hincando las uñas para oír el placentero crujidito. Sus pensamientos regresan a la carta y a la persona que la escribió mientras las manos se le transforman en garras que arañan la butaca.

La sortija de boda le afea el dedo. El ancho anillo dorado se lo absorbe por debajo del nudillo y después lo escupe, deformándolo. Pasa de dar tironcitos a la pana de la butaca a dar tironcitos a la sortija. Como nunca, ni una sola vez, se la ha quitado, la sola idea le hace echar un vistazo en derredor.

Su padre parece tranquilo, está de costado, profundamente dormido.

A fuerza de empujoncitos, consigue pasarse la sortija por el nudillo. Sale disparada y le cae sobre el regazo. El dedo, pálido y expuesto, reluce con un blanco radiante. Se alisa la piel nueva con los labios.

Sin saber qué hacer con la sortija que está en su regazo, la coge entre el pulgar y el índice, se abraza las rodillas y la deja encima. Se queda mirando el círculo vacío, el anillo sin fin.

Suena el telefonillo, pega un bote y la sortija cae dando saltitos por el suelo. La ve brillar en la esquina de la habitación, la coge y se la mete en el forro de seda del bolsillo de la falda azul.

—Frieda —murmura su padre, moviendo nerviosamente los pies como los perros dormidos.

A continuación oye un golpecito en la puerta, seguido de una voz que llama por el hueco del buzón. Con el ruido que hace la cama, no entiende lo que dice, y le da lo mismo.

A estas alturas, el hecho de morirse y convertirse en cenizas carece de importancia.

Ella no es más que *Frau* Voight, un simple nombre, de la misma manera que Eugenia era un simple número. Pero el uniforme, la carta…, su madre también estuvo allí.

Su madre ya no está. Y Miriam nunca lo supo, y su padre… ¿Y quién sería Frieda?

Esta completamente a solas con sus preguntas.

—Es demasiado tarde. He llegado demasiado tarde.

Ya no es posible rebuscar en el pasado para recomponerlo, hacer las preguntas necesarias, entender, conocer de verdad a sus padres. Porque este vestido lo cambia todo; todos sus recuerdos y todo lo que pensaba que sabía se han desvanecido.

Oye un golpe en la puerta y una voz que conoce.

—Miriam —llama la voz.

Tambaleándose, las piernas rígidas y frías, sale al pasillo.

—¿Hilda?

Miriam abre la puerta y entra Hilda, que de camino al dormitorio le da un cariñoso apretoncito en el brazo.

—¿Estás bien?

—Esto…, estaba durmiendo —dice siguiendo a Hilda.

—Perfecto. Tu padre parece descansado. —Hilda se vuelve hacia su padre. — ¿Cómo andamos esta mañana, *Herr* Winter? Tienes muy buen aspecto, Henryk.

Miriam se frota los ojos mientras Hilda se acerca a la cama, dando un traspiés.

—¿Té? ¿Café?

—Un café, por favor.

Abre el bolso.

Miriam pone a hervir el agua y se queda en la cocina. Cuando el hervidor empieza a pitar y el agua salpica el fogón, da un salto y lo aparta del fuego, sorprendida de que haya podido hervir tan deprisa. Un fragmento de tiempo perdido.

Chas. Visto y no visto.

Coge el hervidor.

—Dormir, solo necesito dormir un poco —dice dando un toquecito a la bolsa de té que flota por la taza.

—¿Te ayudo?

Hilda se quita los guantes en la puerta mientras Miriam aprieta la bolsita de té contra el borde de la taza, derramando un montón de té.

—¿No había café? —dice Hilda.

—Se me ha ido el santo al cielo, perdona.

Hace ademán de ir a tirar el té al fregadero.

—No pasa nada. —Hilda intercepta la taza y la coge con las dos manos—. Aquí ya está todo hecho.

Vuelven al dormitorio.

—¿Qué tal ha estado?

—Callado, pero bien. —Miriam echa un vistazo al cuerpo menguante de su padre y a la bolsa. A sus pies ya no está el vestido—. ¿Dónde está el vestido? Uno que estaba ahí. ¿Dónde está?

Hilda señala.

—Allí.

Miriam se acerca rápidamente a la butaca y coge el vestido con ambas manos, apretándoselo contra el pecho.

—¿Qué es?

—Un uniforme, creo. —Siente un escalofrío—. Ella también estuvo allí —dice Miriam—. Los dos estuvieron. Encontré esto… Y dentro había una carta.

—¿Pasa algo? —pregunta Hilda. Al ver que Miriam no responde, continúa—: ¿Por qué no te animas a salir hoy? Esta mañana no me toca ver a nadie aparte de tu padre, y podrías… —Pasan al salón, que huele a abrillantador de madera y a luz de sol con motitas de polvo—. Hace una mañana preciosa. —Hilda abre las cortinas y las ventanas para demostrárselo. La luz entra a raudales en la olvidada estancia y el polvo flota desagradablemente a su alrededor.

—No puedo abandonarle —dice—. Le he…, le he echado tanto de menos… No pienso abandonarle otra vez.

Hilda se sienta y posa la mano en el brazo de Miriam.

—No querían que lo supieras. Si hubieran querido, te habrías enterado. Venga, sal a dar un paseo. Te despejará. —A Miriam empieza a gustarle la idea y asiente con la cabeza—. Tranquila, que estoy yo aquí.

Y aunque lo último que quiere Miriam es moverse, Hilda le encasqueta el abrigo y las botas y la planta en la puerta.

—Te va a sentar estupendamente. Venga, sal —dice—. Va a ir todo bien.

Camina calle abajo azotada por un frío cortante. Respira aire limpio mientras el mundo se despierta, y a juzgar por la ausencia de tráfico debe de ser domingo. El mundo sigue moviéndose. Como sus pies.

Hace mucho tiempo que no camina sin un destino, y a medida que avanza se le van relajando los músculos. Al llegar al cruce, dobla a la derecha en dirección a Dancklemannstrasse. A la luz de la mañana, las clásicas viviendas residenciales berlinesas sueltan destellos blancos. Las tiendas y los restaurantes están cerrados, y los aparcabicis, vacíos. Los edificios de fachada de cristal se encajan unos con otros como un carruaje desgarbado. Pasa por delante de una tienda de ropa, un restaurante italiano, una librería de viejo y una tienda de vinilos. Una silenciosa modorra envuelve a los inquilinos de los apartamentos de arriba.

Camina al compás de un tren que pasa por la vía y al compás de su corazón, pero tiene la cabeza en una carta del pasado.

La carta mencionaba Gleis 17. La foto de los vagones de ganado del libro que vio en la biblioteca. Y la nota al pie: estación de Grunewald. Desde donde enviaban a la gente, y sin duda también a sus padres, a los campos.

Cuando está a punto de llegar a Lietzensee, tuerce a la derecha en Sophie-Charlottenstrasse. Está volviendo al lugar donde todo empezó. Porque los dos sobrevivieron; aunque los separasen, al final consiguieron salir con vida.

Camina hasta Grunewald; tiene la respiración errática, el corazón le late en los oídos. El edificio de ladrillo de la estación está en silencio, la floristería, cerrada, y que no se oiga ni un ruido en un lugar como aquel, pensado para el trasiego, la pone nerviosa. Un letrero blanco con grandes letras negras le señala la vía. Respira hondo y sigue la indicación.

9

MIRIAM

La vía está oxidada, cubierta de hojas y piedras. En el andén, el viento ruge como un ser vivo, rechinando, silbando y gruñendo suavemente a su paso entre los árboles. Las puntas de la nariz y de las orejas le arden y le palpitan. Se pone a esperar, como si fuese a venir un tren del pasado.

Hay tres traviesas de madera superpuestas como al azar. En la superior hay una placa de bronce que conmemora las deportaciones que partieron de allí. Hace años. Hace una eternidad, piensa. Se le enfrían las manos, los pies se le entumecen. Sigue esperando.

El viento juega con los tallos de unas rosas. Fueron depositadas allí a modo de homenaje, y sus pétalos se unen con las hojas y las grandes piedras grises que hay debajo. Un pétalo de rosa, antaño rojo y ahora de un negro arrugado, pasa flotando por encima de sus pies. Se agacha a coger una piedra y pasa el dedo por los bordes dentados; le reconforta que pese tanto.

Millones de personas fueron deportadas, asesinadas. La gente que trae las rosas viene aquí a recordar, pero sus padres eligieron olvidar. ¿Por qué?

Pone una piedra sobre las traviesas.

—Para mamá —dice, y después escoge otra piedra y la coloca al lado, para que se toquen—. Para papá.

Ellos sobrevivieron; la mayoría murió. Eligieron vivir una vida sin pasado, pero no logra entender por qué guardaría su madre el uniforme. El cielo empieza a cerrarse y el viento forma remolinos.

—Pero si elegiste olvidar —susurra, acuclillándose para acercarse a las dos piedras que reposan juntas sobre la traviesa—, ¿por qué conservaste el vestido?

Aprieta los labios.

—Y la carta.

No conocía a ninguna Eugenia. ¿Por qué iba su madre a quedarse una carta que en realidad no le «pertenecía» a ella?

Sus recuerdos van y vienen como el humo, están a merced de la corriente; de repente, el crujido de unos pasos sobre las piedras los disuelve. Tiene las piernas frías y le cuesta levantarse. Una pareja, ambos con largos abrigos oscuros y gorros de piel, ha venido a depositar unas flores, y Miriam saluda con un gesto de cabeza antes de fijarse en las piedras. Por cada piedra, una persona. ¿Por qué guardaría su madre un vestido y una sola carta?

Tiene que haber algo más.

Algo más, quizá.

Y mientras sus pies cobran vida a fuerza de pisotones, siente un impulso. El impulso de salir de aquel lugar anclado en el ámbar del recuerdo y volver a casa, al presente, con su padre y con el vestido. De averiguar qué les pasó a sus padres. El vaho que le sale de la boca se mezcla con la lluvia que cae.

Mientras sale de la estación, el cielo suelta una lluvia gris que la empapa antes de llegar al fondo del aparcamiento; el agua resbala por su capucha y le moja la cara. Encuentra un taxi solitario a punto de arrancar y le hace una seña.

La musiquilla de vacuo regocijo que sale tanto de la radio como del conductor la aturde, y guarda silencio. Después de la tranquilidad clara y vigorizante del andén, es una agresión a los sentidos. El pacífico respeto hacia el pasado, anulado por música barata.

—¿Adónde vamos, maja? —pregunta el conductor moviendo el espejo retrovisor para verla. Al responder, Miriam ve en el espejo el manchón de la huella dactilar, que fragmenta la luz creando un singular dibujo al que vuelve una y otra vez con la mirada mientras circulan por las calles vacías. Entre chirrido y chirrido, los limpiaparabrisas forman estrellas fugaces con las gotas de la lluvia. Cuando ya se están acercando a casa, se pregunta dónde estará Axel y, de repente, solo de pensar en él, siente náuseas.

—No le molesta que suba la radio, ¿no?

La falsa alegría que emite el conductor cantarín llega reverberando hasta ella.

Paga al conductor, que le desea una feliz Navidad y se aleja, dejándola en el peldaño del gran bloque de apartamentos de cinco pisos flanqueado por robles cuyas hojas tapizan el empedrado. La puerta principal es una luz blanca que guía a la nave perdida hacia el hogar.

Abre la puerta de la calle y sigue escaleras arriba. El forro de la capucha le hace cosquillas en la piel húmeda. Va lo más rápido que puede, pero los pies la refrenan. Cada paso está lastrado, como si caminase por el agua.

Encuentra la llave en el bolso, la mete en la cerradura y entra apresuradamente en el apartamento.

El tiempo avanza como una sucesión de fotogramas. Destello. Chasquido. Siguiente. Sus pensamientos dan vueltas sobre sí mismos. El colchón y la radio son el ruido de fondo.

Abre con sigilo la puerta del dormitorio de su padre y parece que está muerto.

Entre insegura e impaciente, da un paso, pero se detiene como golpeada por un olor a fruta podrida.

El pecho de su padre sube y baja.

Sonríe a Hilda, que está en la butaca. Por la radio suena un tranquilo solo de violín, una cascada de notas claras y evocadoras que le trae a la memoria viajes y despedidas.

—Ha cambiado el tiempo, ¿eh? —dice Hilda.

Miriam asiente con la cabeza.

—Se me ha ocurrido una idea —dice Hilda levantándose—. Ahora que vas a estar aquí una temporada, ¿qué te parecería que te viera un médico?

Miriam se quita el abrigo y besa la finísima piel de su padre.

—No me pasa nada.

Sube la voz y al instante la baja. Por algún motivo, se ha quedado descolocada. Algo se ha deshecho en el tiempo transcurrido entre la resolución que sintió en el andén mientras miraba las piedras y ahora que ha vuelto al piso.

Hilda se mete las gafas en el bolso.

—Lo estás haciendo de maravilla. Pero estaría mal por mi parte que no te ofreciera algún tipo de ayuda, médica o del tipo que sea. —Cierra el bolso y se lo echa al hombro—. Piénsatelo, ¿vale?

Miriam mira a su padre, se fija en el brillo rosáceo de la frente y las mejillas. Le toca el dorso de la mano con las yemas de los dedos.

—Si es que realmente quieres hacer esto, claro —continúa Hilda.

Miriam siente que la invade una rabia explosiva, como una bola de fuego, y que podría abalanzarse sobre Hilda y hacerla pedacitos.

—Hay otros lugares, como por ejemplo residencias, si ves que esto se te está haciendo demasiado duro. Y no serías mala persona por llevarle a una, simplemente…

El fuego interno chisporrotea y se extingue.

—No. Tengo que quedarme y cuidarle, quiero hacerlo —responde, con un tono de súplica en la voz.

—Entonces tenemos que cuidarte también a ti, para que puedas cuidar a tu padre. Si quieres, te pido cita con el médico.

Besa a Miriam en ambas mejillas como para sellar la conversación y se marcha.

El solista sigue tocando y Miriam apaga la radio, cortando de cuajo la armonía.

HENRYK

El recuerdo de Frieda en mi abrigo, el color de la medianoche. Sé que si consigo recordar, que si resisto… Busco un recuerdo que me mantuvo vivo.

Ahora volverá a mantenerme vivo.

Y entre las sombras lo encuentro. Tan sencillo como saber cómo me llamo.

Yeats.

Las imágenes rebotan como las gotas de lluvia cuando me sacudí el abrigo para colgarlo de la puerta del baño de Frieda.

—Ayer quemaron tus libros.

Frieda me pasó una taza de té negro. Estaba sentado al pie de su cama, pasándome la mano por el pelo mojado. La cama, que servía también de sofá, era el único mueble, aparte de la mesita de centro. La habitación estaba pintada de un rosa desgastado, herrumbroso, y había un ambiente cálido a pesar del frío.

El apartamento daba al este y estaba en el bloque central del edificio. Como había una única ventana y estaba en el cuarto de baño, la falta de luz natural se traducía en falta de calor natural.

—Y han puesto un precio de diez mil marcos a tu cabeza.

Se sentó enfrente de mí, en la mesita, y sopló el vapor que salía de su taza. Nuestras rodillas estaban muy cerca, pero no llegaban a tocarse.

—¿Diez mil marcos?

—Sí. ¿O es que crees que vales más?

Se rio.

—No. Si valiera más, me entregarías tú misma.

—No digas eso ni en broma.

Arrimé la rodilla contra la suya, pero la apartó.

—Mis libros… ¿Todos?

Me dolió, aunque sabía que no debería.

—No te preocupes, estabas muy bien acompañado. Supongo que mañana por la mañana las nubes estarán llenas de textos. Bastará con que el mundo levante la vista para que lea tus palabras.

Di un sorbito y me quedé mirando el interior de la taza.

—¿Qué pasa?

—Están quemando a Wells y a Freud; dudo que nadie vaya a echar de menos mi trabajo.

—Seguro que sí. Mírame a mí. —No aparté la vista de la taza, y del empujoncito que me dio con las rodillas casi se me derrama el té—. No es más que un alarde de fuerza, ya lo sabes. Los libros sobrevivirán a las hogueras.

Entonces la miré, la miré de verdad.

—Emilie cuenta con los medios para irse de Berlín.

—Ah. —Se encorvó desanimada—. ¿Cuándo te vas?

—No me voy. No puedo irme.

—Tienes que hacerlo.

—No, no pienso dejarte.

—Es tu vida. La vida de Emilie. No tienes alternativa. —Y luego, tras una pausa—: ¿Se lo has contado?

—Le conté la verdad para que pudiera dejarme si quería. No quiere. Me dijo que soy un necio y un insensato.

—Y no le falta razón. —Frieda sonrió—. En otras circunstancias, seríamos grandes amigas. Por si te interesa, te diré que estoy de acuerdo con ella. Aquí ya no te queda nada.

—Frieda —dije, y levantó los ojos—. Y ahora, ¿quién es la necia?

Ladeó delicadamente la cabeza y lo único que pensé fue en pasarle un dedo desde el mentón hasta la barbilla para acercarla más a mí.

—Sabes que debo decirlo: no tienes alternativa, Henryk. Debes marcharte.

—¿Te sientes mejor diciéndolo?

—¡Mejor! ¿Cómo? ¿Diciéndote que te marches, tal vez para siempre, con tu mujer? ¿Qué te vayas y seáis felices y comáis perdices, que me dejes?

—Entonces ¿por qué?

Nuestros rostros pegados, separados por la cinta de vapor.

—Porque quizá necesites oírlo. De mi boca.

—¿Necesito tu permiso?

Asintió con la cabeza.

—Si me hiciera falta tu permiso para irme, jamás me quedaría. La cuestión no está tan clara, y lo sabes.

Dejé mi taza en el suelo.

—El país está en ruinas —dijo. Pero mientras su boca dibujaba las palabras, yo la miraba, la miraba de veras, a los ojos, y el vínculo tácito que había habido prendió de nuevo. Era un vínculo que no sostenía nada concreto, tan solo un reconocimiento profundo, aunque ligeramente incómodo. Me costaba entender qué era exactamente, pero sabía que era lo que nos daba fuerza.

—No es por el país ni por ningún tipo de patriotismo mal entendido. Me quedo porque no puedo dejarte.

—Sí, sí que puedes —casi susurró—. Si yo puedo dejarte, tú puedes dejarme.

Sonreí.

—Yo sí puedo. Claro que puedo —dijo, esta vez más para sus adentros.

Me había inclinado tanto hacia ella que estaba en cuclillas a sus pies, y el calor de su aliento me daba en la cara.

—¿A quién estás intentando convencer?

—Todas estas palabras no significan nada —dijo.

—Lo sé; aquí estamos, hablando, cuando yo… —me interrumpí. Tenía un conflicto: quería besarle los labios y que me ayudasen a entender mis propias palabras, pero si lo hacía perdería el contacto con sus ojos, y había algo mágico en el deleite que me producía su mirada—. Amo Alemania, sí —dije, por decir algo—. La vieja Alemania, quiero decir.

Sonrió y bebió un sorbito de té antes de dejar la taza en el suelo, al lado de la mía.

—Eres igualito que Yeats.

Lo hacía a menudo: me pillaba desprevenido con algún comentario que debía de tener sentido para ella, pero no para mí. Farfullé algo incomprensible y me quedé admirando la forma de sus hombros, la inclinación de su cabeza, la línea de la mandíbula.

Se rio.

—Confundes el amor a tu país con el amor a una mujer.

Me recosté y dije, cruzándome de brazos:

—¿Qué pruebas tienes?

—El poema *Leda y el cisne*, por ejemplo: es sobre la violación de un país, no de una mujer. Todo su amor es para Irlanda, un triste lugarcito al que llama hogar. Me pones a mí como obstáculo, pero en realidad es tu amor por Alemania lo que te hace seguir aquí, no yo.

Le cogí las manos y le acaricié los nudillos con el pulgar. Despacio.

—No me insultes.

—Dicen que Yeats amaba a las mujeres, pero en realidad lo que amaba por encima de todo era a su país, un país roto.

—¿Y eso está mal?

—No, simplemente sostengo que si examinaras tu alma verías que yo represento todo aquello que te hace pensar en Alemania, lo bueno y lo malo. —Apartó la mirada—. Y por tanto no puedes dejar a la una sin dejar a la otra.

—Eso es cierto, pero no pienso dejarte. Por mí, el país puede irse al infierno.

—Ya se ha ido.

—Bueno, ¿ya has terminado?

Estábamos muy juntos, y sabía que a poco que me moviera dejaría de mirarla a los ojos y continuaríamos físicamente la conversación.

Se echó hacia atrás.

—No. No he terminado —dijo.

—Entonces, sigue. No quiero interrumpirte.

Volví a cogerle la mano y la acerqué hacia mí, mis piernas entre las suyas, tocándose.

—«Los mejores no tienen convicción…» —empezó a decir.

—«… y los peores rebosan de febril intensidad» —terminé, acariciándole la muñeca con el pulgar.

—Exacto. Eso representa a los hombres.

—¿Me estás diciendo que carezco de pasión?

—No, lo que no tienes es convicción.

—¿Ah, sí? —Sentí el roce de sus labios sobre los míos, una ingrávida expectativa. Pero sus ojos empezaban a desdibujarse, y estaban más verdes y brillantes que nunca—. Yeats representa la humanidad, la condición humana, al hombre, no a los hombres.

—Pues yo, como bien sabes… —Me cogió de la barbilla para que alzase la vista, que se me había ido a un mechón de pelo suelto sobre su hombro— tengo a la vez una intensa pasión y… convicción.

Sonrió.

—Tú… —dije—. A ti te hicieron y rompieron el molde.

Me besó, apretando todo su cuerpo contra el mío. Ilustró sus palabras dando permiso a mis manos para que explorasen el resto de su cuerpo.

Y mientras nuestros cuerpos hablaban, no nos separamos.

MIRIAM

Sentada junto a su padre, que ronca plácidamente, saca el vestido y se lo coloca sobre el regazo. Los poemas, la colección, «cuando todo vuelva a ser ruinas». La cruda realidad de la caída del Muro de Berlín…, que hubiera sucedido lo imposible…, que se hubiera marchado…, los rostros vacíos del Holocausto, «para ser grabados en piedra»…, para evitar que caigan en el olvido. Abre la carta.

¿Y si el vestido no hubiera pertenecido a su madre? Un atisbo de esperanza en medio de la oscuridad lleva a Miriam a releer la carta; ni siquiera sabe dónde está Lublin.

Toca el vestido, recorre el basto algodón con los dedos. Toca las rayas como si tocase un piano. Pulgar, índice, corazón, anular —ahora sin anillo, se dice—, meñique y vuelta a empezar. La blancura de la piel del anular, expuesta, encogida, brilla bajo la luz de su padre.

Pasea los dedos por las rayas del uniforme hasta que llega al bolsillo. Hay un hilo que se ha salido justo donde Miriam encontró la carta. Intenta volver a meterlo y hurga con el dedo. Seguro que la cosa no se acaba aquí.

Al rebuscar en el bolsillo deshilachado no toca más que tela, y los dedos se contaminan del olor del sufrimiento.

10

HENRYK

Esta vez fue Frieda la que se apartó primero. Creo que tuvo que hacerlo porque, al fin y al cabo, siempre era yo el que se marchaba. Bebimos un poco de agua.

—Tienes que irte. Falta muy poco para el toque de queda —susurró.

—Podría quedarme… —sugerí con poca convicción.

—Los dos sabemos que no puedes.

Se vistió perezosamente, sin abotonarse la blusa y remetiéndosela por la falda sin ponerse la ropa interior.

La abracé por detrás y hundí la nariz en su cabello.

—En otro mundo…

—En otra vida —suspiró—. ¿Sabes qué verso del poema de Yeats me viene más a la cabeza?

Dije que no con un gesto para hundirme más en su cabello.

—«Se ahoga el ritual de la inocencia».

—«Se anega» —corregí, besándole la parte de la nuca que le había descubierto.

—«Se anega el ritual de la inocencia».

Asentí con la cabeza y soplé sobre la piel que mi beso había dejado húmeda.

—«Se anega el ritual de la inocencia» —repitió—. ¡Cuánta razón!

—Tengo que irme.

—Tienes que irte.

Giró la cabeza para que la besase otra vez en la boca.

MIRIAM

Cae la noche y el olor del vestido flota en el ambiente. Aunque se da por vencida, Miriam repasa las esquinas del bolsillo en busca de algo, cualquier cosa, que explique por qué su madre tenía un uniforme con una carta que no significa nada para Miriam y que sus padres, que ella sepa, jamás mencionaron. Y de repente, cuando empieza a descorazonarse, sus dedos descubren una solapa de tela dentro del bolsillo, y palpa otro pedacito de papel.

Incorporándose en la butaca, trata de agarrar el papel oculto en el bolsillo con los dedos índice y corazón, pero no hay manera.

—Aquí hay algo más —le dice a su padre. Vuelve a coger el costurero de su madre y a sacar las tijeras, esta vez cogiéndolas por el mango.

Con manos temblorosas se inclina sobre el vestido, corta cada puntada y sigue por la costura para abrir el bolsillo. Destapa tres minúsculos papelitos, también doblados en forma de caja de cerillas.

—Hay más —dice, aplanando con las tijeras el trocito de tela descosida del bolsillo. Abre el papel con cuidado.

El finísimo papel es de tamaño cuartilla, le falta una esquina y ambas caras están escritas a lápiz.

Está todo escrito en francés.

El siguiente que desdobla le parece el papel más fino que ha visto en su vida.

—¿Las escribiste tú? —pregunta, pero su padre no da muestras de poder oírla. Es imposible leerla por encima, la letra es demasiado pequeña, pero la chispa de esperanza se convierte en una llama; están en francés, y su madre no leía ni hablaba nada aparte del alemán. No se las escribieron a ella, ni tampoco, se dice con alivio, las pudo escribir ella.

Pero ¿quién?

Enciende la luz del techo y se arrima a la lámpara que hay al lado de la cama. Bajo su luz cegadora ve que la tercera carta es diminuta y que está escrita por ambas caras. La escudriña, está escrita en alemán.

Henryk:

Estoy viva. Al menos, creo que estoy viva. Si estoy muerta, no puede haber peor infierno que este. Te vi —supe que eras tú— en el andén, mientras me obligaban a subir al vagón. Éramos más de veinte en un espacio minúsculo, había seis cadáveres antes de que arrancase siquiera el tren. Pero vi el perfil de tu mentón cuando giraste la cabeza, el miedo que latía por debajo de tu tensión.

Recuerdo mi cabeza apoyada en tu hombro, mi nariz tocando tu piel por debajo del lóbulo de la oreja. El olor a ti, a ese trocito de piel, oculto para el resto del mundo, era mío y solo mío. Su recuerdo me llegaba perfumado con el aroma de tu cigarrillo y acompañado por la música de las palabras que me leías. Miraste a derecha e izquierda…, quisiera creer que me buscabas, pero quizá tuvieras demasiado miedo para buscarme.

El corazón se me ha cubierto de témpanos de hielo y no podrán derretirse hasta que te vuelva a ver. Siento que estás vivo, porque sé que eres fuerte y que eres capaz de soportar esto y más.

El aire sabe a sal, me imagino las olas, la arena. Aquí no hay espacio. Hay personas, literalmente, bajo mis pies, o encima de mí si pierdo el equilibrio. Respiro aire reciclado.

Me cuesta describir lo que veo. Lo único que pienso es que tú estás en algún lugar mejor que este, que no estás sufriendo. La idea de que puedas estar en estas condiciones es peor.

Voy a intentar descubrir qué es lo que ha pasado. No parece que nadie me entienda ni me oiga. La gente camina sin rumbo, cada cual ensimismado en su sufrimiento y su pérdida, intentando ajustarse a las reglas que desconoce.

Cuando sepa dónde estoy intentaré comunicarme contigo para decírtelo. Lo siento.

Miriam deja la carta. Acababa de estar en el mismo andén en el que estuvo su padre.

—Esta carta va dirigida a ti —dice.

Su padre calla.

—¿Quizá esta sea de mamá?

Pero la letra parece la misma que la de la primera carta. Pone las dos juntas y coge la siguiente, pero no entiende nada: de nuevo, está en francés. La misma letra.

—¿O de Frieda? —dice probando cautelosamente a pronunciar el nombre. Su padre no responde.

Sabe que no debería albergar esperanzas, pero quizá, solo quizá, su padre remonte si consigue darle algo por lo que le merezca la pena vivir.

Su cabeza es un hervidero de preguntas, pero sus manos se dirigen a las tijeras. Coge el vestido y la bolsa con la sábana y se los lleva a la mesa del comedor. Quita los mantelitos individuales, las velas y el camino de mesa y pone la sábana, y encima el vestido. Enciende todas las luces y toca el cuello y los puños.

Apenas puede contener la emoción, como si fuera una niña.

Pasa los dedos por las costuras tratando de no mirarse las manos, estropeadas y llenas de costras. Lo desabotona y pasa una mano por el interior para alisar el vestido entre las palmas, pero las costuras están abultadas, como si tuviesen algo dentro.

—Hay más.

Mira el vestido, que está expuesto, amortajado; un cadáver a la espera de ser abierto. Corta las puntadas de la costura del cuello y encuentra otro papelito que aparta a un lado, y después otro, y otro más. El cuello entero está relleno de papel.

Va cortando las costuras, y cada vez que encuentra un papel lo aparta y sigue dando tijeretazos a los hilos, descubriendo una carta tras otra. Durante la siguiente hora se encuentra muchas más ocultas en el canesú, en la cintura, en las mangas y en todos los dobladillos.

Se afana por destapar el pasado.

Descose palabras antiguas. Antiguas heridas.

El olor a viejo del vestido la impregna, le deja la cabeza tan apelmazada como el algodón.

Mira el alijo de papeles sueltos que ha descubierto. ¡Hay tantos! Los hay grandes, los hay que no son más que un trocito de papel del tamaño de su pulgar. En algunos hay texto, tanto a mano como a máquina; otros están escritos en los márgenes de páginas arrancadas de un libro. Hay uno escrito al dorso de una partitura. La mayoría son muy pequeños, tan plegados están. Varios están enrollados y tienen el grosor de un dedo.

Una vez que está segura de haber encontrado todo lo que estaba oculto en el vestido, empieza a alisarlos y a contarlos. Los coge uno por uno. Muchas cartas están escritas en francés, y Miriam no sabe francés; hay tantas que tiene que repartirlas en dos montones. Cuando encuentra una en alemán, la coge y la acerca a la luz.

Henryk:

Te escribo, pero escribo también para mí misma. Porque sé que si no lo hago me perderé entre la multitud.

Se me está partiendo el corazón… No sé si a ti te estarán tratando mejor, pero me temo que no. No te mereces esto. No sé si estás vivo, si estás sufriendo. La idea de que puedas estar sufriendo me produce más escalofríos que esta plaga de piojos que me atormenta.

Puede que no te subieras al tren, que no fueras tú el hombre que vi, que te escaparas y estés con Emilie, felices los dos. Puede que cruzaras la frontera, que hayas…

La frase está sin terminar.

Emilie. La carta menciona a su madre. A Miriam se le dispara el corazón. No, su madre no pudo estar allí. *Escaparas. Felices los dos...* Es como si la tierra girase vertiginosamente, como si estuviese a punto de salirse de su órbita. Pero su padre tiene un tatuaje, es absurdo pensar que se escapó. Sigue leyendo. Ahora, las palabras están escritas con estilográfica, en un gris desvaído.

Imaginaros a los dos juntos me llena de esperanza, pero me desgarra pensar que no piensas en mí, o que no me deseas. Que yo esté aquí y tú seas feliz. Me torturo yo sola con mis pensamientos mientras el campo de concentración tortura mi cuerpo, mi espíritu.

Sabía que volver a casa era mala idea. Aquel día fui corriendo a buscarte. Sabía que, para escapar, Emilie y tú ibais a necesitar algo con lo que negociar. Temía por el futuro. En cuanto tuvieras el anillo y los diamantes que le había quitado a mi madre, podríais marcharos.

Una vez que te fueras ya no te vería más, no me necesitarías. Te habrías ido y estarías a salvo, pero no conmigo. Yo me quedaría, y cada paso que daba, temerosa de oír pisotones de botas militares a mis espaldas, me acercaba más a ti a la vez que remachaba mi convicción de que, pasara lo que pasara, estaríamos separados.

No sé si debería haberme dado más prisa; quiero pensar que no, pero quién sabe. Me quedé en casa de mi madre, encarcelada entre muros de cristal mientras que ahora lo estoy entre muros de ladrillo, vallas eléctricas y alambre de espino.

De no haber habido una guerra, ¿tú y yo habríamos sido?

¿La guerra nos creó o nos destruyó?

Cuando llamé a la puerta y vi que no salías a abrir, temí haber llegado demasiado tarde, haber llevado a los lobos hasta tu puerta. Pero al final salió Emilie. Abrió y me dijo que me largara. ¡Qué celos me entraron, alimentados por la tristeza y por la sensación de vacío! Celos de su belleza, de su sencillez y, sobre todo, de que te hubiera tenido antes que yo. Me abrí paso con el hombro y la metí en la entrada de un empujón.

Nos quedamos los tres allí plantados, respirando agitadamente. Me asombra que la rabia pueda ser tan silenciosa.

Puse los diamantes en la mano de Emilie. ¡Tenía tanto que decirle! Pero me miraba como si fuese a robarle.

«Marchaos». No fui capaz de decir nada más; estaba tan ahogada, tan embargada por la emoción, que fue lo único que me salió. Me temo que lo malinterpretó. Pero al ver que yo te miraba cogió los diamantes y desapareció. Sabía lo que significaban. Estoy convencida de que su alivio fue tan grande como mi desolación.

Y entonces llamaron a la puerta.

Esta no es de su madre, y Miriam siente que se le quita un peso de encima. ¿Será que, en efecto, su madre se escapó? Pero la existencia de estas cartas y del vestido significa que mientras sus padres estaban juntos hubo otra mujer que amó a su padre; por la razón que fuera, su madre se había quedado con el vestido. Se aturulla, le tiemblan las piernas.

¿Qué es lo que ha encontrado? Y su madre ¿lo sabía?

Se le va la vista hacia la repisa de la chimenea. Sobre ella, enmarcada en plata, descansa la gran fotografía de sus padres el día de su boda, cogidos los dos del brazo a la puerta de la iglesia del Redentor, con aspecto feliz. Supone que la iglesia estará abandonada a estas alturas, ya que se alzaba en la franja de la muerte entre el Este y el Oeste. En su momento, Miriam había querido celebrar su boda allí, en el mismo templo que sus padres. Pero entre que a un lado estaba el río y al otro la franja de la muerte, era inaccesible. Al final tuvo que elegir una iglesia más pequeña que estaba más cerca de las afueras de la ciudad.

Con sus columnas y sus puertas abovedadas, la iglesia del Redentor era preciosa y se alzaba en la orilla como un barco varado.

Entre todo lo que sabía, ¿había algo que fuera verdad?

Se lleva la foto y las cartas a la habitación de su padre. Tiene la respiración entrecortada y un ligero temblor en manos y brazos.

—No me dejes, papá. He encontrado unas cartas. Van dirigidas a ti, pero…

Sin poder darle más información que esta, coge otra carta. Está escrita sobre un triangulito de papel amarillento arrancado de un cuaderno.

Henryk, estoy en Ravensbrück.

«Ravensbrück», dice en voz alta. Lo repite varias veces, para ver si su padre reacciona. Después vuelve a mirar el papel y continúa leyendo.

La sal que hay en el aire es del lago, y no, como pensaba, del mar. De pequeña, pasaba las vacaciones muy cerca de aquí, en Fürstenburg. La tumba de Louisa está en lo alto de la colina. En cierto modo me anima haberme orientado; es imposible huir de aquí, pero al menos sé dónde estoy. No puedo quitarme de encima la sensación de que estoy lejísimos de todo. Las mujeres son frías, duras. Se encierran en sí mismas para sobrevivir. Lo sé, pero soy incapaz de hacer lo mismo; si pierdo la esperanza, lo perderé todo.

Llevo un triángulo rojo en el vestido, significa «prisionera política». Hasta llevo una cruz roja pintada en la espalda del abrigo viejo que me han dado. Ninguna de las prendas es de mi talla. No entiendo por qué no me dejaron quedarme con mi ropa.

Me siento como una diana andante. Tienen libertad para matar sin motivo ni aviso.

El perro de la Blockova se ensañó de tal manera con una mujer, mayor que yo pero no vieja, que la Blockova decidió matarla de un tiro. En la cabeza, así, sin más. La mujer no había hecho nada que yo no hubiera hecho.

No consigo entenderlo.

Ni siquiera sé cómo se llamaba, nadie lo sabrá.

—Qué bestialidad —le dice al cuerpo dormido de su padre, y vuelve a leer las dos últimas líneas—. ¿Quién habrá escrito estas?

110

Junta las cartas con las cuatro que ha podido leer. Se pasea por el cuarto, vuelve una y otra vez a ellas, como si el movimiento de su cuerpo fuese a ayudar a su mente a centrarse.

—Esta es de una mujer…, ¿de Frieda?

Ahora, en lugar de sentir alivio no para de preguntarse quién, por qué, cómo, y los pensamientos campan a sus anchas. Está más confusa, tiene más preguntas.

—«Una diana andante» —dice en voz alta—. «Prisionera política».

Y recuerda haber visto por la tele las imágenes de los berlineses del Este abatidos a tiros por haber intentado escalar el Muro. Alemania del Este matando a los suyos.

El precio de la libertad.

Piensa en su libertad. ¿Qué precio tendrá que pagar por ella?

Después de repasar los montones hasta que le duelen los dedos y le retumba la cabeza, se recuesta en la butaca con las cartas en el regazo.

Las cartas en francés se quedan esa noche sin leer. Las contempla como si pudiera transformar el francés, a saber cómo, en alemán, o como si fuese a ser capaz de leerlas por la mañana. ¿Son de la misma persona?

Los pensamientos sobre las cartas y sus contenidos revolotean en su cabeza. Pasado y presente se han fundido en una sola masa indescifrable.

11

MIRIAM

Sueña con su madre, cada vez más envejecida y más frágil, hasta que su piel se desescama como el tisú y empieza a mudarla. Al principio hay páginas volando a su alrededor como una tormenta, despellejándose hasta que su madre se disuelve. Las páginas se convierten en palabras y finalmente las letras sueltas se echan a volar. Intenta cogerlas para recomponer a su madre, pero no puede.

Despierta, reacia a cerrar los ojos porque no quiere dar rienda suelta a las imágenes, observa cómo se va colando la mañana de diciembre por la ventana. Cuando empieza a oír tráfico y al camión de la basura traqueteando y resoplando por las calles, se levanta para comenzar el día.

Respuestas.

Miriam necesita respuestas, antes de que sea demasiado tarde. *Él* sabe dónde localizarla. Es cuestión de tiempo, y no hay vuelta atrás. Envuelve el montoncito de cartas en francés en un pañuelo y se lo mete cuidadosamente en el bolso.

—Te quiero, papá —dice, un nudo de emoción en la garganta—. Enseguida vuelvo. Te lo prometo.

Miriam coge un taxi en lugar del autobús y llega antes de que haya abierto la biblioteca. Es una de las primeras personas en cruzar la doble puerta, y va pensando que necesita un diccionario de francés.

Sentada delante de un enorme diccionario francés-alemán, desenrolla el pañuelo y saca una de las cartas, envolviendo de nuevo el resto. Empieza por el principio. Traduce una palabra, comprueba y la tacha antes de volver a intentarlo. Por lo que ve, va a tardar siglos en descifrar una sola frase. Y el tiempo no corre a su favor.

La biblioteca está casi vacía, hay cuatro gatos de charla, pero ningún estudiante, nadie pasando páginas, tomando notas.

Vuelve a dejar el diccionario en el estante y se acerca, carta en mano, al mostrador. Un joven bibliotecario que lleva unas gafas puestas y otras colgando del cuello está ordenando papeles con ahínco.

—Buenos días. Disculpe, ¿podría ayudarme?

—Seguramente —dice sin alzar la mirada—. ¿Qué está buscando?

—¿Hay alguien que pueda traducirme unas cartas del francés?

El joven alza la vista.

—Los diccionarios de francés están allí.

Señala el lugar donde acaba de estar.

—Vengo de ahí, pero lo que busco es a alguien que conozca el idioma y pueda ayudarme.

—Esto es una biblioteca. Me encargo de libros, no de personas.

Y, dicho esto, le da la espalda y se pone a colocar unos papeles en la otra punta del mostrador.

Una mano se posa suavemente en el hombro de Miriam. Al volverse, se le cae la carta al suelo.

—Disculpe —dice un hombre agachándose a recoger el papel a la vez que Miriam retrocede hacia el mostrador—. Tome.

Le devuelve la carta.

—Gracias.

—La he visto ahí, con el diccionario —dice señalando—. ¿Qué pasa, que tiene algún problema y este impresentable no sabe ayudarle?

El bibliotecario resopla, pero sigue archivando.

—No…, sí, esto… —dice Miriam.

El hombre tiene unos ojos muy grandes y labios gruesos. Quiere ser amable, piensa Miriam. No sabe bien qué decirle. A veces no hay palabras, pero intenta pronunciar algunas a ver qué pasa. Y ve que le salen a borbotones.

—Tengo una carta que va dirigida a mi padre. Se está muriendo, y mi madre ya..., ya ha muerto, y esto... —Indica la carta con un gesto—. Es que no entiendo nada, no leo el francés. Mi padre sí, pero... No tengo tiempo para ir descifrándola palabra por palabra...

Sonríe con dulzura.

—¿Su padre, dice? Vaya, lo siento —dice, y Miriam ve que lleva dos grandes audífonos que le sacan ligeramente las orejas hacia fuera—. Es que estoy un poco sordo, ya lo ve —se señala una orejota—, así que no he pillado todo lo que ha dicho.

Miriam se lleva la mano a la boca murmurando una disculpa, y luego se da cuenta de que el hombre tendría que verle la boca para entenderla.

—Por lo que he podido oír, está buscando a una persona francesa o a alguien que pueda ayudarle con la carta, ¿no?

Miriam asiente con la cabeza.

—Mi abuela habla francés.

—Eres muy amable, pero... —empieza a decir Miriam, pero el hombre no oye su protesta.

—Mis abuelos nacieron en Estrasburgo, a orillas del Rin. ¿Lo conoce? Es espectacular. Fuimos hace mucho tiempo, cuando era pequeño, pero mi abuela... Es muy triste. —El hombre la agarra del codo—. Se quedó con mi abuelo en el Este; estaba enfermo cuando levantaron el Muro, así que se quedó. —La lleva por las escaleras circulares y la hace subir dos pisos, hablando sin parar—. A mi abuela le gusta la zona que llaman «sala de lectura», pero hay que guardar silencio. —Lo dice muy alto, y Miriam sonríe—. Le sentará bien hacer algo, después de que el Muro, bueno, ya sabe..., para ella ha sido duro, creo. Mamá y yo ayudamos como podemos, pero lleva demasiado tiempo sola. Ha empezado a hostigar a los bibliotecarios, no para de decirles que devuelvan los libros robados a sus dueños; cree que la biblioteca debe su existencia al fascismo y que los libros no les pertenecen. Es una causa perdida, la verdad... Lo

114

más seguro es que los dueños de los libros hayan muerto hace mucho. La muerte de mi abuelo debió de ser un golpe terrible para ella…

A punto está Miriam de decirle cuánto lo siente cuando ve a la mujer del autobús, Eva, sentada a la misma mesa y en la misma silla donde se había sentado ella la semana anterior. Lleva una camiseta roja debajo de un cárdigan azul marino, pantalones beis y unas gruesas botas negras que le tapan las espinillas, y el pelo le tapa parte del rostro, que está inclinado mientras inspecciona algo con una lupa.

—*Nonna* —dice el hombre con aire triunfal cuando llegan a una mesa grande y redonda.

Miriam se fija en que Eva está enfrascada en unas fotos y en dos periódicos que están desparramados por la mesa. No alza la vista.

—*Nonna* —repite el hombre—. Te traigo a alguien que necesita ayuda para leer una carta en francés.

—Jeff —dice Eva, malhumorada—. Estoy ocupada.

—Ya, pero va a ser cosa de un minuto, *Nonna*. La puedes ayudar —dice Jeff con tono entusiasta, a pesar de la expresión de Eva.

—Hola —dice Miriam, vacilante.

—Las dejo solas —dice Jeff, dándole una palmadita en la espalda y levantando los pulgares—. Buena suerte.

Suspirando, Eva alza la vista.

—Yo a ti te conozco —dice, prácticamente lanzando las palabras como dardos.

—Sí, nos conocimos el otro día, aquí mismo…

—Miriam, ¿no?

Miriam asiente con la cabeza.

—Qué curioso que nos encontremos dos veces.

La palabra «curioso» suena hostil. Eva se reclina en la silla.

Miriam, sin saber qué decir, espera.

—No creo en las coincidencias. ¿Quién te envía?

—Nadie en especial. Tu nieto…

—¿Nieto?

Miriam se vuelve hacia el espacio vacío que acaba de abandonar el hombre.

—Se llama Jeff, ¿no?

Eva hace un gesto afirmativo con la cabeza.

—Jeff es… —Se echa hacia delante, apoyando las manos sobre la mesa—. Me estuviste hablando de tu padre en el autobús.

—Sí, y muchísimas gracias por su ayuda.

Eva suspira.

—Es que he encontrado unas cartas y no puedo leerlas, están escritas en francés. Jeff me ofreció tu ayuda para traducirlas, ¿puede ser? Pagaré, por supuesto.

—¿Cuánto?

Eva se queda mirándola y Miriam siente que se le forman gotitas de sudor en el labio de arriba.

—Esto…, el caso es que hay bastantes.

—¿Cuántas?

—Unas veinte o así…

—Cincuenta marcos —dice Eva sin mover una ceja—. Cincuenta marcos occidentales.

Miriam le ofrece la carta que tiene en la mano, pero al ver que Eva no la coge la deja sobre la mesa y rebusca en su bolso. Saca la mitad de las cartas en francés, envueltas en el pañuelo de su madre.

—Tengo más o menos otro montón igual en casa. ¿Cuánto puedes tardar?

—Supongo que Jeffrey te habrá dicho que no tengo nada que hacer, ¿no?

Miriam sonríe.

—Estas te las podría traducir en dos o tres días; ¿las quieres antes?

—Mi padre está… —Se interrumpe—. Está muy mayor, y creo que en estas cartas hay algo que anda buscando.

—Lo haré. Me pondré con ellas. Apúntame aquí tu dirección.

Le pasa un papel en blanco y un lápiz.

Miriam se inclina y con manos temblorosas escribe la dirección de su padre.

—Miriam ¿qué más?

—Voight —responde, escribiendo su nombre debajo de la dirección.

Vuelve a hurgar en el bolso y saca dos billetes de veinte marcos occidentales.

—El resto se lo doy cuando…

Pero Eva hace un gesto con la mano.

—Ven a la biblioteca el miércoles. Tendré hechas algunas, ya me darás el resto.

—Gracias.

Pero Eva vuelve a su lupa y a sus fotos, y no responde. Las cartas están al borde de la mesa y a Miriam le cuesta separarse de ellas. Nada ha ocurrido como esperaba. ¿Y si se da media vuelta y las recupera…? Aunque, total, no sirven de nada si no puede leerlas.

Las cartas en alemán están en casa en su mesa, mejor que se vaya a casa y trate de entenderlo todo leyéndolas.

Cuando está a punto de bajar el primer escalón, mira hacia atrás y ve a Eva abriendo el pañuelo. Miriam exhala un suspiro y sigue hasta el vestíbulo. Por el camino ve a Jeff hablando con un chico joven en una mesa.

Se pone de pie y se acerca a ella.

—¿Ha podido ayudarla?

Miriam asiente con la cabeza.

—Gracias. ¿Sabes? Es la primera socialista que conozco, es una mujer bastante…

Pero no encuentra la palabra adecuada .

—¿Socialista? ¿*Nonna*? Qué va. Todavía conserva algunos «hábitos del Este», ya sabe. Vino aquí con una maleta, al volante de su viejo Trabant, pero lo ha dejado en el garaje. No consigo arrancar el maldito trasto. Se hace usted una idea, ¿no?

Miriam no se la hace, pero esboza una sonrisa compasiva.

117

—Mi abuela se piensa que las paredes oyen. Que si no se puede confiar en nadie, etcétera, etcétera. Se le pasará cuando termine de hacerse a esto. Puede que ayudarla a usted sea justo lo que necesite. Al final de la vida hace falta tener un *hobby*, al menos eso es lo que dice mi madre.

Miriam asiente mirando al chico, que no les quita ojo.

—Gracias, Jeff. Te dejo con tus cosas.

—Hasta la próxima.

Al volver a casa se encuentra en el pasillo con un paquete de comida que le han dejado las hermanas Smyth, de la puerta 2. Un puchero grande con un guiso de algo y unos panecillos encima. Abre la puerta y la pluma blanca cae revoloteando al suelo.

Coge la comida, cierra con llave y deja todo en el suelo; después pasa por encima de la pluma caída y se lleva el pesado puchero, que sigue caliente, a la cocina. El olor del guiso se queda flotando en el ambiente. Coge uno de los panecillos y lo mordisquea mientras vuelve a la puerta.

A poner la pluma en su sitio.

Se encuentra una tarjetita en el suelo. Es la tarjeta de Hilda, con el logo del centro médico y una nota garabateada: *Tienes cita con el doctor Kenny mañana a las 9 a. m.* Está firmada, *Hilda*, y bajo las enormes letras hay una cruz. Al dorso ha escrito: *También te cuido a ti.*

Miriam la deja a la entrada de la cocina y vuelve con su padre. Le cambia de posición, le ofrece agua y después se va derecha a la mesa. Coge una carta al azar y se fija en una cosa: un número minúsculo escrito en la esquina superior. Mira otra carta, y otra. En todas hay un número.

Se pasa la tarde ordenándolas y marcando las cartas que faltan o que están en francés con un papelito blanco. Envuelve las que quedan en francés con otro de los pañuelos de su madre y las deja a un lado. El miércoles le dará el paquetito a Eva. La espera se le va a hacer eterna.

Coge la siguiente carta en alemán.

Queridísimo Henryk:

Me he terminado los últimos restos del pan que tenía guardado en la chaqueta, la que me diste cuando nos separaron. Me avergüenza no haber pensado que tú te quedabas sin chaqueta. Ahora no hago más que pensar en cómo debió de azotarte el viento, en que el cárdigan que llevabas no bastaba para protegerte, fueras adonde fueras. Lo siento, soy una egoísta y se me cae la cara de vergüenza. Aunque sé que, por mucho que me hubiese negado a aceptarla, habría acabado sobre mis hombros, y que durante el viaje habría ido perdiendo el calor de tu cuerpo a marchas forzadas.

No sé cuánto tiempo duraría el viaje, pero no había ni comida ni agua, nada. Tan solo cuerpos: mujeres, jóvenes y viejas. Esperábamos que nos dijeran algo, nos aferrábamos a la esperanza cuando alguien afirmaba que íbamos a un sitio o a otro, a cualquier lugar que fuera mejor que aquel en el que estábamos. Al principio hablábamos, intentábamos encontrar semejanzas…, quiénes éramos, de dónde veníamos. No hablábamos de nuestras desgracias, bastante desgracia era que en un espacio ocupado por tantas mujeres no hubiera niños, y tratábamos de ser positivas pensando que nuestros compañeros, hijos, padres estarían esperándonos en nuestro destino. Yo no dije la verdad, solo decía que esperaba reencontrarme contigo.

Dije que eras mi marido.

¡Qué dulce me sabía aquella mentira! Era una descarga de adrenalina. Aquellos primeros días hablaba mucho; todo mentiras, pero me sustentaban.

Cuando pasó la primera noche, estábamos convencidas de que nos dirían adónde íbamos. Pero al amanecer seguíamos en la estación, esperando. Oímos voces, insultos, pisotones, gritos, llanto. Oímos las voces de todos aquellos a quienes habíamos amado y perdido, un sufrimiento comunal. Seguimos sin movernos.

La segunda noche, empezamos a pelearnos. Que dónde íbamos a dormir, y cómo. Estábamos tan apiñadas que solo podíamos quedarnos de pie. Sujetándonos las unas a las otras.

Los guardas abrieron una vez las puertas, pensamos que para darnos agua o comida, pero dispararon al aire y, mientras gritábamos asustadas, dieron orden de que los cuerpos de las que habían muerto se arrojasen a las vías. Para cuando el tren por fin chirrió, metal sobre metal, había sitio para que todas nos sentásemos.

Ya no hablábamos. Cada una estaba perdida en su propio vacío. Algunas mujeres se apretaban fotografías contra el pecho como si fueran gotitas de agua.

En el tren había una gitana, sola; me llamó la atención porque los pocos gitanos que he visto en mi vida iban siempre en grupo. Se trenzaba los flecos de la bufanda una y otra vez. Era preciosa. Cabello largo y oscuro, como ondas de seda o densa pintura negra, pestañas negras y cejas tupidas. Calculé que tendría mi misma edad.

Al cabo de unos días chilló: «¡Nos morimos!». En el silencio del vagón, tan solo interrumpido hasta ahora por los murmullos de las moribundas y las oraciones de las vivas, el grito sonó muy alto. «¡Todas morir!». La voz de la gitana, ruidosa, potente, sonaba extranjera. «¡Muerte de todas! ¡Vamos al infierno!».

Hablaba holandés, y, aunque en su boca sonaba burdo y extraño, el mero hecho de volver a oír un idioma distinto… Puede que solo fueran unos pocos días, pero la dicha de oír el holandés me produjo una enorme sensación de bienestar después de las amenazas y los insultos en alemán. A pesar de que la gitana hablaba de las abrasadoras llamas el infierno, me alegraba de oír el idioma.

Yo solo la miraba, pero hubo varias mujeres que se pusieron a darle patadas, a decirle que se callase, a llamarla «chusma», «escoria».

Una mujer gruesa la abofeteó con fuerza.

La gitana dejó de gritar.

En mi bolsillo estaban las últimas migajas del pan. El vagón se mecía, resistiéndose contra el viento.

Todas estábamos intentando dormir, ansiábamos el feliz consuelo de estar en otra parte. No allí. Con los ojos cerrados, sin soñar, simplemente deseábamos descubrir, al abrirlos, que la realidad no había sido más que una pesadilla.

Pero los ojos negros de la gitana estaban abiertos. Me taladraba con la mirada mientras yo manoseaba las cortezas de pan duro que tenía en *el bolsillo, no tanto como para desmenuzarlas, pero sí lo suficiente como para saber que estaban allí.*

Incapaz de esperar más, la miré a los ojos mientras cogía un trozo de corteza y me la metía en la boca como si fuera una chocolatina, el colmo del lujo.

Hice lo mismo con el segundo trozo. Me miraba sin pestañear. Mastiqué y mastiqué, y cuando al fin me lo tragué todo, sus labios esbozaron una minúscula sonrisa y su cuerpo entero se relajó como si se fundiera con las paredes del vagón, y cerró los ojos.

Empecé a rezar, no a un Dios en el que no creo, sino a una verdad, a un bien de este mundo que me ayude a sobrevivir a los males.

Este es mi castigo.

Por lo de Louisa.

El sabor del pan se me ha ido pero el sentimiento de crueldad sobrevive. ¿Quién soy?

—No llego a entenderlo. ¿Dijo que era tu mujer? ¿Idiomas y cárdigans? Y eso de no compartir el pan… «¿Quién soy». Sí, en efecto —dice Miriam mirando a su padre, que lleva un pijama limpio surcado de pliegues del planchado.

—Te costaba entrar en calor, ¿verdad? —pregunta, arropándole bien con la manta de ganchillo—. ¿Te acuerdas de cuando mamá chasqueaba la lengua, no como crítica sino porque le parecía marciano que quisieras ponerte un cárdigan para ir a la playa, en vacaciones? —Sonríe—. Al menos podrías ponerte una camisa de manga corta, ¿no? —dice Miriam, atiplando la voz a imitación de la de su madre, pero de repente se para en seco.

Ve a su madre diciendo esas mismas palabras, plantada en medio del pasillo del apartamento de alquiler en el que están pasando las vacaciones con un vestido de flores y un sombrero enorme.

«No, no puedo». Y «Yo es que soy una lagartija, no puedo absorber el calor del sol, ni siquiera cuando me da directamente. ¿Qué te parece, Miriam? ¡Tu padre es un viejo reptil!».

La miraba para que se riera, y su madre, como cabía esperar, se echaba a reír para romper la tensión acumulada entre ambos.

Cuando un cárdigan perdía la forma y le salían agujeros en los codos, su madre lo remendaba y le compraba otro para que pudiera hacer cómodamente la transición de uno a otro. Que no le faltasen nunca. Una rueda en perpetuo movimiento de cárdigan verdes y marrones, todos con algún desperfecto; y el reloj de pulsera, ahora lo comprende, oculto bajo la manga.

En verano, cuando se iban de vacaciones, Miriam salía del agua y recorría la playa echando agua salada en la arena caliente. Su padre estaba sentado bajo la sombrilla con un pañuelo atado a la cabeza, los pies cubiertos por calcetines y, la mayoría de las veces, el cárdigan. El resto de los padres llevaban pantalones cortos de los que sobresalían barrigones bronceados.

—Te quería mucho, papá —dice Miriam, dirigiéndose al viejo baúl de madera en busca de un cárdigan. Quiere uno muy desgalichado; el peor que encuentra es verde, tiene agujeros en los codos y una manga deshilachada.

—Te voy a cambiar de posición —dice, volviendo a su padre primero hacia la derecha, deslizando el cárdigan por debajo y poniéndole de nuevo boca arriba antes de pasarle el otro brazo por la manga. No es tarea fácil. Los brazos, rígidos, se resisten.

Aunque raído, el caso es que lo lleva puesto. El cambio, por pequeño que sea, hace que el hombre que fue en otros tiempos prevalezca sobre el cuerpo en el que está recluido ahora.

12

MIRIAM

La siguiente carta es una página que parece arrancada de un libro francés, pero por los márgenes, y también al dorso, que no está impreso, han escrito a mano en alemán. Está empezando a oscurecer; desplaza ligeramente la lámpara para iluminar la página.

Henryk:

Me he vuelto insensible; insensible a la humanidad, indiferente a la muerte.

Me sujetaron, al principio con fuerza y después aflojando cuando vieron que estaba demasiado anonadada para moverme. Y una mujer, como yo, me afeitó la cabeza.

La mujer no tenía pelo. También a ella la habían afeitado hacía poco. Llevaba un pañuelo blanco, uniforme carcelario a rayas y un triángulo negro.

Fue en ese momento cuando comprendí que todo estaba perdido. ¿Los guardas las obligan a hacer esto? ¿Estaré haciéndolo yo dentro de poco? ¿Puede que incluso me ofrezca como voluntaria?

Me sorprendió lo mucho que tardó en raparme. Las tijeras se abrían paso por la mata de pelo, cortando los mechones a puñados. Lo único que se oía era el chirrido metálico, el roce de las hojas, chas, chas.

Y Miriam recuerda lo que sintió mientras aquellas tijeras le iban cortando el pelo…

* * *

Acababa de volver de su primera fiesta navideña con los compañeros de trabajo del colegio en el que trabajaba de gerente. Se había puesto un vestido rojo cruzado. Medias negras y zapatos negros de tacón alto.

Qué increíble se le antojaba ahora haberse acicalado tanto, hasta se había rizado el pelo y se lo había recogido. Qué increíble era recordarse tan despreocupada; en aquella vida de otros tiempos, era capaz de pasárselo en grande riendo y bailando con sus compañeros de trabajo.

Encontrar un empleo, hacerse novia de Axel y enseguida su mujer había sucedido todo al mismo tiempo. Fue un idilio arrollador: amor a primera vista, igualito que sus padres. Desde el primer momento, Axel había acaparado prácticamente toda su atención. Era atento, simpático, gracioso y sensible. Huérfano de padre desde muy niño, criado por una madre desalmada y fría, Axel la necesitaba, y a ella le encantaba sentirse necesitada por él.

Volvió a casa más tarde de lo que había sido su intención, después de pasarse la velada dando botes en un guateque en el que un disyóquey bastante huraño había estado poniendo una y otra vez el último disco de Bowie hasta que le pidieron que parase. Le dolían los pies, y también la cara de tanto sonreír mientras sus colegas iban emborrachándose a marchas forzadas.

Intentó no hacer ruido al entrar en la casa silenciosa. Se descalzó sin encender la luz, y estaba a punto de quitarse el abrigo cuando…

—¿Qué, ha estado bien? —dijo Axel, sobresaltándola al salir del cuarto de estar. Encendió la luz.

—¡Ay, Axel, qué bien me lo he pasado! —se rio, desembarazándose del abrigo y salpicándole de lluvia.

—Conque te has divertido, ¿eh?

Axel tenía los ojos muy oscuros y estaba plantado justo debajo de la luz, donde no se le veía la cara.

—¿Sabes qué hora es?

—Es tarde, lo siento.

—Estaba preocupadísimo —dijo él con voz monocorde.

—¡Vaya! ¡Si sabías que había quedado con las chicas!

—¿Las chicas?

Miriam asintió con la cabeza, sintiéndose culpable sin motivo y esperando que su aliento no delatase demasiado los *schnapps* que se había bebido.

—Las chicas… —dijo Axel saliendo de la habitación.

Miriam se quedó clavada en el sitio, esperando sin saber bien a qué.

—¿Sabes? —dijo Axel, volviendo con algo en la mano que no pudo ver—. La mujer de Dane solía decir que había salido con las chicas. Pero resultó que se estaba follando a otro a sus espaldas.

—¿Qué? —Miriam dio un paso atrás, alarmada, y vio que Axel tenía los ojos enrojecidos; supuso que de llorar—. Axel, era una fiesta de Navidad, estabas invitado. No he…, jamás haría… —dijo aturdida.

Axel le acercó una mano a la cara y Miriam se apartó estremeciéndose.

—¿Me tienes miedo, Miriam? —preguntó tocándole la mejilla.

Un hilo de plata serpenteó por sus huesos. Sintió escalofríos y dijo que no con la cabeza.

—Yo jamás te haría daño. —Le soltó el pelo y se lo enrolló alrededor de los dedos. Los largos cabellos se quedaron entretejidos sobre la blanca piel de Axel—. Jamás te haría daño. —Se inclinó y, mientras la besaba con ternura, Miriam oyó el inconfundible tris tras de unas tijeras—. No me vas a abandonar nunca, ¿verdad que no? No puedes abandonarme, con lo que te necesito.

Miriam dio un paso atrás, asustada. El pelo seguía enrollado entre sus dedos. Las tijeras lanzaban destellos desde su otra mano.

—No entendía por qué —le dice a su padre, levantándose para darle la vuelta—. Sigo sin entenderlo.

Aquella fue la primera vez que Alex había… No se le ocurre la palabra adecuada y sigue alisando las sábanas y acariciando el pelo de su padre mientras reflexiona sobre aquella noche.

Axel no le hizo daño, no la pegó, pero… la había asustado. Que le acercase unas tijeras al pelo no había sido lo peor en comparación con lo que vino después. Incapaz de enfrentarse al interrogatorio que le hacía a diario al volver a casa, Miriam dejó el trabajo, y con él a sus amistades y su libertad.

Coge la carta y continúa, sin estar segura de querer saber lo que sucedió después.

El tránsito de prisionera a reclusa tuvo lugar en el rato que tardó en cortarme el pelo. No era el pelo en sí mismo, era la persona que lo cortaba.

Otra prisionera, recién llegada, había protestado, y estaba tirada en el suelo, inconsciente y sangrando, mientras otra le afeitaba la cabeza también a ella. Mi pelo rubio caía sobre un mar de oscuridad.

La mujer que me cortaba el pelo estaba muerta por detrás de los ojos. Quería preguntarle cuánto tiempo llevaba allí, pero me sentía incapaz de soportar su respuesta.

Aquella gitana del vagón con la que me negué a compartir el pan…, ya ves, al final nos hemos mantenido unidas. Se llama Hani.

Hani pensaba que le estaban cortando el pelo porque iban a ahorcarla, o a matarla de cualquier otra manera. No entendía nada y se le había metido en la cabeza la espantosa historia de que la estaban preparando para morir. Se negaba a sentarse, se revolvía, chillaba, lloraba, mordía, arañaba. Una guardia corpulenta la abofeteó tan fuerte que Hani salió disparada y se golpeó la cabeza contra una silla. Todo el mundo se quedó callado. Me levanté para ayudarla mientras se ponía en pie, tambaleante.

La guardia me dio un manotazo en la parte de atrás de mi cabeza recién afeitada. El ruido resonó por toda la sala, por toda mi piel, y me hizo temblar un poco.

No se ayuda.

Y lo notas. Todas las mujeres bajaron la vista al suelo, evitando cruzar miradas, pero Hani se levantó, dispuesta a pelear.

La guardia se acercó a ella tranquilamente, alzó la porra y la golpeó en plena mandíbula. De su boca salieron sangre y dientes escupidos como si fuera vómito, y se desplomó. La guardia me miró, desafiante. ¿Piensas ir a ayudarla?, parecía preguntarme.

No fui.

Me quedé mirando cómo las prisioneras, haciéndose cargo de la tarea de la guardia, desnudaban a Hani, quitándole prenda por prenda de manera eficiente mientras otra le cortaba bruscamente la larga cabellera.

Dio tiempo a que me afeitaran el vello corporal y a que me asignasen un «uniforme» antes de que Hani recobrase la conciencia. No nos dejaban ponernos los uniformes, solo llevarlos en la mano. La sala castañeteaba con tantas mujeres tiritando desnudas.

—Fotos —dijo, pero como le faltaban dientes costaba entenderla—. ¿Dónde están mis fotos?

Al llevarse la mano a la boca adivinó que le había cambiado la forma de la cara.

—Mamá, familia, Dios, ¿mis fotos?

Miró en derredor, tirando de la ropa de la guardia, suplicando, buscando. La guardia llamó a su perra. La perra, una hembra de pastor alemán a la que las guardias llamaban cariñosamente Daisy, era una perra grande y babosa que siempre estaba enseñando los dientes, y desde que llegamos la llamaban para que nos mordiera, nos gruñera y nos amenazara. La guardia parecía dispuesta a soltarle el perro a Hani.

En ese mismo instante, otra prisionera «política» se había apoderado de un par de tijeras y amenazaba a un guarda, agarrándole del cuello e hincándole la punta en la piel. Era su último recurso y lo sabía, se le veía en los ojos. La guardia que se elevaba sobre Hani se volvió para ver cómo se desarrollaba la escena.

Sin pensarlo, dije:

—*Arriba. Venga, rápido.*

A Hani le sorprendió tanto oír palabras en un idioma que comprendía que se puso de pie al instante.

Le saco una cabeza, así que levantó los inmensos ojos y me miró como miraría un cachorrillo a su amo. Un cachorrillo roto.

Como la guardia, tan segura de su autoridad, se había dado la vuelta, no vio que Hani intentaba atacarla, ni tampoco vio cómo me interponía.

—*Nos están cortando el pelo para rellenar almohadas y colchones* —*dije. Hablé deprisa, en un holandés precioso, disfrutando de volver a saborear un idioma. Las palabras se derretían en mi lengua como la mantequilla—. No nos van a matar. Nos están utilizando para contribuir al esfuerzo bélico. Como le hagas daño, te matará.*

Hani estaba furiosa, pero el idioma la había atrapado. Me estaba escuchando.

—*Las fotos han desaparecido* —*dije con un nudo en la garganta—. ¿Quieres a tu madre? —Movió la cabeza de arriba abajo, fascinada al ver que mi boca creaba palabras que entendía—. Pues si la quieres, vive aquí —Le toqué el pecho, consciente de repente de lo desnudas que estábamos, evitando sus minúsculos pechos. Jamás había visto a una mujer desnuda, es curioso que en aquel momento tuviera tan poca importancia—. Aquí, no en una foto —dije tirando de ella para alejarnos de la muchedumbre que se había arremolinado alrededor del guarda y de la mujer que intentaba tomar las riendas de la situación. Soltaron a la perra y atacó. Cerré los ojos mientras el animal gruñía, desgarraba y mordía. Los gritos siguieron resonando durante varios días.*

Hay que evitar a los perros.

Agarré a Hani de la mano y puse su cuerpo delante del mío. Los verdugones azules que le habían salido en la espalda al darse con la silla estaban enrojeciendo y brillaban por la hinchazón; la sangre le manaba por la cara.

Pasamos por las duchas sin rechistar. A Hani le dieron dos zapatos, ambos del pie izquierdo. Yo conseguí quedarme con mis botas.

Una vez terminado este calvario, volvimos a cubrirnos la cabeza y el cuerpo. La ropa está llena de piojos, es basta y se ajusta mal al cuerpo; parece como si nos hubiéramos puesto la ropa de nuestras madres.

Hani había acurrucado su mano en la mía. Ahí la dejó mientras nos zarandeaban y nos hacían formar en filas de cinco, nos hacían desfilar, nos contaban y de nuevo a desfilar hasta que nos arrojaron a una carpa «de contención». Calculo que habrá varios centenares de mujeres en este pequeño espacio. No había sitio para nosotras, pero conforme iban entrando más, nos empujaban hacia dentro.

No sé si ella me agarraba mí o si yo la agarraba a ella, pero lo que sí sé es que ninguna de las dos se soltaba de la otra.

Nos han matado de hambre, nos han atacado, afeitado, golpeado, humillado, y solo cuando nos han tratado peor que si fuéramos ganado hemos caído en la cuenta de que, por ahora, hemos sobrevivido. Caemos en la cuenta de que tenemos nombres, y parece que también nos tenemos la una a la otra.

Las migas de pan del vagón de ganado hace tiempo que se acabaron, pero no podía dejar de pensar en ellas mientras Hani y yo descansábamos cabeza con cabeza recostadas contra un lado de la tienda, en un huequecito en el que podíamos sentarnos. Estábamos tan agotadas que pudimos descansar, y mientras lo hacíamos agaché la cabeza y recé para que se produjera un milagro.

Es una carta escrita en estado de *shock*, no escatima detalles. En carne viva, sin filtros, devastadora. Miriam se toma su tiempo para asimilar los horrores que acaba de leer en este papel que ha sobrevivido al paso del tiempo.

Y el tiempo, para Miriam, corre a toda prisa y hace que se le nuble la vista, y de repente se hace más lento y el destello de una luz de fuera se le antoja un largo y lento parpadeo.

Rezando para que se produjera un milagro.

Un instante fugaz.

Axel de rodillas a su lado sobre una toalla, alisándole burbujas sobre la espalda mientras ella estaba en la bañera.

13

HENRYK

Habían pasado casi dos años desde nuestro primer beso cuando todo cambió. A punto estaba de irme a ver a Frieda cuando Emilie volvió temprano del trabajo.

—No puedo seguir así —dijo apoyando la espalda contra la puerta cerrada—. Hoy me han encontrado, me han preguntado por ti…, que dónde estabas, que cuándo esperaba que volvieras a casa. —Resopló y las piernas le cedieron. Se acurrucó, abrazándose las rodillas y echando la cabeza hacia atrás—. No puedo seguir haciéndolo. No puedo fingir que Frieda y tú…, que está…, que yo…

Se interrumpió. Me senté a su lado y, tirando de ella, la abracé.

—¿Quién te ha encontrado? —pregunté.

—¿Eso es lo único que has oído de todo lo que te acabo de decir? —Respiró agotada y continuó—: Ellos. Los SS. Han venido a mi trabajo. A buscarte a ti.

—¿Qué les has dicho?

—Nada. Dije que no te había visto desde que te fuiste de la universidad. Me preguntaron dónde pensaba que podrías estar, con quién te estabas quedando, por posibles amigos.

Hizo una pausa.

—¿Mencionaste a Frieda? —pregunté dejándome llevar por el pánico.

Se enfureció y me dio un empujón que me hizo perder el equilibrio.

—No. No he mencionado el hecho de que mi marido tiene una amante. —Se pasó las nudosas manos por el cabello corto—. Que prefiera andar por ahí con ella en lugar de quedarse aquí. Conmigo. ¡Que te preocupe más su seguridad que tu propia esposa! Henryk, eres tú el que está poniéndonos a todos en peligro. Deja en paz a la chica. —Después, más suave, como si hiciera un esfuerzo ímprobo, preguntó—: ¿Qué estás haciendo?

No dije nada. Apoyé la cabeza contra la puerta, como había hecho ella un momento antes.

—Por favor, tienes que poner fin a este lío que tienes con Frieda. Es joven, te perdonará. Tenemos que marcharnos. Ya. No creo que vayamos a tener más oportunidades. Mi amiga Margot nos puede ayudar. Por favor, Henryk, entra en razón. Si pueden encontrarme en el trabajo, pueden encontrarnos aquí. Y entonces ¿qué?

—A ti no te andan buscando —dije despacio mientras veía sus esfuerzos por exponer ordenadamente sus pensamientos—. Van a por mí.

—Y al ir a por ti, también irán a por mí. ¿No lo ves? ¡Soy tu mujer! Estoy escondiendo a un hombre al que se busca. —Respiró temblorosa—. Retráctate de tus ideales políticos, di que te has convertido… ¡Afíliate al Partido Nazi! Por el amor de Dios, ¿qué más da?

—¡Jamás! Sabes que jamás lo haría. Jamás.

—Entonces huye conmigo, ahora —dijo encorvándose—. Podemos volver a ser una familia, olvidarnos de que todo esto ocurrió, tener hijos. Ven conmigo ya. Empecemos de nuevo.

Vi su desesperación. Las lágrimas caían a mares por los preciosos canales de su rostro, y por detrás de las lágrimas, Emilie lo sabía: que aunque era evidente que tenía que marcharme, y por mucho que mi cabeza me dijera que quedarme era una muerte segura, no iba a abandonar a Frieda.

—No puedo —dije.

Y Emilie, mi hermosa mujer, soltó un alarido espantoso, un chillido que tenía algo de gatuno.

—¡Pues entonces, déjame! Déjame en paz. Decídete, Henryk…, porque esto —señaló en derredor con las manos— es lo único que tengo. No soy ella y jamás lo seré. Así que vete.

Arremetió contra la pila de libros que había al lado de la silla y se cayeron al suelo. Cogió uno y a punto estuvo de lanzármelo, pero al final lo estampó contra el suelo. Después entró como un huracán en la cocina.

—Vete al diablo, Henryk, y Frieda también. Malditos seáis los dos —sollozó.

Volví a colocar los libros y me dirigí hacia la cocina. Se había puesto el delantal y estaba restregando la encimera mientras se enjugaba las lágrimas con el dorso de la mano. El delantal estaba sin atar.

La estuve mirando hasta que las lágrimas me escocieron los ojos. Cerré silenciosamente la puerta de la calle y eché a andar deprisa con el sombrero calado hasta las orejas y la mirada baja. Consciente de que en cualquier momento una mano podría posarse sobre mi hombro y me desvanecería entre la niebla de la noche.

MIRIAM

La lectura de la carta hace que, de alguna manera, Axel cobre vida e irrumpa en el cuarto sin invitación. *Insensible*, decía la carta. La insensibilidad se pega a su piel como el papel film. Durante la larga noche intenta en vano sacarse el frío de las extremidades, y para cuando la mañana gris empieza a colarse en casa le duele todo el cuerpo y no consigue desprenderse de la sensación de que tiene a la vez calor y frío.

No se mueve de la butaca, salvo para atender a su padre.

No habla.

Siente que *él* la oprime, como si estuvieran compartiendo el mismo aire. Allí mismo. Y esta sensación la impide ir a abrir la puerta cuando oye que llaman.

—Hola —dice una voz por el buzón.

No responde.

—¿Miriam? Soy Hilda. ¿Estás ahí?

Se levanta de la butaca y deja el vestido, que estaba abierto sobre su regazo como una mantita. Abre la puerta y ve a Hilda.

Se le va la vista al multicolor y bamboleante estampado de su falda.

—No te has presentado —dice Hilda—. La cita. Era a las nueve, ¿te acuerdas? —Se mira el reloj—. Es la una y media.

—¿Ah, sí? —Miriam abre del todo—. ¿Qué día es hoy? —pregunta con un gran bostezo, seguido de un escalofrío. Pero al ver la cara de Hilda se frota enérgicamente los brazos y se pone la careta de la normalidad.

—Martes. El doctor Baum me ha hablado de tu historia. ¿Por qué no me has contado nada?

—¿El doctor Baum?

Al pasar por delante de Miriam para ir al salón, asoman distintas expresiones al rostro de Hilda. Da la impresión de que la inquietud cede paso al miedo y la confusión a tal velocidad que Miriam no puede evitar una sonrisa.

—Me caes bien, Hilda. Tienes una cara sincera.

—Miriam, por favor —dice Hilda sentándose. Miriam hace lo propio—. No sé cómo decirte lo grave que es esto —continúa—. El doctor Baum está pensando en ingresar de nuevo a tu padre en el hospital; piensa que eres inestable. Yo no puedo decir lo contrario, ni tú tampoco… Has faltado a la cita. Dios mío, Miriam, esto no te ayuda nada. —Se pasa los dedos por el cabello—. La reunión es el viernes —concluye de modo terminante.

La niebla se despeja y la habitación se vuelve nítida.

—Por favor, Hilda, es que se me olvidó… No hay nada raro, te lo prometo. ¿Puedo ver a otro médico para explicárselo? Papá no puede volver al hospital; en estos momentos, no.

Hilda suelta un suspiro tan hondo que a Miriam le llega el olor a ajo de su aliento.

—De acuerdo. Pero tiene que ser ahora mismo. A ver si conseguimos que te atiendan en el ambulatorio. Tu última oportunidad, Miriam.

—Déjame que le eche un vistazo a papá y salgo para allá.

—Te espero.

Va un paso por detrás de Hilda, incapaz de seguirle el ritmo. Hilda no dice nada. Miriam va siguiendo a las flores verdes y moradas de su falda mientras recorre a la fuerza las concurridas calles; los árboles sostienen las nubes bajas como si fueran hojas.

Esperan en un paso de peatones al lado de una mamá con una sillita. El niño no para de berrear, tiene la cara roja, manchada de lágrimas. Cuando el semáforo se pone en verde, la madre sigue empujando y el pequeño emplea todo su cuerpo para zafarse de las ataduras de la sillita. La madre avanza deprisa y con decisión. Miriam se pregunta si oirá la súplica de la voz del niño o si se habrá vuelto insensible, y también cuánto va a tardar el niño en darse por vencido.

En el centro médico, que acaba de ser reformado, el olor a pintura se mezcla penetrantemente con los ancianos y los enfermos, y esto, sumado al calor de la calefacción, hace que a Miriam le den ganas de marcharse casi en el mismo instante en que se abren las puertas. La sala de espera es un lugar de paso, hay un enorme trajín, la gente tose. Los limpiacristales están sacando brillo al cristal de un ventanal que da al aparcamiento.

Hilda se dirige con paso firme al mostrador de recepción. Se la ve tan cómoda como si estuviera, se imagina Miriam, en su propia casa; Hilda le hace una seña para que se siente mientras habla con la recepcionista.

Al cabo de un rato vuelve y dice:

—El doctor te llamará cuando tenga un hueco.

—Gracias.

Miriam está sentada entre un hombre que tiene la pierna escayolada y está chupando una pipa y una mujer que lleva en brazos a un niño con las mejillas en carne viva y los ojos llorosos. Observa la silueta de Hilda alejándose.

El bullicio del centro médico no cesa, interrumpido por ataques de tos y por las fuertes arcadas de alguien que intenta vomitar.

Coge una revista y la vuelve a dejar. Cruza las piernas, las descruza. Toquetea las tablas de su falda, las alisa, separa cada pliegue.

El niño lloriquea pegado al cuerpo de su madre. La madre lo tranquiliza con la voz y Miriam se acuerda de la caja, de la madre y el hijo, y de Eugenia escondida…, esperando.

Nota una presencia y alza la vista. Escudriña todas las caras y mira por las puertas de cristal.

Es *él*. Está ahí.

Con los brazos cruzados, las manos en las axilas.

Mirándola.

Su presencia, como la del sol, tiene tanta fuerza que si le mirase directamente le saldrían ampollas.

Se levanta, se da media vuelta.

«*Frau* Voight…, sala 6, por favor», resuena una voz de hombre por la diáfana sala de espera. Miriam se choca con la gente mientras cruza corriendo la farmacia que hay pegada al centro médico. Alejándose. Lo más deprisa que puede. En dirección contraria.

«*Frau* Voight», rebota la voz a su alrededor.

Corre hasta que deja de sentir las piernas y solo se le mueven los pies. Sin mirar atrás. Al llegar al final de la cuesta vuelve la cabeza, no hay nadie.

Se permite caminar más despacio, contar los pasos, centrarse en avanzar. Seguir adelante.

—Sigue —se dice en voz alta—. Ya casi has llegado. —Intenta tranquilizarse con su propia voz—. Imposible que fuera él. Imposible que fuera él. —Sus pies se aceleran y las palabras le salen atropelladas—. ¿Era él?

Tijeras y perdón, en la enfermedad y en el frío, Hani y gitana y pan y frío. Desaparecido y tiritando y ya no más, y no te vayas no te vayas no te vayas.

Hablando al ritmo de sus pies.

—Miriam —la llama Lionel, pero sigue caminando al son de sus pies, que repiten la palabra «casa» mientras la llevan hacia la escalera.

—*Fräulein* —repite. Miriam se detiene—. Hay una carta para usted.

Le pasa un sobre de papel manila.

Miriam lo sostiene alejándolo de su cuerpo.

—No lo quiero —le dice a Lionel.

—La ha traído una señora del Este, dijo que era amiga suya. Insistió en que se la diera. En persona.

Miriam echa un vistazo a su nombre. La letra no es la de *él*. Se acerca el sobre.

—Tenga cuidado, cielo. Con tantos alemanes del Este merodeando por ahí, toda prudencia es poca. Mi primo, que vive allí en… —hace un gesto, señalando por encima del hombro, y sigue— tuvo unos líos tremendos con los…

Pero Miriam se da media vuelta.

La pluma de la puerta, en su sitio.

El agua del grifo, caliente.

Le sangran las manos, paz.

Se pone tiritas en algunas de las heridas. El cuchillero de madera de la cocina y las tijeras de costura los guarda en un cajón. Pero sus dedos se empeñan en seguir pellizcándose la piel. Se hinca la uña del pulgar en la muñeca, en la costra que se ha formado sobre un rasguño, y aprieta todo lo que puede, arrastrándola en sentido horizontal, viendo cómo pasa la piel del rosa al blanco con la presión. Del rosa al blanco y al rojo, tirando de la piel rota hasta que sangra.

El silencio de la casa le rasguea los oídos. Encuentra una pestaña suelta que le está irritando el ojo y empieza a arrancarse cada vez más pestañas. Empieza a parpadear y las lágrimas las expulsan.

—Papá —dice en medio del silencio—. Vi a… Quiero decir… Lo sé… Pero no estoy segura. Yo…

—Miriam —dice su padre subiendo el brazo. Hay un huequecito en la cama. Miriam no se lo piensa dos veces.

—Papá —solloza. Se sube a la cama; el colchón de aire se mueve y gruñe mientras Miriam se acerca torpemente al cuerpo estirado de su padre. Al ver los botones del cárdigan se acuerda de cuando los retorcía y jugaba con ellos de pequeña. Traza círculos en los botones con el dedo. Una vuelta, otra, otra más.

Se acurruca en el brazo de su padre. Está frágil y siente sus huesos al arrimarse.

—Ha vuelto.

14

MIRIAM

Los días y las noches se vuelven borrosos. Se diluyen unos en otros como una acuarela. Lo único que marca el tiempo es su padre, que está bebiendo, comiendo en pequeñas cantidades. Y habla, murmura y de vez en cuando llama:

—Frieda. Frieda. Frieda.

La boca se le abre y se le cierra y la mayoría de las veces no sale ninguna palabra, pero su cuerpo entero está luchando.

Espera ser capaz de ayudarle, pero mientras le frota las manos para que le entren en calor y le hace masajes en brazos y piernas, sabe que lo único que puede hacer por él es cuidarle.

Cuando por fin saca fuerzas para abrir el sobre que le ha dado Lionel, encuentra una notita y tres páginas de letra recargada, grande y clara, cada una con su carta correspondiente.

Primero, la notita.

Tengo que hablar contigo sobre las cartas. Por favor, ponte en contacto conmigo.
Eva

Miriam la aparta a un lado y se abandona al mundo de las cartas. Un mundo en el que *él* no existe.

Henryk:

Mi uniforme no tiene bolsillos. La tela se me escurre por los hombros. No tengo nada, y sin embargo lo tengo todo. Por suerte o porque me he empeñado, todavía conservo mi carné de identidad bajo la suela de las botas, y el anillo. Noto su forma. Un círculo que se me incrusta en la almohadilla del dedo gordo. Tengo los medios para escapar. Puedo irme de este lugar. Ahora que estoy dentro, puedo encontrar la salida, enterarme de con quién tengo que hablar para intentar marcharme.

Tengo que ver al Kommandant *mientras mis rasgos se sigan pareciendo a los que se ven en mi carné. Antes de que me transforme en las otras. Antes de que me quede sin rostro. Tengo que abrirme camino hacia la libertad, para poder encontrarte.*

Mantengo la cabeza gacha, siguiendo los adoquines, que están colocados al azar. Si no te fijas en dónde pones los pies, es fácil resbalarse. Notaba los adoquines bajo las suelas de las botas, me sentía anclada. Muchos debieron de sangrar y morir construyendo este camino, pero yo estoy encima, pisándolo. Respirando todavía, viva todavía.

La sal que hay en el aire me recuerda a cuando perseguía a Louisa por la playa, esquivando las olas, corriendo con todas mis fuerzas aunque mis piernas, más cortas, no podían competir con las suyas, tan largas. La melena ondeando al viento. El fresco aire del mar, las guirnaldas de lavanda que hacíamos entre las dos. El olor de su último verano.

Aquí, el aire salado está contaminado por el olor de la gente. Este lugar no fue pensando para que cupiéramos tantos. Lo menos hay cien presas por guardia, y sin embargo no hacemos nada.

El muro de diez metros, el alambre de espino, las reclusas que se comportan como guardias, los guardias que se comportan como perros. Sal en el aire, su sabor en la piel. Los abetos y los cuidadísimos prados que vimos por el camino.

Esto es Ravensbrück.

Miriam levanta la vista del papel y se estremece, y no porque tenga frío. La voz de las cartas es perturbadora y no puede evitar preguntarse si viene de alguien que murió hace mucho tiempo.

Se lleva la mesita de centro de la sala de estar al dormitorio de su padre, y al pasar por la puerta se golpea los nudillos con el marco. Coloca las cartas en orden mientras las palabras se repiten espontáneamente y oye las cavilaciones internas de la pobre mujer. Está dentro de la cabeza de Miriam y no hay nada que pueda hacer para evitarlo.

—No luchó, no había nadie en quien pudiera confiar —le dice a su padre—. Y yo, ¿debería haberme defendido? —La pregunta le pesa, es una piedra negra en su estómago—. Nadie me creería aunque lo hiciera.

La verdad hace que le escuezan los ojos.

Ve la imagen del niño furioso en su sillita y se ve a sí misma empujando y empujando contra algo que es igual de implacable. Solo que no es una sillita, es un hombre, que la sujeta con los brazos, con las piernas y, peor aún, con la fuerza de lo que podría hacerle y le haría si se liberaba. ¿Y quién la iba a creer si lo contaba? ¿En quién podía confiar?

«Ya no podemos confiar».

—Ha vuelto —dice.

Coge la siguiente carta, está en alemán, pero cuesta tanto leerla porque está intercalada en un texto y escrita con una letra fina como el polvo que Miriam empieza y se para, relee las frases y trata de descifrarla. Y los pensamientos que surcan el texto la arrastran de vuelta a una realidad a la que no soporta enfrentarse.

Henryk:

El bloque de contención no era más que una carpa azotada por el viento y la lluvia, destapada, el tejado del revés y chorreando agua. No teníamos cuencos, solamente dos cucharas. Las pusimos bajo las gotas y bebimos agua de lluvia. Cucharaditas de agua de lluvia. Tardamos dos largos días en robar un cuenco para poder comer.

Todo el mundo roba, hace daño, es agresivo. Todo el mundo busca espacio. Nuestra moneda. Una vez que tienes espacio, no renuncias a él.

La sopa es agua, casi nunca hay verdura ni nada reconocible. Nos dan pan, que está como una piedra, y también «café». La sopa y el café vienen a ser lo mismo, aunque aceptamos de mejor grado encontrarnos tropezones en la sopa que en el café. Mastico el pan para convertirlo en papilla y después se lo doy a Hani; entre que le duele mucho la boca y no tiene dientes, todavía le cuesta mucho comer.

Llevo aquí un mes. Hoy es mi cumpleaños: veintiuno. Y no puedo evitar temer que quizá no cumpla veintidós.

La rutina se ha vuelto tan familiar que no necesito pensar, los días van pasando y mi cuerpo se mueve al ritmo del campo de concentración. Mi mente y mi corazón están en otro sitio. Contigo.

Estoy a punto de transformarme en una de ellas. Una zombi ambulante. No como a no ser que me lo ordene un guardia, no me muevo, no descanso ni duermo ni hablo si no me lo ordena un guardia. No tengo voluntad propia.

Te echo de menos.

Con todo mi amor,

Frieda

«¡Frieda!». Miriam relee la carta y se acerca a su padre, cogiéndole de la mano y acariciándole suavemente el rostro. Mira el pelo abundante y blanco, las manchas de vejez de la cara, la ancha nariz, los finos labios. Le estudia, empapándose de lo último que queda de él.

—Papá, ¿me oyes? —Respira hondo—. Estas cartas son de Frieda.

Minutos después, al ver que no dice nada, le besa el dorso de la mano.

—Voy a descubrir qué le pasó. Por ti. Te lo prometo —dice, y, consciente de que esto significa leer las aterradoras palabras, le tiemblan las manos, pero continúa. Por su padre.

HENRYK

Salí del piso, dejé a Emilie sollozando y furiosa y me fui al encuentro de Frieda. Pero cada paso que daba era un juicio que me hacía a mí mismo. Me paraba en cada esquina. ¿Vuelvo? Daba media vuelta, caminaba unos pasos más y volvía a detenerme. Teniendo en cuenta que me estaban buscando, subir y bajar como un loco indeciso por la misma calle no me ayudaba precisamente a pasar desapercibido.

Emilie tenía razón. Estaba casado con ella. Ya estaba en peligro por mi culpa. Y aun así se había quedado. Sabía lo de Frieda y aun así se había quedado. El sentimiento de culpa era bilis, puro ácido, y me quemaba la garganta. ¿Quién era yo? ¿Qué tipo de hombre le hace nada semejante a una mujer a la que adora?

Y aun así…

Amaba a Frieda. La amaba de una manera que jamás había experimentado, y precisamente porque la amaba tanto era por lo que sabía que no podía hacérselo también a ella.

No, ya no más.

Emilie tenía razón. Frieda estaría bien sin mí; de hecho, mejor. Mucho mucho mejor. La idea me aterraba. Y el terror me hacía correr y llamar más la atención. El corazón me daba más impulso con sus latidos, el viento me soplaba en las orejas, notaba el ritmo entrecortado de la respiración en el pecho.

Tenía que soltar a Frieda; tenía que liberarse de mí. Y después me marcharía con Emilie. Intentaría hacer mejor las cosas con Emilie, al menos.

Muerto de frío, hecho un manojo de nervios, esperé a que Frieda abriera la puerta. Estaba haciendo lo correcto. Era lo correcto y el único modo de...

Frieda abrió y la decisión de poner fin a todo se me congeló en el pecho. Y en esa pausa, Frieda me saludó poniendo sus labios sobre los míos, y después las manos, sus dedos, sobre mi piel.

Me metió en el apartamento y cerró la puerta. Y aunque en mi corazón había un tictac no deseado y el nudo que tenía en la boca del estómago me daba náuseas, la decisión que había tomado tan solo unos minutos antes se me antojaba un eco lejano.

Me olvidé de todo y me fundí con Frieda, dispuesto a perderme en sus caricias.

—Te he echado de menos —murmuró, la dulce cadencia de su voz volviéndose más grave. Sin apartar los labios de los míos, me arrastró hasta la cama.

MIRIAM

Escrito en el papel con surcos más profundos, Miriam lee:

Hoy me han robado las botas; sin botas, tampoco tengo documento de identidad, y sin documento de identidad estoy perdida.

Busca apresuradamente la siguiente carta y la devora, facilitándose la lectura con la lupa que ha cogido del costurero de su madre. Axel se desvanece, un pincel aclarado en agua, y Miriam se centra.

Ha encontrado a Frieda. Ahora, solo le queda averiguar qué le pasó.

Querido Henryk:
No hay un solo momento de tranquilidad en la carpa. Hani y yo estamos recostadas, cabeza con cabeza y hombro con hombro, contra la tela, que va cogiendo calor con el contacto de nuestros cuerpos.

Hani me preguntó por qué mentí en el vagón cuando dije que era Emilie, y me dio qué pensar...

¿No crees que el amor es a la vez tan violento, turbulento y salvaje como una tormenta y sin embargo tan fresco y sereno como el cielo que sale después? El tipo de amor que tenemos tú y yo nos hace sentir que podemos escalar montañas o luchar a brazo partido con serpientes, aunque no podamos. Nuestro amor nos hizo pensar que podríamos enfrentarnos a los nazis; creo que nos ha convertido en un par de bobos. Yo estoy aquí...

Miré a las mujeres. El ruido. El olor. La tela de la carpa que se agi-ta, golpeando a una mujer que está justo a la entrada.

Chas, zas, chas.

… Y tú no estás.

Hani me preguntó por ti y te saqué favorecido: te dibujé más alto, más ancho de hombros, más joven, porque no había nada que me lo im-pidiera. Le hablé de nuestra historia de amor a primera vista, aunque en realidad no sea nuestra sino tuya solamente, la historia de cómo conociste a Emilie.

Miriam traga saliva. La idea de que esta mujer se apropiase de la historia de su madre, del amor de sus padres, le produce una profun-da repugnancia.

Lo único que puede hacer es seguir leyendo.

Hani tiene ocho hermanos; habla romaní, y el holandés solo lo cha-purrea.

Contó que nadie se había alegrado especialmente de que naciera; des-de entonces, dice: «He mantenido la cabeza bien alta, no me he movido del sitio, me he plantado y le he gritado al mundo que estoy aquí».

Esto tampoco había alegrado especialmente a los nazis.

Sus padres intentaron casarla con un primo cuando Hani tenía ca-torce años y él poco más, pero abandonó a su familia, fue a la escuela (de ahí el holandés) y se puso a trabajar. Tenía dinero y una habitación pro-pia, pero como nunca había dormido sola en una cama, el roce de las sá-banas de algodón le daba frío y la espabilaba. En su familia siempre había alguien con quien compartir el colchón, así que a Hani se le hacía duro vivir sola.

Un día volvió a casa y su familia no estaba. Tías, tíos, abuelos… to-dos. No tenía adónde ir y estuvo vagando por ahí, la detuvieron y ahora está aquí.

Dice: «Prefiero compartir mi cama y saber que estoy viva que estar sola pensando que siempre estoy sola. Para eso, más me valdría estar muerta».

Y te echo de menos. Te echo de menos a ti y echo de menos todo lo que nos prometimos que íbamos a vivir juntos. Nunca te he tenido a mi lado al despertarme, ni hemos pasado la noche juntos. Siempre, momentos robados. Quiero las cosas pequeñitas, las cosas que importan, las cosas que todo el mundo da por supuesto. Esas son las cosas que quiero, quiero no estar sola.

Y ahora es demasiado tarde.

Mastiqué el resto de la ración diaria de pan y se lo di todo a Hani, en vez de tragarme un poquito.

HENRYK

Tumbado en la cama de Frieda entre un revoltijo de sábanas, el desánimo se iba apoderando de mí por momentos. Frieda estaba echada sobre mí como una manta. Su suave aliento me hacía cosquillas en el cuello y yo le dibujaba olas con las yemas de los dedos en la parte de atrás del brazo, que estaba alumbrado por la penumbra. A fuerza de compartir conmigo sus raciones, estaba adelgazando.

—Si solo pudiese haber una, te elegiría a ti —dije.

Abrió los ojos, y al volverme vi que su expresión se había ensombrecido.

—A mí no me puedes elegir. No soy una opción —susurró.

—Para mí, sí —dije, besándola torpemente en la frente a la vez que ella apartaba la cabeza sin despegar su cuerpo del mío.

—No. Tienes a Emilie.

—Y te tengo a ti.

—Sí, pe…

—No hay ningún «pero», Frieda. Te quiero.

—No puedes elegirme a mí, Henryk. —Bajó la voz—. No soy suficiente.

A punto estaba de rebatírselo cuando me puso un dedo en los labios y me los cerró con los suyos. El beso fue una solución práctica para impedirme responder, pero sus labios temblaban apretados contra los míos.

Bajo el peso de sus extremidades, estaba cubierto y, sin embargo, también expuesto. Me quedé mirando al techo mientras pensaba en mi destino, y a las lágrimas que empecé a derramar se sumaron grandes sollozos que me rasgaban el pecho como una cuchilla de carnicero.

Frieda se incorporó y me estrechó entre sus brazos, me acunó contra su cuerpo desnudo.

—Henryk, ¿qué está pasando?

No podía hablar, no encontraba palabras para explicarle que lo que estaba sucediendo me estaba destrozando. Nos había condenado a los tres. Las bombas estaban cada vez más cerca y el peso de mi culpa era como un mortero apuntándome a la cabeza.

Era incapaz de apartarme de Frieda, y por estar allí la estaba poniendo en peligro a ella también. Ya no sabía quién era yo, y la fractura que había en mi interior se fue desgarrando mientras Frieda me besaba las lágrimas y acercaba su cara a la mía. Lloré a lágrima viva entre sus brazos.

Me estuvo besando en los labios hasta que nuestros alientos se fundieron en uno solo, y cuando me rodeó con las piernas y me hizo entrar en ella, la besé con más intensidad aún, ansioso por renunciar a mi condición de individuo.

Se movía sobre mí, no me soltaba. Me levantó la barbilla para que pudiera verla. Era tal la hondura de sus ojos que intenté mirar hacia otro lado, incapaz de contemplar su hermoso rostro. No soportaba saber que yo era el causante de tanto dolor, que pronto se terminaría todo y habría sido por mi culpa.

Venían a por mí, y por tanto también a por ella y a por Emilie.

La besé en el cuello.

—Voy a entregarme —dije, y fue decirlo y notar que se me quitaba un inmenso peso de encima—. Mañana. Emilie y tú seréis libres.

La abracé con todas mis fuerzas. Como no podía mirarla a la cara, hundí la cabeza en su pecho.

Su corazón latía contra mí, furioso.

—¿Qué ha dicho Emilie?

—Aún no lo sabe. Ni yo mismo lo sabía hasta que me he puesto a besarte el cuello.

—Pues entonces vete con Emilie, haced la maleta y marchaos, como lo había planeado ella.

Me apartó poniéndome una mano en el pecho.

—No puedo. —Las lágrimas amenazaban con salir de nuevo—. De esta manera estaréis las dos a salvo.

—¿A salvo? ¿Y tú qué? Acabas de decir que si tuvieras que elegir solo a una… —Se sacó la idea de la cabeza—. Pero no; somos dos. Y estás tú. Ya es hora de que entiendas que las dos te amamos. Necesitamos que sobrevivas. Dices que te vas a entregar: ¡eso es un suicidio!

—No puedo seguir haciéndoos daño. A las dos.

—Mírame, amor mío. No me estás haciendo daño. La decisión es tan tuya como mía —dijo con ternura. Volví la cabeza y la miré—. No debes tomártelo como si fuera cosa tuya solamente. Hacerle daño a Emilie te hace daño a ti, y por tanto me lo hace a mí. —Me besó en la frente—. ¿Qué fue lo que me dijiste en aquel banco a orillas del Spree?

Me acercó la cara a sus labios y fue besándome las lágrimas mientras caían. Asentí con la cabeza mientras los gritos inaudibles de mi interior eran sofocados por el peso de Frieda, sus brazos, sus piernas rodeándome; el corazón le latía con fuerza y lo notaba en el mío.

Y como si de un interruptor se tratase, de repente un agotamiento absoluto alivió el dolor de mi cuerpo y le puse las manos en los muslos.

—Ya te dije que eras luz —murmuré mientras movía su cuerpo sobre mi cuerpo, apretándose contra mí de tal manera que yo respiraba también a través de ella. Completamente hecha de luz. Apretó la boca contra la mía para sofocar los nuevos sollozos, la profunda angustia que me estaba aplastando el pecho.

—Sin oscuridad no hay luz —me dijo al oído.

—Pero Frieda, yo soy la oscuridad, mira cómo…

Me interrumpió.

—Dame unos días, Henryk.

Pronunciado por ella, mi nombre resonó en lo más recóndito de mi vientre.

—Unos días —accedí.

MIRIAM

—Miriam.

La voz de su padre subraya la oscuridad. Miriam, que se ha quedado dormida acurrucada en la butaca, se levanta.

—Miriam, yo…, tú…, Frieda —dice levantando la mano. Miriam se la coge, intentando mover los dedos ausentes de los pies.

—Yo —empieza a decir su padre—…, yo… maté.

Los pies de Miriam vuelven a la vida con un chillido, seguido de un hormigueo.

—Frieda…

—¿Frieda? Está aquí, en las cartas —dice Miriam.

—Yo… maté… a Frieda —dice él, y se hunde en un dolor tan intenso que no se puede oír.

15

MIRIAM

«Yo maté a Frieda».

Miriam siente una sacudida.

—No.

Una respuesta refleja. No es verdad. No puede ser verdad.

—Mira, papá. —Le deja la carta en el pecho—. Es una carta, una carta de Frieda. Estaba oculta en el vestido. Te amaba. Papá, ¿me oyes? No mataste a nadie.

Pero lo dice sin dejar de mirar la hoja.

¿Cómo acabó el vestido en el armario de su madre? Se retrepa en la butaca. No puede desmentir las palabras de su padre.

Su padre jamás habría podido matar a nadie. Él no. Era incapaz.

Si se colaba una araña en casa, la cogía con las manos ahuecadas y la sacaba. La protegía de mamá, que estaba lista para atacar con un libro o con un zapato, y le buscaba otro hogar.

Hablaba con las avispas y con las abejas y les daba las gracias por hacer un hueco en su agenda para hacerles una visita. Su padre ni siquiera podía hacerle daño a nadie, mucho menos matar.

Le coge la carta del pecho.

—No es verdad —dice. Seguro que las siguientes cartas, transcritas por Eva, le dan la razón.

Henryk:

Nos hemos mudado. Esperábamos que nos llevasen a un bloque. En la carpa hay demasiadas mujeres, y los bloques están hechos de ladrillo y piedra y tienen un tejado de chapa ondulada.

Me quitaron las botas en la carpa. Estuve dos días descalza, y después encontramos unos zapatos en el cuerpo de una de las muertas. Ahora Hani tiene un par de zuecos que le valen y yo vuelvo a tener zapatos.

Hani y yo estamos en el Bloque 15. Al principio no teníamos litera. Las baldas de madera que hay por las paredes están llenas de mujeres. Hay seis por balda, rodeadas de maullidos de gatos, voces que llaman, pesadillas, gritos e insultos…, tiran, empujan. Las baldas están una encima de otra: tres a lo alto y ocho a lo ancho a cada lado del bloque, lado A y lado B.

Cuando llegamos, no había sitio para nosotras, así que hablé con la Blockova, una vieja y curtida prostituta. Me propinó un golpe tan fuerte que me di con la cabeza contra el canto de una balda, y me tiró a un huequecito del centro de una de las literas que hay nada más entrar. Recobré el conocimiento en un retrete con una pequeña pila; Hani estaba detrás de mí, y enfrente había un espejo.

En este cubículo, encima del wáter, hay baldas improvisadas. Las han puesto las mujeres, y parecen más resistentes que las otras. Y además parece que aquí hay sitio para nosotras. Nos enteramos de que han «perdido» a dos mujeres en los últimos días y nos sentamos, mirándolo todo maravilladas: tres baldas y, ahora, seis mujeres.

Porque nos han recibido bien. De eso no hay duda.

Una mujer corpulenta, enérgica, dueña de un vozarrón, me ayudó a limpiarme el tajo de la cabeza y por primera vez vi mi reflejo.

No me creía que pudiera ser yo. Varias veces toqué el espejo pensando que era una ilusión óptica. Sentir la cabeza rapada y verla son dos cosas muy distintas. Tenía los ojos hundidos, y su color verde resaltado por el rojo de la sangre en la mejilla me daba un aspecto casi demoníaco.

La mujer mayor se llama Wanda, mueve las manos tan aprisa como la boca y tenía una venda para mi cara. Limpió y abrazó a Hani, que no entendía ni una palabra. *También ella estaba hipnotizada por su reflejo y no apartaba los ojos del hueco que antes ocupaban sus dientes.*

Wanda nos presentó a Stella, una niña que no tendrá más de siete u ocho años. Todavía tiene casi todos los dientes de leche, se le han caído dos paletas. Stella duerme en una litera con una joven, Bunny, que no creo que sea su madre. Bunny se pasa toda la noche tarareando para que tenga dulces sueños.

—*Bunny no habla. No ha hablado desde que la trajeron* —dijo Wanda.

Después está Eugenia, que al principio parece fría, pero que puede que simplemente se haya endurecido por la vida de aquí; lleva mucho tiempo aquí, ¡dos años! Tiene veintitantos años, los mismos que le calculo a Bunny, aunque Bunny a veces da la impresión de no ser más que una adolescente y otras de estar cerca de los cuarenta. Estuve mirándola detenidamente por si algo me daba una pista de su edad, pero entre el pañuelo que lleva en la cabeza, la oquedad sombría y oscura que hay detrás de sus ojos, y el miedo, se hace difícil saberlo. Parece alguien que ha visto demasiadas cosas.

Hani y yo no tenemos manta y compartimos un cuenco, no tenemos nada que ofrecer, pero a Wanda no parece que esto le importe. ¡Qué buena es! Estamos agradecidas. No estoy segura de que nos hubieran recibido tan bien si Wanda no nos hubiese tomado bajo su ala. Me pareció que a Wanda le fascinaban la belleza de Hani y ese aire suyo tan inocente, como de alguien que no llega a entender todo lo que sucede a su alrededor.

Nos invitan a dormir en la litera de arriba. Se me pasan mil preguntas por la cabeza, pero me siento abrumada por tanta bondad. Me duele la cara del golpe y Hani y yo nos hemos tumbado, abrazándonos. La primera vez que me tumbo desde hace muchas semanas. Es tan agradable, que me echo a llorar. La primera vez desde que me fui de tu lado. Me pesan los ojos de tanto llorar, están secos, calientes. Descanso.

Aquellas mujeres, aquel lugar. Miriam no tiene un punto de referencia para todo lo que está leyendo. No puede imaginárselo, pero lo está leyendo. Y millones de personas lo vivieron.

—No has hecho nada malo —le dice Miriam a su padre—. No puedes culparte. Esto no es obra tuya. —Levanta la carta—. Esto es… Quizá no haya palabras para esto.

HENRYK

Fue el 10 de abril de 1944. Un lunes. Aquella fue la última vez que vi a Frieda.

Nos habían arrestado dos días después de que suspendieran todas las leyes y un solo hombre pasase a administrar una ciudad entera.

Nuestro viaje comenzó en la Schildhornstrasse de Berlín. Estaba convencido de que nos iban a pegar un tiro, justo a la puerta del piso en el que nos habíamos estado escondiendo Emilie y yo. En cambio, nos dijeron que caminásemos. El sol despuntaba entre la espesa niebla como un trozo de hielo, desdibujándolo todo.

Estuvimos horas caminando, dejando atrás todo lo conocido. Deteniéndonos tan solo cada vez que vaciaban más casas de sus ocupantes. En la confluencia de Hagelstrasse con Fontanestrasse, nos quedamos en la calzada, flanqueada por tocones y por vehículos militares calcinados.

Se oía la trápala de la procesión de pisadas, de un tren avanzando por la vía. Las casas que flanqueaban las calles habían sido entabladas. Las puertas y las ventanas estaban todas bloqueadas, pero por el suelo había cristales desparramados. La gente atacaba desde arriba y desde dentro. Detrás de las fachadas de casas vacías, abandonadas, se escondían y rezaban, agradecidos porque ese día no les tocase a ellos. También yo me había creído a salvo entre cuatro paredes. Pero aquellas paredes se habían venido abajo y ahora estaba al aire libre, sin más compañía que la de

Frieda. Rodeados de militares que desfilaban por la calle con paso resuelto, pasamos a formar parte de una muchedumbre sitiada.

Delante de nosotros se había caído alguien.

—*Schwein!* —ladró una voz masculina. A mi izquierda, un militar se abalanzó en diagonal sobre un anciano que se había desplomado sobre una maleta. El militar, con su perfecto uniforme verde y sus botas relucientes, le escupió.

—*Du faules Schwein.*

Golpeó al hombre por detrás de la cabeza, lanzándole disparado; al hombre se le cayó el sombrero y su cara chocó contra la maleta, dejando ver una blanca pelambrera. Seguí caminando entre el gentío y le miré al pasar. Frieda tiró de mí, apartando la mirada. Me volví y me agarró más fuerte del brazo, pero yo me acerqué a él, a la contra de los que seguían avanzando.

Frieda se quedó donde estaba.

—*Zürück in der Reihe!* —me gritaron los militares, pero no había ninguna fila a la que volver, solo la masa renqueante que andaba a tropezones.

Alejándose del hombre caído.

—Henryk.

Frieda había vuelto a cogerme del brazo, miraba a los oficiales mientras ellos me miraban a mí. Nadie se detuvo, todos mantenían el ritmo, mirando al frente. El oficial se tocó el borde de la gorra antes de darle una patada al hombre en la espalda.

—*Aufstehen!* —chilló, con la cara colorada. Después miró a sus camaradas, se rio y se rieron con él. Hice una pausa.

—Henryk —susurró Frieda, poniéndose de puntillas y acercando los labios a mi oído—. Por favor.

El oficial dio un paso atrás y al sacar la pistola se oyó el ruido seco del corchete de la funda.

—*Aufstehen!*

Hizo un gesto con la pistola para indicar al hombre que se pusiera de pie.

159

—*Bitte warten!* —grité apartando a Frieda. Me planté entre el anciano y el oficial—. Espere. —Me agaché—. Espere —repetí, esta vez más para mis adentros. El hombre olía a húmedo y a viejo. El abrigo le estaba pequeño y le asomaban los antebrazos por las mangas; iba calzado con zapatillas de andar por casa, prácticamente sin suelas. La maleta estaba hecha de cuero abatanado, y las junturas estaban deshilachadas por los bordes. Me quedé mirando la maleta, esperando a que llegase el disparo. Esperando. Pero antes llegó Frieda.

—Venga, señor, por favor —dijo poniéndole una mano en la espalda—. Si no, nos van a disparar a todos. —Cogió el sombrero y se lo encasquetó en la cabeza—. Está bien —dijo mirando al oficial que seguía apuntándonos con la pistola—. Por favor, baje el arma, este hombre solo necesita ayuda.

Al oír sus palabras, ayudé al hombre a levantarse. Le puse los brazos sobre mis hombros y cargué a la espalda con todo su peso. Frieda cogió su maleta.

—*Nein* —dijo el anciano, tan cerca de mi oído que me sobresaltó. Se zafó de mis brazos y volvió a tirarse al suelo.

—*Nein!* —gritó, quitándole la maleta a Frieda y pegándosela al pecho como si fuera un escudo. El oficial volvió a apuntarle.

—*Die Juden* —dijo, encogiéndose de hombros como si no pudiera hacer nada por evitarlo. Tiré de Frieda y nos alejamos en el preciso instante en que sonaba un disparo. El ruido nos hizo recular y nos fuimos rápidamente, perdiéndonos entre la multitud. El zumbido de mis oídos no consiguió amortiguar el eco de las risas burlonas de los oficiales.

Seguimos caminando deprisa, manteniendo el ritmo. La agarraba contra mi cuerpo, el calor combinado de ambos aumentaba a medida que huíamos de lo que habíamos visto. Al cabo de un rato nos acompasamos al ritmo más lento de la multitud, Frieda me cogió del brazo y el camino se hizo menos incómodo.

Cuando su mano y la mía, unidas, se nos habían enfriado, Frieda habló. Recurrió al francés para dar un susurro de intimidad a nuestras palabras.

160

—¿Qué hacemos ahora?

—¿Qué podemos hacer? —dije moviendo la cabeza con aire de derrota. Me miró de manera inquisitiva y acto seguido me soltó la mano.

Se quedó mirando a las personas que se arremolinaban en derredor y durante el resto del largo paseo estuve tan desconectado de ella como los demás.

MIRIAM

Pasa a la siguiente carta. Encierran respuestas, pero, a medida que lee, Miriam se va perdiendo en un océano de palabras, en un mundo tan alejado del suyo que no tarda en olvidar las preguntas.

Henryk:

El primer día que amanecí en el Bloque 15 fue maravilloso. El sol brillaba y nos saludaron con «holas» y «¿habéis dormido bien?» en lugar de empujones y gritos. El recuento duró mucho pero había un cielo azul y Hani y yo rebosábamos optimismo. Ahora que nos han asignado a un bloque podemos trabajar, y esto nos levanta la moral. Las mujeres trabajan, se llevan bien. También Hani y yo, y nos hemos incorporado al «equipo arenero».

El resto del bloque no forma parte de ningún destacamento de trabajo. Se las conoce cariñosamente por el nombre de «conejillas». Por lo que he podido averiguar, son cobayas humanas, mujeres con las que hacen experimentos. Las mujeres las envuelven en una especie de halo protector. Hani y yo intercambiamos miradas inquisitivas, sin acabar de entenderlo del todo.

Bunny no sale nunca de su litera. Bunny, Wanda y Eugenia cosen y tejen para el esfuerzo bélico mientras Stella juega fuera con los otros huérfanos.

162

Pero yo tengo ganas de moverme y de sentir la sangre corriéndome por las venas. Después de tantas semanas de sedentarismo, estoy agarrotada, y moverme va a ser una bendición. Me sentará bien sentir que formo parte de algo.

HENRYK

Nos despertamos juntos debajo del puente de Gleis 17, entumecidos y rodeados de una cacofonía de miedo. Bastó una orden para espabilarnos. Los hombres a la derecha, las mujeres a la izquierda. Aquí no había ni un niño. Éramos una oleada a punto de romper contra un escarpado risco que habría de separarnos en dos direcciones distintas.

Nadie quería moverse, pero nos obligaron a avanzar a todos juntos. Fue al abrirse las puertas de los vagones y ver que ya había gente dentro cuando supe que todo había terminado. Debían de haberlos metido allí durante la noche, encerrándolos a cal y canto como reses, pero no echaron a correr ni intentaron salir de sus celdas de madera. Cuando empezó a filtrarse la luz del día, sus caras nos escudriñaron asustadas, curiosas, sombrías.

Debería haberla abrazado más fuerte. No debería haberla dejado marchar. Debería haber encontrado el modo de impedir lo que sucedió a continuación. Pero si la hubiese abrazado, la habría roto: en mi interior se había desovillado la madeja del terror, y sabía que lo mismo le pasaría a ella si la abrazaba. Tenía que mantenerse fuerte, porque los dos íbamos a subir.

Solos.

Shakespeare dijo que para los que aman, el tiempo es eterno, y es cierto. No se me va la sensación de que allá donde ella vaya, yo también voy. Mientras yo viva, ella vivirá dentro de mí. Ojalá se lo hubiera dicho.

Pero no lo hice.

Lo que dije fue:

—Tienes frías las manos.

Esas fueron mis palabras de despedida.

Sonrió. Sus manos se escurrieron de las mías y las yemas de los dedos quisieron tocarse, pero solo hallaron aire. Tropecé, y al chocarme con alguien aparté sin querer la vista. Al volverme, Frieda ya no estaba.

MIRIAM

—¿Conejillas? ¿Experimentos?

Echa un vistazo a las siguientes cartas, escritas sobre diminutos recortes de un papel que parece de seda, tan fino es. Las desenrolla, pero le cuesta mantenerlas abiertas.

—¿Qué harían con ellas para que estén así?

Henryk:

Trabajamos, comemos raciones minúsculas, lo suficiente para mantenernos con vida pero no más, no lo suficiente para aplacar el hambre. Wanda nos ha conseguido otro cuenco, así que Hani y yo ya no tenemos que compartir. Y por tanto, tocamos a más. Sigo haciéndole papilla a Hani con su pan, cada vez me cuesta más no tragármelo todo.

La arena me carcome la piel. Es un trabajo cuyo único sentido es minar la moral. Cambiamos la arena de sitio y al instante vuelve adonde estaba. Las manos me duelen demasiado para escribir y me he quedado sin papel.

Su padre gruñe, tiene escalofríos y se estremece. Una oleada de temblores le surca el lado izquierdo, cada vez más intensa. Pero cuando Miriam está a punto de ir a por el midazolam, los temblores remiten y vuelven los escalofríos y el castañeteo de dientes.

166

—Espera, papá —dice, añadiendo mantas y alisándole las arrugas de las frías manos.

—Qué frío —murmura él, y Miriam se tiende a su lado.

—Estoy aquí —dice, y el cuerpo de su padre se relaja. La noche se cuela por las ventanas, una presencia indeseada en el dormitorio—. Estoy aquí mismito —vuelve a decir, pero el miedo le sube despacio por las piernas y la agobiante oscuridad le hace pensar en *él*. Si ha vuelto, es que ha vuelto a por ella.

De la misma manera que Frieda se quedó sin papel, su padre y ella se van quedando sin tiempo. Pero hay más cartas, y la invade una sensación de pavor que va creciendo con cada palabra, con cada carta; esto no puede acabar bien.

—Voy a averiguar qué pasó, pero por favor, por favor, no te vayas. Aguanta un poco más. Por favor.

A medida que los ronquidos invaden el cuarto, Miriam se escabulle de la cama, coge otra carta del montón y lee a la tenue luz de la lámpara.

Cambié mi pan por un lápiz largo y fino y te escribo a salvo en la litera. Nuestra Blockova, una mujer que tiene un tamaño y una voz que intimidan, no hace caso a las «conejillas», pero tampoco las ataca. No hace falta. A un perro apaleado basta con enseñarle el látigo.

En general, las mujeres tampoco hacen caso a las «conejillas». Las hay que les dan a Bunny o a Wanda algún mendrugo de pan que han guardado o robado. Otras hacen juguetitos para Stella: de un retal de algodón sale una muñeca que arranca una sonrisa a una carita infantil.

Bunny y Wanda se ofrecen a coser y a zurcir. Hacer bolsillos en el interior de los uniformes es la especialidad de Bunny. Tiene unos dedos muy ágiles. Me quedo embelesada viendo cómo trabajan.

Estoy a salvo con estas mujeres.

Acabo el día exhausta: la rutina, la expectativa de que vayan a pegarme un tiro o a hacerme daño, a molerme a palos o a trasladarme a

celdas de aislamiento o bloques de castigo. Se llevan a rastras a las muje-
res, que chillan en vano. Las demás nos quedamos mirando y nos sentimos
agradecidos porque hoy no nos toque a nosotras. Las amigas no hacen
nada. Pero cuando vuelve la mujer a la que le ha tocado, tan demacrada
que no se entiende que pueda seguir respirando, las costillas tensándole la
piel, sus amigas la esperan con sopa, pan y calor.

Escribo de noche, los ojos me lloran y me escuecen de intentar escribir
a la luz de la luna solamente. Wanda ronca, Bunny y Stella se acurrucan
la una contra la otra, Bunny tarareando. Hani me arropa con su cuerpo
mientras, acostada de lado, escribo, apretujando cuantas palabras puedo
en una hoja de papel para dártelas.

Ojalá podamos quemarlas, juntos los dos, para olvidar el pasado y
allanar el camino para el futuro.

De vez en cuando, la cabeza de Eugenia se asoma de golpe desde la li-
tera de en medio y hablamos. Habla de los aliados, habla de la liberación,
de las demás mujeres del campo y de los pasitos que están dando para in-
tentar salvarse a sí mismas y a otras. A intervalos regulares, se llevan a las
presas. Algunas creen que a un manicomio, Eugenia cree que a la muer-
te. Habla de los nombres que se van añadiendo a la lista y de los esfuerzos
de algunas mujeres para que quiten su nombre, o el de sus seres queridos, de
la lista. Al parecer, la Blockova tiene el control de los bloques y da nom-
bres a los guardias que elaboran las listas. Sea como sea, el caso es que se
llevan a las mujeres del campo.

Eugenia promete que pronto habrá noticias de que los aliados están
de camino. Los rusos o los americanos liberarán el campo, y pronto. Ni
Hani ni yo creemos que sea cierto. No hay ninguna liberación posible, y
la idea de que esto vaya a tener un final es un disparate. Continuamos
como podemos: trabajamos para sobrevivir. ¡Es tan agradable hablar, co-
municarnos como mujeres...! Hablamos y hablamos hasta que una de no-
sotras se queda dormida. Siento que se me enriquece el corazón hablando
con Eugenia.

Meto mis cartas entre los pliegues del colchón de paja y rezo para que
continúen allí cuando vuelva.

El cálido cuerpo de Hani me envuelve, es un momento que derrochamos durmiendo. Es ahora cuando puedo soñar, pensar, dar gracias por todo lo que tengo. No hay un Dios, solo hay sopa. Con mi lápiz, estoy dejando una huella en el mundo, por insignificante que sea. Existo. No pueden acabar conmigo.

16

MIRIAM

Con creciente desesperanza, Miriam sigue leyendo. Estas mujeres creían que alguien haría algo, que otras personas las salvarían. Intenta dormir, pero ve a una mujer que, silenciosa y arropada con mantas, cose bolsillos y dobladillos. Todo el mundo está roto o magullado. En comparación, sus problemas se le antojan patéticos.

Se duerme justo antes del amanecer y sueña con serpientes. Serpientes largas que se arrastran por su estómago, saliendo y entrando por su piel. Las agarra y tira de ellas, pero se le escapan. Tersas y lustrosas, vuelven a colarse por su piel y se retuercen por dentro.

Miriam se despierta justo cuando se está clavando las uñas en el estómago. Se incorpora bruscamente, coge las tijeras del cajón de su madre y se las acerca a la suave y cálida piel del vientre. En cuanto ve rayas rojas, las serpientes internas se encogen y se disuelven en lo que eran: sueños.

La interrumpen unos golpecitos en la puerta y sale a abrir: al principio una rajita, y luego lo suficiente para ver a Eva al otro lado. Eva, con la mano en alto, a punto de llamar de nuevo, quieta. Lleva un cárdigan azul marino, pantalón gris oscuro y botas gruesas. Colgando del brazo, el abrigo y el bolso, y a su lado, Lionel.

—No le funciona el telefonillo —dice él; tiene la frente perlada de sudor—. No sabrá qué le pasa, ¿no?

—Esto, eh…

—Esta señora —mira a Eva, que permanece callada—, esta señora ha estado llamando y no podía entrar. He tenido que subir hasta aquí con ella, ya me entiende. En los tiempos que corren, toda precaución es poca.

—Gracias, Lionel.

—Ya que estoy, permítame que le eche un vistazo a esto, ¿vale? —Se abre paso con el corpachón y coge el auricular del telefonillo—. Vaya por Dios —dice mirándola fijamente—. Si está desenchufado.

Lo vuelve a enchufar y le dirige una mirada que significa «No vuelva a hacerlo», se despide de Eva ladeando la gorra y se va.

—¿Quieres pasar?

—Sí. De hecho, me gustaría hablar contigo —dice Eva mirándola fijamente a los ojos. Miriam se cubre el estómago con las manos, recién lavadas—. No sé si estuve un poco…, un poco contundente, el otro día, en la biblioteca…

—¿Contundente?

—No estuve…, en fin, es que es muy difícil confiar en nadie.

—Entiendo. —Abre más la puerta para invitarla a pasar—. Supongo que he sido una privilegiada, no sé cómo eran las cosas al otro lado del Muro.

—¿Has leído las cartas?

—Sí, las conejillas… Es horrible, que esto sucediera y que…

—Ayer no fuiste a la biblioteca —la interrumpe Eva.

—No, lo siento.

—¿Te llegó mi nota?

—Sí, y gracias por las cartas, también. Es una historia tremenda, pero no acabo de saber…

—¿Me dejas invitarte a un café? Ahí, al final de la calle, hay un sitio, ¿te parece? —interrumpe nuevamente Eva.

Piensa en su padre, que descansa, y dice que sí.

—Estupendo, espera un momento que se lo digo a mi padre.

La cafetería está abierta, los clientes ríen, hablan. Viven. Miriam entra y el olor a Navidad le penetra los sentidos. Se ablanda con la sensación de bienestar de la canela y de los granos de café.

Eva encuentra un sitio al fondo del local, enfrente de una ventana grande que está abierta; aunque es temprano, las vistas desde la ventana son lúgubres, oscuras. La brisa proporciona un grato frescor en comparación con el caluroso revoltillo de personas y café. Miriam pide un café en vaso grande, con crema y canela; le ponen una galletita y una cuchara larga.

Pide lo mismo para Eva y recorre la sala con la mirada antes de sentarse al borde de la silla. Ojalá estuviese allí Axel. Allí mismo. Porque si estuviese ahí, no podría estar en todas partes. Miriam está inquieta, alza la vista y pega un bote al menor ruido o movimiento de la gente de alrededor. A los pocos minutos, el cuerpo se le ha tensado y, confinado en la silla, le duele.

Eva mordisquea su galleta y le caen unas migajas en el regazo. Miriam ve cómo se las sacude con el dorso de la mano.

—Gracias por ayudarme con las cartas.

—Me pagas y…

—Sí, es verdad, te debo dinero, ¿no?

Eva hace un gesto con la mano, como quitándole importancia.

—Pues menos mal que conocí a Jeff, si no me veo echando el bofe con un diccionario, intentando juntar una palabra con otra —dice Miriam. Sabe que habla deprisa y casi sin sentido, pero no encuentra un modo de calmarse—. ¿Tienes familia? —pregunta—. O sea, aparte de Jeff.

—Mi marido murió hace unos años, era médico. Un hombre muy bueno. Sus hijas ya son mayores. Jeffrey es hijo de Renka, la mayor —dice Eva, removiendo la crema en el café con la cuchara larga—. Se escabulleron por los túneles cuando era pequeño. Hacía casi veinte años que no los veía.

Un largo silencio proyecta una sombra sobre la mesa mientras Miriam oye que la respiración de Eva se va calmando. Sus manos están oscurecidas por la edad, pero son largas y delgadas.

—¿Tienes pareja, Miriam? —pregunta Eva con la boca llena de galleta.

Miriam niega con la cabeza y bebe un sorbito del café, que está ardiendo.

—No. Bueno, no exactamente.

Se acuerda de la noche en que le abandonó. A *él*.

—Es… —empieza a decir—. A ver… —intenta de nuevo, y al final lo deja en—: Es un poco complicado.

Aquella noche, con la llamada del hospital resonándole todavía en los oídos, Miriam se había lavado las manos a conciencia y había entrado de puntillas en el dormitorio, pensando únicamente en su padre, solo, muriéndose, a varias horas de distancia.

El relajante sonido de los ronquidos de Axel le daba paz. Estaba en su postura habitual, dormido en la cama como habría de estar algún día muerto en su tumba.

La suave sábana color crema, que solía acabar al pie de la cama, estaba en el suelo, doblada varias veces hasta formar un pequeño rectángulo. Del tamaño del cesto de un perro. Esa noche iba a ser su cama.

«Los perros y las putas, a dormir al suelo».

Se dio media vuelta y salió del cuarto.

Se había subido al borde de la bañera y, agarrándose con los dedos de los pies, había conseguido mantener el equilibrio mientras intentaba llegar a los estantes superiores del armarito en el que estaba guardada su medicación. Fuera de su alcance.

Axel era la única persona en la que se podía confiar para que se encargase de darle la dosis correcta después de la última vez… En aquella ocasión, cada una de las amargas píldoras le había parecido azúcar puro, un dulzor que la llevaba al abismo.

Abrió la vieja caja del fondo, y entre un surtido de medicamentos, antidepresivos, antialucinógenos y somníferos…

Lo vio.

Después de muchos años sin saber dónde estaba, Miriam, buscando una vía de escape, cualquier modo de liberarse, había encontrado una.

Su carné de identidad.

Si conseguía demostrar que era ciudadana de Alemania Occidental, podría volver a Berlín, a casa. Por mucho que Axel y ella vivieran en Wolfsburg, que seguía perteneciendo a Alemania Occidental, los guardias de los puestos fronterizos necesitarían una prueba de que no era un polizón de Alemania Oriental.

Se lo envolvió en el camisón, cerca del corazón, y bajó las escaleras en silencio, saltándose el segundo peldaño para evitar el crujido. Metió los pies en los zapatos, cogió el abrigo y el bolso del perchero y cerró bien cerrada la puerta de la calle. No tuvo que pensar nada. Sus pies abandonaron la casa.

—Perdona, Eva, ¿qué decías?

Tiene la sensación de que la sala vibra y la acorrala y se imagina cómo saldría entre la masa de cuerpos y mesas si entrase él en la cafetería. O si estuviera allí sentado. O detrás de ella.

—Solo hablaba de lo complicadas que son la mayoría de las relaciones amorosas —dice Eva—. Nada es tan sencillo como dicen: en los libros y en las películas, apenas si rozan la superficie. Supongo que se debe a que casi todo el arte comercial es obra de hombres.

Eva sonríe; le brillan los ojos.

—Mi madre me dijo una vez, cuando andaba yo dándole vueltas a qué quería hacer en la vida: «Los hombres crean arte y las mujeres crean bebés». Y fracasé en ambas cosas. En su momento me pareció una idiotez, pero puede que estuviera intentando advertirme.

—¿Advertirte?

—Para que supiera cuál era mi lugar.

Miriam vuelve a probar el café y se escalda el labio en el mismo sitio. Lo deja y mordisquea la galleta.

—¿Te puedo preguntar por las cartas? —dice Eva—. ¿Cómo las encontraste?

—Vienen de un vestido, creo que es un uniforme. Lo encontré mientras ordenaba las cosas de mi madre.

—¿Era de tu madre?

—No creo. Una de las cartas menciona Ravensbrück, puede que mi madre estuviera allí, pero ¿las cartas? Mamá no hablaba ni una palabra de francés, no digamos leerlo o escribirlo...

—¿Ya no vive, para que se lo preguntes?

Miriam niega con la cabeza mientras da un traguito al café. La crema le salpica la cara. Se limpia la boca con la servilleta.

—Lo siento. ¿Hace cuánto?

—Tres años. Cáncer —dice. Le tiemblan las manos y el café le salpica los dedos.

La música es tranquila y las voces revolotean por el local como abejas mientras Miriam aguarda el sentimiento demoledor al que se ha acostumbrado cada vez que piensa en su madre. Pero el sentimiento no llega. Espera dando sorbitos al café. La crema está dulce; se lame el labio superior, el calorcillo del café le recorre el cuerpo.

Eva hurga en su bolso.

—¿Quieres una?

Le ofrece una clementina. Se las comen mientras ven pasar coches y personas.

—¿Y tu padre? —pregunta Eva al cabo de un rato.

Pasa un hombre calzado con zapatos de cuero y Miriam se levanta de un salto.

—Tengo que volver.

—¡Y yo que me tenía por nerviosa! ¿Estás bien?

—Tengo que volver con mi padre, antes de que sea demasiado tarde.

Echa un vistazo al reloj. Ha pasado el tiempo.

El ruido de la cafetería se vuelve ensordecedor. Caras alegres, rosas, perfume, parejas sentadas cara a cara. La culpa se arrastra y se instala en su garganta. Zas, pum, chas, el estrépito de la máquina del café. El rechinamiento le agudiza los sentidos.

Se abre la puerta, tintinea una campanilla y el mal tiempo se cuela con un paraguas chorreante empuñado por un hombre que lleva un largo abrigo negro.

El hombre es igual de alto que Axel, pero no es él.

El café se vuelve amargo. Una telaraña de miedo que le cuesta tragarse.

—Lo siento —dice Eva—. Disculpa si he dicho algo inconveniente.

—No, en absoluto —dice Miriam, poniéndose el abrigo—. Es que tengo que volver ya con mi padre.

Salen juntas del café.

—¿Puedes volver conmigo? Me he dejado en la mesa las cartas que iba a darte.

—Yo también te he traído unas cuantas más.

Eva coge delicadamente el brazo de Miriam y le hace ir más despacio para que caminen al mismo paso. Le reconforta notar el peso de Eva en su brazo, y poco a poco va amainando el pánico que se había apoderado de ella al salir.

Caminan juntas en silencio, cuidando de no perder pie en la acera tapizada de hojas.

La casa está en silencio. Miriam se acerca a su padre y susurra:

—Ha venido Eva, papá, me está ayudando. A encontrar a Frieda.

Le da un apretoncito en la mano.

—Este es el vestido —dice Miriam en el comedor, donde ha dejado la bolsa con el vestido. La abre, saca la sábana y se la ofrece a Eva, que da un paso atrás.

—Hazlo tú —dice.

Miriam extiende el vestido sobre la mesa.

—Un milagro —dice Eva—. ¿Dónde encontraste las cartas?

—Aquí.

Señala los bolsillos y los dobladillos deshilachados, los cuellos y los puños.

—Hacían apaños en los vestidos, en los uniformes —dice Eva, pasando los dedos por el bajo del vestido—. Para guardarse las cucharas y, a veces, la foto de un ser querido, una carta…

—Sí, lo leí en las cartas. Bunny cosía bolsillos secretos o algo así, ¿no?

Al pronunciar su nombre, Miriam se da cuenta de que estas cartas son de verdad. Bunny es de verdad. Son cartas que describen vidas que se han vivido y perdido. De repente la invade la abrumadora sensación de que está haciendo algo malo al leer cosas tan personales, y se pregunta cómo se sentirá Eva traduciéndolas. Compartir esto con Eva le aporta consuelo, una experiencia en común, incluso puede que una amiga.

Eva se pasea junto a la mesa, alisando la tela con las manos.

—¿Quieres agua?

Eva no responde.

Miriam va a la cocina y vuelve con dos vasos de agua.

De repente, Eva parece envejecida. Sigue teniendo las mismas arrugas, pero los surcos son más profundos. Los labios le han adelgazado. Pasa los dedos por el bolsillo. Miriam le da un vaso y Eva da un traguito como con esfuerzo.

—Es increíble que algo así haya podido sobrevivir. Muchísimos miembros de mi familia murieron en los campos —dice en voz baja Eva.

—Cuánto lo siento. A mí también me ha afectado mucho este vestido —dice Miriam—. Sobre todo, el olor.

Eva se deja caer bruscamente en una silla y parece como si se encogiera. Junta las manos y mueve la cabeza, mirando el vestido.

—Es horrible. No sé cómo te las estás apañando para traducirlas, pero desde luego yo…

En la puerta suena un golpetazo que las sobresalta. A Miriam se le cae el agua en la camiseta y Eva, los ojos como platos, mira hacia el pasillo. Ninguna se mueve.

Vuelven a llamar y Miriam se pone en marcha. Abre la puerta y ve a Lionel, que, jadeante, trae un enorme ramo de flores en los brazos: rosas rojas con ramaje. Muy caras.

—Pesan lo suyo —se queja Lionel—. ¿Qué le pasa al telefonillo, que otra vez no funciona?

—No le pasa nada —dice ella cogiendo las flores. Es verdad, pesan, y le cuesta abrazarlas.

—¿Quién las envía?

—Estas escaleritas… —resopla Lionel, levantando la mano como para acallar a Miriam—. De nada, ¿eh? —dice, sacudiéndose hojitas verdes de la camisa, y se aleja mascullando.

—Qué bonitas. —Eva aparece a su lado, sosegada—. ¿Son de un admirador?

Miriam niega con la cabeza.

—¿Te ayudo? ¿Voy a por un jarrón?

—No, gracias.

Miriam deja las flores a la entrada de la cocina como si fueran una bomba sin estallar. Encuentra la tarjeta:

Hasta mañana, esposa mía

—¿Quién las envía? —pregunta Eva mirando por encima del hombro.

Miriam las coge y las espachurra en el cubo de la basura; los tallos se chascan conforme las mete más al fondo. Cierra la tapa y da un paso atrás, frotándose las manos. Las tiritas que tiene en los dedos se pegan unas a otras. Coge la bolsa de la basura y la baja al cubo grande del portal.

Eva la espera en la cocina.

—¿Te puedo ayudar?

Mientras se lava las manos, Eva pone agua a hervir.

Miriam da un respingo al poner las manos bajo el agua humeante, y se las lava con jabón. El hervidor chilla y lo mira. Mira el agua hirviendo, piensa en las ampollas que le saldrían en la piel si la tocase, y en la paz que encontraría después.

Eva aparta el hervidor del fuego mientras Miriam se aclara y se pasa un cepillo de uñas por las palmas y las puntas de los dedos, rasgando las tiritas, aclarándose de nuevo con agua humeante. Cuando el agua sale roja, Eva le pone una mano en el hombro.

—Ya basta —dice.

—No son de un admirador —susurra Miriam.

—Ya me he dado cuenta, pero ahora, basta. —Alarga el brazo por delante de Miriam, cierra el grifo y le pone una toalla en las manos—. ¿Me dejas que te vea?

Miriam desenrolla la toalla y le muestra los dedos ensangrentados, la piel pelada de las uñas y los arañazos y las rozaduras de las muñecas.

—¿Me dejas ayudarte?

Cogiéndola de las dos manos, Eva se lleva a Miriam a la sala de estar y le hace sentarse en una de las sillas de madera de olivo, de respaldo alto y con tachones dorados. Le seca las manos con una toalla, restaña la sangre y, obedeciendo las débiles instrucciones de Miriam, vuelve a ponerle las tiritas.

—¿Qué pasa mañana? —pregunta Eva.

—Quieren llevarse a papá al hospital, creo. Hay una reunión.

—¿Qué va a pasar?

La pregunta queda flotando en el aire.

—Las flores ¿son de tu marido?

Miriam asiente con la cabeza.

—¿No estáis juntos?

—No —dice. Y luego, con más convicción, repite—: No.

—No hay nada, por terrible que sea, que no se pase con el tiempo. Te lo prometo. Los dedos se te van a curar, y el daño que hay en tu interior también. Solo necesitas tiempo —dice Eva cogiendo el bolso—. Aquí tengo más cartas francesas. —Saca un montoncito—. Tengo que irme —dice,echando un vistazo al vestido y luego a las manos de Miriam.

—Claro. —Miriam le da la otra mitad de las cartas y un billete de diez marcos occidentales—. Gracias, y siento mucho que hayas tenido que ver todo esto.

Señala hacia la cocina con un gesto.

—Jamás te disculpes. ¿Podría…? Bueno, si no te molesta, ¿podría volver a verte?

—Sí, por favor, cuando quieras.

Una vez que Eva se ha ido, Miriam deja las cartas nuevas al lado de su padre.

Hay muchísimas, de distintas formas y tamaños, y faltan muchas por leer. Agradecida por poder hacer algo con las manos, coge la siguiente carta, encantada de absorberse con la desdicha de Frieda en lugar de pensar en la suya propia.

17

HENRYK

Descanso a ratos, pero puedo oír a Miriam.

Su vocecita habla, pero no a mí. Intento escuchar, volver a encontrar mi centro, pero doy vueltas y más vueltas y sus palabras se pierden en la oscuridad.

Voy a la deriva. Siento los dedos de los pies, intento moverlos, pero están demasiado lejos. Siento las piernas; encerradas, extrañas, pero están ahí. Estoy tumbado en una cama. No acabo de saber dónde estoy, lo único que sé es que estoy.

Y aunque sé que Frieda no está, también sé que para mí no se ha desvanecido. Tengo que saber todo lo que ha pasado, tengo que saber cuál es el peso de mi crimen, el juicio y la sentencia.

Todo lo que le sucedió fue por mí.

Vuelvo a oír a Miriam. «Frieda», digo. Pero mi boca no forma las palabras. Hoy no. «¡Por favor!», grito, pero el grito simplemente reverbera dentro de mi cabeza y me sale baba por la boca. La siento caer por la barbilla y enfriarse ahí.

MIRIAM

Para no pensar en *mañana*, en Axel ni en nada que no sean las cartas, Miriam se queda leyendo hasta bien entrada la noche.

Henryk:

La Blockova me dijo que podía ver a la Kommandant. *Después de tanto tiempo, pensé que iba a ser inútil. Ya no tenía nada que decirle. La razón por la que había querido hablar con ella había desaparecido ahora que estábamos en el Bloque 15. Pero si la* Kommandant *te llama, no te puedes negar a verla.*

Mientras iba a su oficina, me sentía desnuda. Llevaba días sin bañarme; no había agua para el aseo, porque la necesitábamos para beber. ¡Qué calor hacía! El cuerpo me olía a otros cuerpos, a cuerpos calientes y sucios. Me lavé las manos para deshacerme de la arena y de la mugre, y la poco agua que quedaba me la bebí. Me pellizqué las mejillas y me chupé los labios para que parecieran más carnosos. Tenía arena en los dientes.

La Blockova me pilló, la vanidad se castiga. Me fustigó en el dorso de las manos, se me llenaron los ojos de lágrimas. La oficina estaba en silencio y me vi cara a cara con una mujer: rubia, piel clara. Uniforme oscuro, planchado.

Yo podría ser ella.

Creo que lo único que nos separa es una circunstancia. Pintalabios, laca de pelo, el sombrero sujeto al pelo con un alfiler. Me quité el pañuelo, se me vieron los mechones, tupidos, claros. Me di cuenta de que tenía la mirada clavada en ella. No sabía por dónde empezar. Lloré lágrimas que no sabía que tenía.

Pronuncié palabras que me mutilaban el corazón. Mi cabeza rapada, mis manos rotas, mi estómago vacío revelan quién soy. Haré lo que haga falta para ser libre. Incluso renegar del nombre que he tomado con tanta facilidad.

La verdad es fea.

Tan solo hace ocho semanas respondía al nombre de Emilie Winter; elegí quedarme contigo mientras Emilie estaba escondida. Me sentía orgullosa de estar a tu lado. De que me arrestasen contigo. De caminar contigo, aunque fuese hasta aquí.

Me avergüenzo, pero reconozco que emulé todo lo que odiaba sin pestañear.

—Mi familia es aria pura —susurré.

Su rostro impenetrable, marmóreo, mirándome.

—Heil Hitler! —dije. Llevaba mucho tiempo sin hacer aquel saludo; lo sentí como una traición, una deslealtad del corazón y de la mente.

Estaba vendiendo mi alma. Mi única inquietud: ¿bastaría con eso?

La Kommandant tenía unos papeles delante.

—¿Cuánto tiempo llevas aquí?

—Ocho semanas, señora.

—¿Qué quieres?

Y en ese momento, aunque sabía que quería un cuenco y trabajar en algo mejor que trasladar arena de un sitio a otro; que quería que las Blockovas nos tratasen mejor; que quería que las mujeres que estaban al mando no fueran criminales y que quería HACER algo, dije muy bajito:

—Por favor, me quiero ir a casa.

—De Ravensbrück no sale ni una.

Asunto zanjado.

Pero justo cuando me disponía a marcharme, me volvió a llamar.

—Estaría bien tener un par de ojos y de orejas en el campo, ¿me entiendes? Tráeme información…, conducta ilegal, infractoras, holgazanas…, hay *tejemanejes clandestinos por ahí. Mujeres «escondiéndose» dentro de los bloques y soltando mentiras a bocajarro. —Alzó la mirada—. Puedo facilitarte la vida aquí si me ayudas. ¿Me entiendes?*

Asentí con la cabeza.

—Vuelve el miércoles con algo que contarme.

Me fui.

Me llevaron de vuelta al bloque. Pensé en Bunny, Wanda, Stella, Eugenia. ¿Qué precio tenía mi libertad?

HENRYK

Me metieron a la fuerza en el vagón con muchos hombres más. Busqué a Frieda. Me pegué a los barrotes de la ventana y la busqué con la mirada. Nos apiñamos todos alrededor de la ventana para echar otro vistazo a aquellos de los que nos habían separado.

No vimos nada.

Apoyé la cabeza contra la madera del vagón. La puerta estaba cerrada a cal y canto. ¿Qué había hecho yo?

Me enviaron a Auschwitz. No conocía el significado que acabaría teniendo la palabra «Auschwitz». Lo único que sabía era que estaba en el infierno. Cada noche, cerraba los ojos y nos veía allí a los dos, debajo de aquel puente, Gleis 17, esperando un futuro, sin saber que habríamos de vivirlo por separado.

Y para mí, esa época que todos han olvidado, o decidido olvidar, está entrelazada con Frieda, y si tiro de un hilo me pierdo por el tapiz en el que le mordí la mano a un hombre para que soltase el pan que tenía agarrado. Por el tapiz en el que arrojaba cuerpos a un crematorio, sin preguntarme si estarían muertos o vivos.

MIRIAM

Deja la carta boca arriba y echa un vistazo a los cuatro nombres que resaltan al final de la página amarillenta y abarquillada. *Bunny. Wanda. Stella. Eugenia.* Se pregunta si alguna de ellas saldría de allí con vida y quién era realmente aquella tal Frieda, capaz de pensar siquiera en abandonar a unas mujeres tan vulnerables y rotas.

¿Hace bien Eva en no confiar en nadie? La propia Miriam creía que sus padres le decían siempre la verdad, y ahora la mentira tiñe todos y cada uno de sus recuerdos. ¿Quiénes fueron las personas a las que habría de llamar papá y mamá, y quién fue Frieda para ellos?

Las «conejillas» están hechas trizas. Les han operado las piernas.

Wanda tiene una cicatriz en cada pierna, desde la parte interior del tobillo hasta la rodilla.

Eugenia tiene una profunda cicatriz, el hueco del gran trozo de carne que le han quitado de la pierna izquierda.

A las dos se les han curado ya las piernas.

Sin embargo, Bunny..., el dulce olor de la carne podrida es fuerte y es el corazón de nuestra litera. Bunny se cubre las piernas con una sábana. Sus piernas no se han curado de lo que les hicieron, fuera lo que fuera. Jamás volverá a caminar; no le queda hueso suficiente en las piernas como para ponerse de pie.

Ninguna habla de lo que pasó, menos Eugenia, que susurra con tono de urgencia. Sus historias hacen que se me hiele la sangre en las venas; incluso ahora, mientras paso sus palabras al papel, el miedo me roza la piel como un pincho.

Operaciones sin consentimiento, despertares con dolores terribles, esquirlas de vidrio en las piernas, huesos rotos, el olor y, después, la infección.

Del turno de Eugenia, solo ella y otra mujer, Katya, sobrevivieron..., las otras seis mujeres sucumbieron a la infección que les metieron en la piel, en los huesos y en la sangre. Muchas murieron en la mesa de operaciones.

No podían moverse... sujetas a la cama, con piernas que no eran las suyas. Ni agua, ni analgésicos. En sus plegarias pedían morir.

Katya sobrevivió. Un médico borracho le cosió las piernas y volvieron a soltarla en el campo principal. Cuatro meses después, fue «elegida» y la mataron. Sus piernas eran la prueba de que la habían utilizado como una cobaya humana. Muchas de las otras «conejillas» que sobrevivieron han sufrido la misma suerte.

Cuando la soltaron, Eugenia encontró el hueco del Bloque 15 y construyó una pequeña litera con la madera que había encontrado en el altillo superior que servía de escondite para otras «conejillas». Las mujeres fingían que no veían a las conejillas, son como los heridos de guerra de los que nadie se acuerda; las dejan solas para que se laman las heridas.

Pero los guardias están al acecho.

Las literas rotas, nuestro espacio, es su santuario, y las mujeres del campo guardan el secreto de las conejillas. Es una de las pocas veces, dice con orgullo Eugenia, en que las mujeres se han mantenido unidas contras las guardias.

Miedo, piensa Eugenia. Es el miedo el que protege su secreto. Porque las mujeres saben que la selección para los experimentos fue tan azarosa, que podría haberles tocado a ellas perfectamente.

Eugenia mantenía limpia la pierna con agua de la pila, que ya se ha secado. Se libró de que la descubrieran. No tardaron en sumarse a ella

187

otras conejillas, aunque muchas murieron. Eugenia volvió para rescatar a Wanda y a Bunny, y Stella se unió al grupo al día siguiente.

Los guardias quieren encontrar a las «conejillas». Quieren destruir las pruebas.

Mañana voy a entregarlas. El precio de mi libertad son tres vidas. Wanda.

Eugenia.

Bunny.

¿Y qué será de Stella sin Bunny?

Estoy despierta, y aunque no temo lo de mañana, voy a hacer aquello contra lo que he luchado toda mi vida. Una vida vale más que otra. Mi vida importa más. Y por eso, puedo canjearla por la de ellas. Tengo ventaja. No soy mejor que los guardias que matan con porras y pistolas. Yo ya no soy Frieda. Soy superior.

Pisaré a aquellas que han sido buenas conmigo. Las pisotearé para salir de aquí. Pienso en mi estómago vacío, en mi dolor, y sé que los nazis han ganado una guerra; sea o no finalmente suya la victoria, han ganado la guerra contra la humanidad. Poniendo a todos en contra los unos de los otros.

Bastan seis semanas.

¿Podréis perdonarme?

¿Podré perdonarme?

Se apodera de Miriam una repugnancia tan profunda que, sintiéndose contaminada por la carta, la suelta. Contaminada por su brusquedad y por una veracidad que la asusta. Mira las cartas restantes y baraja la posibilidad de quemar hasta la última página, cada palabra convertida en llama y humo. Se imagina la cerilla arañando el aire con una llama, prendiendo cada carta por una esquina, las llamas dando vida al papel. Para erradicar el pasado, el presente que tan cerca está de su final. Y de repente cobra nitidez la imagen de sus pies balanceándose sobre el borde de la bañera, la bañera fresca bajo sus pies descalzos, y lo que había pensado hacer para huir de Axel. Si alguien le

188

hubiera dado una oportunidad, o el medio para marcharse…, ¿acaso ella no habría aceptado también?

En vez de prenderles fuego, piensa en las palabras de su padre: «Yo maté a Frieda». Y sabe que, por difícil que sea, va a llegar hasta el final de todo esto. Tiene que hacerlo, para que su padre descanse en paz.

18

HENRYK

Mirar atrás es revivir.

Revivir es volver a morir mil muertes. Yo apenas sobreviví una vez. Me perdería en el laberinto de ojos negros y pérdida de humanidad que tanto me sorprendió. No éramos más que animales, y entre los muros coronados por alambre de espino, rodeados por los ejemplares más débiles que ha producido el género humano, éramos esclavos. No de ellos, sino de nosotros mismos. Esclavos de la supervivencia. Esclavos del siguiente bocado de comida. Estábamos dispuestos a matar por un trozo de pan, todos nosotros. El que lucha con más fuerza y durante más tiempo, gana.

Me comían los piojos, los veía correr por la piel. ¿Qué haría Frieda? ¿Se defendía, los cogía, se los sacudía, se rascaba? ¿O se resignaba, como yo, a que la torturasen?

Hice lo que tenía que hacer para sobrevivir, me lo repito a mí mismo, pero sé que habría preferido morir a convertirme en el hombre en el que me he convertido.

Por eso no volví. Por eso estoy paralizado. No puedo creer que Frieda habría hecho lo mismo, y no puedo saber si corría tanto peligro.

A pesar de que sonreía, de que me reía y me gustaba mi vida, estaba vacío por dentro. Frieda conserva algo que no puede devolverse, solo compartirse.

Durante un tiempo, deseaba que las notas biográficas, los mapas y los informes me dijeran, por ejemplo, que le habían pegado un tiro en la nuca. Aunque la grieta que se me abría al pensarlo era negra y roja y estaba llena de cenizas como si ardiera, era apacible.

Y significaba que Emilie jamás me mintió.

Significaba que todo había terminado. Pero me temo que era justo lo contrario.

Emilie no sabía nada de los horrores que habitaban en mi interior; no quería oír, decidió no mirar y yo la quería más por ello.

Auschwitz fue como un cáncer: lo devoró todo y lo transformó en una densa masa negra. Un abismo.

Emilie me encontró en el hospital y volví a su lado. Llevábamos casados nueve años, me aceptó después de que liberasen el campo cuando no tenía ninguna obligación de hacerlo.

No me reconocía a mí mismo como marido. Como hombre, estaba perdido. Bastaron nueve meses.

Al cabo de seis meses de hospital, volví al pequeño cuarto al que Emilie llamaba «casa». Al ser uno de los poquísimos matrimonios en los que ambos habían sobrevivido al régimen nazi, se nos consideraba afortunados, venían a vernos muchas de las mujeres del enorme edificio en el que vivíamos. Lo único que recuerdo es un océano infinito de mujeres a la puerta y a mi mujer a mi lado. Durante meses estuve, al parecer, inerte. No me movía a no ser que me lo dijeran, ni comía ni hablaba a no ser que fuera necesario.

Emilie me dijo a menudo que había pensado abandonarme en aquel cuartito. Tan absorto estaba en mi propio trauma que era incapaz de hacer nada en un momento en el que había que hacerlo todo. Emilie se quedó porque había hecho una promesa, decía siempre. «Prometí quedarme a tu lado, Henryk, a pesar de que no dudaría en dejarte si pudiera». Mi mujer no tenía pelos en la lengua, pero aunque no me sorprendía su crudeza, me sentía perdido.

Entonces, ¿soy un hombre débil?

Sí. Por supuesto que lo soy. Soy débil porque soy fuerte, porque cogí de los que eran más débiles que yo, cuando, en cualquier otra circunstancia, jamás lo habría hecho. Soy débil porque al darme a Frieda le hice una promesa que jamás necesitó de palabra: prometí que la amaría, y, aunque así ha sido, solo lo he hecho en privado, con las palabras de mi corazón.

Quizá debería haber intentado encontrarla antes. Quizá en realidad no la quisiera, porque si no habría vuelto a por ella. Al menos lo habría intentado. Habría mirado debajo de cada piedra para encontrar a la mujer que amaba. Quizá. Pero la vida no es una historia de amor, no es un cuento de hadas.

No hay finales felices.

MIRIAM

Sale del piso más tarde de lo que tenía pensado y acelera el paso, dejando atrás tiendas que escupen personas risueñas cargadas de bolsas. Mira sus caras, las escudriña. Se asegura de que la de él no está entre ellas.

El «mañana» de la nota ha llegado y no sabe cuándo ni cómo le va a ver, pero no hay duda de que le verá.

Después de sacudirse el agua de encima en el centro de salud, sigue las indicaciones de Hilda y encuentra la sala de reuniones número siete. La señal es negra, se ha descascarillado por las esquinas. Reprime el deseo de tirar de la punta del siete mientras espera frente a la puerta blanca, tras la cual se oyen voces.

—Disculpe.

Una mujer con las gafas colgadas al cuello y una libreta en la mano pasa de largo y abre la puerta, metiéndola sin querer de un empujón. El parloteo y la humedad la envuelven al cerrarse la puerta.

La saludan los ojos de todos los presentes. Todos, menos los del hombre que está sirviendo el café, el hombre que está vuelto de espaldas.

El hombre que lleva puesta su mejor camisa. Se da la vuelta.

—Buenos días, Mim. ¿Café?

Sube la cafetera.

Miriam da un paso atrás y se da con la pared.

El hombre deja el café.

Está aquí y ella no puede salir corriendo.

Está atascada. Paralizada.

Y además ha vuelto al punto en el que se hallaba hace un mes: antes de irse de casa, de que su padre se estuviera muriendo, de encontrar el vestido, de Eva.

—¡Cariño! He estado preocupadísimo.

Todos los que están alrededor de la mesa le están mirando.

Miriam también le mira. Se acaba de afeitar y lleva camisa y pantalón de traje.

Y también un vaquero y una sudadera, y está apoyado contra la nevera con aire despreocupado, diciéndole que no se puede marchar. Que no le da permiso para que se vaya con su padre. Que es suya y solo suya. Que no puede abandonarle como hizo su madre. Que le dejase significaba que no podía amarle.

Miriam no dice nada, y ninguno de los presentes hace nada por ayudarla.

Oye el zumbido mecánico de la nevera, sus palabras son claras y mordaces. Es un no. Siente en las piernas el roce del algodón del vestido, los dedos de los pies sobre el frío linóleo. La espalda contra la pared.

Axel se sirve una taza de café, dándole la espalda, y Miriam recorre la sala con la mirada en busca de otras caras conocidas y tal vez más cordiales.

—¿Qué hace aquí? —le sisea a Hilda, sentándose a su lado; el popurrí de flores del perfume de Hilda anula el olor a rancio de tantos cuerpos recluidos, y Miriam se aferra a él en un intento de mantenerse en el presente.

—¿Quién?

Señala a Axel.

—Ha venido a apoyarte —responde Hilda, aceptando el café que le da Axel.

—¿Puedes decirle que se vaya?

—Ahora que estamos todos —dice el doctor Baum—, quizá deberíamos empezar.

Chirrido de sillas, voces, movimiento.

Axel vuelve a su sitio, enfrente de Miriam.

Hilda la toca en el hombro:

—No tienes nada por lo que preocuparte.

Miriam se frota las manos por dentro de las mangas del abrigo, y, aunque lleva demasiada ropa, la escarcha que se ha posado sobre su vientre empieza a hacerse notar.

Por favor, había suplicado. ¡Había tenido que suplicar que la dejase salir de su propia casa para ir a atender a su padre moribundo!

—Miriam. Miriam —dijo Axel—. ¿De qué sirve que vuelvas ahora?

—Se está muriendo —susurró Miriam.

—Pues déjale morir en paz, amor mío.

Se acercó despacio y le tocó la mejilla con ternura.

—Pero es que... —dijo ella dócilmente.

—Bienvenidos... —El doctor Baum mira en derredor como un párroco desde el púlpito—. Quiero empezar agradeciéndoles a todos que..., en fin, con el tiempo que hace y con los problemas que hay estos días para aparcar..., que hayan hecho un hueco en su rutina para venir aquí.

Tantea cada palabra con la boca antes de comprometerse a pronunciarla.

El doctor no ha terminado aún la primera frase y Miriam ya tiene ganas de gritar.

El reloj de la pared carece de manecilla grande, aquí el tiempo se mide en horas, no en minutos.

Axel está justo enfrente de ella, al otro lado de la mesa. Está igual que siempre, aunque le nota un aire ligeramente distinto. Un aire que, a la vez que familiar, tiene la novedad que hay en las personas a las que uno veía a diario y con las que se reencuentra después de una temporada sin verlas. El pelo moreno alisado hacia atrás de forma que se le ve el pico de viuda y un saludable jaspeado gris justo encima de las orejas. Miriam no atina a adivinar de qué humor está. Tiene los labios relajados, el mentón no se le crispa. Escudriña su cara, intentando predecir qué va a pasar a continuación.

—Vamos a empezar la reunión, y me gustaría que procediéramos de una manera metódica, mejor dicho, lineal, para que todos seamos conscientes de la situación y de…, de todas las posibles alternativas que quizá podamos…, de las opciones con las que cuenta *Herr* Winter, si se da el caso y siempre que todos los presentes estén de acuerdo, claro…

Miriam observa al doctor Baum y se siente, ya, perdida en la conversación. Se concentra en sus palabras, pero le parece que no tienen sentido. Comprender al doctor Baum es como estudiar un mapa en el que no hay ningún punto de referencia.

Se van presentando uno por uno mientras Miriam dirige miradas furtivas a Axel, que está tan tranquilo, bebiéndose el café a sorbitos.

También le ve encima de ella, sudando, latiendo, empujando, marcando, sacudiéndose, persiguiendo, atrapando, bromeando, dañando, riendo, terminando, disculpándose, llorando, abrazando, prometiendo.

Le da vueltas la cabeza y no puede evitar que el corazón se le acelere. Se le va a salir del pecho, o va a caer desplomada en la silla de plástico.

El calor de su piel, fría y pegajosa, mojada, apretada contra su boca, los labios de Axel sobre los suyos. Intenta apartarle, pero en vano. Su boca frotándose contra la suya, abriéndole los labios a palanca, metiéndole la lengua.

Las palabras del doctor Baum la traen de nuevo a la sala, y mira a Axel, que sonríe plácidamente. Y, como en un ataque de vértigo, cae en picado a una época anterior a la vez que es consciente de lo que está sucediendo en estos momentos; como si ambas cosas estuvieran sucediendo a la vez.

Ve al encantador hombre de mediana edad que está enfrente de ella, pero también siente las manos de su marido subiendo por debajo de su falda. Agarrándole el culo e hincándole tanto las uñas que Miriam da un bote. Lo está sintiendo como si pasara en estos momentos, como si las manos de Axel del pasado siguieran toqueteándola y apretujándole la piel.

—Un segundo —dice el doctor Baum, levantando la mano—. Creo que estamos desincronizados.

Y todo el mundo la mira.

—Miriam —continúa el doctor Baum—, ¿entiende, comprende, es usted consciente de la importancia de su presencia en esta reunión? Aunque tal vez no sea una reunión propiamente dicha…

Miriam se siente aturdida.

El doctor Baum la mira, y Miriam no sabe si tiene que hablar o si le ha preguntado algo.

—Miriam. Le estoy pidiendo que tenga la amabilidad de explicar cuál es su papel en esta reunión.

Miriam mira a Hilda en busca de ayuda, pero sin éxito.

—Estoy aquí para hablar en nombre de los deseos de mi padre —dice con tono vacilante.

—Sí, los deseos de su padre tal y como usted los interpreta.

—Eso es, sus deseos.

—Bueno, desde el punto de vista técnico, no. No son sus deseos en la medida en que, en su estado, no es fácil identificar sus deseos ni articularlos. Supone cuáles son basándose en sus propias ideas y haciendo sus propias inferencias, ¿no?

—Basándome en que conozco a mi padre.

Se nota a la defensiva.

—Sí, claro, pero…

—Llevaba diez años sin hablarse con su padre —dice Axel. Miriam le fulmina con la mirada y una sonrisa ilumina el rostro de Axel.

Antes de morir la madre de Miriam, Axel había escrito a su padre. Contándole que Miriam le odiaba, que le echaba la culpa de los problemas que estaba teniendo, y catalogándolos con todo detalle. Axel escribió que «los ataques de papá» (que ella le había contado en privado) eran un trauma para Miriam, que necesitaba medicarse para superarlo. Axel se lo había escrito en una carta larga en la que le decía que si Miriam era una mala esposa se debía a que su madre había sido una mala madre que la había abandonado por su profesión. La carta era una salvajada, un espanto, un puñado de mentiras terribles. Pero eran mentiras que a quien más daño podían hacer era a sus padres. Miriam se había quedado mirando mientras Axel cerraba el sobre y la encerraba en casa para salir a echarla al buzón. Y ella no había podido hacer nada por impedirlo.

Pero cada noche, mientras veía dormir a Axel, esperaba oír un ruido procedente de la puerta de la calle. Pensaba que sus padres irían a buscarla, porque sabía que no se iban a creer la carta. Que verían que corría peligro. Que estaba atrapada. Irían a por ella y la ayudarían.

Al cabo de una semana estaba desesperada. Iba como una loca al buzón a ver si había llegado correo, se acercaba a la esquina de la calle, cogía el auricular del teléfono…, esperaba desconcertada. Dos semanas más tarde, troceando unas zanahorias, se cortó sin querer, y el dolor le causó una impresión muy fuerte. Pero también la sacó del bucle que le hacía preguntarse sin parar por qué sus padres no iban a buscarla.

¿Tendría razón Axel? ¿Sería que no la querían?

Al cabo de un mes sin recibir carta de sus padres, sin que llamaran por teléfono ni se presentasen en su puerta para rescatarla, Axel la había llevado al médico.

La había llevado a este médico.

El doctor Baum está hablando y Miriam intenta oírle entre el estruendo que produce el dolor de sentirse abandonada en el mismo instante en que pensaba que la salvarían.

—Gracias, *Herr* Voight. Bueno, Miriam, me pregunto qué le hace pensar que conoce los deseos de tu padre o que es capaz de representarlos de manera adecuada en esta sala.

El doctor Baum enarca las cejas.

—Que conozco sus... ¿qué?

—Que por qué estás aquí; eso es lo que te está preguntando el doctor Baum, cielo —dice Axel con voz aterciopelada.

—¿Quiere que me vaya? —le pregunta Miriam al doctor Baum.

—Yo creo que la pregunta correcta sería: ¿usted quiere irse? —señala él.

Al oír sus palabras, Miriam se siente completamente dividida. Más que nunca, lo que más querría sería salir corriendo de la sala, escapar de la mirada de Axel. Pero piensa en su padre y saca fuerzas de las cartas, del sufrimiento de las conejillas, de las operaciones y los médicos. Si pudieron sobrevivir a eso, ¿cómo no va a poder ella mantener la calma en una reunión? Mueve la cabeza.

—No.

Pero ¿por qué no fue su padre a buscarla nada más recibir la carta, aquella carta que tanto daño debió de hacerles? ¿Por qué no fue?

Sabe que la carta mató a su madre, que su madre murió pensando que Miriam la odiaba.

Y no era cierto.

La reunión continúa y Miriam intenta respirar despacio. La mujer que entró en la sala un poco antes que Miriam está escribiendo algo, el bolígrafo araña con furia el papel. Una enfermera de cara redonda y feúcha llamada Sue mastica galletas ruidosamente. Hilda y Axel están atentos al doctor Baum, que está hablando... de los cuidados paliativos, del hospital, de la posibilidad de sacar a su padre de casa.

Confundida, sin saber hacia dónde va la conversación, Miriam interrumpe:

—Pero si no hay nada malo en que esté en casa.

—*Frau* Voight, estoy al tanto de que no se está tomando usted la medicación —le dice el doctor Baum, y Miriam reconoce su «tono comprensivo»—. Entiendo que es probable que se sienta…, bueno, sería lógico que se encontrase en un estado alterado. —Suspira y mira a Axel, que asiente con gesto cómplice, y continúa—: Un estado mental que la incapacita para hacerse cargo de la naturaleza de la cuestión que nos ocupa.

—¿Por qué no pueden seguir las cosas como están?

—La reunión de hoy es prueba de que la situación actual de *Herr* Winter, o su entorno sanitario, si prefiere llamarlo así, no es la más adecuada.

—¿Ah, no? —le desafía Miriam—. Está seguro; sí, se está muriendo, pero en su propio dormitorio, en su casa, con su hija a su lado. Esto no es para siempre, puede que ni siquiera hasta mañana. Déjenme cuidarle, por favor. Además, tengo a Hilda.

A su voz asoma con fuerza una seguridad que no siente, pero una vez que ha terminado, tiene la respiración entrecortada y la blusa pegada a la piel.

El doctor Baum respira hondo y mira a Hilda.

—Bien, enfermera, ¿qué opina usted?

Hilda se inclina hacia delante y Miriam se recuesta en su silla.

—Yo creo que Miriam está haciendo un esfuerzo increíble, pero, lo siento, Miriam, tengo que darle la razón al doctor. Creo que, dado que *Herr* Winter se está estabilizando, quizá necesite más cuidados a largo plazo, y Miriam está sometida a una presión muy grande. En mi opinión, la residencia sería una buena alternativa.

—¿Hilda?

Hilda se vuelve a mirarla.

—Lo siento, Mim, lo hiciste de maravilla cuando tu padre tuvo el ataque, pero —baja la voz y Miriam se da cuenta de que todos la están mirando, de que tiene a Axel justo enfrente— parecía que te habías bebido una botella entera de vino, y has faltado a dos citas con el doctor, y eso que a una te acompañé yo.

La traición, dura y fría, provoca a Miriam.

—Estoy cuidando a mi padre, eso es lo que tengo que hacer, y no tomar una medicación que me embota, que me hace babear y dormir.

—Permítame precisar que hay quien diría que el alcohol es, en sí mismo, una sustancia que embota —le interrumpe el doctor Baum—. Y no creo que una medicación que disminuya los ataques paranoicos o psicóticos sea peor que estar bajo los efectos de la embriaguez.

Miriam recuerda las serpientes de su estómago; solo fue un sueño, pero las tijeras…, las tijeras, no.

—Dice que está cuidando a su padre. Pero el hecho de que se emborrache no es precisamente una muestra de que sea usted capaz de anteponer las necesidades de *Herr* Winter a las suyas propias.

Y como un tren desbocado, la reunión continúa. Miriam no tiene nada que decir. Al final, el doctor Baum pone fin a esta peculiar forma de tortura.

—Está decidido, Miriam. Siento que no le guste la decisión, pero *Herr* Winter será trasladado al Hospital Ruhwald lo antes posible.

Axel le da un apretón de manos al doctor Baum antes de sujetar la puerta para que pase la secretaria y desaparecer.

—¿Me puedo ir ya? —pregunta a Hilda.

—Sí, Mim, puedes irte. Lo siento, lo más probable es que el traslado a la residencia sea mañana.

—¿Mañana?

Axel le sale al encuentro en el pasillo y le pasa el brazo por los hombros.

—No es lo que querías, ¿eh?

Miriam no responde y salen juntos del centro de salud. Siente que se le hinchan las manos y que le escuecen al golpearlas el aire frío. La lluvia tamborilea suavemente sobre los coches.

Sigue caminando. Axel va detrás.

—Vete.

—No sin asegurarme de que te dejo sana y salva en casa.

Axel le abre la puerta a un anciano que está esperando para pasar, y Miriam aprovecha para colarse y sale al aparcamiento. Al hombre se le cae una bolsa al pasar, y Axel no tiene más remedio que hacer un alto.

—Déjeme que le ayude —dice inclinándose a coger la bolsa.

Mientras Axel ayuda al anciano, Miriam retrocede. Se pone detrás de un coche, después de otro. El aparcamiento vallado tiene una salida de peatones. La ve, mira a Axel. Está chocando los cinco con el hombre, que le da las gracias por ser «un caballero».

Miriam se vuelve hacia la cancela y sale corriendo.

Respira con jadeos calientes que le recorren el cuerpo. Ve el autobús, su silueta verde es una escapatoria. A punto está de irse de la parada cuando llega Miriam y aporrea la puerta, procurando calmar su impaciencia mientras se abre con un silbido. Sin mirar atrás, clavando los ojos en el autobús, sube en cuanto la puerta se abre lo suficiente como para que pase.

Sus dedos tropiezan buscando las monedas. El conductor le saca un billete y Miriam se sienta en los asientos de abajo, de espaldas a la ventana, y se hunde en el asiento.

19

MIRIAM

Al abrir la pesada puerta de la calle, la recibe el familiar olor a abrillantador, moqueta y ambientador. Está en casa. Se asegura una vez más: Axel no la ha seguido.

Se dirige hacia la escalera enmoquetada. Sintiendo el peso de unas lágrimas que prometen salir, que necesitan escapar, Miriam sube corriendo, desesperada por encerrarse a cal y canto, por ponerse a salvo.

Al llegar arriba, llave en mano, ve a Eva sentada en el suelo enfrente de su puerta. Miriam resopla entrecortadamente.

—¡Hola! Espero que no te moleste, pero se me ocurrió que a lo mejor te apetecía un poco de compañía hoy. —Eva tiene dos bolsas de la compra llenas de comida delante de ella—. Como ya te dijo Jeff, no tengo nada que hacer —dice con una sonrisa—, así que te he traído un poco de comida.

A Miriam se le doblan las rodillas, se sienta en el suelo. Le pesan demasiado las piernas para dar otro paso.

—¿Qué tal ha ido la reunión? —pregunta Eva.

—No muy bien. —La voz, fatigada—. Estoy hecha polvo. No puedo seguir con esto.

Miriam se queda mirando la puerta. Al otro lado la espera su padre, pero se siente incapaz de desplazarse hacia él.

—Seguir ¿con qué?

—Con la vida. Con esto.

Señala hacia la puerta.

—No tienes alternativa. Tienes a tu padre. —Le coge la mano—. Te necesita.

—Sí, me necesita… —dice con tono ausente—. ¿Me vas a ayudar a descubrir qué fue de Frieda? Ahora mismo, es la única razón de vivir de mi padre, de eso estoy segura.

—¿Y tú? —pregunta Eva poniéndose en pie y ayudando a Miriam a levantarse también—. ¿Qué razón tienes tú para vivir?

No responde.

—Vivo por él —dice al fin alzando la vista—. Mi padre. Nada más. No tengo a nadie más.

Eva le pone una mano en el hombro con delicadeza.

—No estás sola —dice tragando saliva, y la abraza.

—No sé qué habría hecho sin ti. Estas cartas, saber que tú también las estás leyendo…, son tan espantosas…, pero no podría haberlo descifrado todo sin tu ayuda.

—Tengo unas cuantas más —dice Eva, dando unos golpecitos a su bolso—. Venga, entremos.

Después de comprobar que su padre está bien, Miriam deja abierta la puerta del dormitorio. Eva está en la sala de estar, colocando en la mesa unos pasteles y sirviendo un té dorado.

—¿Has comido? —pregunta Eva.

—No era necesario que hicieras todo esto —dice, y Eva se pone en guardia—. Quiero decir…

—Si lo prefieres, me voy.

—No, no, es solo que…

—No quiero entrometerme, pero, si te soy sincera, me resulta agradable. Me dijo Jeff que el otro día habló contigo, en la biblioteca…

—Me contó que vienes de Alemania Oriental, pero eso ya me lo habías dicho tú. Dijo que necesitabas tiempo para instalarte del todo.

—En el Este, el Holocausto no ocurrió. No se mencionaba nunca. Los comunistas pensaban que los alemanes del Este no eran ni siquiera en parte culpables del Holocausto. Los ciudadanos, todos y cada uno de ellos, quedaron exonerados de cualquier culpa, de cualquier reflexión o análisis. Y las víctimas no tuvieron ningún tipo de apoyo. Al comunismo le gustaba la paz, y nos obligó a creernos esas ficciones como si fueran realidades.

Miriam escucha. Eva nunca había hablado tanto. Solo es el otro lado del muro, y sin embargo el mundo era un lugar tan distinto…

—Cuando lees las cartas, te parecen recientes y a la vez increíblemente antiguas. De una época olvidada.

—Las cartas son espantosas, es terrible que las personas se hagan cosas tan horribles las unas a las otras.

Se toquetea distraídamente las uñas hasta que ve que Eva la está mirando. Intenta dejar las manos quietas, pero acaba enrollándose una y otra vez el lazo de la blusa alrededor de los dedos.

—Frieda solo tenía veintiún años, en las cartas —dice Miriam tragando saliva—. Pero aun así pensaba delatar a las conejillas. ¿Cómo puedes vivir tranquila después de hacer algo semejante?

Al cabo de una larga pausa, Eva pregunta:

—¿Tú recuerdas cómo era tener veintiún años?

—No, hace siglos de eso.

—Imagínatelo: eres apenas una mujer adulta y responsable de ti misma y se te presenta la oportunidad de salir de un lugar como aquel. Nos gusta pensar que no lo haríamos, pero todos lo haríamos. Se trata de sobrevivir, y por eso hay tantas personas que no quieren compartir sus historias, porque no quieren ser juzgadas por aquellos que es imposible que sepan nada de aquello.

—¿Tú lo sabes? ¿Por experiencia? —pregunta Miriam con cautela.

Eva coge su taza con un temblor en la mano y se le cae un poco de té en el pantalón.

—Lo siento, no debería haber curioseado. No es asunto mío —dice Miriam apresurándose a coger la taza.

—Si me lo permites, quería preguntarte una cosa —dice Eva, se-cándose el pantalón con el pañuelo—. He estado pensando en el ves-tido. Cortaste todos los dobladillos. ¿Podría volver a coserlos?

Miriam mira a la mujer, que tiene las piernas cruzadas por los to-billos. La espalda, recta; la cara seria, ajada por el sol pero todavía lle-na, y una sonrisa que de repente se ilumina.

—No sé, es como que me parece mal que se quede vacío y corta-do después de haberse conservado tan bien —dice Eva, un poco tími-damente.

—Sí, claro. Si quieres, yo leo y mientras tanto tú coses.

Miriam trae el vestido del cuarto de su padre.

Eva calla y coge el vestido.

Miriam la ve doblarlo en su regazo, enhebrar una aguja que en-cuentra en su bolso y cortar la punta del hilo con los dientes de atrás.

—Me casé con Axel a los veintiún años —dice Miriam lentamen-te—. Era muy ingenua y muy joven.

—Es fácil juzgar con ojos más viejos.

De buena gana le gritaría la Miriam de ahora a la Miriam joven: «No lo hagas! ¡No te cases con ese hombre!».

Pero sabe que no le haría ningún caso. Ninguno.

—¡Eran tan jóvenes! —exclama, y coge las siguientes cartas de la mesa en la que están todas esparcidas como copos de nieve—. Me hace ver a mi padre de otro modo. No tengo ni idea de lo que pudo ver él, pero ahora estoy segura de que mamá no estuvo allí; simplemente, es imposible que estuviera. Me hace pensar en lo que debieron de sopor-tar como pareja, con estas cartas dirigidas a papá. Creo que Frieda le amaba de verdad.

—Las mejores relaciones resisten las adversidades que ponen a prueba su fortaleza. ¿Esto se cumplió en el caso de tus padres? Los de-safíos construyen una relación o, si no es lo suficientemente fuerte, la rompen.

—Entiendo lo que dices. Cuanto más tarde se presentan las ad-versidades, más difícil resulta romper los vínculos.

206

—Exacto. La luna de miel se termina, a veces ni siquiera empieza.

—¡Es tan triste!

—Es la vida misma.

El silencio vibra a su alrededor.

—Tengo que saber qué le pasó a Frieda —dice Miriam, cogiendo la siguiente carta—. Mi padre merece saberlo.

Lee mientras Eva cose. La siguiente carta, escrita a su vez por la parte superior y el dorso de otra carta consistente en dos líneas garabateadas con distinta letra en alemán, está fechada el 31 de mayo de 1944. El papel está amarillento y muy arrugado.

Estaba delante de la Kommandant, *y mis manos, negras de mugre, se cerraron sobre el pañuelo.*

—*He escrito a tu familia, Los Hasek de Charlottenburg. Respondieron enseguida.*

Cogió un papelito y me lo dio. Era la letra de mi padre. Era breve:
Estimada señora,

Gracias por su carta en relación con el patrimonio de una prisionera suya. Lamento decir que no tengo ninguna hija. Mi esposa y yo jamás recibimos la bendición de los hijos.

Atentamente,

Otto Hasek

Fui a devolverle la carta, pero me apartó con la mano. Me fijé en la brevedad de la nota y en el miedo que asomaba en la caligrafía. No reconoce a su hija; no quiere ayudarme, le preocupan las represalias. Me pregunté si le habría hecho lo mismo a la tía Maya, si le habría dado la espalda cuando sus palabras habrían podido salvar a su familia, y me temblaron las manos y me tambaleé. Después leí la última línea: «Mi esposa y yo jamás recibimos la bendición de los hijos». ¿Tampoco reconoció a Louisa? ¿Hasta qué punto le resulta difícil hablar de la hija que perdió, de mi hermana? Estrujé la carta.

—*Cobarde* —*dije.*

La Kommandant *alzó la vista.*

No había nada que hacer. Le había hecho perder el tiempo.

Me impuso veinticinco latigazos y el búnker. Lo dijo de corrido, se le relajaron los hombros y, aunque señaló la puerta, bajó la cabeza y volvió a fijar la vista en la mesa. Siguiente punto del orden del día.

Agarré con fuerza la carta, como si eso pudiera salvarme. Una guardia se levantó sin que yo la viera y se dirigió hacia mí, meciendo la porra.

Eran tantas las cosas que tenía que procesar mi cabeza, y tan deprisa, que el mundo empezó a girar más despacio. Quería salir corriendo.

Leí una y otra vez las palabras que sellaban mi destino.

Nadie ha vuelto del búnker igual que entró. La mayoría muere poco después de salir de la diminuta celda abarrotada. Veinticinco latigazos.

La guardia sonrió. Pintalabios perfecto, rizos impecables. Quise retroceder pero los pies se me quedaron inmovilizados. Me iba al búnker. ¿Volvería a ver la luz del día? ¿O moriría allí? Sus zapatos crujían sobre las tablas del suelo. Cuero sobre madera.

La puerta se abrió a mis espaldas y me preparé para las manos que pensaba que iban a agarrarme.

La Kommandant *alzó la vista y caí de hinojos.*

—Por favor... —dije.

—¿Qué pasa aquí?

Se levantó mientras miraba algo que había detrás de mí.

Dos niños mugrientos de ocho o nueve años entraron corriendo en la habitación. Pasaron por delante de mí, se fueron derechos a la mesa de la Kommandant *y empezaron a decir que echaban de menos a su abuela.*

—¿Dónde está? Necesitamos comida, estamos muertos de hambre y no hay comida para nosotros. Abuela...

—¿Qué dicen? —preguntó la Kommandant *a la guardia, que se había detenido antes de llegar hasta mí.*

Me giré, la puerta estaba abierta, los huérfanos eran el centro de atención... ¿Y si me marchaba...? Empecé a retroceder con sigilo.

Los niños se fijaron en la mirada perpleja de la Kommandant *y se acercaron más a ella. Sobre la mesa había un vaso de agua medio lleno, perlado de gotitas que se resbalaban sobre la mesa. No me había fijado* antes, pero cuando lo hice no pude parar de mirar. La niña se abalanzó a por el vaso. Derramando casi todo con las prisas, dio un gran trago y le pasó el resto a su hermano, que bebió con ansia y, dándole la vuelta al vaso, lamió hasta la última gotita del asiento. En el uniforme de la Kommandant *había circulitos oscuros allí donde había caído agua, y los papeles que estaban sobre la mesa también habían sucumbido a una ligera rociada.*

—*¿Qué es esto? ¿Cómo habéis entrado?*

Los niños la miraron sin decir nada.

—*Fuera. Ya. Echadlos también al búnker.*

Los niños debieron de captar la palabra «búnker», porque se agarraron a ella.

—*No los entiendo. ¡Quitadme a estos niños de encima!*

La guardia los arrancó de la Kommandant, *que, secándose la falda y señalándome, dijo:*

—*Espera. ¡Tú!*

Se produjo un silencio en el que se dieron todos la vuelta y vieron que seguía presente. Pensé que debería haber aprovechado para marcharme cuando se me presentó la oportunidad.

—*Tú vas a elegir quién se va al búnker y a quién le caen los latigazos. Considerando tu fiel apoyo a este sistema, te vas a encargar de decidir cómo se reparten los castigos.*

Un pánico tan intenso que dio una vuelta alrededor de mi estómago como una exhalación.

—Kommandant —*dije pensando, tratando de hallar mi voz. Sus caritas, sucias y rosadas, los ojos como platos clavados en la guardia de la porra y en mí*—. *Solo están preguntando por su abuela. La han perdido y tienen hambre.*

La guardia cogió la porra y me miró. Los niños se encogieron de miedo en el suelo.

—*¿Los entiendes?*

—*Sí, hablan holandés. Están buscando a su abuela.* —*Y a los niños les dije*—: *Shh, pequeñuelos.*

—¿Hablas más idiomas?

—Sí, señora. Muchos.

—Vaya, conque tenemos una pequeña lingüista, ¿eh?

Se rio con la guardia y le indicó algo con un pequeño gesto de la cabeza. La guardia golpeó con la porra la espalda del niño mayor, que cayó al suelo con un alarido. La menor se subió encima del niño caído para protegerle. La Kommandant siguió mirando mientras la guardia intentaba separar a la pequeña del niño postrado.

—Basta —dijo la Kommandant—. Di a los niños que vuelvan a su bloque.

Eso hice, y les dije que encontrarían allí a su abuela. Mentí porque los tranquilizaba y porque me miraban de hito en hito. El niño, sentado, y la niña en cuclillas a su lado. Mentí porque de esta manera me escuchaban. Mentí porque hacerlo quizá me librase del búnker. Mentí para retrasar mi castigo.

—¿Me los llevo a su bloque? —pregunté.

—Sí, sí.

—Venid —les dije, envolviendo sus manitas en las mías. Nos dimos media vuelta para irnos.

—Espera...

Volví atrás, pensando que la guardia venía a por mí.

—Van a llegar mujeres de todas partes de Europa. No estaría mal tener a alguien que les explique cómo funcionamos aquí.

—Por supuesto, cualquier cosa con tal de ayudar —me apresuré a decir.

—Vuelve a presentarte aquí mañana. Para algo nos servirás. A las seis de la mañana, aquí.

—Gracias, señora.

Y cómo se me pudo ocurrir hacer lo que hice a continuación, ni yo misma lo sé. Pero solté una de las manitas que tenía agarradas, saqué la mano, la subí y, con la palma hacia abajo, di un pisotón y grité:

—Heil Hitler!

Los niños me miraron como si fuera un monstruo y la otra manita se soltó. La guardia sonrió, una sonrisa astuta, de desprecio. Me di la *vuelta y me marché. Los niños me siguieron, pero, en cuanto salimos al sol blanco y abrasador, salieron corriendo.*

Me quedé mirando cómo se alejaban a la carrera los cuerpecitos andrajosos. Se me cayó el alma a los pies.

Cuando ya no podía verlos, volví a nuestro bloque. El sol me abrasaba la cabeza y el cuello, pero jamás lo había recibido con tanto gusto. Unos minutos antes, había estado contemplando el búnker y lo que con toda certeza iba a ser mi muerte.

—Esta es… —Miriam se levanta para volver a dejar la carta sobre la mesa, sin palabras que puedan expresar lo que siente después de haberla leído.

—¿No pone por ahí, por algún sitio, que «la verdad es fea»? —pregunta Eva.

—Pero ¿esto? ¿Los niños? —pregunta Miriam—. Es imposible que mi padre tuviese conocimiento de estas cartas. Si no, no seguiría recordando a una mujer que fue capaz de barajar siquiera la posibilidad de condenar a unas mujeres tan vulnerables, a unas mujeres mutiladas que no podían salir de la cama. No. ¿Y niños? —Miriam niega con la cabeza—. Esta no puede ser la misma persona de la que habla mi padre, no puede amar… a esto.

Subraya sus palabras agitando la carta.

—Seguramente tengas razón —dice Eva—. Pero, como tú bien sabes, a veces el amor no es lo que esperábamos que fuera.

20

MIRIAM

—Estas cartas son importantísimas —dice Miriam—, pero es tan duro leerlas… Y yo no tenía ni idea. ¿De veras sucedió esto? ¿Las personas se trataban así unas a otras?

—Por eso se han perdido tantas historias. La gente que lo vivió no encuentra las palabras adecuadas, y sus allegados no quieren saber nada. Las palabras encierran un poder mucho mayor del que nos pensamos —dice Eva. Y, hablando más bien para sus adentros, continúa—: Hasta las palabras más oscuras acabarán encontrando la luz.

Miriam coge la siguiente carta.

—Supongo que lo que se pierde siempre se puede encontrar.

Henryk:

Cuando volví de ver a la Kommandant, *Stella se me abalanzó y me cogió de la mano.*

—Hola, señorita guapa, ¿me llevas a casa ahora?

Me enganchó del brazo.

Los niños holandeses me encontraron cerca del Bloque 20. El mayor escupió al suelo.

—Has mentido —dijo.

—Lo siento… ¿Habéis mirado en el hospital?

Me estremecí al pensar en el hospital del campo: el revier, *un lugar donde reinaban el dolor y la muerte, y no siempre por enfermedad.*

—*Sí, pero no está enferma. Nos dijiste que tú encontrarla, que tú ayudar. Mentiste.* —*Volvió a escupir*—. *Todo el mundo mentir siempre.*

Stella miraba a los niños, su mano bien arropada por la mía. Quería que se fueran. Temía que Stella entendiera demasiado de nuestra conversación.

—*¿Y si la buscamos juntos? Yo os ayudo.*

—*No. No necesitar tu ayuda. Tú, una de ellas.* —*La niña pequeña señaló a la guardia*—. *¡Una de ellas!*

Lo dijo más alto y quise obligarla a callar. El insulto vibraba dentro de mi pecho.

Los niños se cogieron de la mano y se dieron la vuelta.

Stella alzó la vista buscando una explicación que no le di.

Al ver sus espaldas alejándose, grité:

—*¡Decidme el nombre de vuestra abuela, os ayudaré si puedo!*

El niño respondió:

—*Abuelita.*

Miriam respira hondo y entrecortadamente antes de serenarse lo suficiente para coger la siguiente carta.

Henryk:

He vuelto al bloque. Bunny estaba cosiendo en silencio y Stella se subió de un salto a la cama de al lado y se puso a jugar tan contenta con una muñeca nueva hecha de un andrajo de algodón con nudos a modo de cabeza, manos y pies.

Me senté en la cama de Eugenia y le dije que me habían hecho un encargo.

Eugenia se puso derecha y me escuchó con atención mientras se lo explicaba.

Henryk, estoy preocupada... Supongo que esto será mejor que acarrear arena, pero me da miedo el cambio y me preocupa lo que puedan pedirme que haga. Aunque, como dijo Eugenia, no puede decirse que me dieran a elegir.

Cuando pasaron lista, Hani se acercó a mí y estuvimos varias horas de pie bajo un cielo despejado en la Appelplatz, antes de que nos dieran la sopa. Las guardias nos contaban, volvían a contar, nos obligaban a seguir de pie. Si alguna se caía, volvían a empezar.

—En invierno siempre se tarda más —me susurró al oído Eugenia.

—¿Más que esto? —pregunté, y asintió con un gesto.

A punto estaba de decírselo a Hani cuando vi que tenía el ceño fruncido y que evitaba mirarme.

Le cogí la mano, pero la apartó.

—¿Qué pasa?

—Mientes —susurró, y a continuación, tan alto que las guardias nos miraron, repitió—: ¡Mientes!

Eugenia nos mandó callar y se hizo de nuevo el silencio.

Hani cambiaba el peso de un pie a otro, cerrando y abriendo los puños, cruzando y descruzando las manos. Fuera cual fuera el motivo del malestar de Hani, pensé, acabaría estallando, y no iba a tardar.

Por fin acabaron de pasar lista y volvimos al bloque.

—¿Qué te pasa?

—Tú. Tú eres lo que me pasa —dijo cogiéndome del brazo—. ¡Nazi!

—Hani, cállate. ¿De qué estás hablando? —susurré mientras me servía en el cuenco sopa de la tinaja y me desataba la cuchara del vestido.

—Paulo y Brigitte, ¿los conoces? —preguntó sin bajar la voz mientras llenaba un cucharón de sopa que apartó demasiado deprisa, derramándolo.

—No.

—Los niños. ¡Son niñitos pequeños, y tú elegiste a Paulo para que le atacasen!

Intenté explicárselo. Decirle que no había tomado yo la decisión. Que me lo habían dicho pero que había sido la guardia la que había decidido atacar a Paulo. Hani estaba muy disgustada.

—Paulo tiene la espalda llena de marcas. Tú decir que ayudabas a encontrar abuela. Van a buscar ayuda y te encuentran a ti. Tú decir a Kommandant que tú ayudarla. Y elegir a Paulo para que le castiguen a él en tu lugar. ¡Hiciste el saludo!

214

—Hani. Cállate —dije. Su voz se oía bastante y daba la impresión de que todo el mundo nos estaba mirando.

—Mentirosa, me mientes otra vez.

—No, no era mi intención. Por favor, baja la voz y te lo explico.

—¿Para que vuelvas a mentirme? ¿Quién eres? Pareces sacada de una tarjeta postal. Podrías ser nazi.

Le toqué el brazo.

—Escucha, por favor.

—No me toques.

—Vale, pero escúchame y te lo explico.

Se calmó, pero no sabía qué decirle. Estábamos rodeadas de gente, y, aunque hablábamos en holandés, aun así no sabíamos quién podía estar escuchando.

—Los niños… —dije—. ¿Y tú cómo sabes que están diciendo la verdad?

Me cruzó la cara. No me dolió la piel; fue un bofetón al estómago, gélido y acompañado de una mirada asesina. Es el peor ataque que he sufrido jamás. Más que en la cara, me hirió en el corazón.

—Te quiero, confío en ti —sollozó—. Te vas, a que sí. Y dejas a mí aquí.

—No me voy, pero es cierto que intenté marcharme —dije, intentando comerme la sopa. Una hora antes había estado muerta de hambre, pero ahora no me entraba ni media cucharada. Se la pasé a Stella, que la aceptó alegremente.

—¿La puedo compartir con Bunny? —preguntó, y se llevó el cuenco a la litera. La vimos alejarse y después se lo conté todo a Hani en susurros.

Guardó silencio.

—Por favor, háblame —le supliqué.

Hani se terminó la sopa y se alejó sin decir nada.

No ha vuelto a dirigirme la palabra. Hace como si yo no existiera. Duerme con la cabeza donde solíamos poner los pies. He perdido algo que no sabía que tenía. Creo que jamás me he sentido tan sola.

No sé si me perdonará ni si lo merezco. Supongo que mañana lo sabré.

—Las cartas. —Miriam respira hondo—. ¡Es tan triste!

Eva se acerca a la mesa y deja encima el vestido doblado.

Miriam pasa los dedos por la áspera tela.

—Es horroroso imaginar las condiciones en las que estaban. Y me vienen todo tipo de recuerdos a la cabeza mientras leo las cartas.

Mientras Eva espera, Miriam busca las palabras que describan lo que quiere decir.

—Como lo de estar de pie en la Appelplatz —dice al fin—. Mi marido solía usar un cronómetro... Como esos que se usan para cocinar, ¿sabes?... Lo había leído no sé dónde... Para que nos ayudase a resolver algunos problemas que teníamos. Él decía lo que tuviera que decir y luego me tocaba a mí, creo que era así como se suponía que funcionaba...

—¿Te cronometraba?

—Sí. No recuerdo qué problemas eran en aquel momento. Pero tenía que quedarme de pie mientras hablábamos, para dedicarle toda mi atención. Si vacilaba o si me tambaleaba volvía a poner el cronómetro a cero.

Oye el crujido mecánico del cronómetro, que tiene forma de gallina, cuando vuelve a ponerlo en treinta minutos; siempre en treinta.

A Eva le cambia la expresión y se sienta enfrente de Miriam, con las manos dobladas sobre el regazo.

—Y cada vez peor —dice Miriam—. Me sentía incapaz de hacerlo. Con lo sencillo que parecía: quedarnos de pie y hablar. Él lo hacía: se levantaba y me hablaba. Pero yo tenía que mirarle y, en fin, me ponía a temblar como un flan. —Mira a Eva—. No digo que se pareciera a esto... —dice, levantando la carta que tiene en la mano—. Estoy... —Pasa los dedos por las rayas del vestido.

—Miriam.

No alza la vista.

—Lo siento, ni se me ocurre comparar lo mío con…, con los sufrimientos de las conejillas, o con las cartas, ni siquiera con mi padre. Es solo que me vienen cosas a la cabeza, nada más.

—Suena a que lo has pasado muy muy mal —dice Eva inclinándose hacia delante.

—No me dejaba irme a dormir hasta que lo hubiera conseguido. Treinta minutos —dice Miriam, la voz temblorosa—. Solo eso, pero no me dejaba. Yo le suplicaba que por favor me dejase descansar, que entonces sería capaz de hacerlo —susurra—. Estaba segura de que sería capaz.

A Miriam le dolía el cuello de tanto forzarlo para mirar a Axel desde abajo, notó que el corazón le daba un vuelco mientras veía los consabidos puntitos negros, gritó para sus adentros, solo unos minutos más…

El temporizador estaba en cinco minutos, lo veía.

Cinco minutos más y todo habría terminado. Hacía tic-tac, como un reloj pero más deprisa, como el corazón de la gallina.

Tic-tac-tic-tac-tic.

Cinco minutos más y podría descansar, podría dormir.

—Bueno, ¿tú qué piensas? —preguntó Axel.

—Que sí. De acuerdo.

No tenía ni idea de a qué le estaba dando la razón, se le escapaban las complejidades de su razonamiento. No había sitio para nada más. Mantente erguida y ya está. Sigue de pie y ya está.

—¡Uff! —exclamó Axel, sujetándola por los hombros mientras se vencía sobre él con los ojos cerrados, intentando recobrar el sentido. Los círculos negros la rodeaban.

La sentó con delicadeza en el sofá, el sofá de ambos. El sofá que simbolizaba su nuevo comienzo. Y le trajo un vaso de agua de la cocina.

—¿Cómo estás? —preguntó Axel, la inquietud grabada en el rostro.

—Estoy muy cansada, Axel, ¿podemos seguir con esto en otro momento?

—Seguir ¿con qué?

—Con la discusión. Estoy de acuerdo con lo que has dicho, pero ¿podríamos retomarla, si es que te queda algo por preguntarme, mañana, quizá?

—¿Qué discusión, mi amor?

Parecía tan confuso que Miriam le puso una mano en la mejilla.

—El…, el temporizador, la atención puesta en… Estoy agotada.

—Miriam, ¿dónde has estado?

Su voz era suave.

—A-aquí mismo —tartamudeó—. Me mareé un poco mientras hablaba contigo.

—Hace horas que hablamos y que me fui a la cama. Dijiste que venías enseguida, pero volví y te encontré hablando sola, murmurando no sé qué sobre algo que habías perdido. ¿Has perdido algo?

Miriam negó con la cabeza y volvió a ver los puntitos negros.

—No. Estábamos hablando, me obligaste a estar de pie…

—¿Te obligué a estar de pie?

Miriam asintió mudamente.

—Cielo, ¿por qué habría de hacer yo eso?

No supo qué responder. Pero notaba que sus palabras se iban abriendo paso por su interior y ponían patas arriba lo que creía saber.

—Con el temporizador… Empecé a marearme…

—Yo estaba dormido y me despertaste, otra vez, con tus murmullos. Quizá —continuó— este sea otro de esos momentos de los que hablamos el otro día con el médico.

Se puso de pie y se alejó.

—¡No! —gritó ella, y al ir a seguirle tropezó y se cayó al suelo—. No, Axel, por favor.

El zumbido mecánico y, a continuación, el clic de la cámara la hicieron ponerse en posición fetal.

—¡No!

La camará soltó una foto y Axel la agitó en el aire.

—Ya sabes lo que dicen los médicos: tenemos que reunir pruebas si queremos tener alguna esperanza de ayudarte.

Miriam no se movió. La moqueta giraba a su alrededor.

—Lo siento —dijo—. Lo siento mucho, Axel.

—No pasa nada, mi amor. En la salud y en la enfermedad. Es hora de acostarse, mujercita mía —dijo como arrullándola—. ¿Te subo en brazos?

Al ver que no respondía, Axel dio media vuelta y se fue. Oyó sus pisotones en la escalera.

—No tardes —dijo desde arriba.

Miriam abrió los ojos y se quedó mirando la repisa de la chimenea. La cámara estaba allí, y, justo al lado, el temporizador.

—¿Y luego?

Al ver que calla, Eva la anima a seguir hablando.

—Estaba medicada —dice—. Nadie me creía. Ni yo misma me creía. Lo siento, no tiene nada que ver con las cartas, con los campos de concentración. No digo más que tonterías.

Eva abre la boca para hablar, pero Miriam la interrumpe.

—Tengo que ir a ver cómo está mi padre. Llevo demasiado tiempo aquí sentada —dice para sus adentros, encogiéndose de hombros y estirando el cuello.

—¿Estás bien, Miriam?

—Estoy cansada…, ¡tan cansada…!

—¿Quieres que me vaya?

—Si no te importa… —dice, y, medio mareada, se apoya en la pared—. Tengo que echar un vistazo a papá.

—Has tenido un día muy largo —dice Eva siguiéndola al pasillo.

Se dirige hacia el dormitorio de su padre y Eva se va a la puerta de la calle.

—Gracias por hacer que me sienta mejor —murmura Miriam mientras ve la sombra de Eva alejándose por el pasillo.

Más tarde, lava los cacharros. Mientras sus manos se entregan a una tarea rutinaria, su cabeza divaga entre los detalles de las cartas.

Coge una botella de vino tinto, se lo piensa y la vuelve a dejar en su sitio, decidiéndose en su lugar por el paquete empezado de codeína. Se imagina lo que sentiría si se tragase las amargas pastillas.

Se queda al lado de la ventana, mirando la calle, y ve pasar una sombra. Axel. Corre las cortinas, las arandelas repiquetean en la barra; se asegura de que la puerta de la calle está cerrada. Comprueba que la pluma sigue ahí. Coge una de las sillas de la sala de estar, pesa mucho y la arrastra con dificultad hasta la puerta.

—Ha vuelto —dice echando, de nuevo, el pestillo.

Miriam pasa la noche en la butaca al lado de su padre. Las decisiones que ha tomado ese día giran a su alrededor. Oye un tictac en el zumbido del colchón de aire que no había oído antes. Mañana.

Coge la mano de su padre y se recuesta en la butaca. Se le cierran los ojos y anhela verse arropada por la túnica del sueño.

—El ritual —susurra su padre, y Miriam abre los ojos al oír su voz—. El ritual de la inocencia se ha anegado.

—Sí, papá. Así es.

—Miriam... Miriam. Tú... estás...

—Estoy aquí. Te quiero, papá —dice, observando todos y cada uno de sus movimientos, pero su padre ronca y descansa, y ella no tarda en hacer lo mismo.

21

HENRYK

Mi primer recuerdo claro después de salir de Auschwitz es que la luz del sol reflejada en la hierba me hizo daño en los ojos. Era verde. Tan verde que brillaba como el oro. Tan intensa que me lloraban los ojos. Me acerqué un pañuelo húmedo a las mejillas, rezando para que alguien me llevase a un lugar cerrado.

Entonces, una mano rosa me tocó la rodilla, una manita rosa diminuta pero que pesaba lo suyo. Después vino otra mano y, detrás, una personita rosa, una cara a la altura de mis rodillas. El pelo moreno y aquellos ojos negros engastados en una carita redonda le daban aspecto de muñeca. Me sonrió, una sonrisa desdentada. Los músculos de la cara se me destensaron y algo volvió.

Sonreí.

Me di cuenta de que estaba sentado en una silla sobre la hierba, con grava alrededor. El sol no era sofocante, sino que daba un calor agradable que llegaba hasta los huesos sin azotar la piel. Debíamos de estar a finales de otoño. Había voces a mi alrededor pero eran como pájaros piando: ligeramente molestos, fáciles de ignorar.

Me incliné hacia delante y me miré los pies. Llevaba los zapatos cambiados. No llevaba calcetines. Sentada en la hierba sobre una pierna, con las dos manos sobre los cordones de mis zapatos y los dedos enfrascados en el nudo, había una niña pequeña.

Mi niñita. Era Miriam.

MIRIAM

Observa cómo arde la llama cada vez más cerca de sus dedos, la luminosa llama le besa la piel en carne viva. Espera. Van a llegar de un momento a otro. El calor le lame los dedos, tiene un efecto vigorizante sobre la piel abierta, los dedos tiemblan mientras prende otra cerilla, después se calman, se estabilizan.

El olor es delicioso.

El fuego y su todopoderosa capacidad para destruir y ennegrecerlo todo. Para convertirlo todo en polvo. Sería una manera preciosa de irse. Viendo cómo el apartamento es pasto de las llamas, verlas acariciar la vieja silla y subir por las paredes. Sorber el oxígeno de la habitación. Una vez encendido, el fuego roba todo lo que se pone en su camino. Se imagina cómo sería quedarse inconsciente contemplando los efectos del baile de las llamas en la casa de sus padres.

Al prender la cerilla, las manos le dejan de temblar. Es un gesto que evita que se haga daño a sí misma.

Observa cómo la llama devora el palo, acercándose cada vez más a sus dedos. Al oír que llaman a la puerta da un respingo, suelta la cerilla y de manera instintiva la apaga a pisotones.

Están aquí.

Han venido a buscarle.

Llegan con una camilla. Es justo lo contrario de su llegada a casa del hospital dos semanas antes, cuando Miriam accedió a traerle a casa. El hospital no era un lugar adecuado para él. La gente debería morir en su cama, rodeada de sus cosas. Eso habían dicho los profesionales médicos. Y ahora se lo van a llevar.

En vez de sensación de alivio, cuando se van los paramédicos la invade una sensación de pérdida.

Se lo llevan, le meten con cuidado en la ambulancia. Miriam besa la cabeza fría y húmeda, le coge desesperadamente de las manos, no quiere soltarle.

Se pasea por todo el apartamento. Está vacío, un vacío de esos que te llenan los oídos como si fuese agua.

Vacío de sumersión.

Las paredes blancas, los muebles grandes, el espacio. Sin nada que hacer. Sola y sin norte. Espera, no sabe bien a qué, y se queda mirando por la ventana el mar eterno de húmeda oscuridad.

Al final de la tarde, sin noticias aún del traslado de su padre, Miriam sigue leyendo las cartas, traducidas con letra grande y enérgica por Eva. No tiene otra cosa que hacer. Coge la siguiente. Y al desdoblarla, sabe que nada va a terminar bien.

Hoy ha sido mi primer día en el trabajo nuevo, que consiste en traducir cartas en «Canadá», un enorme depósito en el que guardan las pertenencias de las presas. Hay cosas que se quedan aquí, otras que envían a «los necesitados», pero la mayoría se etiquetan y se guardan. Mi trabajo consiste en leer cartas en otros idiomas y traducir en unas pocas líneas toda la información que pueda.

Acababa de terminar y el sol me estaba dando en los ojos cuando me saludó Stella.

—¡Stella! ¿Qué pasa? —le pregunté, mirándole la cara tensa.

—Tu Hani se ha ido. —Respiraba aceleradamente—. Señorita guapa, ¿por favor tú ayudas?

Me incliné y le di un beso en la coronilla. Aspiré la inocencia perdida y me preparé.

—Vamos —dije, con una seguridad en mí misma que no sentía.

Pero ya ha transcurrido una semana y aún no sé nada de Hani.

Estoy durmiendo sola.

La Kommandant *me pone a trabajar interpretando cartas; estoy buscando direcciones y paraderos de personas buscadas por las SS.*

Canadá está lleno de ropa, joyas, dinero. También hay suministros médicos. Píldoras sin etiqueta, para todo hay un lugar. Pero las pertenencias carecen de importancia en Ravensbrück.

Mi otra tarea, aparte de leer las cartas que encuentran, es escribir a las familias informándoles de la muerte de sus seres queridos. Los impresos ya están hechos, yo solo pongo el nombre y la dirección. Me sobra tiempo para leer y escribir. No hay día que no dé gracias a la tía Maya por haberme enseñado francés, alemán y polaco, porque estos tres idiomas me han salvado la vida.

Hasta puedo lavarme dos veces al día, y tengo acceso a un montón de papel. Ahora podré escribirte cartas más largas. Cuando escribo, no te escribo a ti, porque no puedo saber con certeza que las vas a recibir; le escribo al recuerdo que tengo de ti, y en el idioma en el que me enamoré de ti.

Pregunto por Hani a todo el mundo, a la gente que conozco y a la que me presentan. Pienso en los niños y en su «abuelita» y no consigo sacarme de la cabeza su mirada de asco. Es como si encontrar a Hani hubiese adquirido un significado más profundo. Cambio mi comida por información. Busco a Hani como una posesa. Me duele el estómago, no como y me cuesta descansar; estoy exhausta. El trabajo que tengo ahora es mucho mejor porque me temo que me habría quedado dormida bajo el sol, sobre la arena. Me habría muerto. Aquí estoy segura. Me siento al lado de una vieja maestra de escuela. Es callada, pero me da un codazo suave si me quedo dormida cada vez que vuelve la guardia. No sé su nombre. No quiero preguntárselo. Trabajamos en silencio.

Duermo sola, y, aunque hay más sitio, no descanso. Su presencia en este lugar ha sido lo único que he conocido. No tengo sombra, estoy sola bajo el sol.

Miriam se echa a llorar al lado de la cama vacía. ¡Con el esfuerzo que hizo Frieda para escribirle cartas a su padre, y ahora está sola! Siente tanta compasión por la mujer, la amante de su padre, que no puede evitar que se le salten las lágrimas. Porque Miriam sabe bien lo que es estar sola.

La siguiente carta es la que habla de Eugenia, y, entristecida, comprende que la que viene después cerrará la historia de Eugenia, y no quiere enterarse del final. El silencio crece a su alrededor como una tormenta. Piensa en las llamas, en las cerillas, y esto la calma. Se acuerda de la madre y del bebé con los calcetinitos, esperando. Lee.

Eugenia contuvo la respiración, asintió con la cabeza y al soltar el aire habló de prisa; las palabras se trababan una con otras, tropezaban.

Se llevó un susto tremendo y se dio con la cabeza en la tapa de la caja. Antes de oír a los soldados los sintió, se movían como sombras, y después le llegó el pestilente olor del humo.

El estruendo provocó el llanto del bebé, pero la madre lo acalló. Eugenia estaba muerta de miedo. La boca le sabía a quemado y podía tocar los bucles de humo que serpenteaban a su alrededor. Se imaginaba volutas penetrando la caja como largos dedos esqueléticos. Tenía miedo de que la quemasen viva.

—¡Busca, busca! —gritaban.

La puerta de la calle se abrió y acto seguido se oyó un estrépito de objetos. Oyó botas pesadas por la habitación y fue como si los soldados le estuvieran pisando los pulmones.

El muñeco de una caja sorpresa, todos los músculos de su cuerpo en tensión. No se fiaba de sí misma; ¿y si no se controlaba y salía de golpe?

Las pisadas se alejaron.

Se abrió la tapa de la caja.

La mujer y el bebé, expuestos a la luz del día. Eugenia se alejó de la luz y se acurrucó cuanto pudo en los oscuros recovecos de la caja. Desde ese ángulo los veía mejor.

Voces graves de hombres gritando una parodia de palabras vacías.

Sacaron a la madre agarrándola del pelo. Tenía el pecho sacado, y el bebé mamaba vigorosamente para no desengancharse. La arremetida hizo que el bebé se levantase. Se quedó de pie. Solo. Paralizado por el miedo.

Pero la mamá…, la mamá chilló y chilló y dio patadas y se abalanzó sobre los soldados, extendiendo los brazos para coger a su bebé.

Levantaron a la madre sin dificultad, a pesar de los esfuerzos que hacía por coger al pequeño. Uno de los soldados lo levantó con cuidado. Lo enganchó con sus manazas. La madre volvió a chillar. El bebé también se echó a llorar, manos que buscaban manos…, las de ella, largas y delgadas; las de él, pequeñas, gordezuelas.

La mataron de un tiro. En el cuello. Cayó doblada sobre sí misma, como una manta.

Los chillidos del bebé duraron más que los de la madre, incesantes berridos saliendo de sus rojísimos labios. Eugenia sollozaba. Pero el bebé los arañaba, los mordía y les daba patadas. Con las manos extendidas hacia la madre que yacía en el suelo. Les costó más sujetar al bebé que a la madre. Se agitaba descontroladamente en los brazos del hombre, intentando bajar al suelo. Con su madre.

Otro hombre tuvo que sacar la pistola, porque Eugenia oyó: «¡No dispares, vas a desperdiciar la bala! ¡O si no vas a fallar y me vas a dar a mí!».

Se rieron. Se rieron como si se tratase de un juego.

El bebé chillaba sin parar.

«Y entonces el cráneo hizo crac, contra el lateral de la caja»: Eugenia lo soltó tan a bocajarro que tardé un rato en caer en la cuenta de lo que había dicho.

El silencio se instaló en nuestra litera. Oímos los suaves ronquidos de Stella y Bunny se arrimó a ella.

Cuando los soldados se marcharon, Eugenia salió de la caja. Lo más deprisa posible.

La madre estaba en el suelo, bocabajo, con un tiro en la nuca; Eugenia le dio la vuelta. Tenía los ojos abiertos, el cuerpo rígido, los brazos extendidos hacia su bebé, que también estaba en el suelo, desplomado. Uno de sus piececitos, descalzo.

La carita redonda estaba rota, torcida; sus ojos de bebé, cerrados.

Eugenia tiró de los brazos de la madre y la arrastró, dejando un largo manchurrón de sangre brillante en el suelo. Le costó mucho tirar y empujar, hasta que por fin la madre cayó pesadamente en la caja. Era minúscula, tan flaca, tan joven... Sus ojos... ausentes. Eugenia volvió a salir y cogió al bebé. La cabeza se cayó hacia atrás. Blanda, como la de una muñeca de trapo. Tenía la boquita abierta y vio dos dientes diminutos. Olía a leche y a sangre.

Eugenia puso al bebé en brazos de su madre. Los colocó lo más pegaditos que pudo el uno al otro, hasta intentó envolver al niño en los brazos de la madre, pero, en vista de que no podía, al final le puso una mano sobre el cuerpecito. Y utilizó la chaqueta de la madre a modo de manta, para taparlos a ambos. Intentó cerrar los ojos de la mujer, pero pensó que quizá no debería. ¿Y si tenía que cuidar de su bebé en el cielo?

Eugenia los arropó y cerró la tapa.

Me miró mientras yo seguía escribiendo.

—No sé cómo se llamaban —dijo—. No existen. Ninguno de sus seres queridos sabrá cómo murieron.

Y Eugenia volvió a respirar hondo, cogió el retal que tenía en el regazo y dio puntadas a lo largo del dobladillo, tan metódica y precisa como de costumbre.

Henryk, es como si su historia susurrase en los resquicios de mi mente. Al fin y al cabo, el temor es contagioso. Me digo a mí misma que, aunque muramos en cuerpo, nuestros recuerdos seguirán viviendo. En los corazones de los que nos conocen y nos quieren, pues mientras ellos vivan, nosotros sobrevivimos. Aquel día, Eugenia perdió a todo el mundo, así que te confío a ti su memoria, para que no tenga que morir dos veces.

Tuya, siempre.

Miriam siente náuseas, de nuevo las serpientes que surcaban su piel se deslizan y tiritan por su interior; esta vez, a causa de lo que lee, no de un sueño.

El bebé.

Un pensamiento. Un parpadeo, un destello y desaparece. El bebé.

Las lágrimas le nublan la vista. Va al cuarto de baño y se lava las manos, se lava y se lava.

Eugenia estaba convencida de que ya no existía. Y ella ¿qué? ¿Qué estaba haciendo para demostrar su valía en la vida, para vivir cuando todas aquellas mujeres tan increíbles habían muerto?

«Miriam, mi tesoro, mi esposa, mi amor».

Oye su voz, siente la textura de las manos de Axel en su mejilla, las siente desplazarse hasta la nuca, acariciarle el cuello.

«Nunca, nunca te haré daño».

Siente el beso, sus labios apretándose contra su cuello.

«Mi adorada esposa, siempre estaré contigo».

Oye palabras pronunciadas con amor, pero son palabras que han dejado algo más que una cicatriz.

Se mira en el espejo hasta que sus rasgos se borran y se confunden con las palabras de Axel. Nota su aliento en el cuello, oye su voz.

—¿Qué vas a hacer, Miriam? —le pregunta a su reflejo.

22

HENRYK

Después de ver por primera vez a Miriam, el mundo no tardó nada en presentarse nítidamente ante mis ojos. Pasé a ser un padre y un hombre. Arreglé el alambre que colgaba de una esquina a otra de nuestro cuartito, para que cuando Emilie tendía los pañales no tuviera que hacer equilibrios sobre un taburete al que le faltaba media pata. Cogía, abrazaba y alimentaba a la personita que, sin saberlo, había creado. Y miraba a Emilie, con Miriam agarrada a su cuello como un monito, resplandeciente en su maternidad, y me sentía orgulloso de haberle dado algo.

Algo bueno.

La entrada de Miriam en nuestras vidas lo cambió todo. Éramos padres, y, dejándome dirigir por Emilie, fui cogiendo confianza.

Aquel día, estaba viendo cómo acostaba Emilie a Miriam en nuestro colchón, en lugar de en el camastro que habíamos encontrado abandonado en un pasillo del edificio y que parecía demasiado vacío.

Emilie estaba cantando mientras le frotaba la espalda a Miriam, y el comecome que me rondaba desde hacía ya varias semanas se me echó encima estrepitosamente y me sacó todo el aire de los pulmones.

—Emilie —susurré mientras ella seguía trajinando, las manos siempre ocupadas. Apenas paraba y nunca me miraba a los ojos. ¡Cuánto tenía que haber sufrido, embarazada y sola! ¿Podría perdonarme algún día?—, Emilie, tengo que intentar encontrar a Frieda.

—¿Por qué? —preguntó—. De ahí no puede salir nada bueno.

—Tengo que intentarlo. Tengo que intentar averiguar qué fue de ella.

Emilie iba de acá para allá sin mirarme.

—Emilie, por favor. Vamos a hablarlo…

—¿Por qué? Henryk, ¿por qué vuelves a las andadas? ¡Tenemos una hija, un futuro! —Movió la cabeza, respiró hondo y se sentó en la silla que había enfrente de él—. ¿De veras lo quieres saber?

—Sí.

Emilie me cogió la mano.

—Henryk, Frieda murió…, murió en el hospital después de que el lugar…, el lugar en el que os encerraron…, fuera liberado. Lo siento muchísimo, no quería decírtelo de esta manera.

Intentó abrazarme, pero mi cuerpo estaba rígido y no respondía.

—No —dije. En nuestro apartamento de una sola habitación, en la posguerra, todo parecía negro y, a la vez, de un blanco luminoso.

—Lo siento —dijo.

—No. —Me levanté y me puse a dar vueltas por la habitación, dispuesto a salir corriendo sin rumbo—. No —repetí—. ¿Cómo lo sabes?

—Lo sé —dijo con tristeza.

—No puedes saberlo. —Me pasé la mano por el pelo, por los ojos—. ¿Cómo? ¿Cómo murió?

—Henryk, por favor, tranquilízate.

Andaba de un lado para otro, un animal enjaulado.

—Te encontré en el hospital, ¿te acuerdas? Ella también estaba allí. —Emilie miró al suelo—. Murió en el hospital.

—¡No! —grité desplomándome en la silla—. Emilie, ¿por qué me dices esto?

—No te lo dije en su momento porque, compréndeme, Henryk, es que ni siquiera podías comer ni vestirte solo. —Respiró hondo—. Se estaba muriendo, Henryk, quiso ir a verte, pero no podía. Aquí…

Se levantó tranquilamente y se acercó al viejo baúl.

Había sido el único mueble que quedaba en el apartamento cuando nos mudamos, sobre todo porque pesaba demasiado para que lo robasen. Metió la mano hasta el fondo y sacó una sábana.

Observé en silencio cómo la dejaba sobre la mesa y la desplegaba con cuidado. Recuerdo que pensé que Emilie debía de estar al tanto de todo lo que yo había hecho; si no, ¿por qué me obligaba a enfrentarme con eso?

Sobre la mesa, doblado, había un uniforme, supuse que el mío.

—Era suyo.

—Quería que supieras que ella estaba allí, que fui yo el que lo hizo. La maté yo, Emilie.

No fue una confesión a gritos. Fue silenciosa, un susurro. Emilie intentó envolverme con su suave cuerpo, pero me sentía incapaz de ceder. Estaba cautivado por el vestido vacío. Un uniforme deshabitado, la prueba de lo que había hecho.

Emilie seguía hablando.

—Te cuidé, quería que te recuperases, por mí y por Miriam. No quería que recayeras. Sé que debería habértelo contado antes, pero no sabía cómo. Por favor, tienes que dejarlo correr. Se acabó.

En medio de la confusión, su voz parecía dar vueltas a mi alrededor. «Búscala», oí. Búscala. Sí, pensé. Eso haré. Pero ¿cómo? El vestido estaba vacío.

—¿Dónde está Frieda? —pregunté.

—Murió.

Una expresión preocupada asomó a los ojos de Emilie y, tirando de mí, me hizo sentarme a su lado y mirarla a la cara. Pero ahí estaba el vestido, abierto sobre la mesa…, las rayas, el bolsillo cosido. No podía dejar de mirarlo.

—No murió —dije.

—¿A cuántas personas has visto que pasaran por aquel lugar?

Me volví. Los oscuros ojos estaban clavados en mí, y le agarré con fuerza las muñecas.

—No estuvo allí. No murió.

231

Emilie se apartó, pero no le solté las muñecas.

—Mira.

Señaló el vestido.

—Por favor, dime que no es verdad. Por favor, Emilie. Dime que no sabes dónde está, dime cualquier cosa. Haré lo que sea, lo que sea, pero, por favor, dime que no es verdad. Por favor.

Me sostuvo la mirada.

—¡Cuánto lo siento, Henryk!

Respondió con idéntica vehemencia a la que había demostrado yo, y me quedé vacío.

Vacío y hundido. Estupefacto. La más absoluta desolación me nublaba la vista, reduciendo todo a dos dimensiones; el espacio se había vaciado de color como si hubiera pasado una aspiradora. Todo y todos se habían transformado en monótonos caparazones. Todos planos, como el vestido vacío.

Todo estaba quieto. Me agarré a Emilie, sosteniéndole la mirada, pero justo cuando estaba a punto de desmoronarme como un puñado de polvo, miró a Miriam.

Se levantó a toda prisa y se acercó a la niña, que dormía profundamente con el culo en pompa y el pulgar en la boca. Emilie se acercó a arroparla.

Emilie mentía acerca de algo, pero ¿por qué?

¿Estaría ahorrándome un dolor mayor, el dolor de saber cómo había muerto Frieda? ¿Habría algo que no me había contado?

¿O estaba poniendo fin a algo a lo que yo jamás podría poner fin?

Aturdido, confuso, salí del apartamento y estuve paseando entre las tumbas del cementerio de Heerstrasse. Miré los rostros afligidos y conmocionados que no eran sino un espejo del mío. No era verdad. Y mientras caminaba, insomne, sabía que Frieda estaba viva.

Porque las luces que brillan no se apagan sin más.

MIRIAM

El cielo se ha oscurecido cuando, con el rostro bañado en lágrimas y un remolino formándose en lo más profundo de su ser, retoma las cartas.

Lo que se oye y lo que se ve no nos abandona jamás; las imágenes la impregnan y, aunque intenta desconectar —al fin y al cabo, no estuvo allí—, no puede lidiar con las imágenes del bebé que se desprenden de la carta.

A medida que el reloj avanza lentamente sin que sepa nada de Hilda, Miriam se fija en que el tiempo mismo ha cambiado: las cuatro de la tarde era la hora en la que atendía a su padre, ahora no es nada; las seis, la hora de cambiarle de postura, y ahora, nada. Como no ha sabido nada de nadie, y no tiene nada que hacer, su día está vacío.

Se encuentra el cable del teléfono desconectado.

Corre a enchufarlo de nuevo, diciéndose que quizá haya perdido la llamada que lleva todo el día esperando. Llama a Hilda. No hay respuesta.

Llama al hospital.

—Hola, por favor, ¿podría hablar con la enfermera de *Herr* Winter, Henryk Winter? Ha llegado hoy, en ambulancia.

—Aquí no hay ningún *Herr* Winter, me temo —dice una mujer con voz muy nasal.

—Él…

Se corta la comunicación y Miriam vuelve a llamar.

—Soy la hija de Henryk Winter, estaba previsto que ingresara hoy.

—Hoy no ha habido ningún ingreso.

—Espere —dice Miriam—. ¿Le importaría comprobarlo otra vez?

Se oye un enorme suspiro al otro lado del teléfono.

—Ya le he dicho que hoy no ha habido ingresos nuevos. —Hace una breve pausa, revuelve unos papeles—. Había un *Herr* Winter apuntado para la habitación cuatro, pero no ha llegado.

—¿Cómo que no ha llegado? ¿Dónde está?

—No lo sé. Mire, el director ya se ha marchado. Vuelva a llamar mañana. Seguro que él podrá darle más detalles.

Miriam llama de nuevo a Hilda y tampoco esta vez obtiene respuesta. Deja un mensaje intentando parecer tranquila, pero la voz le sale tensa y cuando cuelga tiene ganas de llorar. Prueba a llamar al centro de salud, pero está cerrado. No deja mensaje. Se rasca el pulgar y tira del pellejito que levanta con los dientes. Mira el teléfono y lo coge.

Mientras se arranca cachitos del pulgar con los dientes, marca otro número. Un número que en otros tiempos fue el suyo.

—¿Dónde está mi padre?

—¿Hola? ¿Mim? ¿Eres tú?

—¿Dónde está mi padre? ¿Qué has hecho?

Axel bosteza contra el auricular y le oye estirarse.

—¿Le han trasladado hoy?

—Sí —dice ella, sin saber de repente por qué ha hecho la llamada.

—Entonces está en la residencia, ¿no?

—Sabes que no llegó. ¿Dónde está mi padre? ¿Qué has hecho?

—Miriam… Cariño, ¿te has tomado hoy la medicación?

Miriam se lleva la cansada mano a la frente y la aparta de golpe al notar un escozor en la piel del pulgar.

—Por favor, Axel, solo dime dónde está, me necesita. Me tomaré la medicación, haré lo que haga falta. —Al otro lado de la línea telefónica se produce un larguísimo silencio—. Por favor, Axel —suplica.

—Los profesionales y yo estamos de acuerdo en que no estás en pleno uso de tus facultades mentales. Lo estarás, Miriam, cuando vuelvas a casa, seas mi mujer, te tomes la medicación y te recuperes.

—¿Qué le has hecho? —Miriam se imagina mil escenarios posibles—. Por favor.

—¿Qué, aceptas?

—¿Volver contigo?

—Sí, volver a tu casa.

Se muerde el dedo con fuerza.

—Axel. No voy a volver.

Ya está dicho. Por primera vez, en voz alta. Al otro lado solo se oyen interferencias. A medida que la pausa se hace más larga, oye el cambio que se ha producido en Axel.

—De todos modos, dentro de poco puede que no tengas más opciones.

Lo dice con tono juguetón. Se imagina su sonrisa. Congelada. Los dedos de Miriam se cierran con tanta fuerza en torno al auricular que suena como si se estuviese agrietando. Axel ríe.

—Tengo que irme, Mim. Yo en tu lugar llamaría a los médicos. Me estás acusando de…, ¿de qué? ¿De secuestrar a tu padre en una ambulancia? Estoy harto de esta conducta errática. Estás paranoica.

Y oye la señal de llamada.

Con manos temblorosas, llama a Hilda, pero al ver que no responde, cuelga. Anda de acá para allá, pasando una y otra vez por delante del dormitorio vacío de su padre. Nada.

Se pone el abrigo y los zapatos, pero como no tiene ni idea de adónde podría ir, regresa junto al teléfono. Vuelve a llamar al hospital.

—¿Sabe a qué otro lugar podría haber llevado la ambulancia a mi padre? —pregunta desesperada con un hilo de voz.

—La ambulancia es del hospital general. Llame y pregunte por los paramédicos. Las ambulancias llevan allí a muchos pacientes, puede que le hayan dejado allí.

Llama a urgencias, la señal de tono suena diez o doce veces y por fin alguien responde. Después de hablar con tres personas que le hacen las mismas preguntas y la ponen en espera, después de quitarse los pellejos de la uña con los dientes y de hincarse las uñas en la piel rota de la muñeca hasta que siente como si el estómago le diera vueltas, por fin obtiene una respuesta.

—Sí, a *Herr* Winter lo desviaron a urgencias porque empeoró durante el trayecto. Desde allí le han trasladado al pabellón 71, y permanece estable.

—¿Puedo verle?

—El horario de visitas termina a las ocho y media.

—Gracias.

Miriam coge su bolso y se va.

En el hospital, tanto de día como de noche, hay luces, bullicio, ruidos. Llama al telefonillo del pabellón 71 y la acompañan a la cama de su padre. Está tan blanco como la sábana sobre la que está tumbado, dormido con una máscara de oxígeno que le tapa la cara, la boca abierta. Miriam se sienta, le coge la mano y se queda a su lado, doblando una y otra vez las tablas de su falda azul marino.

De nuevo en el hospital. Recuerda la noche que dejó a Axel y se anima un poco al pensar que cuando han hablado por teléfono ella no ha claudicado, no ha dicho que volvería.

Hace más de un mes, bajó del autobús y entró en el hospital. De repente, se vio sentada en una silla cubierta de plástico que crujía cada vez que se movía, con un respaldo tan alto que no podía alzar la vista sin que se le entumeciera el cuello y vestida solamente con el camisón y el abrigo. Despierta y atenta a lo que pensaba que eran los últimos suspiros de su padre. Los pitidos del monitor la tranquilizaban. Cada tanda de enfermeras le ofrecía bebidas calientes, comida y mantas; la cuidaban tanto como al hombre que estaba en la cama.

Y ahora está de nuevo allí: la misma silla verde de plástico, la misma mirada atenta a los monitores, pero esta vez sabe que Axel le pisa los talones. Antes, pensaba que su padre se moriría y que, después, ella también. Pero ahora piensa que quizá su padre sobreviva, y que no habrá escapatoria para ella. Tendrá que lidiar con Axel también. Y no tiene ni idea de cómo hacerlo. Fue una estupidez llamarle. El latido de su padre traza rayas en la pantalla y se pregunta qué tendrá preparado Axel.

—Tengo que estar menos loca —dice en voz alta, y se ríe de la ironía que encierran sus palabras.

A las nueve y media la echan sin contemplaciones del pabellón, cuando ya se ha quedado más tiempo del debido con la enfermera de turno. A todas sus preguntas le han respondido con un «mañana».

—¿Estará bien?

—Mañana lo sabremos.

—¿Se lo van a llevar a la residencia?

—Mañana se lo preguntamos al especialista.

—¿A qué hora puedo volver?

—Mañana se lo diremos por teléfono.

Pero, en el fondo, no está segura de que su padre vaya a llegar a mañana, y el alivio y el miedo que acompañan a este pensamiento hace que se le llenen los ojos de lágrimas y el corazón le lata con fuerza. Sale del pabellón como si acabase de correr un maratón.

En el pasillo del hospital, se sienta en un banco que hay en una esquina. A cada lado hay un archivo gris, y se siente extrañamente segura, ajena a las miradas. Se dice que podría quedarse allí hasta que llegue ese «mañana» tan esquivo.

Pero oye pasos y le huele antes de verle.

—Conque al final le has encontrado, ¿eh?

Miriam se levanta y trata de pasar, pero es como si Axel se hubiera expandido por el espacio circundante, no hay modo de sortearle.

Con los ojos clavados en el suelo, Miriam se limita a cambiar el peso del cuerpo de un pie a otro, pero aun así Axel extiende un brazo para cerrarle el paso.

—Qué traviesa eres, Miriam. A ver, ¿qué va a decir el doctor Baum?

Miriam hace amago de seguir por la otra dirección, pero la coge de la muñeca y tira hacia él.

—¿Qué voy a hacer contigo? —Le alisa el pelo—. Porque la verdad es que tú no estás bien, ¿a que no? Qué lástima. Me llamó Hilda para decirme que tu padre estaba aquí, cielo. No hay ni una sola persona que te crea.

Las palabras de Axel le hacen mella y se le dispara la cabeza.

—¿Te ha llamado Hilda? —intenta decir, pero Axel la interrumpe bruscamente con un beso. Intenta luchar, al menos cree que intenta luchar, y de repente le tiemblan las piernas. ¿De qué sirve?, piensa.

Axel la lleva detrás del banco y Miriam comprende lo que está ocurriendo. Está atrapada, no puede verla nadie.

Sí que sirve de algo, piensa. Y está Eva, ella sí la cree. Eva lo sabe. Miriam hace fuerza contra su pecho; empuja con todo su ser. Nada. Como empujar un muro. Axel la sigue agarrando tan fuerte de la muñeca que no puede moverse.

Axel le da la vuelta y la pone de cara la pared, donde hay un cuadro de un atardecer en el mar y dos personas caminando por la orilla. Se aprieta contra ella y la mejilla de Miriam toca la fría pared. Al notar el aliento de Axel en el oído, un escalofrío de repugnancia recorre el cuerpo de Miriam de la cabeza a los pies y trata de zafarse, pero Axel le aprieta el brazo contra la rabadilla.

—Vaya, vaya, esto me suena —dice, besándola en la mejilla y desplazándola ligeramente hacia la derecha, lejos del cuadro y más cerca de la esquina. Le toca el cuello con la mano y le pasa una uña por el pliegue de la garganta—. Me suena mucho… —Le da un beso fugaz en la mejilla—. Te he echado de menos, Mim.

Miriam aparta la vista intentando volver la cabeza, pero él la arrincona con todo su cuerpo y la aplasta contra la pared; se siente asfixiada.

Después le sube la falda y se oye el tintineo de algo que cae al suelo. Miriam no se fija hasta que Axel se detiene, se apoya en ella de manera que casi la tira y coge el objeto caído.

—¿Qué es esto?

Le enseña un cachito de oro reluciente, pero está demasiado cerca como para que Miriam lo vea con claridad. Axel la desliza pared abajo hasta el suelo. Está completamente tapada, por el cuerpo de Axel y por el banco. De repente, Miriam ve su anillo de bodas a la altura de los ojos.

—¿Qué es esto? —dice Axel, tirándole con fuerza de la muñeca.

Es su anillo. Al quitárselo hace unos días, debió de olvidarse de sacarlo del bolsillo de la falda.

Miriam siente el húmedo frío del suelo en la mejilla. Axel le tira de las bragas, intenta quitárselo de encima pero él la coge de la barbilla y la obliga a mirarle. Los músculos del cuello se le tensan, le tiemblan de dolor.

—Sabes cuánto te necesito —dice, y le deja apoyar la barbilla otra vez en el suelo—. Mi mujer… No puedo vivir sin ti, amor mío.

Miriam mira el suelo, una pulcra cuadrícula con motas y minúsculos trazos que parecen margaritas desperdigadas. Cuando estaba de pie, piensa Miriam, le había parecido verde a secas. Pero no lo es. Busca dibujos, cuenta las flores, ve manchitas blancas. Lucha por moverse, por apartarse de él. Axel le coge la mano y se la sujeta contra la pelvis, inmovilizándola, y se coloca encima de ella.

—Shh, shh —dice respirando fuerte.

Y llega el dolor, que se mueve dentro de ella como una ola al rojo vivo, una vez, otra, otra.

Sin parar.

Cada embestida encabalgándose sobre la anterior.

Rojo. Después, negro, y por último blanco candente.

A Miriam se le escapa un gritito mezclado con saliva mientras ve cómo se diluyen unas flores en otras. El suelo, en realidad, solo es verde. Axel la cubre con todo su cuerpo, y ella, una vez más, se siente incapaz de respirar. Está recién duchado y su cuerpo está caliente, fresco y limpio.

—¡Te he echado tanto de menos! —dice apoyándose en ella para levantarse. Miriam oye cómo se recoloca la ropa antes de volver a inclinarse hacia ella y besarle los nudillos.

—Jamás te haré daño, Mim. Te quiero.

Y a continuación siente en el dedo el frío del metal. Su anillo de bodas, de nuevo en su lugar legítimo.

Se queda un momento tumbada, esperando que vuelva. Pero Axel se ha ido, oye sus pasos alejándose. Se incorpora rápidamente en el banco, se recuesta en el armario.

El cuadro. La pareja en la playa, el mar cristalino..., se ha torcido y parece un paisaje entrevisto desde el camarote de un barco. Lo endereza y, pegada a la pared, se aleja tambaleándose.

23

MIRIAM

Un hombre vestido con un uniforme azul la ve. Miriam sigue caminando y le parece que el hombre le pregunta algo, pero no le oye bien. Lo único que sabe es que tiene que poner un pie delante del otro. Pero el hombre la sujeta por el brazo y presionando suavemente la guía por el pasillo vacío.

—Me llamo Karl, soy celador, ¿es usted una paciente?

Miriam niega con la cabeza.

—Parece que se ha llevado un buen susto...

Se da cuenta de que tiene las medias rasgadas, la falda demasiado subida; intenta bajársela, pero la chaqueta le cuelga torcida del hombro y no puede doblar bien el brazo para estirarse la falda porque lo siente pesado y dormido. Se arrima al hombro del celador.

—Me tengo que ir a casa.

Hay muchas personas hablándole. La tocan. Después empiezan a hablar de ella como si ya no estuviese allí. Cuando consigue relacionar la voz con la persona y la persona con el lugar que ocupa dentro del cubículo, dice en voz baja, sin dirigirse a nadie en concreto:

—Me gustaría irme a casa.

—Queremos examinarla, si nos lo permite, para ver si tiene lesiones. Salta a la vista que está en estado de *shock* —dice una enfermera,

241

sacándole el brazo de la manga de la chaqueta y ciñéndole un manguito y un estetoscopio gélido al antebrazo.

Miriam ve que la enfermera se queda mirando las cicatrices que tiene en los brazos.

—Le voy a hacer una exploración física y luego llamaré al doctor para que venga a echarle un vistazo —dice mientras el manguito se desinfla y el velcro hace un chasquido.

—¿Le duele algo? —pregunta, metiéndole un termómetro en la boca.

Miriam niega con la cabeza. Y el termómetro choca contra sus dientes.

—Bien. El doctor vendrá enseguida.

La enfermera, una mujer baja y anchota, coge el termómetro y se marcha después de cerrar las cortinas que rodean la cama.

Miriam mira a su alrededor y se estremece. Tiene la chaqueta medio quitada; se la cierra y se abrocha los botones. Está sentada en la cama, vestida; las medias se le pegan a la piel como si fueran arrugas. Tiene la falda hecha un gurruño. Se levanta de la cama, y aunque está un poco mareada se equilibra y encuentra las bragas remetidas por la cinturilla de la falda. Rasgadas. Se agacha para descalzarse y quitarse las medias y las mete junto con las bragas en una bolsa de papel marrón que, supone, es para vomitar. Dobla la bolsa por arriba, dos veces.

Miriam se sienta al pie de la cama y ve que las tiritas de los dedos están rotas y llenas de piel azulada y desescamada. Se las quita una por una y estira lentamente los dedos. Se saca, una vez más, el anillo de bodas, y lo deja en una papelera amarilla con tapa roja que hay en la mesilla. El anillo hace un agradable ruido sordo al caer en el fondo del cubo.

Cuando se está doblando para atarse los cordones de los zapatos, la cortina se abre de golpe. Un médico llamativamente alto y bien plantado mira un gráfico que hay delante de él.

—Señorita, soy el doctor Evellor.

Se vuelve y cierra la cortina.

—¿Tiene alguna lesión?¿Se ha caído? ¿Se ha dado un golpe en la cabeza?

—No, no, Creo que estoy bien.

—¿Y a qué se debe entonces que haya aparecido en urgencias?

Tiene una sonrisa ancha y sincera; suelta el gráfico y se sienta al pie de la cama. La mira.

—Quisiera irme a casa.

—¿Ha venido a ver a algún familiar? ¿Malas noticias, tal vez? Se ha observado que tiene varias prendas rasgadas, ¿no?

—Sí, me las quité y las rasgué sin querer. Ahora quisiera irme a casa, me encuentro bien. Siento haberles hecho perder el tiempo.

Se levanta.

—Siéntese, por favor. Seamos rigurosos, ¿de acuerdo? ¿Qué le pasó antes de llegar a urgencias?

Como no encuentra las palabras adecuadas, sonríe y mira al médico a los ojos. Son de un azul intenso, pero están enrojecidos por el borde. Cansados.

—Mi marido me ha hecho un poco de daño, nada más. Estoy bien. Ahora lo que tengo que hacer es volver a casa con mi padre.

Y entonces cae en la cuenta de que su padre está en el pabellón. No tiene a nadie por quien volver a casa.

—¿Daño? ¿Dónde?

Escribe en el tablero que tiene delante.

—No es nada.

—¿Le ha causado lesiones sexuales? —pregunta con el mismo tono.

—Sí —dice ella, agradeciendo que al fin alguien le ponga nombre—. Sí, así es.

—¿Cree que lo ha hecho intencionadamente?

Miriam asiente con la cabeza.

—Gracias. Ahora, si no le importa, me quedaré aquí, pero quiero que se sienta un poco más cómoda y soy consciente de que, al ser yo un hombre, quizá no considere adecuado hablar conmigo de las lesiones que haya podido sufrir durante el acto sexual. Va a venir mi colega Sarah. Pero antes, dígame si necesita algo.

—Quisiera irme a casa, por favor.

—¿Con su marido?

—No, a casa de mis padres. He abandonado a mi marido.

—Le voy a dejar estos formularios. Hágame el favor de rellenarlos. Sarah estará aquí enseguida. Si nos deja revisarla y le damos un certificado de buena salud, podrá marcharse.

Rellena los formularios, dejando la mayoría de las casillas en blanco. Estado civil: desconocido. Historial médico: complicado. En un momento de rara lucidez, piensa que su historial médico quizá no sea más que la consecuencia de su estado civil.

Se asoma por la puerta una mata de pelo rojo. Es Sarah, que se presenta tartamudeando y ruborizándose. Miriam se siente más incómoda que nunca, de manera que rechaza someterse a un examen, hacerse análisis de sangre y un frotis y recibir asesoramiento anticonceptivo.

—No me hace falta —dice, lo más amablemente posible.

—En vista de que te han agredido y has recibido atención médica, quizá quieras hablar con la policía. Hay una agente, una mujer, que podría tomarte declaración. O, al menos, hablar contigo de las opciones que tienes.

—En serio, no necesito nada, de veras. No es nada raro, Sarah. Es que me pilló desprevenida, nada más.

—Pero ¿no te parece que está mal que te pueda hacer esto?

Miriam la mira de reojo.

—Lo que quiero decirte es que si hablases con la policía quedaría constancia de que te ha lesionado. Y si me permites que eche un vistazo a las lesiones, la policía podría presentar cargos. Podrían castigarle por lo que te ha hecho, está mal, muy mal —insiste, pero Miriam da la callada por respuesta—. Voy a traerte un vaso de agua y unas galletas. Piénsalo, vuelvo dentro de cinco minutos. ¿Quieres que llame a alguien de tu parte?

Miriam la mira de reojo.

—No, gracias.

Sarah cierra las cortinas, tapando la vista pero no el sonido de la gente que hay a su alrededor. Piensa en las consecuencias y en lo que significa «dejar constancia». Tal vez así la creerían.

Cuando Sarah vuelve, accede al examen médico y a la charla con la agente.

La enfermera anchota y de más edad está presente en todo momento. Tiene el labio de arriba perlado por el sudor y lleva una credencial con el nombre de «Dawn» y una pegatina en forma de sol amarillo. Miriam piensa que a Dawn no le vendría nada mal que le diera un poco el sol. Es prácticamente gris de la cabeza a los pies: el uniforme, la piel, el pelo. Lo único que brilla son sus zapatos negros.

El frío instrumental hurga en su interior con todo el cuidado que le es posible tener al acero inoxidable. Miriam tiene el cuerpo entumecido, de modo que, aunque duele, más le duele la humillación. Piensa en las conejillas, en el escalpelo de acero inoxidable que les hace cortes en las piernas.

Piensa en Hani, perdida. Piensa en defenderse, en que conste todo. Igual que hizo Frieda cuando escribió las cartas. Todas las cartas. Miriam respira hondo y se imagina los rostros de aquellas mujeres. A todas y cada una de ellas las ve con absoluta claridad. Y a Stella, a la pequeña Stella.

Dawn permanece a su lado mientras la doctora cataloga meticulosamente sus heridas genitales en un diagrama de la anatomía femenina. Miriam nunca la había visto representada de una manera tan gráfica, casi como una flor.

Una vez que Sarah tiene los resultados, da la vuelta al portapapeles. Miriam echa un vistazo a lo que ha descubierto y quiere arrancar la página. Quitar cada raya, cada marca en rojo, todas las líneas sombreadas que describen… no sabe qué. Cuando Sarah le pide que repasen juntas las lesiones, las nuevas y las antiguas, para que Miriam entienda qué son todas esas marcas rojas, Miriam aparta la mirada.

—Bueno, pues las líneas sombreadas son tejido cicatricial —empieza a decir Sarah—. Y las líneas más gruesas son los desgarrones más recientes. Miriam, ¿cuántas veces te ha hecho esto tu marido?

—Muchas —se limita a decir mientras Sarah le recomienda un tratamiento con antibióticos para prevenir infecciones. Miriam acepta. Tiene la cabeza a punto de estallar, grabado en la mente el diagrama de los genitales en color negro, cubierto con los dibujos de la doctora, con los trazos rojos que señalan toda sus imperfecciones.

Cuando llega la agente de policía, no sabe qué decirle.

Le dice la verdad. Toda la verdad. A su lado, Dawn habla bajito, diciéndole delicadamente a Miriam que hable más despacio o que repita un fragmento. Habla con voz serena pero firme y Miriam escucha y se explica lo mejor que puede, con la sensación creciente de que, aunque todo lo que dice debería tener sentido, nada lo tiene. Cada pregunta la juzga más a ella.

Por fin, la agente le da una tarjeta: Agente Müller.

Dice:

—Ha sido muy valiente.

Lo mismo que diría un dentista después de una larga intervención.

Cuando Sarah le da las pastillas y llama a un taxi, Dawn ayuda a Miriam a ir hasta la puerta.

—Espero que llegue bien a casa —dice mientras esperan a que avancen los coches y el taxi dé la vuelta hasta la entrada. Una columna de humo azul se extiende entre los pacientes que se arremolinan cerca de la entrada con sus sillas de ruedas, vestidos con bata de hospital, el gotero en una mano y el cigarrillo en la otra.

—¿Le puedo decir una cosa, un consejo que me dio una vez mi madre? —pregunta Dawn.

Miriam observa la bruma que se va formando a su alrededor, como si la lluvia, en lugar de caer, subiera, como si las minúsculas gotas estuvieran suspendidas en el aire.

—Decía que si le das a un hombre lo que quiere, nunca cogerá lo que necesita.

Miriam no dice nada. Al llegar el coche negro, abre la puerta y se sube sin mirar atrás.

La vergüenza la invade en oleadas desbordantes. Se va derecha al cuarto de baño, deja toda la ropa en un montoncito y abre el grifo de la ducha. El agua sale hirviendo y le quema la cabellera como si se le clavaran agujas pequeñitas.

Al mirarse el cuerpo, siente las huellas de las manos de Axel marcándoselo todo como el alquitrán: aquí la tocó, allá le hizo heridas. La pintura de Axel sobre el lienzo de Miriam. Sus manos en su cuerpo. La ducha cae como una cascada de aceite mezclado con agua, no puede borrar el tacto indeseado de Axel.

Sus manos chillan y se apartan del agua que le quema la piel rota. El olor y el sabor de Axel tarda días en irse, por mucho que se lave.

Una vez probó a darse lejía, pero parecía que se había arrancado la piel con papel de lija y que después la habían atacado las abejas. Y le chamuscó las fosas nasales, estuvo cinco días sin poder oler nada más, el tiempo suficiente para que Axel se evaporase, al menos de su cuerpo. Pero las cicatrices y el rascado duraron un mes entero.

Sentada al borde de la bañera, envuelta en una toalla, se queda mirando las gotas de agua rosa que le caen a chorros por las piernas hasta desaparecer en el hueco del tobillo. Da rienda suelta a las lágrimas.

Entonces, de nuevo envuelta en la toalla, vuelve al cuarto de su padre y echa un vistazo fugaz por la ventana: la imagen es la misma de siempre, la escena es la misma, pero todo ha cambiado. Corre las cortinas y se pasea por la casa vacía, toca cosas pero no cambia nada de sitio. La ausencia de su padre ocupa cada rincón y hace que todo sea extraño.

Se frota y se rasca y le escuece la piel. Intenta desprenderse de Axel, y al final decide pensar en otra cosa, se sienta con cuidado y se queda mirando las cartas: cada una es tan única, tan hermosa y tan trágica como la anterior. Solo que estas cartas no van a desvanecerse sin más como las mujeres que en ellas se retratan. Las mujeres de las que nadie ha hablado, sus historias jamás contadas.

Ahora, tras décadas cautivas en un vestido, están dispuestas sobre la mesa, la mesa de sus padres. Quiere liberarlas, descubrir cómo sobrevivieron.

Si es que sobrevivieron.

24

MIRIAM

Querídisimo Henryk:

Wanda Bielika y Bunny son de la misma aldea, Lidice. Los nazis hicieron lo mismo que harían con Lublin un año después: la arrasaron.

Wanda, en uno de los raros momentos que estuvimos solas fuera, a la sombra de un bloque, me dijo que conocía a Bunny antes de venir aquí.

Era una joven madre llamada Neta-Lee. Wanda descubrió que era ella cuando estaban tumbadas la una al lado de la otra en la sección de cuidados especiales de la enfermería.

Una mujer de nombre Jacosta, también de Lidice, estaba tumbada al otro lado de Wanda y también conocía a Neta-Lee. Por lo visto, Neta-Lee no era ni sorda ni muda. Se casó joven con su amor de la infancia, tuvieron cuatro hijos.

Cuando los nazis entraron en el pueblo, pusieron al marido y a los niños contra la pared de la casa; los más pequeños llamaban a su mamá tendiendo las manitas.

Suplicó a los guardias que la pegasen un tiro, que la matasen a ella en su lugar. Que perdonasen a los niños. El guardia se rio. Cinco tiros. Perdió a su familia.

Una vez que hubieron bañado a las conejillas del grupo de Wanda, pero antes de que les rasurasen las piernas, Wanda intentó hablar con Neta-Lee, llamándola por su nombre. Pero no respondió.

Como Wanda era mayor que el resto, chicas jóvenes de piernas largas y delgadas, había descartado que fuesen a seleccionarla. Pero la eligieron y disfrutó del baño de agua caliente. Estaban tan asombradas, recuerda Wanda, que jugaban a salpicarse y no paraban de reír, y, por primera vez en mucho tiempo, sintieron que eran mujeres.

Después se tumbaron en camas limpias, se pusieron camisolas limpias y vino una enfermera con una navaja a afeitarles las piernas.

A la mañana siguiente les dieron una pastilla y el mundo se volvió borroso. Wanda recuerda que las paredes se movían como si fueran líquidas. La llevaron a un cuarto esterilizado, la ataron con correas a la cama. Incapaz de mover ni un dedo.

Cuando se despertó, tenía las piernas escayoladas hasta la ingle. Oía gritar a las demás, pero ella se encontraba bien; cansada, pero bien. Pero cuando se despertó por la tarde, era como si le ardieran las piernas, y no podía moverse. En la cama de enfrente había una mujer con hipo, un hipo incesante; cuando se le pasó, se llevaron su cadáver.

Cada una tenía su propia combinación de números y letras en la escayola. Nadie sabía lo que significaba. Lo que más recuerda es la sed. Al caer la noche le sangraban los labios. Una de las mujeres que llevaba allí varias semanas pasó con un cubo de agua. También ella iba escayolada y cojeaba; conforme acercaba agua a las bocas resecas, iba dejando un reguero de sangre y pus marrón que salía por la escayola.

Resulta que esta mujer era Eugenia. Hubo después varios días de dolor y gritos; antes de terminar la semana murieron tres mujeres.

Los médicos pasaban por el día, comprobaban sus nombres en los portapapeles, no hablaban. Eugenia pasaba por la noche y traía agua.

Bunny también estaba acostada, en silencio, pero tenía los ojos abiertos y estaba a la escucha. Rechazó el agua que le fue ofrecida.

Wanda me miró.

—Por eso protegemos a Bunny. Tenemos que hacerlo... ¡Con todo lo que ha sufrido...! Es nuestro deber ayudarla.

—¿Por eso necesita a Stella? —pregunté.

—*Stella mantiene viva a Bunny, creo. El amor a sus propios hijos se vuelca sobre Stella.*

Cuando Wanda volvió del cambio de vendas, Bunny estaba como aletargada. Creyó que estaba muerta. Le cogió la mano para ayudarla a orientarse de nuevo, y Bunny no se la soltó.

Una semana más tarde, Eugenia fue dada de alta. Siguió llevando comida de las literas para Wanda y el resto de las conejillas y les pasaba paquetes por la ventana. Vieron morir a Jacosta. Se le bloqueó la mandíbula y la enfermera le hincó una jeringa en el corazón para que no «sufriera».

Eugenia dijo que había oído que las guardias estaban pensando en destruir las pruebas de los experimentos, y advirtió a Wanda que estuviese alerta. Aquella noche, la enfermera volvió a pasar, tenía una aguja. Cuando Wanda se despertó, la encontró enfrente de su cama y gritó:

—¡No soy una cobaya, no soy una cobaya!

Sus gritos despertaron a Bunny, y a la mañana siguiente ellas dos eran las únicas que habían sobrevivido.

Eugenia planeó la huida. Bunny no podía caminar.

Wanda era más afortunada, podía ponerse de pie. Estar en un lugar como aquel y ser incapaz de moverse era una sentencia de muerte segura.

Eugenia trajo una silla que había encontrado y ataron a Bunny a la silla con una sábana. Entre Eugenia y Bunny, observadas por las guardias, se volvieron a llevar a Bunny a la litera. Las guardias se reían: dos mujeres escayoladas, apenas capaces de andar, trasladando a una muda en una silla.

La rebelión era la única fuerza que les quedaba y estaban decididas a salvar a Bunny. Wanda se negaba a irse sin ella.

No tardaron en acercarse más mujeres ofreciendo sus brazos para coger a Bunny y ayudar a las conejillas a llegar a un lugar seguro.

Pusieron unas estanterías en la vieja zona de los retretes y Eugenia volvió a coser la piel de la pierna de Bunny con su perfecta puntada corrida. Al parecer, habían disparado sobre las piernas de Wanda: círculos negros por delante y por detrás y moratones hasta las rodillas.

Wanda me enseñó sus cicatrices, las piernas deformadas, la piel todavía rojísima y en carne viva.

«Tenemos que seguir vivas, porque somos las únicas testigos».

Miriam recuerda los sombreados, los dibujos que hizo la doctora con el boli rojo. También ella tiene cicatrices, pero son todavía menos visibles, y todavía menos creíbles.

¿Habrá alguien que conozca o recuerde a Wanda? Miriam lo duda, y se entristece.

Coge bolígrafos y papel del despacho de su padre, vuelve a dejar un montón de libros de contabilidad en el escritorio y amontona los libros y el papel a un lado. Ahora, mientras espera a que muera su padre o a que Axel vuelva a encontrarla, tiene tiempo. Intenta no pensar en cuál de las dos cosas sucederá primero.

Utiliza la pluma buena de su padre y se queda mirando la carta. Le tiemblan tanto las manos que la tinta se cae y salpica, y al presionar contra el papel, la punta se dobla ligeramente. Los dedos dejan de temblarle. Están tranquilos. Le fascina ver cómo trabajan, cómo desplazan la pluma por el papel, reproduciendo las palabras de Wanda.

Una profunda sensación de paz envuelve a Miriam, calmando el trajín de sus pensamientos.

Al leer la carta por segunda vez, se fija bien en lo que acaba de escribir sobre el papel y piensa que lo ha escrito con una letra preciosa, como supone que habría querido su autora. Eva ha restaurado las cartas escritas en francés, y ella va a hacer lo mismo con el resto.

Las va a reescribir tal y como debió de imaginárselas Frieda, y no como un texto abigarrado en un espacio incapaz de contener el enorme caudal de pensamientos. Las páginas desbordan amor y sufrimiento.

«Si le das a un hombre lo que quiere, nunca cogerá lo que necesita». Las palabras de la enfermera resuenan en su cabeza. Se siente ridícula, le irrita haber hablado de Axel con los médicos y con la policía. Con todo lo que sufrieron, las «conejillas» nunca se quejaron.

252

Axel ha tenido relaciones sexuales con ella, se dice. Así de sencillo. Y, sin embargo, ella fue llorando a contárselo a la policía. ¿Y si Dawn tenía razón y a consecuencia de sus actos prevalecían las necesidades de Axel? Se lo merecía, una vez más. Entre todas las cosas que debía de oír la policía, seguro que sus quejas y preocupaciones les parecerían mezquinas.

Sigue escribiendo, avergonzándose de sus actos. Es una sensación nueva, hace que le pique la piel como un sarpullido. No es una vergüenza fruto de nada que le haya hecho nadie, sino vergüenza por lo que se ha hecho a sí misma. Escribe hasta que las palabras de Wanda vuelven a existir, y después llama al hospital.

Su padre está estable y le han quitado el oxígeno. Miriam se siente aliviada y acto seguido se vuelve prudente. Como si algo la arrastrase y un instante después le causara repugnancia. El hospital. ¿Y si Axel hubiera vuelto? ¿Y si no solamente le hiciera daño, y si fuera capaz de hacer algo peor? La cabeza se le dispara hacia ese «algo peor» que ya ha vivido en anteriores ocasiones. Continúa copiando las cartas con esmero y afán.

Cuando empiezan a dolerle las manos y ya ha reescrito muchas, las ha envuelto en una tela y se las ha metido en el bolso, Miriam se levanta sin ningún propósito especial y se va al estudio de su padre. Se quita la chaqueta, se frota los brazos y empieza a recoger sus papeles y a guardarlos. Los ordena y vuelve a dejarlos en el escritorio y en las carpetas de detrás. No para hasta que empieza a ver el suelo más despejado y solo quedan unos montoncitos por repasar sobre el escritorio. Saca la silla de su padre y ve que se ha caído un libro; lo coge.

Yeats en inglés.

Lo hojea rápidamente, el lomo está roto y muy arrugado. Lo abre por un poema y se cae un papelito.

Cuando la oscuridad cae, yo soy tu luz.
Frieda.

El poema, «La segunda llegada», está lleno de marcas a lápiz y de notas escritas con la letra de su padre por los márgenes.

Se sienta en la silla con el poema en el regazo y lo lee varias veces, y la nota también.

Es de Frieda.

Después de tantos años, su padre había seguido buscándola. Miriam traga saliva. Por lo que se ve, no debió de encontrarla.

25

MIRIAM

—Feliz Navidad —dice Eva quitándose las botas y dejando una bolsa de comida en el suelo—. Te traigo un regalo.

—¿Navidad?

—Hoy es Nochebuena.

Eva lleva un vestido rojo, un jersey verde oscuro y las grandes botas de siempre.

—¿Ah, sí?

La sigue hasta la cocina.

Eva saca las verduras de la bolsa, café y un periódico.

Miriam lo coge y lo hojea. Una foto de la iglesia le llama la atención. «La iglesia del Redentor abre sus puertas esta noche», reza el titular. *Después de casi treinta años cerrada, se celebrará una misa esta tarde a las ocho. Todo el mundo será bienvenido.*

—La iglesia —dice enseñándole el periódico a Eva—: Celebran una misa esta noche.

—¿Eres practicante? —pregunta Eva.

—No, pero mis padres se casaron allí. Ahora que mi padre no está, me gustaría ir, creo.

Axel jamás la encontraría allí.

—¿Qué te parece que te acompañe?

Miriam la mira.

—Vale.

—Toma, esto es para ti —dice Eva dejando un sobre a un lado antes de volver a hurgar en su bolso—. Todavía me quedan unas pocas, pero casi he terminado. Y también tengo esto.

Le da a Miriam un paquetito envuelto con papel de seda rosa.

—Feliz Navidad —dice mientras Miriam despega el papel celo de cada extremo antes de desenvolverlo.

Dentro hay una bufanda del color del otoño doblada sobre sí misma. Es el tejido más suave que jamás han tocado las manos maltrechas de Miriam.

—¿Te gusta?

—Es…

—Ya sé que es un color un poco fuerte, pero es que no soporto los tonos pastel, y, bueno… Siempre he pensado que los colores pálidos son los parientes pobres, no sé si me entiendes —se ríe mientras Miriam pasa los dedos por el tejido—. Pensé que no te vendría mal un poquito de color…

—Es preciosa.

—Vístete, que preparo la cena… Si te parece bien, claro.

Miriam baja la vista y cae en la cuenta de que sigue con el pijama puesto. Sonríe y se estira.

Después de cambiarse, vuelve a la cocina. La encimera es un caos: tomates, sartenes, cuchillos, una especie de erupción de algo que parece brócoli. Moviendo la cabeza, coge un trozo de zanahoria de la tabla de picar y lo mordisquea.

—A mamá le habría dado algo si hubiera visto su cocina en este estado.

—Te prometo que luego lo recojo todo.

—No, no lo decía de malas, es solo que…, nada, no es ningún problema.

—Me encanta cocinar, conque esto para mí es un lujo. Cuesta hacer un esfuerzo cuando una está sola, de modo que cocinar para otra persona es un gusto —dice Eva, buscando una cuchara en los cajones. Miriam le señala el cajón de los cubiertos—. ¡Y es Navidad!

—¿Te puedo preguntar cuánto tiempo llevas viviendo sola?

—Mi marido falleció hace cinco años.

—¿Tienes hijos?

—Mi marido tenía dos hijas de antes de casarnos: Renka, la madre de Jeffrey, al que conoces, y Clotilde… —Eva traga saliva—. Tengo tres nietos.

—¿Estás muy unida a ellas?

—Bueno, Renka se fue con Jeffrey hace ya tantos años que ha sido difícil mantener el contacto, y Clotilde… —Eva cambia de tema—. ¿Qué tal ha ido el traslado?

—Papá está en el hospital general, no llegó a ir a la residencia. Está enfermo.

—Vaya, Miriam, cuánto lo siento. ¿Qué le pasa?

—Neumonía. La última vez que le vi fue anoche, estaba estable. Pero me gustaría ayudarle a cerrar, quiero averiguar qué fue de Frieda.

Cenan en el comedor; las cartas están en un extremo de la mesa y ellas dos en la otra. La lluvia golpetea suavemente la ventana mientras comen en silencio. Los pensamientos de Miriam serpentean, brincan, pero descubre que cuanto más come, más tranquila está, y se concentra en la cena.

—¿Vino? —ofrece Eva sirviéndose medio vaso.

—No, gracias, no sé si…, si es buena idea.

—¿Lo dices por ellos? —pregunta Eva señalando la puerta con la cabeza.

—Sí. Una vez bebí un poco, bueno, más que un poco, y coincidió con que papá empeoró…, y eso demuestra que soy una persona inestable. Y Axel, en fin…, Axel, encantado. Para él es carnaza.

—Que se jodan todos.

Miriam se ríe, y, sin saber si es su propia risa o el improperio de Eva lo que la sorprende, se sigue riendo.

—¿Qué pasa?

Miriam ríe aún con más ganas.

Cuando ya no queda nada en los platos, Miriam se levanta.

—Estaba riquísimo, Eva, gracias. Da gusto comer con alguien. Siempre como sola.

Coge los platos de la cena y se van las dos a la cocina.

—¿Siempre?

—Sí. Cuando vivía con Axel siempre estaba muy nerviosa, y como es difícil comer con nervios, comía antes de que llegase o cuando volvía a marcharse.

—Suena a que tu marido es un tirano. Lo que decías el otro día…

—No me hagas caso, me puse muy dramática.

—No. De hecho, he estado pensando…

—Por favor, Eva. Hoy no. No puedo hablar de ello.

Siente que se le contrae la cena en el estómago.

—De acuerdo. No sé casi nada de ti aparte de lo de Axel. Dime, ¿cómo era tu padre antes?

Miriam sonríe y habla sin reservas.

—Sabio. Listo. En el mejor de los sentidos; no solo era inteligente, sino que sabía lo que quería y era sincero. Le quería mucho.

Eva traga saliva y Miriam continúa:

—Vaya, me ha salido «quería». En pasado.

—Sí.

Miriam respira hondo.

—Quiero a mi padre, pero lo único que tengo son recuerdos de cuando yo era otra persona distinta, y ahora que sé que estuvo *allí*, es como si todos mis recuerdos se transformasen. —Suspira—. ¡Hace tanto tiempo que no hablo con él…!

—Por lo que deduzco, has estado muy volcada en luchar contra tus propios demonios. Seguro que eso lo sabe tu padre.

—¡Me he perdido tanta cosas!

—¿Vas a divorciarte de Axel? —pregunta Eva abriendo el grifo de la pila.

—No sé si es buena idea.

—¿Por qué?

—Se volvería loco. Es de esas personas que dan miedo silenciosamente, no sé si me entiendes…

—¿Es peligroso?

—Sí. Consigue que me crea que estoy loca de remate, y lo malo es que todo el mundo le cree. Incluso falté al funeral de mi madre por sus mentiras, solo llegué al velatorio.

—¿Cómo sabías que estaba mintiendo?

—Lo sabía, sin más. Hace tres años de aquello. Y cuando me llamaron para decirme que papá estaba hospitalizado… No podía permitir que volviese a suceder. Mi madre había tenido a mi padre, pero mi padre no tiene a nadie.

—Se ve que quieres mucho a tu padre —dice Eva con tono solemne—. Y estar aquí requiere valentía.

—De valiente no tengo nada. Estuve con Axel más de veinte años, soy muy muy estúpida. Le creí. Ahora por fin puedo ver que está mintiendo, pero es fácil volver a caer en aquello. Y cuanto más me resista, más va a insistir él.

—¿Por eso no te divorcias?

—En efecto. Enfrentarme a él sería un infierno.

—¿Y ahora? —Eva deja de fregar y se vuelve; la espuma le llega hasta los codos.

—¿A qué te refieres?

Miriam coge un trapo y empieza a secar la vajilla, que chorrea burbujas.

—¿A quién cree la gente, a ti o a él?

—A él. Siempre a él. Si le conocieras, también tú le creerías a él.

—Ni hablar. Le vería venir, seguro.

—Mi plan es mantenerme lo más lejos posible de él.

—¿Y no te convendría contraatacar?

Miriam no responde y siguen faenando calladas, recogiendo la cocina en una silenciosa combinación de soledad y compañía.

—¿Llamamos a un taxi? Para ir a la iglesia… —dice Eva.

—Ay, sí, casi se me olvida.

Y Miriam se prepara para salir.

—Podríamos haber ido en mi coche —dice Eva—, pero…

—Jeff dijo que estaba averiado, ¿no?

—Así es. Aún no lo han arreglado. Los del taller dicen ahora que hasta el nuevo año, no lo tocan.

—Pues vaya faena.

—Sí, ahora dependo del transporte público —dice Eva haciendo una mueca.

Miriam sonríe y descuelga el teléfono para llamar a un taxi.

El taxista las deja al lado del Muro. Hay gente paseando del brazo, pero Miriam no ve el camino que lleva a la iglesia. Pagan, se bajan, siguen a una pareja y se encuentran con que un panel entero del Muro ha desaparecido.

Miriam avanza con cautela.

—¿Estás bien?

A Eva se le han puesto las mejillas coloradas del frío, y las puntas de los dedos, rojas y brillantes. Se los frota como si se estuviese dando una pomada.

—Ayer tuve un altercado con Axel y estoy un poco alterada, nada más, no te preocupes. Sigamos caminando, hace frío.

Miriam, con Eva a la zaga, agacha la cabeza para pasar por debajo de las barras metálicas que mantienen en pie el resto del Muro. Y de repente se encuentran en la franja de la muerte.

—Esto es escalofriante —dice Miriam.

—¿Sabes? Cuando construyeron el Muro, soñaba todas las noches que me paseaba por la franja de la muerte. Odio los muros, las puertas, cualquier cosa que me encierre.

Miriam la mira mientras caminan por la arena, que en tiempos estaba inmaculada y ahora se ha cubierto de pisadas.

Deshace la maraña de pensamientos que la invaden y se esfuerza por formar palabras.

—En otra vida, viviría al lado del mar…, todo ese espacio… —dice Eva—. Al otro lado del Muro no hay espacio, no haces más que mirar por encima del hombro, esperando…

Deja la frase anudada y Miriam aprovecha el resplandor de la luz para echar un vistazo a su reloj.

—Venía a menudo con mi padre —dice señalando la torre—. Todavía es pronto, subamos.

La escalera de caracol de piedra termina en el campanario. Sus pisadas vibran sobre los peldaños empedrados, hay agua goteando no se sabe de dónde y las ventanas que dan al río están condenadas con tablas.

—No se ve ni torta. Cuidado con dónde pisas.

Miriam siente un hormigueo en la nuca al oír su voz reverberando a su alrededor.

—Las escaleras son un horror para las caderas viejas.

Miriam sonríe fugazmente.

—Merece la pena…, venga, vamos —dice, consciente de lo apagada que suena su voz.

Llegan a la barandilla que da al río. El suelo está cubierto de botellas de cerveza vacías y colillas. La helada amansa el agua, que, al igual que el cielo, se confunde con la oscuridad.

Se detiene en medio del silencio y mira a Eva, que está llorando.

—¿Estás bien?

—Eso que me has contado antes… ¡No sabes cuánto me duele!

Aprieta el puño contra el estómago.

—¿A qué te refieres? —pregunta, y, sin saber cómo seguir, se vuelve hacia las vistas.

—Has dejado a Axel, ¿no?

Miriam asiente con la cabeza.

—Entonces, ¿por qué no te divorcias de él? Así no podrá volver a decir ni hacer lo que está haciendo. Te está destrozando, por mucho que te hayas marchado.

Y aunque las palabras de Eva la remueven, está absorta en la caída que hay desde la torre hasta el suelo.

«Si me caigo, ¿será como si estuviera volando?».

—No puedo —dice distraída.

«El viento ¿me azotará la piel o me la besará?».

Eva dice algo, pero las palabras suenan metálicas y perdidas, la pinchan desde la distancia.

«La ausencia de todo lo que no sea ese momento».

«Volar, caer».

«Fin».

Miriam se inclina, concentra todo su peso en las manos.

—¡Miriam!

La voz de Eva la hace volver en sí. Afloja las manos y mira a Eva, que se agarra temblorosa a la barandilla hasta que se le quedan blancos los nudillos.

De repente, Miriam ve la increíble distancia que hay hasta el suelo y da un paso atrás, alejándose de Eva.

Alejándose del borde.

Moviendo la cabeza, se vuelve hacia la antigua capilla en la que estuvo en tiempos la campana. Le escuecen los ojos y está desorientada. Clava la mirada en el trocito de luna que asoma por detrás de Eva.

—¿Qué eres, un hombre o un ratón? —pregunta Eva.

—Ni lo uno ni lo otro —dice Miriam con cautela.

—Exacto, eres una mujer —dice Eva—. Y sabe Dios que no hay nada más fuerte que una mujer. Te estás portando como una cobarde, como un hombre; y corres y te escondes como…, como un ratoncito —dice moviendo los dedos índice y corazón al trasluz de la luna—. Tú tienes libertad —continúa, pronunciando la palabra de tal manera que se alarga y se pierde en el aire como si fuera humo—. Axel jamás se va a rendir, y si sigues así perderás la batalla y acabarás volviendo.

Eva se da media vuelta y se dispone a bajar.

—No. Sí que me he enfrentado a él. Fue en el hospital. Me hizo daño. Hasta hablé con la policía.

—La policía… —Eva chasquea sonoramente la lengua, que en el reducido espacio suena como una moneda rebotando en las paredes.

—¿Qué otra cosa puedo hacer?

—Divorciarte de él, si no quieres que siga jugando contigo hasta que dejes de correr.

—Hago todo lo que puedo —dice Miriam—. No es fácil, y, para ser sincera, prefiero morirme sin más cuando muera mi padre que lidiar con todo esto.

—Quieres que alguien te resuelva los problemas, pero no quieres lidiar con ellos tú misma. Le dejaste y eso sí que es ser una mujer, pero volverás.

—No. No volveré.

—Lo harás si no te decides a coger las riendas.

—¿Cómo? ¿Acaso eres una experta? —pregunta Miriam.

En el silencio que se produce a continuación, el goteo de la torre suena con más fuerza.

Eva no pierde el hilo de lo que estaba diciendo.

—Piensas igual que él. Te utiliza, te maltrata, pero te ha dejado algo aquí —dice señalando la cabeza de Miriam—… y se te olvida lo que es pensar con esto. —Le da un toquecito en el esternón—. No puedo…, no soporto verte tratándote a ti misma de esta manera. Se acabó. Lo siento, Miriam, te voy a devolver las cartas que no he traducido. No me siento capaz de ver cómo se repite esto.

—¿Qué se repite? —pregunta Miriam, pero la desolación de las palabras de Eva le oprime el pecho y resuena igual que la torre a medida que los pasos de Eva se pierden en la distancia.

Miriam se asoma a la barandilla. Se asoma y mira de verdad. Se queda allí mucho tiempo, agarrada a los barrotes.

Bien agarrada.

26

MIRIAM

Baja con cuidado por las escaleras mojadas de la torre. A pesar de que tiene los dedos de los pies entumecidos, va deprisa. Mira a ambos lados en busca de Eva, el aliento le sale en veloces bocanadas por los labios blanqueados por el frío. Se dirige hacia la iglesia, cuyo techo abovedado se desvanece en el cielo nocturno. Oye ruido y ve una franja de luz que se filtra por las grietas de la puerta.

Miriam se pone a la cola de la gente que va entrando en la iglesia. El interior huele a vacío, a húmedo, a frío. Se sienta cerca de la puerta y mira las baldosas rotas y agrietadas, antaño diamantes de color teja y verde que ahora están hechas añicos. No recuerda las partes de la misa. Se levanta cuando las personas que tiene al lado se levantan, y se vuelve a sentar cuando lo hacen ellas. Cuando se marchan, ella también se marcha. Sola.

Después de misa, coge un taxi con una determinación que le resulta estimulante y aterradora a partes iguales. Cruza las calles de Berlín: el brillo de las farolas, el alegre ambiente de los bares y las discotecas que vibran al son de la Navidad.

Miriam llega al hospital cuando falta poco para que concluya el horario de visitas. Una vez en el pabellón, saca el legajo de cartas transcritas y se sienta; entre el zumbido de las máquinas y los chasquidos de los radiadores, hay un ambiente opresivo. Besa a su padre en la cabeza y le aprieta la mano; de la nariz le sale un tubo que se le enrosca por la cara. Le han afeitado. Tiene la piel suave y desprende un fresco aroma a colonia de bebé.

Puede que Eva no le dé más cartas; en cualquier caso, estas las va a compartir con su padre, porque merece enterarse. Y si Eva no puede ayudarla más, Miriam encontrará a alguien que lo haga. Las palabras de Eva resuenan en su corazón, y se culpa de no ser capaz de estar a la altura de las expectativas de Eva.

—Si no lo hiciera, papá, me arrepentiría para el resto de mis días. Es un asunto muy delicado. Espero que me oigas, espero que lo entiendas. Tengo estas cartas. Son de Frieda.

Desdobla el grueso papel y lee desde el principio.

—«Estoy viva; al menos, creo que estoy viva…».

Cuando ya ha leído muchas, ve que a su padre le cae una lágrima por la mejilla. Se la seca con un pañuelo.

HENRYK

Miriam me lee en voz alta. Intento concentrarme, oír lo que dice. El tiempo se detiene, empieza a fluir y no tarda en correr a toda velocidad. Sé que hay algo a lo que me tengo que agarrar.

Volvimos a nuestro antiguo hogar en 1946 por deseo de Emilie; vivíamos a dos pasos de los amigos que nos quedaban. Cualquier cosa que Emilie me hubiera pedido yo la habría hecho, lo que fuera.

Mantenía a la familia con su trabajo en el hospital. Estaba contenta, y yo hacía todo lo posible para que siguiera así.

Pero jamás habría de olvidar aquella vez que, a la vuelta de estar con Frieda, me había topado con su mirada nada más entrar por la puerta de nuestro pisito. Estaba sentada en la butaca, toqueteando con las dos manos las mantas que envolvían su cuerpo menudo. Al entrar yo, alzó la mirada; en sus ojos se reflejaban la decepción y la sensación de abandono, y si hubo un momento en que deseé que se abriera la tierra bajo mis pies y me apartase de su vida y de la de Frieda, fue aquel. Le pedí a un dios en el que no creía que me concediera aquel deseo.

Más tarde, de vuelta en nuestro antiguo hogar, el rostro de Emilie seguía conteniendo su sufrimiento, y en todo lo que tocábamos latía el recuerdo de Frieda. Y yo quería recuperar lo que había perdido.

266

Apartaba la vista y pasaban horas hasta que volvía a mirarme. Ni se me ocurría pedirle que me perdonase, pero estaba dispuesto a hacer lo que hiciera falta para darle a Emilie la vida que siempre había querido. Teníamos a Miriam, y eso lo cambiaba todo.

Estuve quince años sin trabajar, en casa. Me ocupaba de Miriam, maravillándome de su increíble crecimiento, de su intuición y su ingenio, y los años pasaron muy deprisa aunque recuerdo que los días eran largos.

Durante sus años de colegio, yo la llevaba y me quedaba un rato en la entrada, delante de las puertas azules, mientras Miriam charlaba con sus amigos, que me caían muy bien. Niñas y niños creciendo juntos como flores de colores, una primavera eterna; para mí era todo un privilegio verlos florecer. Me hacían preguntas sobre la vida, a veces sobre el amor, y también los ayudaba de buen grado con los deberes de francés o de inglés.

Un día, cuando ya me iba, me llamó un maestro que me conocía de vista. Me pidió que le acompañase a su despacho.

—Me ha dicho Miriam que usted ha sido, o quizá siga siendo, profesor, ¿es así?

—Sí, daba clases.

Inmediatamente me puse a la defensiva; me sentí encarcelado entre las cuatro paredes de su oficina con una taza de té humeante entre las manos, tan hundido en la butaca que veía mis huesudas rodillas marcadas contra la tela de los pantalones.

—Miriam es una alumna excepcional.

—Gracias, estoy muy orgulloso de ella.

—Evidentemente, aún iría mejor si hablase menos… —se rio. El escritorio estaba lleno de papeles, revistas, libros. En la puerta, su nombre: *Herr* Blundell. Era el tutor de Miriam; creo que en aquel momento no lo sabía, que me enteré más tarde. El tiempo se encarga de que rellenemos los huecos según recordamos las cosas, y no como sucedieron realmente.

—Se parece mucho a su madre.

Le di la razón, porque Miriam era una criatura tan vivaz que al llegar la noche mi único deseo era sentarme en una habitación vacía y esperar a que se llenase con el silencio que había sido expulsado por la cháchara de madre e hija.

—Tengo tres hijas adolescentes —dijo *Herr* Blundell—. ¡Soy el único hombre de la casa, así que para mí no es precisamente un camino de rosas, se lo aseguro!

—Ya me lo imagino.

—La culpa la tienen las hormonas.

—Es difícil para las mujeres.

—Y dígame, ¿usted no está trabajando en estos momentos?

—No, estoy en casa. Me ocupo de Miriam. —Me pareció que tenía que matizarlo y añadí—: Antes daba clase en la universidad.

Le cambió la expresión y me arrepentí de haber dicho nada.

—Genial. ¿Llegó a publicar algo?

Herr Blundell bajó el montón de revistas y libros al suelo y se sentó en una silla que hasta ese momento había estado oculta.

—Sí, bueno, al menos durante un tiempo.

—¿Le interesaría trabajar?

—No… La verdad es que no. Si le soy sincero, no creo que fuera capaz.

—¿Problemas de salud?

—Algo así… —murmuré, dejando la taza llena sobre una pila de revistas—. En fin, me tengo que ir…

—Si le sirve de algo, yo estuve allí.

Me estaba costando despegarme de la silla, y aproveché para levantarme mientras le preguntaba:

—¿Dónde?

—Primero, en Buchenwald —dijo, y fue como si me diera un puñetazo en el estómago. Me quedé sin aliento y volví a hundirme en la silla—. Después, Auschwitz-Birkenau.

Se desabrochó el cuello de la camisa y los tres primeros botones; después apartó la corbata, abrió un poco la camisa y dejó ver una letra seguida de cinco números. Exactamente igual que lo que tenía yo en la muñeca.

—Los muy cabrones decidieron marcarme aquí.

Se señaló el pecho.

—¿Por qué?

—Porque opuse resistencia —dijo abrochándose la camisa y recolocándose la corbata—. Esta escuela es una familia, y si quisiera ser maestro aquí, estaríamos encantados.

—¿Sabe Miriam…, es decir, saben los estudiantes que usted estuvo… allí? —dije señalando su pecho.

—No. Enseño Historia, pero no mi propia historia. A mi parecer, soy un instrumento para ayudar a la siguiente generación a entender esto y a impedir que vuelva a pasar.

—La mayoría de la gente no habla de estas cosas —dije arrancándome por fin de la silla e irguiéndome todo lo alto que era.

—Lo sé, pero yo no creo que contarlo sea ninguna deshonra. ¿Sabe por qué?

Negué con la cabeza.

—Porque no fue culpa mía, y, si no me equivoco, suya tampoco.

—Creo que se equivoca —dije, y salí con el corazón tan acelerado que al cabo de unos pocos pasos ni siquiera notaba los pies. El olor del despacho del maestro no se me iba, como tampoco sus palabras: «Opuse resistencia».

MIRIAM

Una vez en casa, se va derecha al montón de las cartas en alemán. Coge un papelito, enciende las luces y se pone a leer. No sabe qué diferencia hay entre las cartas en alemán y las cartas en francés. Si Eva deja de traducir, ¿qué es lo que se va a perder Miriam?

Le pregunté a Wanda si quería un trocito de papel para escribir a su familia, pero dijo que no tenía a quién escribir. Para cuando empezó la guerra, su familia ya estaba separada. Tenía cuatro hijos y seis nietos. Habla de una vida idílica. Tiene cincuenta y seis años.

Ahora, somos su única familia.

Es la madre de todas. Me la imagino con su delantal delante del fogón, oliendo a masa calentita. Sus hijos y nietos deben de tener esa imagen de ella, trajinando de acá para allá, esperando a que se enfríe lo que acaba de sacar del horno. Los ha perdido a todos. Se sienta en su litera y nos cuida a nosotras.

Wanda nos envuelve con sus alas, y todavía tiene un cuerpo lo bastante grande y acogedor como para que nos sintamos en nuestro hogar cuando nos abraza. El hogar que tuve contigo. Wanda es el pegamento y ahora mismo es la que me mantiene entera y me dibuja un futuro que no es tan sombrío.

Miriam relee la última carta. Si Wanda muriera, ¿sabría alguien de su partida? ¿Habría alguien que pudiera contar sus historias, que se

270

supiera los nombres de sus hijos? Erradicar a la familia entera es como erradicar un árbol: si arrancas las raíces, lo destruyes todo.

«Al menos, he vivido». Miriam vuelve a dejar el papel en la mesa. Vivir. Por mucho que lo intente, no se le ocurre de qué manera podría decirse esto de ella. ¿Cómo ha vivido ella? No lo sabe. Sabe que, cuando muera, tampoco habrá nadie que la recuerde. No ha hecho nada, nada de nada, salvo ser la «esposa» de Axel y la hija de una mujer y de un hombre que está a punto de morir. Y encima, ahora, ya no tiene a su amiga. Entiende por qué Eva la dejó en la iglesia, también ella se alejaría de sí misma si pudiera. Como dice Axel, da lástima.

Las Navidades tienen tan poca vida como una flor de plástico: se marchitan con el calor condensado del hospital. El pabellón tiene el ánimo por los suelos, y el espumillón, que lo menos tiene ya diez años, languidece en las paredes.

La mañana del 25, temprano, Miriam llega al hospital. Nada más ver a su padre le quita un sombrerito de papel amarillo que le han puesto. Se sienta a su lado y dedica todas las horas de visita a leerle en voz alta. Le lee las cartas y empieza a ver un patrón que se repite: las cartas en francés, reescritas con la letra de Eva, son personales, cartas de amor; las cartas en alemán tratan más sobre el campo y sobre las mujeres que hay allí.

Miriam siente una oleada de afecto por Frieda, que tan bien debió de conocer a su padre, y piensa que a Eva le habrá costado traducir las cartas de amor después de haber perdido hace poco a su marido.

Miriam no había visto en Eva nada más que a la traductora de las cartas. A pesar de que estaba presente en su vida, ni siquiera se le había ocurrido comprobar si se sentía cómoda con lo que estaba haciendo, ni había intentado entenderla. ¡Las cartas son tan tristes…! A Miriam le repugna no haberse interesado por la mujer que ha sido su única amiga.

Su padre le aprieta la mano, vuelve la cabeza hacia su voz, dice «Gracias»: es su regalo navideño para ella. El sonido de su voz, que indica que está ahí..., a saber dónde, pero ahí. Miriam vuelve a leer poesía como cuando a su padre le daban los «episodios». Lee únicamente para oír la voz de su padre, que solo dice una palabra: «Gracias». Solo una, pero basta para animarla un poco.

Una vez que las enfermeras han dado la medicación a su padre y sus ronquidos se han vuelto rítmicos, Miriam coge la siguiente carta de Frieda, que está escrita sobre una partitura.

Hani ha vuelto, la han esterilizado.

La piel sudorosa, resbaladiza, fría como un témpano. Ha estado fuera dos semanas. Sangra mucho.

Hani no dice qué ha pasado. Se sube a la litera y se me arrima como siempre. Nos quedamos así toda la noche. Mi cuerpo le calienta la espalda, y luego, cuando se da media vuelta, por delante. Nunca llega a calentarse por todas partes a la vez.

Intentamos alimentarla, intentamos mantenerla caliente. Stella le canta y le alisa el pelo, que le está creciendo. Stella tiene algo de mágico. Se vino un rato a nuestra litera y desde allí le dijo a Bunny que estaba de vacaciones con Hani en la playa, y se puso a hablar de olas y gaviotas.

—Mirad todas. El arcoíris. ¿Lo veis?

Tuvimos que decir que veíamos el arcoíris para que continuase.

—En mis vacaciones tenemos un arcoíris, Bunny. Hani, dime los colores del arcoíris.

—Ruju...

—Rojo —interpreté.

—Ya lo sé, señorita guapa. Pero yo hablar con Hani ahora.

Me reí, Eugenia se rio, Wanda se secó los ojos. Todas veíamos el arcoíris.

—El rojo nos hace llorar cuando gotea —dijo Stella, y siguió charloteando sin aliento—. El látigo, los perros, hacen que todo se vuelva rojo. El sol es naranja, ya no brilla. El sol está triste porque la gente está triste. La arena es amarilla, en mis ojos, entre mis dedos, entre los dedos de mis pies. La arena te muerde todo el cuerpo. Verde es raro que haya, como es raro que

haya sonrisas y fotografías. Señorita guapa, tus ojos son verdes, relucen. Los ojos de Bunny son marrones. Los de Hani sueltan mucho amor.

Y es verdad.

—*Dicen que mis ojos son azules. No puedo vérmelos.*

—*Tus ojos son azules, Stella* —*dijo Eugenia*—. *Un azul intenso, como el de los zafiros. El azul más brillante del cielo.*

—*El aire azul sabe a sal si sopla el viento. Estamos a la orilla del mar, un mar profundo, azul. Hani, ¿qué color viene ahora?*

—Muratu.

Stella se rio, imitándola una y otra vez. Hani también se rio y de repente la atmósfera se aligeró.

—*Morado. El color de los golpes cuando el rojo no sale de la piel sino que se queda llorando por debajo. Bunny es como un moretón, llora por dentro.*

Bunny dijo que sí con la cabeza.

—*¿En qué parte del arcoíris está el gris, tía Wanda?*

—*No hay gris, Stella.*

—*Sí, sí que lo hay. El arcoíris tiene todos los colores del mundo.* —*Y luego, a Eugenia*—: *Genial, ¿dónde está el gris?*

—*El gris está abajo del todo, el color más pequeño antes de pasar al blanco.*

—*Aquí hay más gris* —*dijo Stella*—. *El cielo, el cemento, el vino, el alambre, el uniforme. Los muertos.*

—*Pero no estamos aquí, Stella. Estamos de vacaciones, en la playa* —*dijo Hani.*

—¿Miriam Winter? —le pregunta una afable enfermera con uniforme azul marino cuando está a punto de marcharse—. ¿Puedo hablar un momentito con usted?

La acompaña a una habitación anexa y se sienta en un extremo del sofá, ofreciendo el otro a Miriam.

—Tengo buenas noticias —empieza a decir—. Probablemente podamos trasladar a su padre a la residencia el miércoles o el jueves.

Está respondiendo a los antibióticos; y ya habrá visto el tubo que tiene en la nariz, le están alimentando por sonda. Y la fisioterapia también se puede hacer en la residencia, para ayudar a limpiarle los pulmones. Está en buen estado. —Sonríe—. Para mí que tiene algo por lo que vivir.

—Sí. Sí, lo tiene.

Dos días después, Miriam se va del hospital cuando llega el cambio de turno. Sale del pabellón mezclada con las enfermeras y camina por las calles silenciosas rumbo a casa. No hay nadie a la vista. Ni una sola persona. A la luz de las farolas ve un letrero morado. *Muratu.*
Abbott, Abbott and Co.
El rótulo blanco que hay en la ventana de al lado de la puerta reza:
Bienes residenciales
Testamentos y validaciones testamentarias
Familia, Matrimonial, Divorcios
Al abrir la puerta suena una campanilla y tres rostros masculinos alzan la mirada. Al cabo de varias horas sale de allí con un montón de papeles blanquísimos. Nada más llegar a casa los deja cuidadosamente, como si fueran un paquete bomba, en un extremo de la mesa.

Después de todo, puede que también ella tenga algo por lo que vivir.

27

HENRYK

El hecho de que me ofrecieran empleo en la escuela me motivó para buscar trabajo, aunque en otro sitio. El colegio de Miriam era de lo mejor que había en Berlín, pero Emilie me animó a buscar algo en la universidad. A fin de cuentas, era profesor universitario.

Un libro en francés en la mano, mi maletín nuevo a los pies. Mi primer día. Un grupo de chicos y chicas con aspecto inteligentísimo me miraban desde sus pupitres, y me vine abajo. Me desmoroné sin decir palabra. No volví.

Cinco meses después me acerqué a *Herr* Blundell en el patio del colegio después de acompañar a Miriam.

—¿*Herr* Blundell?

—Buenos días, *Herr* Winter —dijo con tono formal.

—Quería disculparme por cómo me marché de su despacho, pensará que soy un maleducado. Me temo que me desconcertó y no supe qué decir.

—No pasa nada. Supongo que lo que pasa es que yo ya estoy acostumbrado a hablar del tema.

—Pero se equivocó usted; no estoy al tanto de las cosas por las que pasó usted, no sé nada.

—Tranquilo, cada uno tenemos nuestra propia manera de enfrentarnos con los traumas. Debería haberme mostrado más sensible.

—No, no se preocupe, no es necesario —insistí—. Quería hablar con usted porque…, en fin, ¿sigue en pie la oferta de trabajo?

—Sí, por supuesto. Por favor, llámame Peter a secas.

Me tendió la mano. Y «Peter» seguí llamándole hasta que se jubiló. Fui uno de los que portaron su ferétro en su funeral, dos meses antes de recorrer la misma nave con el de Emilie. Yo seguí trabajando en el colegio hasta que me jubilé y, a efectos prácticos, tuve una vida plena y feliz.

Es decir, siempre que no pensara en Frieda.

MIRIAM

Pasan las Navidades y piensa en Eva, piensa en la libertad y en vivir la vida; su vida.

El día previsto para el traslado de su padre a la residencia, Miriam coge cuatro pastillas de codeína y se va directamente a la habitación de su madre.

El olor de los recuerdos la abruma, pero no pierde de vista su objetivo y empieza a guardar los vestidos. Los saca uno por uno, los va dejando sobre la cama y los prepara para llevarlos a la tienda de ropa de segunda mano… Son demasiado buenos para quedarse escondidos en un armario para siempre.

Una vez que el armario de su madre se queda completamente vacío y las cajas de zapatos están en el suelo a su alrededor, abre el cajón y encuentra un par de guantes de seda. La seda le alivia tanto la piel inflamada que se dice a sí misma rotundamente, por efecto de los narcóticos, que no se los va a quitar nunca.

También encuentra el delantal de su madre, doblado y metido en un cajón. Lo desdobla y lo cuelga de la puerta de la cocina. Donde tiene que estar.

Se toma las dos últimas pastillas de la caja y se acuesta. La despierta alguien llamando a la puerta. Todavía se le tienen que pasar los efectos de la codeína, que le hace sentirse como si le hubieran echado una inmensa alfombra por encima de los hombros.

Como un abrazo, pero mejor. Un abrazo que no quiere terminar. Se agarra a esta sensación todo lo posible.

—Hola, Hilda.

—Si quieres, vengo en otro momento. Solo he venido a por un par de cosas.

—Tranquila. Pasa —dice, consciente de que arrastra un poco las palabras.

Hilda se mueve y habla a velocidad de vértigo.

—Parece que responde; está estable; hay fisioterapia en el hospital.

Miriam la ve coger con desenvoltura el colchón desinflado y otros trastos médicos que hay desperdigados por la habitación.

—Papá no debería estar en el hospital, sobre todo ahora que sabes que estuvo en un campo de concentración.

—Tienes razón. ¡Ay, Miriam, cuánto lo siento! Ojalá pudiese yo hacer algo… —dice deteniéndose.

—Podrías haberme apoyado en aquella reunión. Podrías haber dicho que papá se podía quedar en casa —dice secándose una lágrima.

—Tienes mal aspecto.

—Ya. En fin, se acabaron tus visitas, ¿no? —pregunta, y al ver que Hilda está a punto de salir al pasillo, Miriam, que no quiere quedarse sola, la para y dice—: Llamaste a Axel.

—Me llamó él a mí. Me dijo que después de la reunión habíais arreglado las cosas y me encargó que te transmitiera un mensaje.

—Vino al hospital. —Escogiendo las palabras con mucho cuidado, dice—: Me agredió. Hablé con la policía y…

Hilda la mira con expresión cauta.

—Lo llaman «agresión sexual» —dice Miriam, probando por primera vez a pronunciar las palabras y sonrojándose.

—Yo… —empieza a decir Hilda, pero Miriam la interrumpe con voz lenta y metódica:

—Yo confío en la gente, pero todo el mundo cree a Axel. A mí no. Me hizo daño. Sigue haciéndome daño y a nadie le importa. No estoy loca. Se lo conté todo a la policía. El doctor Baum se equivoca.

—El problema —dice Hilda— es que tienes un historial médico de episodios psicóticos, paranoia y autolesiones. —Se queda mirando las manos de Miriam, que están cubiertas por los guantes de seda blanca—. Y tu marido ha sido tu cuidador legal —prosigue Hilda—. Y después de que le abandonases en Wolfsburg te dieron por desaparecida. Todo esto estaba en tu expediente. Debería haberlo mirado antes, se me pasó.

—Nada de eso es cierto, Hilda. Hiciste lo correcto. Me ayudaste a cuidar de mi padre. Me ayudaste a compensar algunas de las cosas que he hecho mal. No estoy loca. Se lo demostraré a quien quiera escucharme. Lo siento.

—¿Puedo preguntarte a qué crees que se debe la conducta de Axel? Porque me gustaría creerte, pero es que no tiene sentido. ¿Por qué llega a estos extremos? ¿Para qué?

—Ojalá lo supiera.

—¿Qué vas a hacer?

—Eva dice que debería divorciarme de él, pero no sé…, supongo que me mantendré lejos de él y ya está.

—¿Quién es Eva? —pregunta Hilda, y Miriam cae en la cuenta de que no tiene ni idea.

—Una amiga —dice al fin.

—¿Has avanzado algo con la carta del vestido? —pregunta Hilda.

—No. Creo que… —Miriam se pasa el guante de seda por la cara y reconoce el vago aroma a aloe vera de la crema de manos Atrix de su madre—. Creo que estoy perdida. Ya no sé nada.

—¿No crees que a lo mejor te vendría bien recibir ayuda? No hablo de medicamentos. Me refiero a alguien en quien puedas confiar, alguien con quien hablar.

—No puedo volver con Axel. Se porta muy mal conmigo, Hilda.

La sinceridad de su afirmación no admite dudas y Miriam, saliendo un poco de su cacao mental, se siente mejor al decirlo.

—Es muy mala persona.

—Hay más personas en las que puedes confiar, Miriam, no solo Axel. ¿Qué me dices de Eva, por ejemplo?

—Ella tampoco confía en nadie —dice Miriam de mal humor. Pero una vocecita le dice: «Eva confiaba en mí», y le suelta a Hilda con tono áspero—: ¡Yo confiaba en ti y tú fuiste y llamaste a Axel!

—Fue él el que me llamó a mí —le corrige de nuevo Hilda—. Lo siento muchísimo, Miriam, de veras. En fin, me tengo que ir.

Se da media vuelta y se va.

Sola, con las ideas más claras, Miriam se dirige a la mesa. Coge una carta y la vuelve a soltar. Se pasea por la casa, intentando formular pensamientos coherentes. Consternada por las duras palabras que ha dicho. Todo esto terminará, y pronto. Adiós a Eva y, dentro de poco, adiós a las cartas, adiós a su padre. Pero Axel seguirá siempre...

Y con las palabras de Eva en su cabeza y la voz de Frieda en su corazón, termina de rellenar los papeles de los abogados.

Enciende la radio y echa varios vistazos a la puerta antes de atreverse a sentarse y coger una carta de papel muy fino y cuarteado, medio marrón por los bordes, y la traducción de Eva que la acompaña:

Henryk:

Han pasado veinticinco días, eso me han dicho, y he vuelto a la luz. Me están abrazando igual que abrazaba yo a Hani. Hani está mejor y está intentando darme calor. Ya no hay nada que pueda hacerme entrar en calor. Estoy muy cerca de la muerte. Lo noto. No puedo volver a escribir. Hani y Eugenia están a mi lado.

Te quiero.

Miriam la lee de nuevo. La carta anterior era sobre los arcoíris. Revisa el montón y ve que las cartas están numeradas por orden. Coge la siguiente, buscando una explicación.

Llaman a la puerta y da un respingo. Será Eva, se dice. Abre levantando la carta a modo de saludo, pero ve a dos agentes de policía vestidos con inmaculados uniforme azules.

280

—¿*Frau* Voight? ¿Nos permite?

Abre un poco más y deja la carta sobre la repisa de la chimenea. Huelen a hombres, un olor que evoca la imagen de un taller de mecánica, monos de trabajo, madera. Pasan con las gorras en la mano y las pesadas botas dejan huellas en la desvaída moqueta.

—Agente Nikolls. Y él es el agente Snelling —dice el mayor—. ¿Podemos sentarnos?

Miriam indica con un gesto las sillas de comedor y se sienta al borde de una de ellas.

—Nuestra colega la agente Müller nos ha puesto al tanto de... —se mete la mano en el bolsillo de la chaqueta, saca un bloc y pasa rápidamente las hojas hasta que encuentra el boli— de la agresión. La agresión que sufrió usted el veintitrés de diciembre.

Miriam se mira los pies; lleva puestos unos leotardos con puntera de seda.

—Hemos hablado con *Herr* Voight esta mañana. Entre que estamos en Navidades y que no coge usted el teléfono, pensamos que lo mejor sería hacer esto como se ha hecho toda la vida. —Sonríe mostrando unos dientes muy grandes—. *Herr* Voight tiene una versión muy distinta de los hechos.

—Pues claro —dice ella.

—¿Podría usted volver a contarnos lo sucedido con sus propias palabras?

—¿Es necesario?

—Podríamos llamar a una agente, si se va a sentir más cómoda. Aunque me temo que para eso habría que esperar a mañana.

—Me asustó. —Miriam mueve la cabeza y traga saliva mientras el agente más joven, que no ha pronunciado una sola palabra, saca el bloc y toma notas con el lápiz. El agente Nikolls la mira directamente, pero Miriam no aparta la mirada de sus pies—. Me retorció el brazo y me llevó a un rincón, detrás de un armario. Me arrancó la ropa y me obligó a ponerme en el suelo. ¿Saben el resto?

Siente que le arden las mejillas y se queda mirando al agente

Snelling, que sigue tomando nota y asiente con la cabeza sin alzar la vista.

—Gracias, Miriam —dice el agente Nikolls—. Pero he de decirle que su marido afirma que a eso de las siete de la tarde usted le llamó y le propuso que se vieran en el hospital. ¿Es verdad que hizo esa llamada?

Se le forma un inmenso nudo en la garganta, y se pasa los dedos enguantados por los labios.

—Tiene registros telefónicos que demuestran que respondió a una llamada hecha desde aquí y que la conversación duró tres minutos.

—Sí, le llamé. Quería averiguar dónde estaba mi padre.

—¿A qué se refiere?

—Se suponía que tenía que ir a la residencia, pero no llegó y llamé a Axel porque pensé que lo mismo él sabía qué había pasado.

—¿Y por qué pensó que Axel lo sabría? Aquí dice que llevan separados un mes. ¿Estaba él en contacto con su padre?

—No. Mi padre se está muriendo. Al ver que mi padre había desaparecido, supuse que Axel tendría algo que ver. Está…

—¿Su padre desapareció?

—Como no estaba bien, la ambulancia no le llevó a la residencia sino al hospital.

—Y los profesionales no la informaron… ¿Intentó ponerse en contacto con ellos?

—Sí, y nada más saber que estaba en el hospital fui para allá.

—¿Informó a Axel de que pensaba ir?

—No.

—¿Cómo supo dónde encontrarla?

—Se lo dijo Hilda, la enfermera de mi padre.

—Axel dice que usted le pidió que fuese a verla…

—¿Yo a él? —Miriam se queda pensando: ¿qué fue lo que dijo por teléfono? Recuerda haber agarrado el auricular con fuerza mientras la sonrisa de Axel le mordía desde el otro lado de la línea. Niega con la cabeza—: Jamás le habría pedido que fuera a verme. De eso estoy segura.

—*Herr* Voight nos dijo que son ustedes aficionados a participar en juegos sexuales «subidos de tono».

Se pone derecha, estupefacta.

—A veces, en lugares públicos —continúa el agente—. Y, a veces, bastante… —vuelve a ojear el bloc— bastante duros. Su marido sostiene que mantuvieron relaciones, pero de común acuerdo e iniciadas por usted.

—No es cierto. Me hizo daño. Siempre me hace daño.

—Sí, tenemos el informe del hospital que lo demuestra. Sin embargo, es su palabra contra la de él, así que esto se convierte en una pelea doméstica. Y la intervención policial tiende a intensificar estas situaciones; el problema es que ustedes son marido y mujer. A un abogado le costaría argumentar a su favor, teniendo en cuenta que ustedes ya habían mantenido relaciones con anterioridad. Y supongo que, en el pasado, las relaciones serían por mutuo acuerdo, ¿no?

Miriam asiente con la cabeza.

—Pero no por mucho tiempo —susurra, y después, más alto, pregunta a los agentes—: Si no fuera mi marido, dirían que ha sido una violación, ¿verdad?

El más joven carraspea y se rasca la barba de un día que le crece en la mejilla.

—¿Le dijo claramente que no?

Es la puntilla. Miriam se echa hacia atrás, dice:

—No.

—¿Intentó quitárselo de encima, hacerle daño físicamente?

—Estaba asustada —dice en voz baja, acordándose de la reacción de Dawn. Quizá, en efecto, se lo había buscado ella solita.

—¿Gritó? —sugiere el agente Nikolls, intentando ayudar—. Estará usted de acuerdo en que serían muestras evidentes de que no consintió en que se produjera esta interacción concreta entre ustedes dos.

—¿Y qué hizo entonces? —insiste el agente Snelling mirándola a los ojos. Miriam respira hondo.

—Lo acepté, como siempre. Me quedé allí tumbada y traté de trasladarme mentalmente a otro lugar. Siempre espero a que se acabe. Si peleo, es peor. —Se pone de pie—. Pero no importa. Estamos casados, puede que yo misma me lo buscase. Discúlpenme por hacerles perder el tiempo.

Siguen sentados.

—Nuestro trabajo —dice el agente Snelling— es dar apoyo a la comunidad..., a personas vulnerables, como usted. Lo principal es que, si usted no quiere que esto se repita, mantenga las distancias con él. Su marido mencionó que tiene usted algunos problemas por resolver, y también contamos con un informe que dice que estuvo usted desaparecida una temporada.

—Sí, bueno... No quisiera hacerles perder más el tiempo. Gracias por haber venido...

Por fin, se levantan.

—Este tipo de casos son complejos, pero por desgracia, dadas las circunstancias, no podemos adoptar más medidas. Tal vez su médico pueda ayudarla, o los amigos...

Espera a que se muevan y los acompaña hasta la puerta sin decir palabra.

—Si tiene alguna pregunta más... —dice el agente ofreciéndole una tarjeta con su nombre.

—Gracias.

Los ve alejarse por el pasillo.

Entra y cierra con llave. Coge la pluma de la estantería y la coloca con cuidado en el marco de la puerta antes de pasearse por todas las habitaciones.

28

MIRIAM

Miriam llena el lavabo del cuarto de baño y se queda mirando la mansa superficie del agua, que le devuelve su imagen reflejada. En vez de usarla, quita el tapón y la empuja con las manos para que se vaya cuanto antes, y se pone los guantes de seda de su madre. Vuelve a la mesa y coge la siguiente carta.

Veinticinco azotes.

Ese ha sido mi castigo por la morfina, tres botes de antiséptico, un rollo de vendas, compresas y una minúscula talla de madera de un conejo. Todo menos la morfina consiguió llegar al bloque. Era el último paquete. Cuando descubrí la morfina, se me ocurrió que serviría para aliviar el dolor de Hani. De todos los robos que hice en «Canadá» durante la semana, este fue el más arriesgado. Bunny me había cosido un bolsillo por dentro del vestido y había ido escondiendo todo allí; la morfina fue la última cosa. Me había dicho a mí misma que ya no más, que no podía seguir arriesgándome. Pero Hani estaba muerta de frío, tenía dolores, se pasaba la noche gritando... Tenía que intentar dársela.

Me pillaron.

Veinticinco latigazos por intentar salvar a mi amiga.

Veinticinco latigazos.

El taburete de madera tenía correas de cuero. Me ataron y me pusieron pantalones de goma. Me obligaron a doblarme sobre el taburete,

285

mirando al suelo, casi de rodillas pero no del todo. Me hicieron cortes y me agarré al taburete mientras me amarraban y abrochaban las correas a las pantorrillas y los omóplatos. Atada de pies y manos. Perdí el control, pensé que me moría.

Veinticinco azotes… Solo recuerdo los diez primeros. El cuerpo es capaz de soportar más que el cerebro. Mi cerebro se rindió. Sentí que me abrían la piel de un tajo, un cuchillo ardiente. Estaban de pie a mi alrededor, mirando; hablaban mientras me abrían la piel desde la espalda hasta los muslos.

Las cicatrices se atenúan, pero lo que queda es esto:

Vi los pies de un guardia, las perneras de sus pantalones, con una raya perfecta en el centro. No sé qué pasó, puede que mi sangre le salpicase. Los latigazos cesaron. Se arrodilló a mi lado, olía a colonia y cigarrillos. Sangre oxidada. Alguien me cogió la muñeca y me tomó el pulso. Llevaba ya diez latigazos, el látigo me había roto la piel ocho veces. Esto es lo único que puedo decirte. No quiero recordar. Pero el guardia se detuvo en el octavo. Me cogió la barbilla con las dos manos y la volvió hacia él; mi cara era un amasijo de lagrimas, mocos, mugre. Le miré como si fuera mi salvador. Los latigazos habían cesado.

—Abre la boca —me dijo.

La abrí y me escupió en la boca.

—Continúa —dijo.

Guardé silencio hasta que me desmayé, la oscuridad fue una bendición. Porque ¿es a esto a lo que llamamos «ser humano»?

Cuando me desperté, estaba sola en un cuartito. La primera vez que estaba sola desde hacía meses. Estaba sangrando, se me había abierto la piel del muslo izquierdo como un sobre, sentía dolor en todas las maneras posibles.

Tenía frío. Mi alma, helada; mis extremidades azules y abatidas.

Encontré mi uniforme y me lo puse sobre el cuerpo roto. Era capaz de levantarme, comprobaba mi estado a cada paso, seguía estando bien. Podía moverme. El cuarto tenía cuatro pasos de largo por seis de ancho. Podía tumbarme.

En la celda de al lado había una mujer que me guardó comida, y hablamos. No recuerdo de qué. Dormí, caminé, soñé.

Miriam suelta un suspiro que lleva conteniendo desde que empezó a leer. Permanece mucho rato en la silla, anonadada, antes de dedicar el resto del día a copiar las cartas con su letra, y después las mezcla con las últimas cartas en francés.

Más tarde, suena el teléfono; lo ha reconectado porque espera una llamada.

—Miriam, soy Sue, de la Residencia Ruhwald. Su padre ha venido aquí esta mañana, el traslado se ha hecho sin contratiempos. Ahora está dormido y descansando, pero si quiere pasar a verle esta tarde, creo que le gustaría. ¿Le digo que va a venir?

—Sí, por favor.

La residencia huele a lavanda, flores recién cortadas y salsa de carne. Por todas partes se ven brillantes adornos navideños, y el árbol de la entrada es de verdad y lanza destellos. Todo es de color amarillo girasol o bien de un azul intenso, y tan marcado es el contraste con los adornos rojos y el árbol verde que la entrada parece un círculo cromático.

La acompañan a la habitación de su padre, que tiene vistas al parque Ruhwald. Nadie le pide que se marche. Le dan una taza de té, y también galletas, y hasta le dan de cenar: una sustanciosa sopa de puerro y patata y un crujiente pan recién hecho.

Miriam se sienta en la butaca tapizada, sube las piernas y lee las cartas en voz alta. No sabe si su padre la puede oír; está pálido y no se mueve nada.

Miriam dedica un rato a darle la vuelta y a ofrecerle agua, aunque está enganchado a muchas bombas y monitores. Al final del día ha leído el montón de cartas que se ha traído, y su padre parece sereno.

287

—No voy a quedarme esta noche —le dice a Sue—, pero volveré mañana por la mañana, ¿vale? Papá, mañana vuelvo —le dice apretándole la mano, que está caliente. Y para su sorpresa, su padre le devuelve el apretón. Con firmeza. Y no la suelta. Miriam se sienta al borde de la cama para no interrumpir el contacto.

De camino a casa, se siente más optimista. Recordando las cartas, siente la urgente necesidad de llegar a casa, copiar varias más para llevárselas a su padre y enterarse de qué pasó después. Hizo bien en no destruirlas, su padre tiene que saberlo. Pasa por delante del bufete de abogados, que está cerrado, y echa el grueso sobre al buzón inferior; cae en la esterilla del otro lado de la puerta.

Ya no hay vuelta atrás.

Es un viaje sin retorno.

Miriam respira con libertad y encamina sus pasos hacia casa, disfrutando del aire nocturno, esperando que esté allí Eva para decirle que va a defenderse.

Pero ni mensajes, ni Eva. Continúa leyendo las últimas cartas que trajo Eva en Navidad.

Queridísimo Henryk:

Perderte sin perderte es tan terrible que no consigo reunir el valor para creer que te has marchado. Que estamos separados. No pude decirte adiós, aunque no estoy segura de que hubiera podido. Para nosotros no hay un final, no hay un adiós.

Miriam levanta los ojos. La carta está garabateada en un triángulo de papel. No hay un final, no hay un adiós. No se imagina a sí misma teniendo que despedirse de su padre. Y sin embargo supone que eso es exactamente lo que lleva haciendo en las últimas semanas. Poco a poco, ha estado diciéndole adiós, mostrándole su amor, cuidándole.

Miriam no puede dejar de pensar en Eva: ¿por qué decidió no ayudarla más, y qué quiso decir con eso de «se repite esto»? Se siente egoísta y estúpida por haberse comportado de una manera tan imprudente. No sabe nada de Eva y aun así le ha dejado leer las cartas.

Asqueada por su propio egoísmo, Miriam sigue leyendo.

Te necesito, Henryk. Necesito mirarte a los ojos solo para demostrarme a mí misma que somos de verdad. Que existes, porque yo ahora mismo estoy flotando, voy a la deriva por un mar muerto y solo hay un desenlace posible para mí.

Estoy haciendo todo esto yo sola. Te he perdido, aunque no es que nunca te tuviera. Elegiste a Emilie, todos los días la elegías a ella, y, por tu manera de amarla, te admiro. Me recuerda todo lo que hay de bueno en el mundo. El sentimiento de pura dicha de tu amor, impartido a otros y también a mí. Yo reflejé la luz que me hacía brillar, fui la luna de tu sol.

Estoy en la sombra, para toda la eternidad.

Como Louisa. Era mayor que yo, mejor y más brillante que yo. Yo siempre estaba a su sombra. La idolatraba, mis padres la adoraban. Yo fui la segunda.

Pero había una cosa en la que no era la segunda, una cosa que siempre se me daba mejor. Todos los inviernos nos íbamos al lago helado, y patinaba. Me encantaba el chirrido del hielo bajo mis pies y el viento soplándome en el pelo. Era libre y, lo que en aquella época me parecía más importante, era la primera. A Louisa el lago no le gustaba demasiado, y yo era cruel con ella: la empujaba, me burlaba de ella. No me siento orgullosa.

Un día, Louisa dijo que le preocupaba que el hielo fuera demasiado fino. Era un día radiante y frío como la nieve. Me enrollé la bufanda azul y empecé a patinar; era una bufanda larga y flotaba a mis espaldas como un lazo. Dejé a mi hermana atrás, sentada en la orilla, poniéndose los patines.

—Frey, espera.

Debió de llamarme muchas veces. Yo flotaba, era hermosa. Me había liberado de estar a la sombra de Louisa. Pero cuando volví, se había marchado.

Se cayó por el hielo. Se murió. Y a partir de entonces, jamás dejé de estar a su sombra.

Henryk, tú me hiciste sentir como si fuera la primera, aunque no lo fuera. Me veías, pero siempre elegías a Emilie. Nunca he sido lo bastante para nadie, pero Henryk, yo siempre te elegí a ti.

Si sobrevivimos a esto, ¿podremos sobrevivir TÚ Y YO?

Porque quiero tenerte, quiero tenerte entero. Con guerra o sin ella, ¿existimos tú y yo en algo concreto?¿O solo existimos en un nivel metafísico en el que las almas colisionan pero las puntas de los dedos no se tocan nunca?

Henryk, ¡cuánto deseo hablar contigo! Porque hemos hecho algo, de eso estoy segura. Palpita dentro de mí, y, después de los latigazos, haber sobrevivido es un milagro. Tú y yo hemos creado un bebé.

Un bebé. ¿Hubo un bebé?

Miriam lee y relee la última carta y se pasa toda la noche sentada en la cama.

Pensando.

Pensando en su propio bebé.

Pensando en sí misma, en cómo su cuerpo fue ensanchando, en cómo cambió todo. Desde los latiditos hasta las poderosas patadas. El hipo suavecito en medio de la noche. En todo esto piensa, y después piensa en cómo sería un embarazo en un lugar como Ravensbrück.

Arrebujada en mantas, no consigue entrar en calor.

29

MIRIAM

Al día siguiente le lleva las cartas a su padre y, mientras sigue leyendo, su cabeza vuelve una y otra vez a Frieda, embarazada, en Ravensbrück. Recuerda sus propias preocupaciones, las tensiones, el cambio de su cuerpo. Sitúa estas preocupaciones en Ravensbrück y, aunque no acierta a saber por qué, llora mientras lee; es como si las cartas se hubieran transformado.

Ahora ve a una mujer que ha debido de conocer el embarazo y la muerte al mismo tiempo. Cada palabra la transforma en un ser humano, vivo. Miriam llora, pero sigue leyendo.

Su padre la interrumpe.

—Miriam —dice, y Miriam da un bote y se le mezclan las cartas en el regazo. Su padre le aprieta más la mano.

—Mi segunda llegada —dice despacio— está al caer.

—No tengas miedo, papá. Estoy aquí.

Su padre resuella, y Miriam, sentada a su lado, piensa en segundas llegadas, en segundas oportunidades, y coge una hoja de papel en blanco y escribe la dirección del director del periódico *B.Z.* después de consultarla en el ejemplar que circula por el pabellón. Escribe una carta pidiendo información sobre Frieda. Detalla la edad de Frieda en el momento en que ingresó en Ravensbrück, el nombre del padre de Frieda y cuantos detalles personales logra recordar de lo leído en las cartas. Pide que si alguien la conoce, o la conoció, se lo haga saber.

Incluye su dirección, su número de teléfono y veinte marcos occidentales para poner el anuncio, y lo echa en un buzón que hay a la salida del hospital.

Por fin, agotada, vuelve a casa con la cabeza llena de palabras, de preocupaciones, del pasado. Con los pies destrozados, con sensación de ir sumiéndose en la oscuridad, entra en el edificio. Dos preguntas, como hiedra que se retuerce y se enrosca: ¿qué fue de Frieda?, ¿y dónde está ahora?

El final de las cartas, supone, será también el final de su padre. Está resistiendo porque está a la espera. Se pregunta si habrá respuestas al anuncio antes de que termine de leer las cartas, y se dice que, entre que algunas siguen en francés y que muchas continúan en poder de Eva, a saber cuándo será eso.

Al entrar en el portal cierra y empuja la puerta para asegurarse de que está bien cerrada. Lionel ha debido de irse a casa después de acabar la jornada. Sube por la escalera sintiendo el aguijón del miedo a cada paso. Intenta sacudírselo de encima. Aunque no es una mujer tan inestable psicológicamente como todos quieren hacerla creer, piensa que quizá su padre esté mejor así, cuidado por otras personas.

No puede liberarse del miedo y trata de respirar con más calma. Le parece que le huele. Ese olor suyo tan característico. Jabón y algo más. Pero sabe que es su cabeza, que la engaña. Ha dado el paso hacia el divorcio, esto terminará pronto. Piensa en el abogado.

Seis meses, dijeron, a no ser que haya dificultades de índole económico, que no va a haber. Él tiene su dinero y ella, ahora, tiene el suyo; bueno, el de su padre.

Seis meses para la libertad. Casi pierde pie y se agarra al pasamanos.

—Seis meses —dice en voz alta. Quizá, solo quizá, consiga mantener el tipo hasta el final. A lo mejor hay motivos para la esperanza.

Se agarra más fuerte al pasamanos; la piel de los nudillos se tensa y se pone blanca. «Seis meses». Sube trabajosamente. Al abrir la puerta, la pluma cae flotando. La coge y se la deja en la palma de la mano; después de acariciarla, se relaja, la vuelve a dejar en su sitio y cierra con llave.

Se descalza y da tiempo a que sus pies se sumerjan con placer en la gruesa y suave moqueta.

La residencia, al igual que el hospital, se acaba adhiriendo a todo, y tiene los pies hinchados y cansados. Después de quitarse el abrigo y colgar el jersey, se arrima el bolso al cuerpo mientras pasa al salón y enciende las luces para dejar las cartas sobre la mesa. Ha cruzado ya más de la mitad de la habitación cuando levanta la vista.

No encaja lo que ve. Se le disparan los pensamientos intentando comprender qué hace ahí ese hombre, sentado a la mesa del comedor de sus padres. Un hombre que no debería estar ahí.

Se le resbala el bolso del hombro y lo coge con las dos manos.

—¿Qué te parece lo que he hecho con la pluma?

Miriam da un paso atrás, toca con un codo la butaca de su padre y se sienta bruscamente.

—¿Acabas de llegar y ya te vas? ¿No vas a preguntarme qué hago aquí?

—¿Axel? —Los pensamientos se le agolpan: ¿cómo ha entrado?, ¿cómo puede salir ella?—. Haz lo que quieras, Axel, me da lo mismo.

Axel la mira sin moverse del sitio.

—Hora de irse, Axel.

Se hace a un lado, invitándole a marcharse.

—Venga, mujer, no seas así. Te he traído flores y bombones. —Señala la mesa, donde hay un ramo demasiado grande de lirios y, a su lado, una cajita de bombones—. Esto es por lo del malentendido —dice pasándole el pulgar por la mejilla y levantándole la barbilla—. Todavía me sientes, ¿no? Sientes mi huella dentro de ti, ¿verdad que sí? Cuando caminas, cuando te sientas... —se ríe y Miriam trata de apartar la vista, pero Axel no le suelta la barbilla.

Está tan quieta que se dice que lo mismo se ha olvidado de respirar. Axel le besa suavemente los labios. Y por una milésima de segundo,

Miriam considera abalanzarse sobre él. Arrancarle la sonrisa de la cara con sus uñas rotas, hincarle los dedos en los globos oculares.

Algo nota Axel, porque recula mientras se saca un sobre del bolsillo de atrás. Un sobre blanco, doblado por la mitad. Por la manera de agarrarlo, Miriam sabe exactamente lo que contiene.

—Me lo prometiste —dice—. Me prometiste que te desharías de ellas.

—Y tú prometiste amarme y obedecerme.

Sonríe y coge el sobre por una esquina, lejos del alcance de Miriam.

—Para mí era importante saber que habían desaparecido. ¿Te las quedaste tú? ¿Todo este tiempo?

—Comprenderás que no puedo tirar todas y cada una de tus cosas, ¿no?

—Esto era… —tartamudea—. Distinto.

—Ay, cielo, ¿te he decepcionado? Es que pensé que, ahora que vuelves a estar sana, a lo mejor querías recuperarlas. No sé, a modo de recuerdo, por decirlo así.

—No las quiero, Axel. Vete.

—No pensaba quedarme mucho tiempo. Salta a la vista que no estás de humor para ser agradable. Que pases buena tarde.

Miriam no aparta la vista del sobre que pende sobre su cabeza. Está desorientada, el sobre ejerce sobre ella el mismo efecto que el reloj de un hipnotizador.

Axel la mira y acto seguido deja el sobre al lado del inmenso ramo, inclinado contra el papel negro en el que están envueltas las flores. Da unos golpecitos en la mesa con dos dedos.

—¿Y bien…? —dice. Es una pregunta, una expectativa. Con pasos largos y lentos se acerca de nuevo a ella. Miriam espera. Su olor evoca imágenes que no consigue borrar. El dolor, el aguante, el miedo. Basta con ese olor para hacerla volver al inicio. Axel se inclina, le da un beso en la coronilla y suspira hondo.

—Qué bien hueles —le dice él.

Y después se marcha y Miriam se queda plantada en el sitio, meciéndose de atrás hacia delante en aquel cuarto que es como una magulladura. Oye cómo se abre y se cierra la puerta, pero no se atreve a darse la vuelta por si acaso sigue allí y su partida ha sido una mera ilusión, un truco. No quiere sentir ese alivio, volverse y verle de nuevo; no quiere pensar que ya se acabó y comprobar después que se ha equivocado.

Espera. Conteniendo la respiración, los músculos tan tensos que parece que se le van a romper. Los cinco sentidos alerta por si vuelve. Axel sigue en el ambiente, lo vicia. Los lirios son valientes y fuertes.

Cuando empiezan a temblarle las piernas, cuando le duelen los dedos de los pies y los dientes se quejan de la presión con que aprieta la mandíbula, se da la vuelta, más preparada que nunca para encararse con él.

Pero la habitación está vacía. Inspecciona la casa, todas y cada una de las habitaciones, comprueba que las ventanas están cerradas, las cortinas corridas. Siente el mismo hormigueo que los niños cuando miran a ver si hay monstruos bajo la cama.

Solo que en esta ocasión el monstruo es de verdad.

El sobre la atrae como un imán hacia la mesa. Da varias vueltas a su alrededor, alisando las cortinas, llevándose las flores y volviendo después a por los bombones, tirando ambas cosas al cubo de la basura, hasta que lo único que queda en un extremo de la mesa es el sobre. Lo coge con ambas manos. A pesar de lo pequeño que es, le pesa, y es un peso reconfortante. Ya es hora, piensa.

Se acerca al cubo de la basura y abre la tapa. Los rostros de los lirios la miran y ella les devuelve la mirada hasta que se transforman en serpientes con las bocas abiertas. Cierra la tapa de golpe.

En su dormitorio, sentada al borde de la cama, abre el regalo de Axel. Un escalofrío de emoción le recorre el cuerpo al verlas caer, tintineando, sobre las sábanas. Suelta el sobre. Se humedece los labios.

Las tijeras han caído abiertas sobre la cama: ve las agarraderas doradas, el tornillito del centro, el color oro desvaído, casi blanco. Las cuchillas, afiladísimas. Unas tijeras que fueron suyas; no para cortar papel o hilo, sino para cortar su propio dolor. Jamás utilizó otras que no fueran estas, tenían algo especial..., su belleza, su tamaño, su precisión... Las tijeras eran suyas y solo suyas.

Se sube la blusa y ve las cicatrices que le surcan el lado interior del brazo, un dibujo ecléctico.

Coge las tijeras y las abre para que formen una sola cuchilla larga. Los contornos de la habitación se vuelven borrosos, se siente atrapada en el tiempo. La punta, de oro, se hinca en su pálida piel.

Rasguño. Pega la cuchilla, la desliza y sale todo rezumando.

Rojo.

Respira aire fresco, como si ya no se estuviese ahogando. Vuelve a dejar las tijeras en el sobre, lo lleva a la mesa del comedor y lo deja al lado de las cartas de Frieda. La pálida piel del brazo tarda poco en latir; Miriam ha vuelto a sentir, y en cuanto regresa el familiar dolor quiere coger las tijeras y hundírselas más adentro para que los pensamientos desaparezcan, quizá, esta vez, durante más tiempo.

Enciende la radio en el dormitorio de su padre, en el salón y en el estudio. Enciende la televisión y sale el telediario, con imágenes de la Puerta de Brandenburgo y una voz que dice que este año las dos Alemanias celebrarán el Año Nuevo como un país unido.

Hay ruido por todas partes. Se sienta, saca la bufanda que le regaló Eva y se entrelaza la tela con los dedos una y mil veces. Del primero al último y vuelta a empezar. Su cuerpo entero está exhausto, vacío, saciado. Le pesan las extremidades, como si fueran parte del mobiliario. Sus huesos se están transformando en la madera de olivo de la silla. Se enrolla la bufanda por el antebrazo.

Piensa en Eva.

Eva cuidándole los dedos, poniéndole tiritas. Los dedos que se curan, las costras que se van formando sin que se las arranque. El tejido de la bufanda le acaricia la piel. Echa de menos a Eva.

Al ver que no consigue conciliar el sueño, sale al pasillo, coge la pluma y la mete en el sobre junto con las tijeras. Intenta sofocar la discordia que hay en su interior: por un lado, apatía, y por otro el deseo de volver a pegar el precioso metal contra su piel. Sabe que las tijeras existen, que su exquisita punta está a buen recaudo con la pluma que no vuela… Coge la siguiente carta, contenta de absorberse en la historia de Frieda, de olvidar el poder que tiene su propia mano.

Henryk, tengo miedo.

En estos momentos existes, literalmente, dentro de mí. No puedo decirte en persona que llevo un niño en mi interior. Tu hijo. Lo sentía moverse en medio de la oscuridad, era mi única luz. Cada latido me acercaba más al mundo, me sacaba de las profundidades de mi propio infierno.

Pero nuestro amor creó algo. Hasta cuándo voy a conseguir que siga creciendo, no lo sé. Dudo que sobrevivamos a esto.

Mi futuro es desolador. No tengo ni idea de lo que debo hacer. Y tampoco puedo contarle a nadie que llevo un niño dentro, las pondría en peligro. Y a Hani ¿cómo se lo iba a contar, teniendo en cuenta que a ella le calcinaron y le sacaron el útero con acero, mientras que el mío madura y da vida?

No puedo hacerle esto. La necesito, ¡la necesito tanto en estos momentos! Porque Hani SABE que soy egoísta y cruel y aun así sigue a mi lado.

Me agarro a su cuerpo, que está vivo y abraza al mío, y espero que tú tengas a alguien que te abrace.

Miriam reconoce la sensación que va creciendo por detrás de sus ojos. Huele el hospital, huele a Axel, siente al bebé en su interior. El peso, el hipo y las pataditas que, de alguna manera, le hacían sentirse entera.

Se levanta y se pasea por la habitación. «Espero que tengas a alguien que te abrace…». En efecto, su padre tuvo a alguien, siempre lo tuvo: a su madre. Estaban juntos.

297

Fueron a verla justo después de que sucediera. Los dos juntos, de la mano. Su padre la abrazó fuerte. Su madre se ocupó del bebé.

Se fueron de la mano, hombro con hombro. Los dos llorando las lágrimas que Miriam era incapaz de llorar. Sentada, con el brazo de Axel rodeándola y envuelta en frío, era tal el vacío que se abría ante ella que se sentía casi transparente. La ausencia se deslizaba y de repente bramaba, más potente que ningún ruido. Y allí se quedó Miriam, atrapada bajo la ausencia.

MIRIAM

Sube la calefacción y se echa el cárdigan de su padre sobre los hombros. Su olor la devuelve al presente, a las cartas y a Frieda.

Henryk:

Hemos creado algo. Es más que tú y que yo juntos.

El bebé crece fuerte en mi interior. Hay momentos del día en que me olvido de que existe. Ahora estoy trabajando con Hani en la fábrica del Sie-menslager. Aquí dentro hace mucho calor y, sentadas en sillas con respaldo y reposabrazos, enrollamos alambre fino en carretes. El trabajo está bien, y como nos controla el gerente y no las guardias, hay menos palizas, y gracias al ruido de la fábrica podemos hablar en susurros sin que nos oigan.

De día, el bebé está tranquilo, pero en cuanto me tumbo o cuando como da patadas y se mueve. Me fascina. Ahora, hasta puedo ver sus movimientos a través de la piel. Mis músculos y mi grasa, reducidos a hueso, por mucho que sobresalga la barriga. Crece. En este lugar de muerte, hay vida. Es fuerte. Me imagino su pelo oscuro y sus ojos brillantes. Agarrándome la mano, mirándome, parecido a ti.

Mis recuerdos están rotos. Y es que ahora mi único objetivo es sobrevivir por los dos. Oigo a Eugenia hablar de los aliados, del rescate, de la liberación, y creo: creo que es posible para nosotros, porque he de sobrevivir para traer a este niño al mundo. He de sobrevivir para llevarle contigo. Porque nos merecemos mejor final que este.

Me aferro a nuestros recuerdos, pero son arena que se escurre entre mis dedos. Espero que podamos crear nuevos recuerdos juntos.

—Pero no llegó a hacerlo —dice Miriam soltando la carta.

De madrugada consigue dormir un poco y se despierta de un profundo sopor. Se ducha, dejando que el agua le enjuague bien la piel. La sangre le sigue manando de la herida, abriéndose camino por su brazo como si fuera una vena. Se sienta incómodamente sobre la tapa del wáter y se pone cuatro suturas adhesivas para mantener cerrada la herida; después, oculta su culpa con un trozo grande de esparadrapo blanco.

La mañana es luminosa y hace un frío de mil demonios. Deja las ventanas abiertas para que se vaya el olor acre de Axel y de los lirios rosados, y echa el sobre con la pluma y las tijeras doradas al cubo de la basura. El esparadrapo le tira de la blusa. Un recordatorio.

Hace dos llamadas telefónicas. La primera, para preguntar por su padre. Le dicen que está dormido y que está mejor. A la segunda responde una voz ronca de hombre que le dice que se pasará por el apartamento a lo largo del día, que no puede decirle exactamente cuándo.

Después de colgar saca a la calle la voluminosa y pesada bolsa de basura, y nada más tirarla le entran deseos de meterse en el cubo para recuperar las tijeras.

—Buenos días, corazón.

—Buenos días, Lionel. ¿Qué tal está?

Vacilante, plantada de puntillas delante del cubo abierto, Miriam ve acercarse el corpachón de Lionel, que se pone a su lado y cierra la tapa. Podría hacerlo ella sola, pero aun así se siente agradecida.

Adiós a las tijeras.

—Yo bien, gracias. ¿Qué tal su padre?

—Se mantiene estable —responde dándole la espalda al cubo. Dándole la espalda al pasado.

—Dele recuerdos cuando le vea.

Le da un apretoncito en el hombro y se dispone a irse.

—Ah, Lionel, antes de que se me olvide. —Se prepara, coge fuerzas—. Voy a llamar a un cerrajero hoy para que cambie las cerraduras. Espero volver a tiempo, pero si no, ¿podría enseñárselas?

—Claro que sí. Su marido mencionó que había perdido la llave. Mejor prevenir que curar en los tiempo que corren, ¿verdad? —Se da la vuelta y Miriam entra con él al vestíbulo—. Cuando era chaval, siempre dejábamos las puertas abiertas, podría haber entrado cualquiera. Aunque poca cosa había para robar en aquellos tiempos.

—¿Le ha abierto la puerta a mi marido?

—Sí, justo antes de irme a casa. Ha tenido suerte, la verdad; llega a venir cinco minutos más tarde y no me habría pillado. Traía unas flores tan bonitas… Pensé que se alegraría usted de verle. Dijo que era una sorpresa.

—Una sorpresa, desde luego —susurra Miriam—. Lionel, mi marido y yo nos hemos separado. Por favor, no deje pasar a nadie a mi… —y, pensando en lo que está diciendo, concluye—: al apartamento de mi padre sin consultármelo antes. Nunca.

Lionel abre la boca y la cierra inmediatamente, y Miriam sube las escaleras moviendo la cabeza con expresión incrédula.

De nuevo con las cartas. Las dos siguientes están escritas en el interior de un sobre; las franjas enceradas están amarillentas.

Henryk:
Siento presión en el pecho. Me imagino que así es como debe de sentirse un león antes de soltar un rugido que haga temblar la tierra. Yo no rujo, ni lloro. No puedo aliviar esta presión. Crece y crece, después disminuye para volver a crecer pero desde un lugar más profundo y con más fuerza.

Wanda ha encontrado una nueva vocación. Han abierto un bloque para bebés, una guardería en la que las madres pueden estar con sus recién nacidos y seguir trabajando.

En el Bloque 22 dejan a los bebés más mayorcitos. Las madres trabajan y en la hora del descanso vuelven para alimentar a sus hijos. Los cuidan las presas. Wanda es una de las cuidadoras. Esto me aterroriza. ¿Separarme de nuestro hijo? No puedo imaginármelo. Mientras crece dentro de mí, está a salvo. Tan a salvo como yo.

No voy a poder sobrevivir a lo que va a suceder. A la muerte de nuestro hijo. Porque aquí solamente hay muerte. Ningún niño nace y vive, incluso la mayoría de los niños de la guardería muere. Oigo que hablan de la liberación y me imagino a mí misma caminando hacia ti. Entonces veo la sombra de Emilie y sé que mi final feliz no existe.

Todos los desenlaces son imposibles.

Intento sobrevivir a cada día que pasa. Porque tengo la esperanza de volver a verte. Un piececito me da patadas por dentro y me recuerda que existes, que existimos.

Hasta mañana.

Coge la siguiente carta sin hacer una pausa.

Wanda me mira como si lo supiera. Habla de intestinos, cuencos y pan. Nos aburre con descripciones exhaustivas de estas tres cosas. La importancia de hacer de vientre la fascina, como si fuéramos bebés de nuevo.

Pero de vez en cuando me mira, y, aunque quizá solo sea mi percepción de su mirada, mi manera de interpretarla, me parece que es diferente. Es como si lo supiera.

En las últimas semanas, mientras yo me recuperaba del búnker, Wanda ha cambiado. Desde que empezó a trabajar no para de contar historias; de habérselas oído a otra persona, no me las habría creído.

Como que nació un niño de tres kilos. Que a una madre le dieron un vaso de leche después del parto. Que a otra la lavaron y la cuidaron mientras daba a luz.

Eugenia se tapa los ojos y finge dormir. No se puede creer que las cosas estén cambiando, que haya un atisbo de humanidad en este lugar. No se puede creer que sea verdad. No se puede permitir tener esperanzas. El Bloque 22 desmiente su convicción de que todos los nazis son monstruos.

302

Eugenia y Wanda están enfrentadas a causa del Bloque 22. Algunos días no cruzan ni una sola palabra amable y, sin embargo, por debajo de las palabras y de las tensiones hay una lealtad incondicional.

Wanda habla de enfermeras y del cuidado de los bebés. Habla de la tela con la que los fajan, del papel que usan para los pañales. De las madres que hacen cola para ver a sus bebés en los descansos. Habla de cogerlos en brazos y calmarlos, de manitas regordetas y brazos rosados, de recién nacidos sanos. Cada palabra es como néctar para mi alma, disipa mis temores. Rezo para que sea verdad.

«¿Tres kilos?».

Al bebé de Miriam lo habían pesado en gramos. Lo cogieron en brazos, lo calmaron, pero no era regordete, no estaba sonrosado y no vivió.

Incapaz de seguir leyendo las cartas, incapaz de adentrarse por el camino que desemboca en aquel día, el día que perdió a su hijo, Miriam sale a reunirse con su nuevo abogado, David Abbott. No vigila las calles; ya no le importa. David Abbott acepta el cuantioso cheque que le ha extendido y dice que Axel ya debería haber recibido aviso a estas alturas.

Es un hombre estirado, viejo y, en todos los sentidos, el típico abogado; por todas partes hay papeles manoseados, y Miriam se siente mugrienta solo de verlos. El suelo, la mesa, las sillas, todo está cubierto de papeles amarillentos. Los dedos del abogado, sus ojos, su pelo no tan blanco…, todo tiene un toque amarillo.

Andando de vuelta a casa, piensa en su apellido; al casarse se lo cambió, y ahora que se divorcia, también. Como si hubiera cierta simetría. Como cerrar un círculo, como volver al principio.

En la residencia, le lee más cartas a su padre. Al estar escritas con su letra, le cuesta menos leerlas y las termina enseguida. Traba conversación con las enfermeras, las ayuda con los cuidados y su padre habla, muy bajito. Son palabras que no consigue entender, pero habla. Lo toma como una buena señal; ve el anuncio que ha puesto en el periódico y se aferra a la esperanza de que alguien pueda saber algo de Frieda.

Por fin, de vuelta en casa, se encuentra con que hay una llave nueva para ella en la mesa de Lionel, y en la puerta del apartamento, una resplandeciente cerradura nueva. Dentro, en la mesa del comedor, está la factura, plegada. Y al lado, una nota escrita con la letra grande de Hilda:

Siento no haberte encontrado. Por favor, llámame. Hilda.

El día siguiente transcurre tranquilamente. Miriam va andando a la residencia, atiende a las necesidades de su padre y después coge el autobús que lleva a la biblioteca para buscar a Eva. Quiere disculparse, entender, pero, sobre todo, sentir que no existe en un vacío.

La biblioteca está cerrada.

Para distraer a sus manos y evitar que tiren de la tira de piel nueva que le está creciendo en la parte interior del brazo, se mete en tiendas con escaparates llenos de ropa y bolsos. Largos bolsos rectangulares con borlas y vestidos de vivos colores a la última moda. Miriam sonríe al comprarse un par de guantes de seda; es una ignorante en cuestión de modas, pero lo que sí sabe es que necesita colorido. Se compra una bufanda rosa, un rosa idéntico al del tono más intenso de los lirios. Un recordatorio de que ha tomado una decisión y de que lo ha hecho sola. Y después vuelve a la caja registradora con una bufanda morada, pensando en el arcoíris de Stella.

Ligeramente satisfechas sus ganas de ser libre, vuelve a casa, se sirve un vaso de vino y lee más cartas, zambulléndose a marchas forzadas en algo de lo que no puede escapar.

Stella.
Su cabello rubio estaba oscuro por la mugre, enmarañado, lleno de nudos. Llevaba algo entre los delgadísimos brazos. Me era imposible verlo. Le estaba cantando una nana, la melodía de Noche de paz, *pero la ingenua letra era irreconocible.*

304

Levantó la cabeza muy despacio mientras yo la miraba. Me vio y sonrió. Me tendió su fardo, tapado por una manta. Parecía exultante, le brillaban los ojos.

—Muñequita —dijo.

No era una muñequita.

Era el cuerpo muerto de un bebé.

Miriam vuelve a doblar el papel y lo deja sobre la mesa.

Recuerda las pestañas, tan largas, tan oscuras. Las uñas, amoratadas y también largas, y la matita de pelo moreno. Su peso, que no es suficiente. No es suficiente para que respire su primer aliento, o para que Miriam le vea abrir la boca. O para que le vea los ojos.

Tarda mucho en comprender las palabras de la siguiente carta. La cabeza revolotea incesantemente hacia aquella noche y, después, con la misma celeridad, la devuelve al presente.

Henryk:

Quiero escribir sobre Wanda, pero no sé cómo. Después de que me encontrase a Stella con el bebé muerto, Wanda empezó a estar como perdida. Hani ayudó a Stella; la cogió de la mano y cavaron un pequeño hoyo para enterrar al bebé.

Wanda empezó a murmurar, balbuceaba, perdió su cuenco. Dejó de hablarnos. Cada día iba al Bloque 22 y cuidaba a los bebés.

Wanda sacaba bebés clandestinamente, bebés casi muertos. Respiración superficial, ojos vidriosos, suturas craneales visibles a través de una piel fina como el papel. Intentaba masticar el pan y mezclarlo con agua para darles el puré. No servía de nada: cada mañana nos encontrábamos con otro bebé más al que había que enterrar.

Eugenia y Wanda se enzarzaron en una bronca monumental. Intentamos pararlas, las mujeres del bloque intentaron pararlas, ni la Blockova lo consiguió. El guardia les dio un culatazo a cada una con el rifle. Aunque se quedaron aturdidas, ni siquiera así pararon.

Wanda seguía trayendo bebés. Se los ponía sobre el pecho desnudo y los cubría con su ropa. Nos explicaba que el calor de su corazón los ayudaría. De nada servía. Por la mañana, estaban muertos.

Eugenia le dio un ultimátum a Wanda: o paraba o se lo contaba a la Kommandant. «Las madres de los bebés tienen derecho a verlos por última vez, a despedirse», dijo Eugenia. «Si te los llevas, las privas de este derecho».

Wanda dejó de traer bebés.

De hecho, Wanda dejó de volver al bloque.

Wanda estaba perdida.

Intenté hablar con ella, ayudarla a entrar en razón.

Los guardias habían concebido el Bloque 22 como un bloque de la muerte para los recién nacidos. Ahora, Wanda ya lo sabía, de la misma manera que Eugenia lo sabía desde el principio. Sin acceso a sus madres, alimentándose de mujeres famélicas dos veces al día, pasando frío y solos por la noche.

Wanda hablaba de bebés cubiertos de ratas y bichos cuando abrían el bloque por la mañana. Los recién nacidos, congelados, sin mantas ni ropa. Muertos en el lecho. En filas de diez, como sardinas. Wanda y otra presa los iban revisando uno por uno cada mañana, buscando vida.

La mitad moría, pero para el mediodía ya habían llegado más bebés, sonrosados y rollizos, recién salidos de los vientres de sus madres.

Madres que se separaban de sus recién nacidos en medio de un neblinoso posparto. Un milagro, superar el parto y dar a luz a un niño sano…, pero el hecho de que las separasen de ellos inmediatamente después causaba una desesperación que no puede compararse con nada que haya presenciado yo nunca.

La separación venía a ser la muerte de los bebés. Y sin embargo, Wanda siguió yendo, cogiendo en brazos a los bebés. Hani es la única a la que permite acercarse a ella. Caminan juntas.

La siguiente carta se enrolla y Miriam intenta alisarla.

Soñé que todo estaba perdido. Estaba atada con correas a una cama, me habían arrancado al bebé. Si estaba muerto o vivo, eso ya no lo sé;

simplemente, no estaba. Me lo habían arrebatado. Jamás vería su cara. Jamás vería tu cara.

Wanda murió ayer.

Se lanzó contra la valla eléctrica. La encontramos allí por la mañana. Los guardias estaban disparando al azar sobre su espalda. Su cuerpo inerte colgando de los jirones del uniforme.

No podíamos cogerla por miedo a electrocutarnos nosotras también. Cuando pasaron lista al atardecer, seguía allí. A Stella le tapamos los ojos y pasamos de largo. Pero esta mañana ya no estaba. Eugenia guarda silencio, Bunny guarda silencio. Hani y yo estamos quietas, en silencio. Stella llora pegada a Bunny y se niega a comer.

¿Qué va a ser de nosotras?

Nos pusimos a cantar en homenaje a Wanda. Es lo único que podemos hacer.

Toda su familia, muerta antes que ella; todos los recuerdos que tenía de ellos, muertos. Y ahora se ha ido y se ha llevado consigo sus recuerdos. Con la muerte de Wanda se acaba cualquier posible legado de su familia. Borrado de un plumazo.

Aquí, las muertes voluntarias son dolorosos recordatorios de lo que nos espera a todas.

31

MIRIAM

Sigue copiando las cartas en alemán hasta última hora de la tarde y las deja al lado de las cartas en francés. Podrá leérselas a su padre, y su padre sabrá qué fue de Frieda.

Al llegar, la residencia está tranquila y su padre, pálido.

—Hoy hemos tenido visita —dice Sue acercándose por detrás.

—¿Quién?

—Su marido.

—¿Cómo dice?

Miriam, estupefacta, se apoya contra la pared mientras Sue sigue hablando.

—Sí, a su padre no le hizo ninguna gracia. Le dio un ataque, el brazo y la pierna izquierdos le estuvieron temblando unos minutos. Llegamos enseguida con el midazolam y ya se le están pasando los efectos. Se encuentra bien, pero le sugerí a su marido..., se llama Axel, ¿no?

Miriam asiente con la cabeza.

—Le sugerí que no volviese a no ser que estuviera usted aquí.

—Sue, por favor, no le deje entrar si vuelve. Parece que Axel la tiene un poco tomada con...

—¿Con su padre?

—Conmigo. Está en pie de guerra, no piensa rendirse.

HENRYK

—Está en pie de guerra, no piensa rendirse.

Oigo la voz de Miriam. Ha estado aquí, quiero decirle. Ese hombre ha estado aquí. Me ha dicho lo que le va a hacer a mi pequeña. Pero los confines de mi cuerpo inerte no me dejan moverme.

Quiero luchar, gritar, hacer algo, lo que sea, para impedírselo. Noté cómo me subía la tensión por el pecho y se me metía en la cabeza, como escarabajos escabulléndose. Quería estallar solo para dejar de oír su voz. Sus palabras. Para comunicarme con Miriam.

Estoy prisionero en este cuerpo. Las enfermeras me dieron algo con un sabor muy fuerte, una mezcla de menta y cerezas, y amargo. Todo se tambaleaba, las cosas perdían volumen. Me habían vuelto a tumbar en la cama, Axel se había ido y yo sabía que tenía que decírselo a Miriam.

Pero no tenía modo de hacerlo.

Miriam se hizo mayor tan deprisa que ni siquiera me di cuenta hasta que me vi sentado en una iglesia gélida vestido con un esmoquin demasiado holgado. Miriam en el altar con un vestido blanco de tafetán, el pelo largo y moreno adornado por violetas. Mi niñita era una mujer y yo ni me había dado cuenta.

Se fue de casa en silencio. Emilie y yo echábamos de menos a nuestra niña del alma cada uno a su manera. Emilie se pasaba la vida en casa de Miriam, pero yo me sentía incapaz de ir: veía la expresión de los ojos de Axel y me entraban ganas de cogerla y salir corriendo. Emilie era de otro parecer, y la relación entre ambas se estrechó mientras que conmigo se quedó estancada. De modo que, cuando la veía, notaba el cambio: los ojos caídos, la mirada fugaz a Axel antes de abrir la boca. Yo lo veía clarísimamente, pero cuando intentaba hablar con ella, no me escuchaba.

Emilie no lo veía, Miriam no lo veía, pero yo sí.

Cuando ya llevaban mucho años viviendo en nuestra misma calle abajo y después de que Miriam perdiese al niño, se mudaron a Wolfsburg.

Axel y Miriam se mudaban. Juntos. Tenía la esperanza de poder ir a verlos. Me ofrecí a ayudarlos, pero en vano. La mudanza tuvo la culpa de que Emilie dejase de hablar a Miriam. Se presentó una vez en su casa sin avisar y la echaron. Solo podía ir si la invitaban, pero nunca lo hicieron. Las llamadas se fueron espaciando cada vez más.

Miriam llevaba ya un año en Wolfsburg cuando Emilie enfermó.

Miriam no vino a casa nunca. Yo no había tenido noticias de ella, ni una sola, mientras Emilie estuvo enferma, y más tarde, cuando se estaba muriendo, le escribí cartas, la llamé por teléfono. Pero me sentía tan impotente para mantener con vida a Emilie como para encontrar a Frieda. Y Miriam no estaba.

No asistió a la misa por Emilie.

En el velatorio, la vi en la otra punta de la concurrida sala. Me dirigí hacia ella, pero Axel me cortó el paso.

—No me parece que sea muy buena idea, ¿no crees? —dijo, pero no recuerdo qué idea tenía, aparte de que mi hija estaba sufriendo. Yo también sufría y, como ambos estábamos lisiados por la muerte de Emilie, con solo un ala cada uno, pensaba que podríamos sostenernos el uno al otro.

Axel me puso la mano en el hombro, me llevó a un bar y me pidió algo de beber. Un vaso con un poco de líquido marrón.

—No bebo —protesté, pero insistió y era difícil negarse. No recuerdo qué me dijo, pero yo estaba como en estado de trance. Hice lo que me dijo y más tarde lo lamenté.

La amenaza de consecuencias desconocidas es suficiente para que hagas cosas que no salen de ti. Yo sabía que Miriam estaba metida en un buen lío, pero no podía pasar por encima de Axel para llegar hasta ella.

—Lo está pasando mal, como es obvio —me dijo Axel al oído, y al volverme vi a Miriam sentada con cara de ida, tirándose de las mangas—. Admitirás que no teníais una relación muy estrecha…

Tenía que admitir que era cierto.

—Está un poco enfadada contigo, si quieres que te diga la verdad —dijo poniéndome la mano en el hombro.

—¿Por qué?

—Creo que se le ha metido en la cabeza que tú…, en fin, entre el estrés que generaba que Emilie siempre trabajase tanto y que después tuvo que cuidarte cuando estuviste… indispuesto…

Subió una ceja como si yo tuviera que saber a qué se refería.

Y de repente, algo encajó y empecé a ver todo con más claridad.

Axel continuó:

—Creo que Miriam está disgustada porque Emilie…, en fin, tal vez habría podido llevar una vida más fácil.

—¿Me echa a mí la culpa?

—«Culpa» es una palabra muy fuerte. Dale tiempo y, si quiere, acudirá a ti. Un poco de tiempo —repitió.

El alcohol se me iba subiendo rápidamente a la cabeza. Por supuesto que tenía yo la culpa; le había hecho mucho daño a Emilie. Ya no era posible deshacerlo y Miriam también lo sabía. La miré por encima del hombro de Axel mientras él seguía hablando. No podía apartar los ojos de la flor marchita en que se había convertido mi niña. Axel se puso a hablar sin ton ni son de la recua de nietos que iban a darme cuando fuera un viejo chocho, pero me costaba imaginarme un futuro en el que mi hija pudiese querer estar en el mismo cuarto que yo.

Y de repente, se habían marchado. Y yo ni siquiera había hablado con ella.

Mi hija.

Después de aquello, no respondió a ninguna de mis llamadas, y mis cartas me fueron devueltas sin abrir.

MIRIAM

Se va a casa a preparar una maleta.

Siente alivio cuando sus dientes rasgan la piel y la sangre sale por la blanca lúnula.

Se cubre los dedos destrozados con los guantes blancos y se pone con las cartas. Solo quedan cinco.

Miriam piensa en guardarlas en la maleta, pero al final no se resiste a leer una carta más.

Henryk:

Los transportes son cada vez más frecuentes. Por la mañana leen listas con nombres de personas que por la tarde ya no están. Nadie sabe adónde han ido. Todo el mundo teme las listas. Nos tratan a todas igual, un montón de mujeres, un colectivo. Pero cuando seleccionan somos individuos; un número no significa nada, solo otra muerte más.

Hani y Bunny han cosido todas mis cartas al uniforme de Wanda. Fue un regalo que quisieron hacerme, y no sabes cuánto me alivia escribirte en francés y en alemán porque así no saben qué es lo que te he dicho. Pero ahora están ocultas en un vestido, han salido de debajo del colchón. El vestido que sobra lo compartimos Hani y yo, porque ayuda a combatir el frío.

Ha cambiado el tiempo.

Un golpe en la puerta la interrumpe y Miriam sale a abrir, esperando ver a Eva. En ese mismo instante suena el telefonillo y lo mira; aprovechando su distracción, alguien mete un pie por la puerta y empuja hasta donde se lo permite la cadena del pestillo. Miriam empuja en sentido contrario, pero en vano. Da unos pasos hacia atrás y se queda mirando la cadena reluciente y nuevecita. El pie se aparta del resquicio y Miriam avanza para cerrar.

De repente, la cadena se afloja y la puerta se abre de golpe: es Axel, que se abalanza al interior del piso. Miriam pierde el equilibrio y cae de espaldas contra la pared. El olor de Axel la inunda en vaharadas y se pone a respirar por la boca, intentando no paladear el calor que emana. Axel cierra y echa el pestillo. Miriam da un paso atrás; siente el grosor de la moqueta bajo los pies, los dedos se le hunden en la lana buscando un punto de apoyo, algo que la ancle al suelo.

—¿Divorcio? —se ríe Axel—. ¿Quieres el divorcio?

Sabe que enfrentarse a él solo complica las cosas. Sabe que a Axel le encanta que ella diga que no, que luche, pero no está dispuesta a bajar la testuz sin más. Eso, espera, ya es cosa del pasado. El cuerpo empieza a temblarle como una gota de agua a punto de caer.

—Sí —responde—. Voy a divorciarme de ti.

—No, Mim, qué va, lo que vas a hacer es ingresar en el hospital. —Se acerca más a ella, pero Miriam se pone recta, irguiéndose cuan alta es—. En cuanto pueda, te llevo al hospital. Te elegí a ti; entre todas las mujeres que estaban a mi alcance, te elegí a ti. Me perteneces. ¿Ves esto? —Levanta la mano y el gesto la hace recular como si hubiera recibido un golpe: ve su anillo de bodas, de oro y desgastado—. Esto significa que eres mía.

—No, Axel, no lo soy.

Y da un paso hacia él para intentar pararle, pero Axel ni se inmuta y lo único que ha conseguido ella es estar más cerca de él. Ninguno de los dos se mueve. Axel sonríe; es una sonrisa que no asoma a sus ojos, una sonrisa tan peligrosa como una amenaza.

—Por favor, vete —dice. Axel agacha la cabeza, ladea el rostro y lo arrima al cuello de Miriam; despacito, como un susurro, le hace una promesa al oído. Miriam intenta no achantarse.

—Vete —repite, pero se estremece y le tiembla la voz.

—No —se limita a decir Axel—. Aunque tú puedes irte, claro, no voy a ser yo el que te lo impida. —Le muerde con fuerza el lóbulo de la oreja y, al ver que Miriam da un respingo como si le corriese electricidad por las venas, se ríe—. Pero ¿adónde ibas a ir? Ahora no tienes a nadie.

Y la verdad de sus palabras le duele más de lo que habría creído posible.

—Qué bien me lo voy a pasar contigo antes de que te manden para allá…

—No pienso irme a ningún sitio. Los médicos…

—Harán cola para firmar ellos mismos los formularios.

—No estoy loca.

—Aún no, pero ¿ves esto? —En la mano tiene una bolsa con varios frascos, pero la bambolea y Miriam no ve claramente lo que contiene—. Vas a estar tan comatosa que no habrá un solo médico en el país que no me dé la razón.

—¿Qué es eso?

—Los medicamentos de tu padre, de la residencia —dice él con orgullo.

—¿Quieres drogarme?

—¡Ni que fuera algo nuevo para ti!

Miriam espera, deseosa de entender pronto a qué se refiere.

—Para empezar, no estaba enferma, ¿no? ¿Por qué? ¿Qué hice?

—Yo hice lo que haría cualquier amante esposo —dice Axel con tanto desprecio que Miriam retrocede—. Venga, Mim. —Le da un golpecito en el hombro—. Pelea conmigo. —Miriam se queda mirando el rodapiés de la cocina, concentrándose en el polvo que ha acumulado—. Venga, puta, si lo estás pidiendo, es eso, ¿no? Venga, juguemos como hacíamos antes de que te marches. —Miriam se estremece—. Qué, te ha gustado, ¿eh?

Se la lleva suavemente al salón.

—Vete —repite ella.

—Mira.

Mete la mano en el bolsillo y saca unas fotos de polaroid.

Miriam aparta la vista.

—Esta es mi favorita, ¿la quieres ver? Mira cómo me suplicas —dice agarrándola de la barbilla.

Al ver su propia imagen, le sube un sabor a bilis. Aparta la vista mientras Axel compara la foto con la Miriam de carne y hueso.

—Hmmm… Las cosas han cambiado un poquito, por lo que parece.

Da un paso atrás y vuelve a meterse la foto en el bolsillo. Deja los frascos en la mesa, saca una silla y se sienta a horcajadas, los brazos apoyados en el respaldo.

—Esposa mía —dice en voz baja, y se levanta para dar la vuelta a la silla—. Qué tristona estás, ven conmigo y cuéntame qué te pasa.

Miriam no se mueve.

—¡Que vengas!

Axel escupe saliva y palabras en un mismo golpe de voz, y Miriam, aunque no quiere dar un paso, al final lo da.

—Perdona, Miriam, tienes que saber lo duro que ha sido esto para mí…, tú así, tan enferma, y yo, mientras tanto, solo, día y noche. Bueno, ya sabes cómo me pongo… Te aseguro que he pasado por un bache terrible sin ti. ¿Tan fácil olvidas?

Se le suaviza la expresión y apoya la cabeza en los brazos.

Miriam estudia su cara y es como cuando uno se mira al espejo: en un primer vistazo, el reflejo tiene un aire familiar. Pero cuanto más se acerca, más percibe los cambios, hasta que Axel se vuelve borroso.

Formas abstractas de luz y oscuridad.

Cuando vuelve a verle con nitidez, sus ojos, muy abiertos y humedecidos por los bordes, son casi bondadosos. Pero es una ilusión esta bondad; como una imagen congelada en el fogonazo del relámpago que precede al trueno.

—¿Has olvidado quién estaba allí con Michael?

Al oír su nombre, deja de pensar. Del todo. Se queda en blanco.

—Olvidas quién te cuidaba, quién te cepillaba el pelo, quién te vestía, quién impedía que los «terapeutas» te hincasen el diente. ¡Cuántas cosas olvidas! También a él le olvidas, ¿no?

Miriam niega con la cabeza. No, a él no le olvida en absoluto. Axel la coge de la mano, sudada y caliente, y tira de ella. Intenta que se siente sobre su regazo, pero al ver que se resiste deja que permanezca de pie.

—¿Recuerdas su cara? ¿Eh, te acuerdas?

Miriam se pierde en los recuerdos de su hijo. Del día en que le enterró. De su cuerpo diminuto.

Axel le suelta la mano y da una palmada.

—Te propongo algo.

A Miriam le cuesta adaptarse al cambio de tempo y no entiende a qué se debe de repente tanta animación, una transformación tan repentina.

—Te firmo ahora mismo los papeles del divorcio. —Levanta un sobre que Miriam no había visto y saca los papeles—. Pero a cambio tienes que ingresar voluntariamente en el hospital. ¿Qué me dices? De este modo, te sometes a un tratamiento y yo me quedo tranquilo sabiendo que estás bien cuidada. ¿Aceptas? Así es como funcionan los mejores matrimonios, ¿no?

Axel, bolígrafo en ristre, llega por fin al papel que iba buscando. Miriam le observa: está a punto de darle su libertad, y no hay nada que ella quiera más en este mundo que verle firmar. Por favor, repite para sus adentros, firma de una vez.

—Bueno —dice él, más tranquilo. — ¿Qué respondes?

Miriam empieza a decir algo, aunque no sabe bien qué, y cuando abre la boca lo único que le sale es:

—¿Por qué?

—Bueno, te voy a contar un secretito. —Vuelve a agarrarla del brazo, pero Miriam resiste—. Vale, vale —dice, al ver que se niega a acercarse a él—. Empiezo a hartarme de la cantinela del «marido cuidador», creo que me iría mejor el papel de «marido de la loca que está en el manicomio». A muchos les ha funcionado.

—El loco eres tú —dice ella, en voz tan baja que casi es como si hablara sola.

—Siempre podría ser el afligido viudo. —Ladea la cabeza—. Bien mirado, también me iría como anillo al dedo.

Y de repente, mientras Miriam intenta comprender lo que le está diciendo, su corazón y su cabeza se ven arrastrados a las profundidades del pasado, al olor de la lluvia sobre la tierra removida.

Axel continúa cambiando otra vez de ritmo, y la saca de su ensimismamiento.

—¿Sabes? Cuando nos conocimos me quedé fascinado. Sí, fascinado.

Miriam se tambalea y él la agarra de la mano, y esta vez consigue hacerla caer sobre su regazo.

—¿Qué ves ahora cuando te miras al espejo? —pregunta Axel.

—No me miro al espejo —dice, y no miente.

—¿Por qué?

—Porque oigo tu voz. Oigo tus palabras.

—¿Y qué digo?

—Dices… —No necesita oír las palabras, las conoce, las siente. No consigue distanciarse del repiqueteo de la lluvia sobre el paraguas, y está completamente desorientada—. Dices «Michael» —susurra.

Axel habla con voz clara y firme. Monocorde.

—No, no digo «Michael», amor mío. Has vuelto a perderte. —Y acto seguido, bajito—: Aun así, te quiero. ¿Te acuerdas de aquella melena tan negra y tan brillante que tenías? ¿Te acuerdas de cuando te cogía el pelo y me lo enrollaba alrededor de las manos?

Recuerda la sensación en el cuero cabelludo, en el cuello.

—Se te está cayendo, Mim. Tienes todavía menos pelo que tu padre.

Y es cierto. Miriam se lleva la mano a la cabeza.

—¿Oyes algo más cuando te miras al espejo, oyes otras voces?

Miriam hace un gesto negativo con la cabeza, se levanta y le da la espalda.

—Date la vuelta, mi amor, deja que te mire.

Se da la vuelta.

—Cuando nos conocimos, estabas perfecta: delgada, impecable. Preciosa. Quítate la camiseta —ordena, y el cambio de tono hace que Miriam tenga que esforzarse por entenderle.

Sigue debajo del paraguas. La lluvia azota la tela mientras el féretro blanco desciende a la tierra fría, mojada, reblandecida. No consigue desembarazarse de la imagen. Intenta quedarse con Axel.

—Eh, ¿estás ahí? ¡Qué azulado estaba! Dicen que los recién nacidos son rosados, pero yo de eso no me acuerdo; era más bien morado ¿no?

Se acerca a ella y le desabrocha la blusa.

—Tenía pestañas —dice ella en voz baja— y uñitas.

El niño se había escurrido de su cuerpo; ni siquiera había oído el latido de su corazón.

—Es una pena que no pudieras retenerlo más tiempo. Ya sabes, «a término». Supongo que a eso se refieren cuando hablan de la culpa que se siente en estos casos.

Y le saca la blusa por la cabeza y le quita las mangas. La tela parece hecha de cubitos de hielo y al rozarla se le pone la carne de gallina.

—Bueno, qué, ¿te gustó el regalito que te hice? —pregunta él, levantándole el brazo y mirando el esparadrapo.

La besa en la mejilla.

—Me alegro —dice peligrosamente tranquilo. Tiene barba de un día, pero no raspa o, si lo hace, Miriam no lo siente. Axel da un paso atrás y dice, más alto y con tono optimista—: Al menos sabíamos que yo sí que funcionaba. —Miriam ya ha oído esto más veces, y se tapa los pechos con el brazo—. Pero tú… No pudiste conservarlo, ¿eh?

Miriam mueve la cabeza.

—Lo siento, Axel.

—Lo sé.

Miriam no derrama lágrimas. Su pena es demasiado profunda. Tiene los ojos secos y las lágrimas le salen del corazón.

32

MIRIAM

Axel se aleja, dejándola a la deriva como si fuera una boya sin ancla.

Miriam baja la vista, contempla su semidesnudez. Y se pone las manos sobre el estómago, como hacía cuando llevaba un niño dentro. Como hacía cuando, vacía de nuevo, sus manos se entristecían porque no le pesaban los brazos.

Le oye ir de acá para allá. Espera a que vuelva; Axel le dirá qué tiene que hacer, ella lo hará y después él se marchará.

Cuando vuelve, se sienta enfrente de ella y se pone a comer cacahuetes. Le ofrece el bol; Miriam dice que no quiere y se agacha a coger la blusa.

—Recuerda, Miriam…

Coge el bolígrafo y lo acerca a los documentos, cerniéndolo sobre lo que Miriam ve que es una línea de puntos.

Podrá soportar esto para conseguir su libertad, se dice. Se acuerda de Eugenia y de Wanda, las dos sufriendo dolores horrorosos, trasladando a Bunny en una silla mientras los guardias miran y se ríen. Lo hicieron paso a paso; ¿cómo no va a poder ella? Que haga él lo que quiera; lo que importa es que cuando termine, se irá. Axel dobla el papel y se lo mete en el bolsillo de la camisa con el boli.

—Mira que eras guapa. Y fíjate ahora… Parece que ya no se me levanta contigo; no sé qué habrás hecho, pero el caso es que no se me pone dura. Sabes que jamás te haría daño, ¿a que lo sabes,

320

pequeña? —Miriam asiente—. Pero en el hospital…, bueno, es el único modo de que me…, ya me entiendes.

No lo entiende.

—Lo siento, cielo. ¡Miriam! —grita, y Miriam vuelve en sí y le mira—. Siento que hayamos llegado a este punto.

Se saca un sobre del bolsillo del pantalón.

—Date la vuelta.

—Axel…

—De rodillas. Y ahora, túmbate.

Se tumba.

Oye una cremallera que se abre, el cinturón desabrochándose. Le espera.

Como siempre ha hecho. Como hará siempre.

La noche que le dejó, Axel le había hecho pagar que le pidiera permiso para ir a ver a su padre después de que la llamaran para informar de que le habían hospitalizado.

La había obligado a suplicar y le había sacado otra polaroid, otra maldita foto para demostrar que era débil, despreciable y una puta. Había suplicado solo para que terminase cuanto antes.

Miriam supo entonces que había llegado el final. Axel la mataría, y si no lo hacía, ella misma se encargaría de hacerlo.

En un instante, el pasado comparece con claridad. De repente se da cuenta de que está en el suelo. Ha cambiado las cerraduras, ha iniciado los trámites del divorcio y, aun así, aquí está otra vez, exactamente donde estaba cuando se marchó.

—No —dice, pensando en Eva. «Plántale cara». Miriam se levanta bruscamente y Axel se pone a la defensiva.

—He pensado que quizá esto te haga replantearte las cosas. —Abre el sobre y le echa encima unos papeles. Miriam se aparta, sin saber qué son. Pero cuando los papeles pasan por delante de sus ojos, lo sabe; le suenan de algo, pero están rotos.

—¿Qué es esto?

—Esto, ni más ni menos, es lo que pasa cuando te vas. No tuve más remedio, Miriam; que sepas que no había alternativa. Tu psicosis viene de esto. De esta destrucción.

Pero cuando Miriam comprende lo que tiene delante, las palabras de Axel se desvanecen.

La única foto, las huellas de los pies sobre el papel azul claro. Y está también la fotografía del hospital, esparcida a su alrededor.

—Tenías que purificar la casa de todo ese dolor. Del recuerdo que nos rompió. Tomaste demasiada medicación, y…, en fin, menos mal que te encontré, ¿verdad?

De repente está demasiado cerca de ella, rodeándola como un enjambre de abejas, y ni oye ni entiende nada de lo que dice.

—Vuelve conmigo, mi amor —susurra—. Aún estamos a tiempo de volver a intentarlo. Otro bebé, ¿eh? ¿Qué me dices? Todavía no eres demasiado vieja, ¿verdad?

Miriam mira los trocitos de papel desperdigados por el suelo y después al hombre que tiene delante. Ha jugado su baza, parece eufórico.

—Después de lo de Michael… —dice Miriam, en voz baja, tranquila—. No podría repetir aquello. Jamás habrá otro bebé para nosotros.

Parece confundido.

—Pero si estuvimos años intentándolo.

—Me quedé embarazada seis meses después de Michael. Aborté. Me ligué las trompas. Por nada del mundo quería pasar otra vez por lo mismo. —Llora—. No podría repetirlo.

La mira.

—Ay, Mim, cariño, ¿qué hiciste?

Le enjuga las lágrimas con el pulgar, se agacha y la besa suavemente; es un beso que viene del pasado. Miriam le devuelve el beso, llena de pasión, de dolor, de la pérdida de su hijo. Anhelando la vida que había deseado tener.

Axel le da un beso largo, lento y profundo y se arrima a su cuerpo abierto, desabrochándole los pantalones. Miriam termina de quitárselos. Se pega más a él en un intento de sumirse en unas caricias que hace años que no siente; en el amor del hombre con el que se casó; en sus propios sueños.

Axel se aparta y le da una bofetada. Miriam recula, estupefacta, pero la siguiente bofetada es tan fuerte que cae al suelo.

—Me das asco. Mentirosa. ¿También le asesinaste a él?

—¿A quién? —Se toca la mejilla, siente un hormigueo en la piel, como si se le hubieran incrustado cristales rotos.

—A Michael. ¿Le mataste, como al otro? ¿Abortaste?

—¡No! Yo quería a Michael, y lo sabes.

—Pero, claro, la señora no quiso tenerlo dentro hasta que llegase el momento, tuvo que parir antes de tiempo.

—No fue culpa mía. Lo intenté. ¿Y recuerdas lo que pasó aquella noche, lo que me hiciste antes de que lo perdiéramos? Me hiciste daño.

—Y no me lo he perdonado a mí mismo, pero los médicos dijeron que no era culpa de nadie. Que no podríamos haber hecho nada para impedirlo.

—No deberías haberme violado —dice ella en voz baja.

—¿Violado? ¿Violado, dices? Miriam, soy tu marido. Fíjate: ahí estás, prácticamente desnuda y provocándome, y en cambio yo… —dice con ademán teatral—. No siento ni pizca de deseo por ti.

—Lo único que quieres es hacerme daño.

—¿Hacerte daño? ¿Cuando eres tú la que me ha roto a mí el corazón?

—No puedo seguir oyendo estas cosas —dice poniéndose los pantalones—. Me da igual no tener adónde ir. No puedo estar cerca de ti, Axel. Divorcio, hospital o cárcel: me da igual. Cualquier cosa es mejor que esto.

Se va al pasillo con las piernas temblorosas y coge un abrigo del perchero.

No le oye acercarse por detrás. No ve su mano alzada. No ve la expresión de sus ojos. Pero siente la mano sudorosa que la agarra por la nuca, y siente el portazo en la cara.

—Miriam, Miriam, Miriam —dice Axel y, mientras ella se tambalea a causa del impacto, la obliga a mirarle a la cara.

Los dedos la agarran del cuello, no puede moverse. Sus extremidades se han rendido, y cuanto más intenta hacerle retroceder, más aprieta él, hasta que una bruma roja le nubla la vista.

—Esto no está bien —dice Axel inclinándose para ponerse a su altura. Miriam tiene la espalda apoyada contra la puerta.

Sin darle tiempo a reaccionar, Miriam arremete contra él y le embiste con la frente en la nariz. Axel tropieza hacia atrás , se cubre la nariz con ambas manos y la sangre le resbala entre los dedos. Miriam, acobardada, sale corriendo por el pasillo en dirección al dormitorio de su padre.

Atrapada en su propia casa.

Axel sangra por la nariz, tiene los ojos ennegrecidos.

—Es…, yo… —tartamudea Miriam, pero no terminan de salirle las palabras.

—Si no puedo tenerte, Miriam…

Da unos pasos hacia ella y Miriam recula de manera instintiva, pero tropieza con el escalón del cuarto de baño. La agarra de los tobillos, se sienta a horcajadas sobre su pecho y le sujeta el cuello con las dos manos, salpicándole la cara de sangre. La está aplastando con todo su peso. No puede respirar y, aunque da patadas al aire y le araña las manos intentando soltarse…

No pasa nada.

La negrura de sus ojos la penetra, está rodeada por la oscuridad de Axel. No ve nada.

Al abrir los ojos, solo ve un amasijo de negrura a su alrededor.

Su cuerpo deja de luchar.

Sus manos se aflojan sobre la muñeca de Axel.

Se deja llevar por la corriente, rumbo al mar de terciopelo.

HENRYK

En todos esos años, no pude encontrar el modo de saber a ciencia cierta si Frieda había muerto.

Pensaba en ella a menudo, pero veía uniformes. Oía risas. La boca me sabía a llamas y cenizas humanas. Tenía calambres en los pies, se me quedaban congelados. Me pasaba horas sentado, rígido; la cabeza deseaba que el cuerpo se moviera, pero el cuerpo se negaba. Me quemaba la nariz y los ojos me lloraban y acto seguido se secaban, de manera que cada parpadeo era como si me rozase un papel de lija y me sacase lágrimas de sangre. Ni siquiera si Frieda hubiese estado en la acera de enfrente habría conseguido que yo diese un paso.

Al final, al cabo de muchos años de torturarme ante mi escritorio con mapas y autobiografías buscando a ver si alguien la mencionaba, la radio vino en mi ayuda.

«Interrumpimos la emisión para informarles en directo de que unos manifestantes están destruyendo el Muro de Berlín. A pesar de la presencia policial, todo indica que se trata de una protesta pacífica. Personas de todas las edades intentan derribar el Muro con martillos, piedras o simplemente con las manos. No parece que haya heridos, pero el Muro se está viniendo abajo…».

Y como si la voz del locutor derritiera las cadenas que me ataban a mi escritorio, me levanté, eché tres o cuatro cosas a una bolsa, saqué el dinero de la caja fuerte, lo metí en el monedero y me fui de casa dejándole la llave a Lionel.

Pero no llegué muy lejos.

33

MIRIAM

Alguien le grita. La voz viene de lejos. A su alrededor resuena un tremendo estrépito, y vuelve en sí del susto.

La presión de la zona del cuello disminuye. Siente la moqueta debajo de la espalda; Axel ya no está agarrado a su cuello, está desplomado encima de ella. Miriam intenta desembarazarse del peso muerto, pero en vano. Ve una sombra cerniéndose sobre ella. No logra pensar con claridad, pero sabe que hay alguien ahí.

¡Eva!

Eva levanta el telefonillo y vuelve a golpear a Axel. Al oír un ruido como de algo que se astilla, Miriam aparta la cabeza y vomita. El cuerpo de Axel cae a un lado.

Se zafa de Axel de un empujón.

Eva la coge por las axilas y la levanta. Miriam se bambolea, se apoya en la pared y se resbala lentamente hacia el suelo. Eva se quita el abrigo, la envuelve con él y le seca la cara con la manga del vestido. Miriam todavía ve chiribitas, pero los brazos de Eva la sostienen y, aturdida, clava la mirada en Axel, que está tirado en el suelo.

—¿Está muerto?

—No, mira, está respirando.

Ve que su pecho sube y baja, acompañado de un gruñido. Se pone de pie, pierde el equilibrio y pisa a Eva.

Axel sigue en el suelo.

—¿Llamamos a la policía?

—Quizá mejor a una ambulancia. —El rostro de Eva traduce una gran preocupación—. Me da que la necesitas, Miriam.

—Estoy bien —responde ella sin pensar, pero ni siquiera sabe si tiene algo roto.

Eva la cubre con el abrigo y lo abotona, y luego, cogiéndola de la mano y del codo, la ayuda a salir del apartamento y a bajar las escaleras.

Al llegar a las puertas del vestíbulo, Miriam se queda mirando las luces que entran de fuera reflejándose mil veces como estrellas atrapadas en el vidrio. Eva le pasa un teléfono y le hace señas para que hable.

—Emergencias, dígame —dice una voz femenina.

—Ambulancia —dice Miriam con voz ronca.

Ve cómo suben a Axel a la ambulancia. Le han puesto una sábana blanca sobre las piernas y una mascarilla de oxígeno en la boca, y, en oscuro contraste con la pálida piel, tiene la cara cubierta de sangre.

A Miriam le han echado una manta sobre los hombros y Eva está a su lado.

—¿Cómo has entrado? —pregunta Miriam con voz ronca.

—Me pasé a verte el otro día y no estabas; el cerrajero me confundió contigo y no quise sacarle de su error.

—¿Tienes una llave?

Eva pone la llave dorada bajo la luz.

—Lo siento, estaba preocupada por ti.

—Disculpe —interrumpe un paramédico—, ¿podemos echarle un vistazo?

Miriam deja que la pinchen y le hurguen, responde a todo lo que le preguntan y los paramédicos concluyen que tiene que ir a urgencias a que la miren bien. Tocan la piel dolorida e hinchada del cuello, la rojísima mejilla y el chichón de la frente, y dicen que hay riesgo de que la hinchazón cause más daños a la laringe y que es posible que haya una lesión en la cabeza.

—Se han llevado a Axel al hospital —dice ella—. No pienso acercarme a él.

—Bueno, si ve que presenta síntomas de mareo o cambios en la visión o que el cuello le empeora, asegúrese de que la miren.

—Ya me aseguro yo de que lo haga —le dice Eva al paramédico.

Miriam coge la mano de Eva y le da un apretón.

—Gracias por volver.

Los paramédicos recogen sus bártulos y dicen «Feliz Año Nuevo» antes de irse.

De repente hace mucho frío en el vestíbulo. A Miriam le entra una tiritona que no cesa hasta que vuelve al apartamento. Hay un olor penetrante a vómito y óxido y Eva va de un lado a otro abriendo las ventanas.

Eva la ayuda a lavarse la sangre de la cara y de las manos. Miriam, que se siente expuesta en su desnudez, se tapa el brazo en el que tiene el esparadrapo, pero Eva calienta una toalla gruesa sin prestarle especial atención. Miriam se seca y se viste rápidamente ayudada por las manos de Eva, que le abrochan la ropa cuando la tiritona se lo impide. Una vez envuelta en capas y capas de camisetas y jerséis, saca los guantes de seda de su madre.

—Son preciosos —dice Eva.

—Eran de mi madre.

—¿Tu padre no guardó todas sus cosas cuando murió?

A Miriam le tiemblan las manos y Eva se las arropa con las suyas.

—Qué bonitas son —dice.

—Quiero conservarlas así, y parece que funciona.

—¿Te refieres a tus manos?

—Sí, parece que están un poco mejor, y además le he hecho frente a Axel. Eva… —solloza Miriam—. Lo siento.

Eva le sostiene las manos durante un buen rato antes de hablar.

—Sí, ya le vi la cara. Se veía que le habías hecho frente.

Los temblores y los sollozos no cesan hasta que Miriam se reconforta con un café hirviendo entre las manos, cuidando de no verterlo sobre los guantes.

Eva coge los trocitos de papel del suelo sin preguntar qué son y los deja cuidadosamente en la mesa del comedor junto a las cartas.

—¿Dónde quieres que deje esto?

Le enseña la bolsa de las medicinas.

—Supongo que la policía querrá hablar conmigo. Lo mismo sirven de prueba, ¿no? Casi déjalas aquí.

—¿Por qué iba a venir a verte la policía?

—Porque Axel…, en fin, no parece que haya salido muy bien parado. Y… —Quiere decir que tal vez ahora la crean, pero le asaltan las dudas—. Tú no crees que esté muerto, ¿no?

—No. Como mucho le habremos dejado con un dolor de cabeza de padre y muy señor mío y la nariz rota. Debería considerarse muy afortunado por no haber salido peor librado.

—Nos vamos a meter en un lío.

—¿Con quién? ¡Si te iba a matar!

—¿Se lo vas a contar a la policía?

—La policía tiene cosas más importantes que hacer —dice Eva, a punto de entrar en la cocina.

—Para, por favor, siéntate ya.

—No puedo. Me quedan un montón de cosas por hacer, y si paro… —Se interrumpe y continúa—: Tenía miedo de haber llegado tarde. Vi entrar a Axel, llamé al telefonillo, pero no respondías. El segurata ese debe de pensar que es la puta Stasi, porque no me dejaba entrar.

—Ya ves, y a mi marido sí —dice Miriam con gesto desolado.

Después de un silencio que resuena por toda la habitación, Miriam dice algo con un hilo de voz.

—Qué desastre.

—Pues yo creo que eres muy valiente. Cuando estuve en la cárcel después de ponerme a malas con el servicio de «inteligencia» de la

Stasi, me sometían a interrogatorios «rutinarios» con regularidad. Aislamiento, privación del sueño, nada de luz. —Eva respira hondo antes de continuar—. Una vez al mes, me aislaban durante cuarenta y ocho horas. La cosa mejoró cuando murió mi marido; creo que simplemente habían querido poner a prueba su lealtad al Partido —dice, soltando la palabra «partido» con desdén.

—En uno de estos «interrogatorios rutinarios» —continúa—, pensé de veras que había llegado al límite, pero de repente comprendí algo, algo inmenso. —Hace un gesto teatral—. Y a la vez era pequeño como una motita dorada. Era luz. Me dio un motivo, y lo vi en ti cuando subimos a la torre de la iglesia. —Eva junta los dedos de las dos manos para formar un círculo—. Pero si hay una lucecita, si hay esperanza… —separa los dedos—, se puede sobrevivir a cualquier cosa. Las cartas, encontrar a Frieda: te dieron un motivo, y yo quería que siguieras luchando, sin temor a las consecuencias.

—Y por eso me dijiste que era un ratón —Miriam se ríe, pero le falta aire y le sale un gritito que las hace sonreír.

—Quería que siguieras luchando —dice Eva—. Me daba miedo que te rindieras. Clotilde se rindió.

—¿Tu hija? —dice Miriam, estupefacta—. ¿Qué pasó?

—No lo sé. No creo que vaya a saberlo nunca. Dejó de luchar. Dejó de verme, y jamás volví a ver a mis nietos. Filipe pasó una temporada enfermo, pero creo que ver cómo su hija se sometía a su marido de la Stasi… Fue demasiado. Y yo no pude salvarla.

Miriam aparta la mirada para respetar la intimidad de Eva, que se seca los ojos y trata de recobrar la calma.

Miriam habla con cautela:

—Pero a mí me has salvado, y eso que yo no he hecho nada para merecérmelo.

Ambas mujeres permanecen en silencio largo rato.

—He estado pensando —dice al fin Miriam— que las cartas deberían estar en un museo, o publicarse, no sé, algo… Son intemporales, y hay que evitar que las mujeres y sus historias se pierdan.

—No se han perdido, ahora están contigo.

—Sí, pero debería leerlas más gente.

—Puede que sí. Mira a ver cómo te sientes después de haberlas leído todas; son tuyas, decides tú. Vi tu anuncio en el periódico, lo de Frieda —dice Eva—. Por eso vine... Debes leerte todas las cartas. Creo que tendrás las respuestas que buscas.

—¿Por qué? —pregunta Miriam—. Murió, ¿no?

—Creo —dice Eva, cauta—..., creo que deberías leértelas todas y después ya harás lo que consideres correcto.

Eva se levanta y trae las últimas cartas. Las deja sobre la mesa, al lado del vestido, que está metido en su bolsa sobre la silla.

—Pero antes, vamos a comer algo. Voy a hacer más té. —Vuelve a mirar la bolsa—. Es asombroso que este vestido sobreviviera después de tanto tiempo.

Miriam oye a Eva trajinar en la cocina, llenar el hervidor de agua, y se arrellana más en el sofá. Cierra los ojos, un momentito nada más...

HENRYK

Estaba en el autobús, sentado entre los pasajeros que iban de Charlottenburg a Checkpoint Charlie. Los trajes negros y los maletines, los periódicos con las noticias de la víspera, y la cháchara que se convirtió en el ruido de mi futuro. Por fin me estaba moviendo y no podía evitar sonreír, hasta mecía un pie al ritmo del zarandeo del autobús. Iba a descubrir qué había sido de Frieda y, aunque no tenía ningún motivo, sabía que ese viaje iba a empezar en el Muro.

Después de tanto tiempo, estaba preparado. Para enfrentarme a lo que había hecho, para, por fin, saber. Pero de repente entró en erupción un volcán de dolor por detrás de mis ojos. ¿Y si estaba viva? Me miraría y lo vería: vería cómo me había portado.

Vería que arrojé personas a los crematorios, que nunca comprobé si estaban vivas.

El volcán estalló sobre mi cara, su magma surcándome la piel.

Vería que no luché, que no me planté para defender lo correcto.

Partiéndome la cabeza en dos.

El calor me devoraba, un descuido y me caería a las llamas. Se me tragarían y no quedarían más que cenizas.

Para robar un poco de pan, para aguantar toda la noche.

El calor para los escalofríos de mi corazón.

¡Murieron tantos! ¿A cuántos maté yo?

El ardor se abre paso por mi brazo.

Así que se acabó. Es necesario que se haya acabado.

34

MIRIAM

Se hunde hasta el lecho del mar, todo es oscuridad. Las cartas de Frieda se mueven a su alrededor como pequeños bancos de peces. Un ancla negra y oxidada la agarra con fuerza del cuello y la sujeta al fondo. Los peces-carta se desperdigan, el ancla sube y se le abren los ojos, sobresaltados por un estruendo.

Se siente, de pronto, preparada no sabe para qué. La manta que la envolvía se le cae a las rodillas.

—Miriam Voight —llaman.

—Sí.

La voz le sale tan aguda que se lleva las manos al cuello. Las aparta como si se quemase.

Abre la puerta y ve a los dos policías, los mismos que vinieron después del «incidente». Sus rostros reflejan preocupación.

—Gracias a Dios —dice el más joven, el agente Snelling—. Estábamos a punto de echar abajo la puerta.

—Yo... —Miriam suelta un gritito, pero continúa con un susurro—: Estaba durmiendo. —Sus palabras suenan sordas, abotargadas—. ¿Qué hora es?

—Es temprano, disculpe que vengamos a estas horas —dice el mayor—, pero es que tenía que comprobar si estaba usted bien y reunir pruebas para investigar el incidente que tuvo lugar aquí anoche.

Miriam abre del todo y los policías entran acompasados, se sientan en las mismas sillas que en su anterior visita y sacan a la vez las libretas negras. Sincronía policial.

—¿Necesita que la vea un médico? —dice el agente Snelling—. Tengo entendido que ha sufrido lesiones.

—Los paramédicos dijeron que estaría bien en casa —tartamudea—. Lo siento, me duele mucho la garganta.

Busca a Eva con la mirada, pero no la ve.

—¿Han visto a mi amiga? ¿Abajo, quizá? —Miriam mira por detrás de los policías. La casa está en orden; la luz de la cocina, apagada.

Los agentes cruzan una mirada.

—No, no hemos visto a nadie.

—Seremos breves, o lo intentaremos. Estamos aquí porque su marido presentó una denuncia en el hospital. Dice que usted le pegó en la cabeza, que no sabe con qué, que perdió el conocimiento. ¿Correcto?

—Sí, pero…

—Usted llamó a la ambulancia y se lo llevaron al hospital.

—Sí. ¿Se encuentra bien?

—Le han dado puntos, tiene la nariz rota y, a pesar de la conmoción cerebral, está bien.

—Me alegro —dice Miriam, aunque no está segura de lo que quiere decir con eso.

—¿Con qué golpeó a su marido?

—Yo no le golpeé.

—¿Quién lo hizo?

—Mi amiga. Llegó y le pegó, y me salvó. Axel intentaba matarme.

Lo anotan diligentemente.

—¿Podría enseñarme dónde se encontraban?

Miriam se levanta tambaleante, tiembla.

—¿Está usted bien, Miriam? ¿Ha ingerido algo? Alcohol, drogas…

Miriam niega con la cabeza.

—No, tengo frío. No sé si volveré a entrar en calor algún día. —Los acompaña al pasillo, señala dónde estaba y explica que Axel se puso encima de ella—. Me llenó de sangre.

Echa un vistazo a la moqueta. La moqueta beis.

—¿Por qué sangraba?

Miriam se vuelve y hace un gesto hacia la puerta.

—Intentó estrangularme al lado de la puerta. Se agachó para verme bien. Creo que quería que me muriera, quería ver cómo me moría. —Se estremece, y esta vez no es por el frío—. Le hice sangrar la nariz y salí corriendo.

El agente Nikolls señala a su compañero, que está en cuclillas al fondo del pasillo.

—Vale. ¿Y luego?

—Se me ocurrió encerrarme en el cuarto de baño, pero me tropecé con el escalón y me agarró, se sentó sobre mi pecho y…, y… a punto estuve de desmayarme. Estaba completamente manchada de su sangre.

—¿Qué pasó después?

—Llegó mi amiga y le dio un golpe en la cabeza, se desplomó y bajamos las dos corriendo a llamar a la ambulancia.

—¿Con qué le pegó?

—Con el telefonillo.

Se vuelve a mirar el pasillo y ve el lugar en el que estaba el interfono, pero está vacío. Los cuatro tornillos que lo sujetaban sobresalen de la pared, pero el aparato brilla por su ausencia. Miriam echa un vistazo en derredor, va a la cocina, enciende los largos tubos fluorescentes, que parpadean. Al salir de la cocina, se choca con el agente joven.

—¿Dónde está el telefonillo ahora? —pregunta.

Miriam no responde, se va al salón a buscarlo. Después, a la habitación de su padre, a la de su madre y a la suya propia. Abre la puerta del estudio, que choca contra las estanterías.

—¿Dónde está el telefonillo? —le pregunta el mayor. Miriam abre la puerta de la calle y mira a ambos lados del pasillo de fuera. Nada.

—Espere un segundo, Miriam. Vuelva a entrar, por favor.

—Ha desaparecido —dice con voz ronca.

—Tranquila. Entre y seguimos hablando.

Se da media vuelta y vuelve por el pasillo bamboleándose, aturdida. Se queda mirando el tramo de suelo en el que Axel se puso encima de ella.

—¿Y la sangre? Chorreaba sangre, la dejó por toda la moqueta, aquí —señala.

El oficial joven vuelve a inclinarse y toca la moqueta.

—Está húmeda —dice levantando los dedos. Mira al otro agente y después de nuevo a Miriam—. ¿Cuándo la ha limpiado?

—Yo no la he limpiado.

Miriam se quita un guante y se araña la mano desde la palma hasta la muñeca, arañazos tan profundos que le arrancan la piel y rasgan el aire.

El agente pone la mano sobre la suya.

—Vuelva dentro, empezaremos otra vez desde el principio.

—No limpié nada, me cambié de ropa y me lavé bien. No limpié la casa. Debe de haber sido Eva.

—¿Su amiga?

—Sí, Eva.

—Eva ¿qué más?

Miriam no se acuerda.

Al cabo de un buen rato y de muchas preguntas, el agente Nikolls, que hasta ahora había guardado silencio, dice:

—No tiene usted un número de teléfono para contactar con esta tal Eva, y su pariente más próximo es un tal Jeffrey al que vio en la biblioteca… No sabe su apellido. ¿No sabe nada de ella aparte de que va a la biblioteca y vive por ahí cerca, de que acaba de venir del otro lado del Muro? ¿Ha traducido cartas para su padre, dice?

Miriam asiente con la cabeza.

—¿Dónde están esas cartas?

—Sobre la mesa —señala Miriam.

La mesa brilla como una castaña. Un marrón resplandeciente. Completamente vacía salvo los trocitos de papel que Miriam, sobresaltada, reconoce que son las fotos de Michael, y la bolsa de los medicamentos de su padre.

Miriam se levanta y toca la mesa, pasa los dedos por la lisa superficie.

—No entiendo.

—Volvamos a lo que sucedió anoche, ¿de acuerdo? A ver: su marido llegó…

Están horas, o eso le parece, haciéndole preguntas. Miriam ya no sabe qué contestar.

—Dice que su amiga golpeó a Axel en la parte posterior de la cabeza…

—Con el telefonillo —completa Miriam.

—¿Una vez?

Miriam asiente con la cabeza, sin dudarlo. Después recuerda que no, que le golpeó dos veces. No se desdice. Piensa en Eva, que la salvó. ¿Dónde se habrá metido? Miriam está nerviosa, en ascuas, y no puede estarse quieta.

Enseña a los agentes las marcas del cuello y le tranquiliza que su voz suene tan grave y tan rota, porque cada vez que se oye hablar sabe que sucedió, que está diciendo la verdad.

—Le vamos a pedir que nos acompañe a comisaría —dice el agente Snelling—. A sacarle fotos del cuello. Y a lo mejor cuando haya descansado un poco lo ve todo con más claridad, porque soy consciente de que es temprano y ha sufrido un *shock*.

—Yo misma soy la prueba, ¿no creen? No me estoy inventando todo esto. No estoy enferma. He sido herida, herida físicamente, y tengo la voz rota y el cuello amoratado —dice, recitando casi para sus adentros la lista de consuelos: sucedió de verdad, no es fruto de su imaginación—. No pueden internarme, ¿verdad que no?

—Internarla, ¿dónde?

—En el hospital. Axel vino y me ofreció firmar los papeles del divorcio si me avenía a firmar mi ingreso en una institución psiquiátrica. Dije que no, no estoy loca. —Se pone de pie y coge la bolsa de medicamentos de la mesa—. Dijo que ya se encargaría él de darme medicinas para drogarme, de que pareciera como si…, qué se yo…, y que así me admitirían. No estoy loca —dice, consciente de que ha repetido esto demasiadas veces y de que los agentes intercambian, de nuevo, una mirada.

—¿Son estos los medicamentos con los que le dijo que la drogaría?

El agente coge la bolsa de la mano de Miriam y echa un vistazo a los frascos.

—Henryk Winter —lee el agente Snelling, y alza la vista.

—Mi padre.

—¿Cómo se hizo Axel con todo esto?

—Los cogió de la residencia.

—¿Su padre también tenía medicamentos en casa cuando usted le cuidaba? —pregunta el agente Nikolls.

—¿Me los puedo llevar? —interrumpe Snelling.

Miriam asiente con la cabeza.

—Me creen, ¿verdad?

—Ahora lo que tenemos que hacer es hablarlo con nuestro sargento, y, mañana , hablar otra vez con Axel. Le vamos a pedir que nos acompañe a comisaría para repasar los acontecimientos de esta tarde, pero creo que ahora deberíamos dejarla sola un rato. ¿Estará bien?

—Sí —responde a las dos espaldas que se alejan.

Al cerrar la puerta, ve polvo en el rodapié y las manchas rosa claro en la moqueta beis. Puede que Eva haya puesto orden, pero Miriam se propone limpiar hasta que la moqueta recupere su color beis.

Abre todas las ventanas, limpia todas las superficies. Da un buen repaso a la casa. Las ventanas se abren, oye un alegre griterío procedente de fiestas de Nochevieja que todavía no han terminado. El ambiente es frío y negro.

Solo cuando mira la mesa del comedor recuerda que las cartas ya no están. Y hecha trizas, en un montoncito, está la única foto que tiene.

Es como si la brillante superficie jamás hubiera sido un océano de cartas blancas.

—En fin, ya está —dice en voz alta al espacio circundante.

Intenta recomponer el montoncito de papeles, pero en vano. Echa los trocitos de papel a un sobre que coge del despacho de su padre y escribe «Michael». Lo deja sobre el escritorio, debajo del pisapapeles. Al volver al comedor, se sienta y, por fin, deja que corran las lágrimas.

35

MIRIAM

Da un sorbito a la infusión, comprueba que se le oye bien la voz y coge el teléfono. El apartamento está como los chorros del oro, las ventanas están abiertas de par en par y corre un aire fresco y limpio.

—Hola, Sue, soy Miriam Voight.

—Feliz Año Nuevo.

—Igualmente.

—¿Todo bien? No suena muy allá…

—Sí, bien —dice con voz ronca—. ¿Cómo está mi padre?

—Bien, sin grandes cambios, aunque hoy a vuelto a preguntar por Frieda. ¿Era el nombre de su madre?

—No, Frieda es una vieja amiga.

—Se ha puesto cómodo y se ha incorporado varias veces. Continúa muy desorientado, pero hoy le hemos cambiado la sonda gastronasal; el tubo impresiona, ya verá cuando venga que le da muy mal aspecto. Pero nos ayudará a alimentarle mejor, creo que va a ser mano de santo. El pobre ha pasado mucha hambre; es increíble lo que hacen en los hospitales. —Y Miriam la oye masticar—. Disculpe, Miriam —dice Sue con la boca llena—. Llega la hora del descanso y me apetecía tomar un bocado, pero no vea cómo se desmigaja esto.

Miriam no puede evitar una sonrisa.

—Gracias, Sue.

—¿Nos vemos mañana?

—Sí.

Pero mientras cuelga no se le ocurre ni una sola razón para quedarse en el apartamento: Eva no ha venido, no tiene las cartas, no sabe qué ha pasado. No hay nada que la retenga allí.

En el pasillo de fuera, se choca con un policía. Es alto y delgado, es la primera vez que le ve.

—¿Miriam Voight?

—Sí.

—¿Sería tan amable de acompañarme a comisaría para responder a unas preguntas acerca de lo sucedido anoche?

Miriam niega con la cabeza.

—No quiero… —empieza a decir.

Lionel aparece a su lado.

—¿Todo bien, Miriam?

—Sí, gracias, Lionel. —Respira hondo, los ojos del agente son duros—. ¿Podré volver a casa esta noche?

—Supongo que sí.

—¿Quiere que informe a alguien de dónde está? —pregunta Lionel.

—Solo a ella, si es que se pasa por aquí.

Miriam no quiere mencionar el nombre de Eva, no le parece bien meterla en un lío cuando ha sido ella quien le ha salvado la vida. Espera que Lionel entienda a quién se refiere.

El policía la acompaña a un coche patrulla en el que hay un agente al volante. Miriam se sienta con el bolso sobre las rodillas y el abrigo pulcramente doblado encima. El coche está limpio y los asientos son mullidos. Es un trayecto corto, pero Miriam está intranquila y más nerviosa de lo que se había imaginado.

En la comisaría, se sienta en una silla de plástico. Le sacan fotografías del cuello, de las manos, de los moretones y los cortes, de las costras y las uñas rotas que brillan en contraste con el blanco del

342

fondo. Una vez hechas las fotos, lo único que quiere Miriam es cubrirse las manos, esconderlas.

La llevan a un cuartito y la invitan a sentarse en otra silla de plástico fría y dura; esta es gris. El escritorio que tiene enfrente está lleno de marcas: quemaduras de cigarrillo negras, arañazos, manchurrones. La piel del agente se parece a la mesa, y ambos deben de tener más o menos las mismas primaveras a la espalda. El agente se sienta frente a Miriam y suspira.

Durante un buen rato nadie dice nada, y de repente se abre la puerta y se les suma una agente. Lleva una blusa blanca almidonada, falda de tablas azul y tacones puntiagudos y pequeños. Miriam la reconoce al instante: es la agente Müller, la que la vio en el hospital. Se sienta y deja una carpeta sobre la mesa, y Miriam sonríe aliviada.

El agente de la piel marcada enciende una grabadora y la deja sobre la mesa.

—*Frau* Voight, por favor, ¿podría decirme dónde estuvo la tarde del 31 de diciembre entre las seis y las nueve?

—En casa.

—¿Sola?

—No. Se presentó Axel, mi marido. No sé a qué hora, serían más o menos las ocho, creo. Entró a la fuerza.

—¿A la fuerza?

—Sí. Abrí la puerta pensando que era otra persona, pero empujó y rompió la cadena. Me dejó encerrada en casa, con él.

—¿En casa de su padre?

—Sí, así es.

—¿Y qué pasó después?

No encuentra las palabras para preparar el terreno para lo que quiere decir. Sus pensamientos dan vueltas sobre sí mismos.

—¿Hablaron, discutieron, comieron…?

La agente Müller le ofrece una cuerda de salvamento. Habla con voz suave y amable mientras Miriam busca las palabras que reflejen con exactitud los hechos de la víspera.

Miriam habla directamente con ella y, aunque la agente se muestra distante, espera que la entienda.

—Me trajo los papeles del divorcio… Después de lo que pasó en el hospital, inicié los trámites.

La agente Müller asiente con la cabeza y Miriam entiende que le pide que continúe y que la recuerda.

—Dijo que estaba dispuesto a firmar si yo accedía a someterme a una evaluación psiquiátrica. Quiere internarme en un psiquiátrico. Le pedí que se marchara.

—¿Le pidió que se marchara?

—Sí. Después de todo lo sucedido en el hospital, me di cuenta de que si quería que se me tomase en serio tenía que decirle «no» a Axel.

—¿De manera que le dijo que no quería que se quedase en el apartamento porque un agente le había recomendado que hiciera eso en caso de que le causara problemas?

—Sí, bueno, el agente no me dijo que tuviera que hacerlo, pero sí que sugirió que no me había hecho daño porque si no yo habría gritado. Jamás le he dicho «no» a Axel porque desde el primer momento quedó claro que lo que yo pensara o quisiera era irrelevante.

Miriam está segura de que el pasado va a resurgir de un momento a otro, envolviéndola y asfixiándola. Respira hondo, a la espera de zambullirse en él.

No pasa nada.

Sigue hablando con la agente Müller, que prácticamente ni se mueve. Es joven, tiene el cabello rubio recogido en un moño y la piel muy blanca, y está sentada con las manos entrelazadas sobre el regazo.

Miriam, consciente de que está hablando mucho y de manera incoherente, continúa. La ronquera no solo le duele, sino que se acentúa con cada frase. Pero no la distrae; está concentrada en todo lo que la rodea: la silla de plástico, el olor a productos de limpieza, a café rancio y a humo. Nada más.

Siente una ligera euforia por haber dicho «no». Le dijo «no» a Axel; y no solo eso, también le contó a la policía que le dijo que no, y la policía ha grabado que dijo «no» en su aparatito. Para que la gente oiga que Miriam dijo «no» y que lo dijo en serio. Este diminuto rayito de luz le inyecta confianza en sí misma.

—¿Se marchó?

—Se negó. Dijo que me marchase yo si quería, pero que ¿adónde iba a ir? Así que volví a decirle que se fuera. Intenté mantenerme firme. Al fin y al cabo, la casa es de mi padre, y mía.

El agente mayor dice, con voz más grave:

—¿Así que eligió quedarse?

—No fue una elección. ¿Adónde habría ido? Mi madre falleció hace tiempo. Mi padre se está muriendo. No tengo a nadie. Absolutamente a nadie —repite.

El agente Müller le pasa una caja de pañuelos de papel. En vano intenta Miriam serenarse: suelta un alarido, siente como si el pecho se le estuviese hundiendo y la garganta se le hinchase y erosionase a la vez.

Nota un brazo sobre sus hombros: es la agente Müller, que se inclina y mira a Miriam a los ojos. Huele a limpio, como el lino.

—Siento mucho que haya tenido que pasar por todo esto, Miriam. Solo nos quedan un par de preguntas. Permítame que le traiga algo de beber. ¿Té, café? ¿Agua?

Miriam da un pequeño hipido.

—Té, por favor, con una pizca de leche —dice, y de repente cae en la cuenta de que no ha esperado a que Axel pida por ella ni a que le diga qué tiene que beber. Ha respondido exactamente lo que quería—. Té —repite, y sonríe.

No está sola. No puede estarlo porque, por fin, empieza a conocerse a sí misma. Cuando vuelve la agente con una bandeja, Miriam coge su té y da sorbitos mientras se calienta las manos con la taza agrietada.

—Lo siento —dice encontrando su voz de nuevo; el té le ha aplacado el dolor de garganta.

—Tranquila, lo ha pasado muy mal.

Miriam sonríe; sabe que lo suyo no ha sido nada en comparación con lo que han sufrido otras personas.

El agente mayor habla de nuevo.

—Volvamos a lo de que Axel le ofreció la oportunidad de marcharse. ¿Podemos seguir hablando de esto? Me pregunto por qué no llamó usted a la policía…

Al ver que la agente Müller le mira y hace un gesto de exasperación, Miriam gana confianza para hablar con franqueza.

—¿Por qué, dice? Estaba en mi casa y lo único que hacía era hablar conmigo; usted no conoce a Axel, es una persona muy paciente y, si hubiera llamado a la policía y le hubieran visto así, tan tranquilo, habrían pensado que estoy loca de remate.

—De manera que se quedó.

—Sí —dice Miriam, consciente de que mueve incómodamente los hombros y de que retuerce las manos en el forro de seda del abrigo—. Lo contrario habría sido darle lo que quería. Me hizo daño en el hospital, me agredió. Lo utilizó, dijo que era una prueba de mi neurosis, de lo enferma que estoy; transformó la verdad en una mentira.

El agente abre la boca, pero Miriam le interrumpe:

—¿Sabe usted que llevo más de veinte años casada? Todo este tiempo he compartido mi vida con un hombre empeñado en destruirme. He perdido mi trabajo, me han dado medicamentos que me hacían dormir, estaba todo el día como flotando. Había pastillas que me hacían salivar como los perros, otras me secaban tanto la boca que era como si mi lengua fuera de papel de lija. Y todo fue cosa de él: me hacía tomarme las pastillas y manipulaba a los médicos para que siguieran recetándomelas. Decía que era mi cuidador, me apartó de mi familia, y yo estaba demasiado medicada para darme cuenta de todo lo que había perdido. De modo que quiero divorciarme, y ahora estoy aquí sentada. ¿Piensan arrestarme?

Se le entrecorta la voz y apura la taza de té.

—Miriam, esto no es más que una entrevista para que conozcamos su versión de los hechos —dice la agente Müller.

—Mi versión de los hechos coincide exactamente con lo que sucedió. ¿Saben? Preferiría pasar el resto de mis días en la cárcel a volver con ese hombre. Y me iría de buen grado al psiquiátrico si no fuera por la medicación que me darían, que me impide pensar, y eso sí que no lo soporto.

—Miriam, ¿me está escuchando? —La agente alarga la mano por encima de la mesa —. Que esté usted aquí no significa que se haya metido en ningún lío. Hemos visto los moratones que tiene en el cuello y las heridas, y también la nariz rota de Axel y los arañazos que tiene en las muñecas: todo esto refleja que intentó estrangularla. Lo que necesitamos saber, y esto es importante, es la intención que la llevó a atacarle. Dice que le pegó con el telefonillo, ¿es verdad?

—No. Me estaba desmayando, no podía respirar, pensé que me iba a morir. Entonces Eva debió de pegarle, porque dejé de sentir presión en el cuello y Axel se desplomó y se cayó a un lado. Tardé siglos en volver a ver, y cuando lo hice Eva estaba a mi lado. Me salvó la vida.

—¿Y cómo entró esta tal Eva en su apartamento?

—Tiene llave. Cambié las cerraduras después de que Axel entrase el otro día. Eva tiene una copia de la llave nueva.

—¿Hace cuánto que la conoce?

—No mucho, es una vieja amiga de mis padres.

Aunque no es del todo cierto, Miriam responde sin vacilar.

—¿Dónde está Eva en estos momentos?

—No lo sé.

—¿Tiene alguna otra dirección donde se la pueda localizar, un número de teléfono? Tendrá que corroborar estos datos.

—¿Le va a traer problemas?

—No creo, pero, claro, con este tipo de situaciones…

—¿Y Axel va a causar problemas con todo esto?

—Ha puesto una denuncia, sí, pero no creo que podamos seguir adelante con ella, teniendo en cuenta que la agredió.

—En su propia casa —añade el agente mayor—. Dice que firmó los papeles del divorcio y que se los dejó a usted, ¿es cierto?

—Yo no los tengo.

Niega con la cabeza, extenuada; llorar es agotador. Intenta centrarse, pero el té la ha hecho entrar en calor y, mientras el agente sigue hablando, nota que se le van cerrando los párpados.

—Se la ve muy cansada, Miriam. Nos mantendremos en contacto con usted. —La agente Müller toca la carpeta que tiene enfrente—. Tenemos todos sus detalles. ¿Y podría pedirle a su amiga que se pase por comisaría para que podamos charlar con ella también? El guarda de seguridad del edificio —consulta un papel—, un tal Lionel Ambrose, ha declarado que había una tercera persona presente, una mujer, así que al parecer todo encaja. Pero necesitamos hablar con ella.

—Claro. —Miriam se levanta a la vez que los agentes—. Gracias. —Les da un apretón de manos y avanza tambaleante—. Siento haberme echado a llorar —dice casi sin voz.

—Debería ir a que le mire el cuello un médico.

Miriam se está poniendo el abrigo cuando se abre la puerta y oye una voz familiar.

—Soy Eva Bertrandt. Intenté matar a Axel Voight.

Miriam mira hacia el mostrador de la entrada y ve a Eva. En la habitación vacía, su voz suena grave y fuerte. Está abrazada al telefonillo y se lo pasa al agente del mostrador como si fuera un bebé.

—No, Eva —dice Miriam con un hilo de voz, casi inaudible—. Eva —vuelve a intentarlo y carraspea.

Da un paso hacia ella, pero el agente mayor ha cruzado el cuarto de dos zancadas y se lleva a Eva al otro lado del mostrador, lejos de Miriam. La agente Müller saca el brazo para impedir que se le acerque.

—No le mató —susurra Miriam—. Me salvó. Y Axel no está muerto, ¿no?

—No, está en casa, descansando.

—Pues díganselo a ella, ¡por favor!

—Es importante que oigamos su testimonio.

—Pero está intentando protegerme.

—¿Por qué? Usted no está metida en ningún aprieto.

—Ella no lo sabe —dice Miriam casi sin voz, ni siquiera ella se oye.

—Váyase a casa, descanse y seguiremos en contacto.

—¿Qué le va a pasar a Eva?

La agente Müller se acerca para oír a Miriam, que repite su pregunta susurrando.

—La vamos a interrogar.

—¿Puedo esperarla?

—No, váyase a casa. Todo saldrá bien.

Le sostiene la puerta de la calle y Miriam sale; una vez fuera, la puerta se cierra silenciosamente a sus espaldas y el atardecer, negro como la noche, la engulle.

36

MIRIAM

Lionel está dormido en su silla con la boca abierta, y los potentes ronquidos hacen que se sacuda el periódico que tiene desplegado sobre el pecho.

—Es un poco tarde para que siga aquí, ¿no? —susurra Miriam, y su voz le suena extraña, como si fuera de otra persona. Le toca en el hombro—. ¿Por qué no se ha ido a casa? Es Año Nuevo.

—Ah, hola, bonita, ¿está bien? Pensaba que los agentes esos la habían detenido.

—No, estoy bien.

—Con tanta juerga y tanto lío, me dije que más valía que me quedase. Bueno, al menos hasta que hayan vuelto todos los inquilinos. Las hermanas Smyth se fueron al teatro, y les dije que me quedaría hasta que volvieran. Lo que pasó entre su marido y la mujer esa nos dio un susto de muerte. Hoy no se habla de otra cosa en todo el edificio.

—Ya me lo imagino.

—Y la mujer es del Este, seguro. Ya lo he dicho más veces: el Muro ese era una bendición. Ahora que lo han derribado, a saber quién vendrá. ¡Su pobre marido...!

—No, Eva no hizo nada malo; al contrario, me salvó.

Pero Lionel no la escucha o no puede oír la voz ronca que Miriam se esfuerza por sacar.

—Hoy ha vuelto…, menuda elementa, después de todo lo que hizo… —Se estira en la silla y parece que sus botones están a punto de reventar; por debajo asoma la camiseta, de un blanco grisáceo—. Le dije que era todo culpa suya, que la habían arrestado a usted en su lugar. Mala gente… —Mueve la cabeza—. Salió escopetada, como si la hubiera pillado con las manos en la masa. —Sonríe—. Así que ya lo ve, ya no hay nada de lo que preocuparse, bonita. Usted suba que ya me quedo yo aquí echando un ojo… Aunque los del Este salen en desbandada a poco que huelan a la policía. Seguro que hasta era roja.

Se recuesta de nuevo en su silla.

—Lionel —intenta Miriam de nuevo, señalándose la garganta para darle a entender que ha perdido la voz.

—Ay. —Lionel se yergue y le mira la zona del cuello por donde se le ha aflojado la bufanda—. Ay, bonita, qué mal aspecto tiene eso. ¿También se lo hizo ella?

Miriam dice:

—No, fue Axel.

Pero Lionel no la oye y se limita a mover la cabeza.

—Cuídese, señorita. Seguiré aquí hasta que vuelvan las hermanas. Cuánto les gusta el *ballet* a esas dos… Buenas noches.

Sube por la escalera quitándose la bufanda. Molesta por la falta de voz, piensa en cómo sacar a Eva, en cómo ayudarla. La casa está a oscuras, cierra con llave.

Sobre la mesa del comedor está el vestido.

Miriam enciende todas las luces. Las cartas están colocadas en montoncitos sobre el talle del vestido, y a la altura del cuello hay un sobre con cartas recién traducidas.

No entiende qué se proponía hacer Eva. ¿Para qué iba a llevarse el vestido y devolverlo? ¿Por qué confesaría que hizo algo que no hizo? Ella sabrá. Por lo poco que le ha contado, supone que Eva debe de haber aguantado mucho, pero aun así siguió adelante, y sigue.

Mira las puntadas. El vestido ha sido remendado como si Miriam jamás le hubiese acercado las tijeras. Las cartas ya no tienen que ver con su intento de encontrar a una mujer a la que su padre amó, sino con cómo puede sobrevivir una mujer, cualquier mujer, a estos horrores. Si es que sobrevivió. Las palabras de Eva le hacen sospechar que lo que todavía no ha leído no va a ser fácil. No va a terminar bien.

Las cartas están todas en orden, separa los montones y descubre que solo le quedan unas pocas por leer. Se envuelve en una manta.

Henryk:
Bunny, aunque guarda silencio, es una presencia que no pasa desapercibida.

Le falta media pierna derecha desde la corva hasta el tobillo; aunque lo que queda está tapado por una manta, cada vez que se mueve se ve cómo laten los tendones. Le han quitado un hueso; donde debería haber dos, hay uno solamente.

Para mantener ocupados los dedos, cose. Zurce uniformes militares y cose bolsillos. Intenta coser de nuevo la carne y el hueso.

Coge a Stella como si fuera una recién nacida, absorbiendo su inocencia, su calor infantil.

La sorpresa fue mayúscula la mañana en que El Ruido hizo que el campo se parase en seco.

El lamento que nos desgarró los corazones más que los oídos vino de Bunny.

Los conejos no hacen ruido. Son animales silenciosos. Hasta que chillan. Un conejo herido chilla. Aquel chillido no se parecía a nada que hubiese oído hasta entonces.

Hani y yo volvíamos con la sopa cuando vimos que había guardias en nuestro bloque. A punto estuvimos de derramarla, pero conseguimos seguir avanzando sin verter ni una gota.

«¿Qué pasará?». Nos miramos. El Ruido entró en mi cuerpo, se abrió paso hasta lo más profundo. Me hizo daño por dentro, como una fractura. El estómago, vacío, se me revolvió.

Los guardias vinieron a por Stella, que se puso a dar golpes a troche y moche con los brazos y las piernas. Llamaba a Bunny. Hani y yo soltamos la sopa y salimos corriendo en pos de ella.

Pero nos pararon. Sonó un disparo y su eco dio vueltas a nuestro alrededor, un ruido en espiral que a medida que se expandía se tornaba más grave y desagradable. Stella lloraba. Estaba desplomada, era un peso muerto, y les costaba mucho sujetarla.

Corrí hacia ella, me agarró del cuello con ambas manos como si le fuera la vida en ello.

—¡Bunny! —gritó.

Hani se adelantó y entró en el bloque. Abrazada a Stella, meciéndola, me quedé mirando la puerta. Los guardias hablaban entre ellos.

Hani salió moviendo la cabeza con aire desolado y se acercó a nosotras, que estábamos sentadas a los pies de tres guardias.

—Bunny... —dijo, y se fundió con nosotras en un abrazo.

A Miriam se le pone la carne de gallina, se le eriza el vello de la nuca. Las lágrimas le resbalan silenciosamente por las mejillas mientras lee. «Bunny», le dice a la habitación oscurecida, moviendo la cabeza y sonándose la nariz.

Echa un vistazo a la hora y, aunque es tarde, la idea de ir por la calle de noche ya no la inquieta. Miriam se mete en el bolso las cartas que aún no ha leído y se va a la residencia.

La residencia está cerrada y se queda esperando un buen rato, oyendo el frufrú de las hojas del parque Ruhwald. Por fin, una enfermera con andares de pato sale a abrir.

—Es tarde —dice, y Miriam reconoce la voz nasal con la que habló por teléfono cuando estaba buscando a su padre.

—Sue me dijo que podía quedarme —dice, y, sorteando a la mujer, se dirige a la habitación de su padre.

—Es tarde —repite la enfermera, pero Miriam ha entrado como una bala y cierra la puerta con suavidad. Solo hay una lamparilla sobre la cabeza de su padre, y la habitación huele a húmedo, a sueño, a

353

oscuridad. Miriam abre ruidosamente la cama supletoria, los muelles chirrían.

—Soy yo, papá —dice Miriam—. Estoy un poco ronca, pero soy yo. Estoy bien.

Le coge la mano y le besa en la frente. De la nariz le sale un tubo muy grande, han vuelto a afeitarle y parece más joven.

—Siento lo de Axel, ¡hay tantas cosas que siento…! Pero, papá, puedo corregirlas…

Su padre sonríe, no hay duda de que es una sonrisa, y da unas palmaditas a la cama. Miriam se sienta al borde y le coge la mano; las uñas de su padre están pulcramente cuidadas y tiene la piel suave. Se inclina para besarle la cabeza y él le acerca la mano al pelo.

—Miriam —dice acariciándole tiernamente la cabeza—. Mi Miriam.

Se queda un buen rato con la cabeza apoyada en el pecho de su padre, incapaz de apartarse, sin ganas de hacerlo.

—He puesto un anuncio en el periódico, papá. Si está viva, vendrá. Lo sé. Hasta entonces, te leeré todas sus cartas, te lo prometo, pero por favor —se le entrecorta la voz—, por favor, si a ella se debe que no tires la toalla, por favor, no te mueras. Yo todavía te necesito.

Cuando los brazos de su padre se relajan del todo, Miriam se seca los ojos y busca la comodidad de la butaca para leer las últimas cartas. Incapaz de trasladar su voz a sonido, susurra las palabras, como una promesa pronunciada entre la oscura calidez de la habitación.

Henryk:

Entre los números que llamaron para el transporte estaba el de Stella. Bunny fue asesinada en su litera. Hani y yo tuvimos que tomar una decisión en una milésima de segundo. Estábamos sentadas en el suelo. Eugenia vino a sentarse con nosotras. Los guardias intentaron arrebatarme a Stella de los brazos.

Eugenia, Hani y yo nos miramos.

Hani y yo nos pusimos de pie, agarrando a Stella; no paraba de sollozar. Llamaba a Bunny. El guardia la golpeó y se le saltaron las lágrimas, pero la habíamos cogido de las manos y echamos a andar todas juntas.

Eugenia dio un paso atrás. No quería hacer el viaje con nosotras.

Nos han amedrentado, nos han desunido y ahora, una vez más, hemos emprendido un viaje con destino desconocido.

No pienso en nuestro hijo, ni en mi vida, ni en ti.

Henryk, lo siento.

¿Eugenia se echó atrás? ¿Qué le pasó?

Comprende por qué quiso quedarse. ¿Por qué iba a dar un paso hacia lo desconocido cuando conocía bien la situación presente? Por ese mismo motivo se había quedado ella con Axel. Si saltas de la sartén, lo mismo acabas en el fuego.

Pero Frieda tomó una decisión y asumió el riesgo. Lee la siguiente carta, un papelito minúsculo, del tamaño de un dedo.

Cuando subí al tren con Stella pensé en su madre, que con toda seguridad habría muerto hacía ya tiempo, y me dije que yo querría que alguien acompañase a mi hijo en el momento de su muerte. Por fin había comprendido lo que hacía Wanda con los bebés. Les daba calor y amor en el momento final, algo que a sus madres no les estaba permitido.

Miriam coge la carta original, que está abarquillada, y la abre. El papel es tan pequeño y quebradizo que tiene miedo de rasgarlo.

Abrazamos a Stella mientras lloraba, como nosotras, por Bunny. Y por Eugenia, que se quedaba, y por Wanda.

Abrazamos a Stella, que temblaba de miedo. Le dimos todo lo que teníamos: comida, historias, canciones.

Y empezó a tener fiebre.

Le cogimos la mano cuando se quedó fría; la talla del conejo, apretada contra la palma. Solo hablaba de su «Bunny».

Murió en nuestros brazos. La arropamos con nuestro amor, pero tuvimos que dejarla marchar. En el transporte que llevaba a «Pitchi Poi».

Ahora solo quedamos Hani y yo. Temblamos, sollozamos, gritamos angustiadas a un mundo olvidado. Pero también nos miramos la una a la otra.

Y ahora ¿qué?

No quiere seguir leyendo, no quiere saberlo. Pero se lo prometió a su padre y tiene que averiguarlo: y ahora, ¿qué? Con una congoja que se extiende como una ola hasta la pérdida de su pequeño Michael, Miriam coge la siguiente carta.

Ahora estoy en Auschwitz-Birkenau.

—¿Estuvisteis en el mismo lugar? —dice—. Papá, Frieda también estuvo en Auschwitz. ¿Os encontrasteis allí?

Pone la mano en la palma de su padre, que le da un apretón.

Esto es el mismísimo infierno. Bebés arrojados a las llamas, vivos. Madres y padres que se lanzan tras ellos, disparos que no perdonan a nadie. Caen copos negros como si nevase. Cenizas. Las chimeneas arden día y noche. Este es nuestro sino.

Por error, no llegaron a desnudarnos, a registrarnos ni a ducharnos. Conservamos nuestra ropa, evitamos las duchas y permanecimos juntas. Acabamos en una fila. En mi uniforme de Ravensbrück han pintado una cruz roja, también en el de Hani. Estuvimos horas en aquella fila, esperando sin saber a qué. Había un hombre, un preso que llevaba una gorra y un uniforme a rayas como el nuestro, sentado a solas con una aguja que iba unida a un instrumento parecido a una estilográfica. Calentaba la estilográfica bajo una lámpara, después la metía en tinta y marcaba la piel del brazo con una serie de puntos.

Esperamos y Hani se estremeció:

—No puedo permitir que vuelvan a marcarme.

—*No, Hani, ahora no. Te necesito. Quédate conmigo, saldremos de esta.*

La puse delante de mí, la agarré con las dos manos y le hablé sin parar. Una vez sentada, se apartó con tanta fuerza que casi tira la mesa, pero la sujeté. Fue doloroso. Me han vuelto a marcar la piel; esta vez, con tinta y no con un látigo. Más cicatrices. Ahora somos 72828 y 72829.

Pero mi nueve se cierra casi como un ocho y el ocho de Hani no se cierra. Si se mira de lejos, parece que tenemos el mismo número.

Después nos llevaron a un bloque en el que había ocho mujeres por colchón, mujeres tiradas por el suelo; esto está tan abarrotado que me recuerda la carpa de contención en la que nos metieron cuando llegamos a Ravensbrück. Hani y yo no nos separamos, intentamos entender cómo funciona este lugar.

Lo único que sé es que es un campo de exterminio. No vamos a salir de aquí.

Miramos nuestros números, puede que nos salven. Pero ambas sabemos que quizá solo puedan salvar a una de las dos.

HENRYK

Miriam está viva. Viva. Mi niña está viva.

Me aferro a ese pensamiento mientras oigo su voz rota; sufre, pero está viva y Axel no logró su objetivo.

Intento aferrarme a esto, a esta esperanza, mientras Miriam me lee todo lo que tuvo que pasar Frieda por mí. No puedo hacer nada. Ahora lo oigo todo. Aprieto la manita que está encerrada en mi mano. Doy gracias a Miriam con el corazón rebosante de amor por el sacrificio que está haciendo. Sé que este es mi castigo: enterarme de cómo murió Frieda de la boca de mi preciosa niña. Pero no solo de cómo murió, también de cómo la torturaron. Y de cómo me amaba, a pesar de que fui yo el causante de lo que pasó.

¡Cuántas veces soñé que arrojaba un cuerpo al fuego y que, justo cuando el fuego estaba a punto de escupir las llamas, me daba cuenta de que era Frieda! Y entonces tropezaba y me caía, saltando a la fosa para buscar a mi amor y redimirme. Porque estoy perdido. Y me temo que Frieda nunca aparecerá.

Porque fui yo. Fue mi nombre. Mi nombre sobre su lengua, tan pura. Frieda se fue, su vida se fue por mí.

Y yo no soy nada, porque el infierno tiene un nombre: el mío.

37

MIRIAM

Se mete en la cama supletoria cuando ve que la respiración de su padre, que está dormido, es regular y pausada. Enciende la lamparita y saca las últimas cartas. Primero, una carta a su madre.

Querida Emilie:

Por favor, perdónanos. Sé que amas a Henryk: siéntete orgullosa a su lado, cuídale.

Espero que el collar de diamantes comprase tu libertad. Cuando te lo di, solo le miraba a él. Porque si tú te hubieras marchado para estar a salvo, él se habría ido contigo. Cada día te elegía a ti, y eso hizo que tú también te ganases mi amor.

Espero que estéis de nuevo juntos, espero que tengáis un futuro juntos. Por favor, ámale con todo lo que tú eres; no es ninguna vergüenza necesitar a otra persona, quererla, desearla, sentir que te llena por completo. No tienes por qué satisfacer todas tus necesidades a solas.

Gracias por permitirme entrar en tu mundo, aunque solo fuera por un tiempo muy breve. Cuida de Henryk y ámale por las dos juntas.

Con todo mi afecto,
Frieda

¡Qué fiel reflejo de su madre, y qué palabras tan sinceras! El corazón se le acelera y trata de calmarse; su madre jamás leyó esto, y quizá debería haberlo hecho. Su madre era fuerte, quería a su padre, la quería a ella y lo hacía todo sola. Necesitaba ser necesitada, y Miriam —pequeña, frágil, menuda— siempre la necesitó. Su padre eligió a su madre, pero cuando elegimos, ¿lo hacemos por el bien de otros o por el nuestro? ¿Y si su padre hubiese elegido a Frieda? ¿Y si no hubiera tenido nunca que elegir?

Miriam coge la siguiente carta. Cuesta leerla; la letra es diminuta, las palabras están apretujadas en las dos caras.

Henryk:

Me despertaron de golpe. Hani y yo estábamos en nuestra litera con tres mujeres más. Dormíamos agarradas para sentirnos seguras.

—Por favor, date prisa. Te necesitamos.

Era una niña.

—Mi madre asiste en los partos; necesitamos que nos ayudes. Hablas holandés, ¿no?

—Sí, y Hani también.

Como me daba miedo que nos separásemos, me agarré a ella.

Hani y yo la acompañamos, siguiéndola por el laberinto de bloques. Aquí son más grandes, no hay centenares, sino miles de personas hacinadas. No conozco ninguno de los rostros, y sin embargo los conozco a todos. La mirada perdida. Acusatoria: ¿qué fue lo que te permitió sobrevivir, cuando a mi madre, a mi hermana, a mi hija o a mi nieta la seleccionaron? Ellas murieron y tú vives, ¿por qué? Todas lo hacemos, parece algo involuntario: intentar detectar qué es lo que hace especial a alguien solo con mirarle. Es cuestión de suerte, tiene que serlo.

Oímos el alboroto antes de ver lo que pasaba.

Una mujer, Matka, tenía las manos levantadas en son de paz.

Una muchacha la miraba, salvaje, feroz, enseñando los dientes. Estaba embarazada; se tocaba el vientre con una mano y con la otra extendida ahuyentaba a quien intentaba acercársele.

—Mamá —dijo la niña—. Esta es la que habla holandés.

—Tengo que poder enterarme de lo que pasa y explicarle que tiene que calmarse, que si sigue así el bebé no va a venir y le va a doler mucho.

Le expliqué a la chica que su bebé estaba a punto de nacer, que Matka estaba ahí para ayudarla, pero empezó a hablar en un holandés tan chapurreado que dudé de poder entender siquiera unas pocas palabras.

Miré a Matka.

—Lo siento, no estoy segura de que esté hablando holandés; no la entiendo.

—Es romaní —dijo Hani.

Hani habló con ella. Las palabras pasaban por tres bocas: de la chica a Hani, que a su vez me las traducía a mí al holandés, y de mí al alemán para que lo entendiera Matka mientras su hija, Sylvie, nos miraba.

La chica, Elisabeth, tenía catorce años. Besó a Hani una vez, dos, tres, dijo que no sabía qué estaba pasando.

—Los alemanes me han metido algo dentro, duele mucho. ¿Voy a estallar, es una bomba?

Hani le explicó que parecía que estaba de parto.

Hani y la chica conversaron. A la chica le cambió la cara al darse cuenta de lo que estaba sucediendo, y permitió que Matka se acercase.

Su respiración se volvió más fluida. Matka tuvo mucha paciencia con ella. Mientras yo le traducía a Hani las palabras de Matka para que se las dijese a la chica, esta, me fijé, iba asimilando la situación. Hani la abrazaba, la consolaba con el tacto, y funcionaba. Elisabeth se tranquilizó y al poco rato Matka dijo que echaran el colchón de paja al suelo.

Tras unos pocos gemidos largos y sonoros, nació el bebé. Al verle tan azul y cubierto de sangre, mi primera reacción fue pensar que estaba muerto, pero no tardó en coger un tono rosado y en chillar para informar al bloque entero de su llegada. Matka dejó al bebé en los brazos expectantes de la chica, diciéndole que se lo pusiera sobre el pecho.

Le ató el cordón umbilical con tiritas de algodón.

La chica sonrió. Una capa de sudor le perlaba la frente. Miró al bebé y lloró; Hani lloró, yo lloré. Era precioso. Era un niño.

Instantes después, Matka le hizo un masaje en el vientre vacío y empezaron de nuevo las contracciones.

—¿Viene otro?

—No, solo es la placenta.

La soltó, y después Matka la puso sobre una sábana de algodón y Sylvie y ella la estudiaron.

—¿Qué hacéis?

—Comprobar que está todo intacto. Es importante.

El bebé y su madre, su joven rostro la viva imagen del agotamiento y de la felicidad, se miraban embobados. Hani estaba pegada a su hombro.

Entonces entró la hermana Klara.

Arrancaron al bebé de su madre.

La hermana Klara lo cogió por los tobillos, boca abajo. La boca abierta, berreando.

—No mires —susurró Matka, pero no pude evitarlo.

La hermana Klara salió del bloque con el bebé.

La muchacha intentó levantarse para seguirlos, pero las piernas no la sostenían. Hani y Matka la cogieron por los sobacos y se acercó tambaleándose a la puerta cerrada.

En Auschwitz no hay bebés.

Hani y yo volvimos a nuestro bloque cuando despuntaba el día. Los copos de nieve caían serpenteando entre las cenizas.

La inocencia anegada.

No se nos va de la cabeza la imagen del bebé flotando en el cubo a la entrada del bloque. Matka lo envolvió con la placenta y se lo llevó. Y la pobre chica, la afligida madre-niña, se quedó sola.

Miriam siente una opresión en el pecho, un nudo pesado y frío. Intenta respirar, pero parece que el nudo, como el centro de una telaraña, lo mantiene todo unido. Si tirase de un solo hilo, todo se desmembraría.

A pesar de la constante presencia de Axel, Miriam había estado sola después de enterrar a Michael, sola en un mundo de dolor del que nadie quería hablar y que nadie podía compartir con ella. Aparta de sí el pensamiento y contempla la carta con los ojos de Frieda. Frieda, embarazada y consciente de que esto mismo le iba a suceder a ella.

Las dos cartas siguientes están escritas con la letra de Eva en un precioso papel blanco. El original en francés es un triángulo de papel del tamaño de la palma de la mano de Miriam.

Al bebé que llevo dentro:

Fuiste concebido en el amor, y ha sido maravilloso sentir cómo ibas creciendo.

Jamás podré contemplar tu cara con serenidad.

No hay futuro para nosotros, de eso estoy segura. Sin embargo, sé que en otra vida, en otro mundo, volveremos a encontrarnos. Madre e hijo.

Amar a tu padre y conocerte a ti, aunque jamás vaya a estar contigo, han sido los mejores y los peores momentos de mi vida.

Dicen que el amor es hermoso, que el amor es bueno, pero no lo es. El amor de verdad duele, su fiereza ata a dos personas por mucho que estén destinadas a separarse. El amor es cruel.

Tú eres más fuerte de lo que jamás imaginé que se pudiera ser, y, por el mero hecho de sobrevivir cada día, me ayudaste a ver el cielo, la pureza de una gota de lluvia, las manchas del sol.

Gracias por mantenerme viva.

¡Cuánto siento que no haya nada más!

Jamás oiré la palabra «mamá» ni cogeré tu manita. Siento profundamente que para ti nacer signifique morir. La vida no tiene motivo ni significado. Pero que sepas que, a pesar del caos, te quiero. Y esa certeza te ayudará a salir adelante… aunque solo sea en espíritu.

Has sido un ángel de la guarda, me has salvado de la destrucción.
Gracias.
Mamá

Miriam se seca las lágrimas de las mejillas y siente un nudo de emoción en el pecho. Mira a su padre, su sereno perfil dormido, y se asombra de los horrores que ha presenciado, y entiende por qué decidió dejarlo todo atrás.

Conociendo a su padre, sabe que no se lo habrá contado a nadie, que habrá soportado la carga a solas. Que habrá hecho de su dolor la cruz a cargar por no haber estado a la altura de sus propias expectativas, tan elevadas.

—¿Llegaste a perdonarte a ti mismo? —pregunta en voz alta—. Tú no tuviste la culpa de nada de esto, papá. Es terriblemente triste, pero que sepas que estás perdonado por lo que hayas podido hacer; fue hace una eternidad. Esa eternidad coincide con mi vida, y todo lo que has hecho por mí es suficiente. Te quiero.

Y sigue llorando. Coge otra carta y lee los minúsculos garabatos.

Querido Henryk:

Supongo que nos ha llegado el final. Que hemos terminado. Apenas acabábamos de empezar y ya no podremos ser.

No voy a sobrevivir a este campo. Dudo de que vaya a sobrevivir al parto. En Ravensbrück era optimista, pero aquí… Matan, asesinan con tanta eficacia… Sé que no tengo la más mínima posibilidad. Rezo y pido, aunque no sé a quién, sobrevivir lo suficiente para ver su carita. La cara de nuestro hijo. Quiero volver a verte; el bebé es lo único que me queda de ti.

Echo de menos tus rarezas, las nimiedades que ya no consigo recordar. Te veo en mi imaginación, pero no es más que tu sombra. Para mí, jamás envejecerás ni te desvanecerás.

Todavía te siento, siento tu presencia como una segunda piel que recubre la mía. Te echo de menos. Supongo que si estuviésemos cara a cara las palabras serían superfluas. Nos tocaríamos sin tocarnos, hablaríamos sin palabras. Una sinfonía silenciosa. Me iría de este mundo con tu sabor en los labios. Tú debajo de las yemas de mis dedos, tu rostro convertido en granito cuando lo toco. De haber sabido que la última vez que te abracé habría de ser eso, la última, te habría mirado más profundamente a los ojos, mi alma habría ardido con la tuya. El roce de tu mirada me habría hecho resplandecer, habría brillado de puro amor.

Pensaré en ti cuando llegue el final. Te he conocido y he sido conocida por ti.

Estamos viviendo en un círculo menguante. No se habla de libertad, no se habla de los aliados ni de la liberación. De lo único que hablamos es del hogar. Queremos compartir nuestras vidas, por breves que hayan sido, con otra persona. Gozar contando una historia de amor, o de valentía, fuerza y coraje.

Cuando me llegue la hora, pensaré en ti y en todas las esperanzas y las posibilidades que se me abrieron nada más conocernos. Gracias por haber estado en mi vida. Ya no será posible verte de viejo, cogerte de la mano, tener un futuro. Pero me tendrás; me tendrás en tu corazón, porque te lo he entregado. Y si se me presentase otra oportunidad de correr idéntica suerte, Henryk, no dudaría en seguir el mismo camino. Solo por compartir los mismos momentos robados, volvería a recorrerlo cien veces.

No hay más papel.

No habrá más cartas.

No habrá más palabras.

Miriam deja la última carta. El lápiz debió de ir susurrando sobre el papel mientras reproducía los pensamientos de Frieda. ¿Qué fue de ella? ¿Y del bebé? Y mientras Miriam mira las cartas comprende que, a pesar de saber tanto, quizá no lo averigüe nunca. Vuelve a dejar las cartas en el montón y se prepara para el día siguiente.

El día amanece encapotado, y las nubes, cargadas de nieve, tienen un color plomizo. Se despierta con el ruido de la residencia y besa a su padre en la cabeza.

—Frieda...

—No, papá. Soy Miriam. Estoy intentando averiguar qué pasó. Pero primero..., primero tengo que ir a ayudar a mi amiga. —Sus pensamientos abandonan las cartas y el pasado, rumbo a la mujer que la ha salvado—. Tengo que ayudar a Eva.

—Frieda —vuelve a decir él, modulando la voz para que se acerque, y después se serena y murmura—: Mi Frieda...

Es demasiado temprano para ir a la comisaría. Como tiene tiempo de sobra, vuelve a ordenar las cartas y las mete en el bolso. Al encontrar la última que tradujo Eva, se fija en que el original es distinto. Aunque las palabras también están apretujadas, esta carta cubre las dos caras de dos hojas. El papel, aunque amarillento y quebradizo, no está arrancado de un libro, y las palabras no se ven forzadas a navegar en torno a otro texto. Es un papel limpio; o lo fue... hace más de cuarenta años.

38

MIRIAM

Queridísimo Henryk:

El lápiz y el papel son mi único consuelo. Sé que no hay futuro. Y ahora, necesito contarte todo lo que ha pasado. Me tiemblan las manos…, pero ya no tengo frío. Este es mi final:

El último día empezó con el recuento de la tarde. El Kommandant *de Auschwitz se acercaba y se alejaba, sus botas reflejando los focos que eran ahora nuestra luna.*

«Dreckhund!». Las groserías, despiadadas y gélidas, resonaban como campanas de iglesia. En aquellos momentos pensaba mucho en mi familia. Me los imaginaba sentados en torno a la mesa después de cenar Bratwurst: *oía las salchichas chisporroteando en una fina capa de manteca, la piel dorándose a la espera de que un cuchillo la rasgase y los jugos se derramasen. Absorta en las patatas, en la superficie blanca y perfecta del pan untada de mantequilla.*

Muerta de hambre, congelada, la sola idea de la comida era poesía para mi alma famélica. Hablábamos de comidas, de extravagancias, de satisfacciones. Las descripciones nos hacían salivar y nos dejaban los corazones, que no los estómagos, satisfechos.

Las duchas habían humeado dos veces aquel día, de manera que el Kommandant *estaba hinchado, orgulloso como un pavo real. Tan cerca estaba, que de su cigarrillo a medio fumar me llegaban el olor y un calor que me punzaba la nariz helada. Se acercó más a mí, tanto que al inclinarse para mirarme a los ojos oí chirriar el cuero de su uniforme. Después se volvió hacia Hani.*

—Zigeunerin —se limitó a decir—. Gitana.

Y así era, pero en sus labios esta realidad se convertía en veneno.

Me mantuve quieta como una estatua mientras el cigarrillo suspiraba al apagarse en el pálido frescor de la frente de Hani. Las marcas de las quemaduras parecían acné. Le tiró la colilla a la cara y nos echó con un gesto de la mano; volvimos a toda prisa a los bloques, entre insultos y perros pisándonos los talones. A medida que volvía el hedor de la vida, el recuerdo del calor del cigarrillo me entristeció. Busqué la mano de Hani mientras avanzábamos torpemente, tropezándonos la una con la otra, pero la apartó bruscamente y siguió caminando entre el gentío.

Recuerdo que me detuve al sentir una fuerte presión atenazándome el vientre. El bulto crecía como masa con levadura y se endurecía bajo mis manos. Se me cortó la respiración.

Había llegado el momento.

Me abrí paso hasta la litera, pero me eché en la de abajo. Me tumbé con cautela al sentir un dolor que me subía desde la parte baja del abdomen hasta el pecho y se iba para volver al poco rato.

A pesar de las extremidades exhaustas, el estómago vacío y el alma maltrecha, no pude descansar.

El campo dormía y la paz vino a ocupar el lugar del odio, el mundo se enderezaba un poco. Puse los dedos en la parte superior derecha de la barriga, donde solía notar los piececillos, y esperé; enseguida los sentí, y, sonriendo, lo hice de nuevo. No había motivo de alarma, el bebé estaba bien.

La presión iba en aumento y el vientre se me endurecía bajo las manos.

Las ratas empezaron a retirarse; aburridas de comer cuerpos muertos de día, empezaron a masticar cuerpos vivos de noche. Cuando se me ablandó el vientre, me eché de lado y me puse a mirarlas. De nuevo se me volvió a endurecer; mi vientre encerraba vida y amor. Me recordaba cada día de qué es capaz el amor.

La banda de ratas estaba al acecho; sus largas garras se entrechocaban, cada vez más afiladas de tanto arrancar carne del hueso. Hani se lanzó a mi litera desde la suya, que estaba justo encima. Me rodeó con el gélido brazo y, suspirando contra la calidez de mi cuerpo, cogió calor sin dar calor a cambio.

Agarré su brazo más fuerte y acurruqué su cuerpo menudo contra mi pecho, con cuidado, como siempre, de no darme en el vientre. En Auschwitz había montones de tripas grandes debidas a la desnutrición; nadie sabía que estaba embarazada.

—Me siento tan... tan... humillada... ¡No soporto esto! —dijo Hani. Yo sabía adónde iba a parar; era una de las variantes del mismo monólogo de siempre—. Esta gente es malvada... ¿Por qué nadie hace nada para parar esto? No pueden borrarnos de la faz de la tierra. Jamás saldré de aquí. Preferiría que acabasen conmigo ya, que me licuasen de una vez por todas, a que me sigan torturando.

Era lo mismo de siempre. El tiempo diría cuántas quemaduras podía acumular Hani antes de que su sufrimiento llegase a su fin.

Le di un apretoncito en el brazo, le froté la piel para quitarle el frío. El bebé dio un patadón tremendo a la vez que me invadía una oleada de dolor y se me escapaba un gritito. Hani me puso la mano sobre el vientre y, cual si hubiera recibido una descarga eléctrica, se zafó de mi brazo con tanta fuerza que a punto estuve de caerme al suelo.

—¿Qué es esto? —preguntó, su voz distorsionada por el puro terror—. ¿Estás embarazada?

Otra oleada de intenso dolor se apoderó de mi cuerpo, y aunque hubiera querido responder, no habría podido. Me concentré en respirar, tal y como le había dicho Matka a la muchacha.

—¿Qué está pasando? ¿Cómo puede ser?

Sentía sus ojos clavados en mí. Me alegré de que los focos reflectores estuvieran recorriendo otro bloque en ese momento. La emoción de su voz era suficiente; si algo no quería, era tener que verla también.

—¿Un niño? ¿Aquí?

Su voz sonaba aterrorizada. Soporté el dolor con un nudo en la garganta.

—¿Qué vas a hacer?

Me tocó la cara, devolviéndome a la realidad. La imagen incontrolable de la hermana Klara ahogando a mi angelito en el barril hizo que un escalofrío de muy distinto tipo me recorriera todo el cuerpo.

Pegué los labios a la coronilla de Hani para darle tiempo a que procesara la noticia, sabiendo que le dolería, pero muy aliviada por el hecho de que por fin lo supiera.

Hani me puso una mano sobre el vientre, y el desgarro y las punzadas de dolor que debió de percibir le hicieron dar un respingo. Una mano tocando un fogón abierto, sintiendo cómo las llamas lamen la piel y, sin embargo, manteniéndose ahí. Por fin, sentí que se relajaba al notar que mi cuerpo consumaba una extraordinaria transformación, que los músculos se contraían y se relajaban sin que hiciera yo ningún esfuerzo consciente.

Sin pensarlo, me puse a cantarle a Hani en susurros, mientras respiraba al ritmo de mi bebé.

Hani lloró, yo lloré. Parecía el final, y lo era.

Aquella noche nos mecimos, Hani a mi lado, respirando y moviéndose en los huequecitos que había entre las literas, sus manos en contacto con las mías. Los focos, nuestro sol naciente y el chasquido de una bala disparada contra una rata, una mujer, una sombra.

Un manto de oscuridad arropó el día. De mis labios salió un gruñido sordo, y sentimos pánico: cualquier ruido podía llamar la atención.

—¿Aviso a Matka? —preguntó Hani, inclinándose a secarme la cara con mi camisa mientras yo me ponía a cuatro patas. Un colchón de paja en el suelo. Una oleada de pánico al darme cuenta de que este viaje iba a concluir enseguida. Mi hijo iba a nacer y todo cambiaría. La agarré de la mano y la obligué a mirarme.

—No, Hani. No pueden quitarme a mi bebé.

Hani dijo dulcemente:

—Pero, Frieda, si no la avisamos podría nacer muerto.

Sus palabras me impactaron.

No se entiende cómo un bebé tan indefenso es capaz de aferrarse a la vida con tanto empeño cuando le sumergen en el agua. Gorjea y gorgotea hasta que se ahoga, y todos los que lo oyen se quedan desgarrados, marcados por una profunda herida que jamás habrá de cicatrizar.

La cogí del brazo, aparté la vista.

—Me moriré antes que permitir que eso suceda, espera y verás —dije, acercándola más a mí—. No... va... a... pasar.

Entre palabra y palabra, una contracción salvaje.

—Me plantaré delante de ti y de tu niño —dijo.

Le solté el brazo: una embestida canalizó todos mis pensamientos hacia el bebé, el bebé vivo que se movía en mi pelvis, tan cerca ya de este mundo.

Si sobrevivía, sería unos días o, como mucho, semanas; después, moriría por desnutrición o por enfermedad. Madres acunando a bebés esqueléticos y sin energías para mamar del pecho vacío. El hambre no daba tregua, y menos aún el desconsuelo de un corazón vacío. Fila tras fila de bebés moribundos. Bloque 22. Las atrocidades; la inocencia; la angustia. Por favor, no, pensé.

—Suplícale al doctor que se lo lleve y lo críe. De este modo vivirá... ¡Por favor, hermana, déjame ir a la enfermería a pedir ayuda! Si no, morirá.

Las lágrimas de Hani eran tan copiosas que me rozaban al caer, y me eché a llorar con ella. La misma pregunta, una y otra vez: ¿qué vamos a hacer?

De repente me vino una contracción descomunal, distinta de las otras. Tan fuerte que grité, no de dolor sino de la sorpresa. Se fue haciendo más intensa hasta que remitió y me sobrevino una sensación de pesadez: mi bebé estaba saliendo. Los altavoces tronaron, enmascarando mis ruidos, resonando por todo el bloque.

La caza había comenzado. Distinguía vagamente los números que iban llamando, el redoble de la muerte.

Cada número, un final. Los altavoces se despertaron, las ratas desertaban. De repente, todo el mundo pasó del sueño de los casi muertos al aullido de los vivos.

El ritmo de los números, sofocado por gritos, alaridos y movimiento. Hani chilló.

371

—¡Frieda!

Me agarró la muñeca. Mi número, 72829, negro sobre blanco. Volvió a chillar y se levantó para sumarse a lo que a estas alturas era ya un pánico generalizado en todo el bloque. Seguían recitando números. Gritos de guardias, alaridos de mujeres: los unos, las otras, los unos, las otras, como un subibaja.

Parecía que todo estaba sucediendo lejos, muy lejos. Yo sabía que mi bebé estaba en camino, que no faltaba nada.

—Te han llamado —dijo Hani, pegando su nariz a la mía.

Solté un rugido con todo mi cuerpo, que, empeñado en que mi bebé ingresara en aquel caos, no paraba de empujar.

Varias mujeres de nuestro bloque formaron un grupito. Rostros familiares. Los altavoces dejaron de escupir números, los gritos parecían lejanos.

Me puse la mano justo debajo de la barriga; vello, suave y rizado, y mi abertura. El hermoso lugar sagrado que había aceptado el amor de un hombre bueno.

Me invadió otra oleada de dolor y sentí su coronilla, el pelo mojado y caliente. Mi bebé.

Hani era la desesperación personificada. Daba vueltas sobre sí misma, llevándose las manos a la cabeza.

—Matka —dijo alejándose de la litera. Nada más irse Hani, las otras se acercaron. Desposeídas de todos los aspectos de la feminidad, nos unía la conciencia de ser mujeres. Manos frías, piel con piel, un cachito de pan compartido. Las palabras, preciosas palabras pronunciadas en el idioma del amor, me protegían del horror de la caza.

La emoción silenciosa de ver la llegada de un cuerpecito. La serena paz de Matka me envolvió. Dio instrucciones y se arrodilló a mi lado. Tenía las manos calientes. Mi bebé iba a nacer en esas manos.

—¿Me dejas que mire? —preguntó.

Asentí con la cabeza a la vez que me venía otra contracción, toqué pelo y aparté la mano para que lo viera Matka.

—Tiene mucho pelo, es morenito —dijo. Sus palabras fueron un bálsamo. Como su padre.

Un fuego intenso. Otra contracción, muy rápida, y el bebé se deslizó hacia las manos expectantes de Matka. Sacó el bultito mojado, caliente, pegajoso y sorprendentemente pesado y me lo puso sobre el pecho.

—Es niña —dijo, tapándonos con otra camisa más; la cabecita asomaba por debajo. La tela y la mano cálida de Matka también la rodeaban. Alivio. Era preciosa. Diminuta, pero perfecta. Me invadieron unas ganas irresistibles de lamerla, olía a vida, a lo más profundo de mi ser, a calor y a sangre. Se retorcía sobre mi pecho, bamboleaba la cabeza para abrir los ojos y mirarme.

Matka sacó unas tijeras. Detuve las hojas plateadas con la mano. No. Éramos una, no quería apresurarme a separarnos. Notaba el cordón grueso y caliente latiendo sobre mi estómago; parte del corazón de mi niña latía con los latidos del mío.

Que nos separasen significaba la muerte. Estaba segura. Hani volvió y la miré. Tiré de ella para que sentase a mi lado sobre un colchón empapado de vida, del agua que había alimentado y protegido a mi niña.

—Mira.

Levanté la parte superior de la camisa y la pequeña abrió los ojos, sacó la rosada lengüecita por los labios rojos y volvió a dejar caer la cabeza sobre la hinchazón de mi pecho. Las dos la mirábamos, absortas. Frotó la naricilla contra mi pecho y se metió el pezón en la boca, poniendo la mano sobre mi corazón.

Aquello, allí mismo y en aquel instante, era la plenitud.

El amor.

Los altavoces seguían chillando números cuando entró una Blockova de otro bloque, porra en ristre, y sacó a una mujer que estaba escondida bajo el colchón de la litera superior. El golpe reverberó por todo el bloque y se reanudaron los alaridos de terror. El círculo protector de mujeres se dispersó y vi cómo la Blockova asestaba un golpe tras otro a la mujer. Habría podido someterla fácilmente, pero continuó. Una menos para las duchas, derechita a la montonera. ¡Tan despreciable la vida humana! Se la llevaron arrastrándola de los pies y a su paso iba dejando un denso reguero rojo, la única prueba de su existencia.

Y al verlo, supe lo que tenía que hacer.

Me levanté y noté en el estómago el tirón del cordón umbilical, una rara sensación. Hani cogió aire, sonó como si pasara una bala zumbando. Matka nos dio su bendición, de nuevo empezaron a acercarse mujeres, a tocarnos, a sostenernos, a guiarnos. Mi cuerpo, exhausto y tembloroso. Tropecé, pero no me caí. Cogieron a Hani, abrazándola con manos huesudas.

Besé la coronilla de Hani por última vez, inhalando el aroma de la amistad. La miré a los ojos, tan llenos de ternura. Sentí su dolor. Mi bebé y yo no nos separaríamos en la muerte, moriríamos como una sola. Pasaría la eternidad conmigo, en mis brazos, abrazada y amada.

Despacio, dejé atrás a Hani y a Matka y metí los pies en un par de zuecos. Llevaba las piernas desnudas y la camisa me llegaba hasta los muslos, tapándonos a las dos. Fui siguiendo el reguero de sangre.

—Frieda —dijo Hani. Todo su amor por mí, en una sola palabra. Sonreí, y al darme la vuelta arrancó a cantar. Y después, todas las demás. Un coro de voces se sumó a la suya, las palabras perdidas en un mar de idiomas; una nana que nos acompañó en nuestro paseo hacia la muerte.

Las lágrimas surcan las mejillas de Miriam, le caen por la nariz, por la barbilla. Sofoca un sollozo mientras lee la última página.

No llegué muy lejos. Hani salió corriendo detrás de mí, me adelantó y siguió corriendo. La Blockova, con la porra y un portapapeles en la mano, le dio alcance y, descollando sobre ella, le subió la manga, hizo una marca en el papel y le ordenó que siguiera.

Hacia las duchas.

En mi lugar.

Apresuré el paso cuanto pude, pero tropecé y caí sobre las desnudas rodillas en el hielo, a los pies de la Blockova.

Y entonces sucedió algo muy extraño. Sentí otra contracción; lo primero que pensé fue que iba a tener gemelos. La niña estaba fuera de la vista de la Blockova, pero era imposible parir otro bebé sin que se diera cuenta. Matka me había seguido a cierta distancia. Me subió rápidamente el vestido y cortó el cordón mientras la Blockova estaba de espaldas. Cuando se volvió y vio la sangre que me caía por las piernas y el charco de placenta a mis pies, gritó: «¡Enfermería!».

Matka cogió la placenta y la envolvió con unos papeles. Unas mujeres me sujetaron, me levantaron; mi niña no hacía ningún ruido, apoyó la cabeza en mi pecho.

—Mi amiga —le dije a la Blockova, y al decirlo comprendí que Hani había sido mi única amiga en el mundo. Ya no la veía entre el amasijo de rayas grises. La busqué con la mirada. Me quedé delante de la Blockova, esperando. Entonces Hani se volvió y la vi por última vez.

Comprendí por qué Bunny guardaba silencio.

39

MIRIAM

Dirige sus pasos hacia la comisaría. Tiene los ojos cansados, el corazón lleno. Llega a las nueve de la mañana y las puertas siguen cerradas. Espera, da patadas al suelo y se sopla en las manos, pensando en las cartas, en Hani y en Frieda.

Un agente llega y abre las puertas desde dentro; sale aire caliente y Miriam siente un vivificante hormigueo en los dedos, las mejillas y los pies.

—He venido a hablar sobre Eva, Eva Bertrandt, creo que se apellida.

El agente le dice que tome asiento en una silla de plástico de la sala de espera y otro agente sale de detrás de su escritorio.

—¿Sigue aquí?

—Sí, pasó aquí la noche.

—¿Está detenida?

—Que yo sepa, no. Yo acabo de llegar, deme unos minutos para que me ponga al corriente. ¿Café?

—No, gracias.

Se queda mirando el movimiento de las manecillas del reloj y se imagina a Eva acurrucada en un catre en una celda pequeña y gris, muerta de frío y terriblemente sola. Atrapada detrás de otro muro más. Se estremece de frío y pavor, después nota que le sube calor por los dedos y, quitándose el abrigo, se pone a esperar.

—¿Así que es usted amiga de *Frau* Bertrandt?

—Sí.

—¿Me acompaña, por favor?

Lleva un bloc en la mano y lo abre sin dejar de leer mientras camina.

Miriam se levanta, le sigue e, incapaz de contenerse, dice:

—Ayer fui interrogada, y cuando me iba Eva confesó que había hecho algo que no debería haber hecho. Creo que lo hizo para salvarme, pero la verdad es que no me hacía falta ser salvada. No hicimos nada malo, ni ella ni yo.

—Entiendo —dice él indicando la silla que hay en un cuarto parecido al de la víspera, solo que en este la mesa es de plástico blanco y brillante—. Por lo que veo aquí —dice leyendo las notas—, a su amiga la interrogaron y pasó la noche retenida en estas dependencias. A su debido tiempo quizá tenga que hacer declaración, y tendrá que estar disponible para hablar con la policía en calidad de testigo de un delito. El delito es contra usted, si no me equivoco.

—¿No es contra Axel?

—Al parecer, *Herr* Voight es incapaz de recordar lo que le pasó.

—¿Por qué?

—Creo que su exposición de los hechos, así como las lesiones que le causó a usted, impidió que su relato tuviera el impacto que esperaba —dice el agente con desdén—. También recibimos una carta que ha sido de ayuda, es de una tal… —consulta su archivo— enfermera Hensher, que afirma que su marido ha manifestado tendencias agresivas y que su preocupación por la salud mental de usted ya no era relevante, teniendo en cuenta que usted le ha dejado.

—¿Y cómo sabía Hilda todo esto?

—La carta llegó con *Frau* Bertrandt —dice el agente—. Creo que hay esperanzas de que todo esto, a pesar de su gravedad, se clasifique como incidente doméstico y no haga falta tomar más medidas. Le aconsejaría, y también se lo diré a su marido cuando le vea, que se mantengan alejados el uno del otro.

377

—Gracias.

Eva sale a la recepción arrugada y empequeñecida. Es como si se le hubiese contraído el rostro y parece muy vieja. A la luz de los focos fluorescentes, el rubísimo pelo parece cano.

—¿Has venido por mí?

En lugar de responder, Miriam suelta el bolso y el abrigo en la silla y le da un inmenso abrazo.

—También tú viniste por mí —dice al fin, dándole un beso en la gélida mejilla.

Y las dos mujeres rompen a llorar. El agente deja una caja de pañuelitos de papel sobre el mostrador. Se enjugan los ojos, sonriéndose tímidamente.

—¿Me dejas que te acompañe a casa?

Miriam telefonea a un taxi. Cuando llega, se suben a un coche recalentado que huele a cuero y humo.

Eva se frota las manos para que entren en calor.

—¿Te vas a enfadar mucho conmigo si te cuento una cosa? —susurra.

—¿De qué se trata?

—En la comisaría vi algo, estaba en una carpeta…, puede que lo haya robado… —confiesa Eva en voz baja, pegándose más a Miriam con el bamboleo del coche. Se saca un pequeño fajo de papeles de debajo de la manga—. No podía permitir que se quedasen allí.

Se lo pasa.

—¡Son los papeles del divorcio! —exclama Miriam, tan alto que termina con un chillido, y tose.

—Shhh —dice Eva pasando las hojas—. Mira.

Señala la enorme firma de Axel, que domina la página.

Miriam mira el papel y de nuevo a Eva.

—¿Tú crees que…? —empieza a decir, pero cambia de idea y se dirige al taxista.

—Disculpe. —Traga saliva y dice un poco más alto—: ¿Podríamos hacer una segunda parada, por favor?

Le dice la dirección y el taxi dobla por una calle estrecha, maniobrando entre los coches aparcados antes de poner rumbo a Neufertstrasse.

Miriam mira la fachada y llama al timbre del piso de arriba. Eva espera en el taxi; el taxímetro sigue corriendo.

—Está cerrado —dice David Abbott, frotándose los ojos; lleva un grueso jersey de lana—. Vaya, *Frau* Voight, ¿pasa algo?

—Disculpe que le moleste, pero tengo esto —le entrega los papeles— y no quería echarlos al correo.

—¿Su marido ha firmado? —pregunta David Abbott abriendo la carpeta.

—Ha firmado.

De nuevo en el taxi, Miriam sonríe.

—Gracias —dice, aunque la palabra se queda muy corta.

—Estoy muerta de hambre —dice Eva—. ¿Lo celebramos con un desayuno?

Miriam asiente con la cabeza. Le cuesta asimilar que Axel ha firmado los papeles del divorcio.

—¿Me puedo pasar antes por casa, para arreglarme un poco? Tengo una cosa para ti, pero me la he dejado allí —dice Eva.

Eva indica al taxista cómo llegar a su piso. Miriam espera con la ventanilla bajada mientras Eva desaparece detrás de la puerta roja de un edificio similar al suyo. ¡Cuántas cosas han cambiado en tan poco tiempo! Pocas semanas antes, el Muro todavía estaba en pie, no conocía a Eva y su padre estaba bien. Sin embargo, por nada rebobinaría el tiempo. Entiende mejor a su padre, tiene una amiga, incluso Hilda la apoyó al final, y se le ha abierto una oportunidad de ser libre que no pasa por la muerte.

—¿Por qué te llevaste las cartas y el vestido? —pregunta cuando Eva vuelve al taxi, con otra ropa y oliendo a dentífrico.

—Tenía miedo.

—¿De la policía?

—Bueno, sí, pero no solo eso. Las últimas cartas… No quería que las leyeras sola. Pensé que lo mismo te despertabas, las veías y te ponías a leer. Creo que quería protegerte.

—¿Por qué?

—Hay una carta más… He traducido todas y tengo la sensación de que mientras lo hacía he llegado a conocerte a ti también, y… —Eva se interrumpe cuando el taxi se detiene ante un semáforo, y calla hasta que arranca de nuevo—. Volví al día siguiente para devolverte las cartas, pero no estabas. Cuando el hombre aquel dijo que te habían detenido, me fui derecha a la comisaría a ver qué podía hacer para ayudar.

—¿Fue Lionel quien te dijo que me habían detenido?

—Sí, y supe que había sido culpa mía. Fui a ver a los médicos. Me había encontrado con Hilda cuando vino el cerrajero, así que me conocía un poquito, y le pedí que escribiera una carta que demostrase que estabas bien, esperando que con eso bastase. Después volví a dejar todo en tu piso y me fui a la comisaría.

—No sigas: me salvaste la vida, me has ayudado. Eres mi amiga. Eso significa mucho para mí.

—Gracias. También para mí.

Eva permanece un rato callada mientras el taxi se abre camino entre el tráfico. Los jardines del Palacio de Charlottenburg y el río Spree están en silencio; desde la ventanilla, las vistas son grises. Y la perspectiva de una vida diferente le parece increíble.

Pagan al taxista y echan a andar lentamente por las bulliciosas calles. Cruzan en Neufertstrasse y continúan caminando unos metros. En la esquina que forman una tienda de reparación de bicicletas y un viejo restaurante italiano hay un gran edificio verde. Solo tiene una ventanita en la fachada.

—¿Aquí? —pregunta Miriam deteniéndose.

—Sí, ¿qué pasa?

—Solía venir aquí con mi madre.

Eva le sostiene la puerta y el olor a masa horneada hace que le suenen las tripas.

La cafetería está tranquila. Hay una pareja mayor bebiendo té en unas tacitas de porcelana con primorosos dibujos. La pared está llena de fotografías de París, y debajo, a un lado, hay una fila de mesas y sillas. El calor y la humedad han empañado el espejo de la pared del fondo, debajo del cual hay un mostrador lleno de pasteles y sándwiches.

—¿Qué te apetece? —pregunta Eva señalando el surtido de repostería y a la camarera que, libreta en mano, espera para atenderlas.

Miriam, limpiándose la mano con una servilleta, echa un vistazo y elige una discreta *Lebkuchen*; huele a Navidad, a jengibre, a calidez.

Eva elige un pastel mucho más grande cubierto de azúcar glas. Cogen los platos y los cafés y se sientan junto a la ventana.

Miriam se concentra en su plato, intentando no mirar en derredor, pero consciente de que está sentada junto a la ventana. Consciente de que puede ver la calle.

—¿Qué pasa? —pregunta Eva.

—Nada.

Eva da un sorbo al café.

—Por la libertad.

—¡Cuántas veces habré venido aquí con mi madre…! —dice Miriam pasando por alto el brindis de Eva y dando un traguito a su café; el sabor amargo se le seca en la lengua.

Eva da un mordisco al pastel.

—De hecho, vinimos aquí a comer la última vez que la vi, aunque no comimos nada…

Había amanecido un día espléndido. Su madre llevaba un vestido negro con un ribete gris; estaba preciosa, el blanco cabello recogido, como siempre, en un moño alto. Las dos habían estado jugueteando con la comida, pensando en lo mismo.

381

—¿Por qué no ha venido papá?

—Ya sabes por qué. Te hemos echado muchísimo de menos. Vives en la misma calle y casi ni te vemos. No quiere que te vayas todavía más lejos.

—¿No me vas a pedir que me quede?

—No puedo. —Suspiró hondo—. Axel es tu marido, tienes que irte con él, y a fin de cuentas solo estás a un par de horas de distancia en autobús.

El silencio se estiró y Miriam, la mirada clavada en las manchas de vejez acumuladas en el dorso de la mano de su madre, intentó no pensar en que la echaba de menos, pero era incapaz de pensar en ninguna otra cosa.

—Te echo de menos —dijo, las lágrimas amenazando con salir.

—Yo también te voy a echar de menos, Miriam. ¿Qué voy a hacer yo sin ti?

Se llevó la servilleta a la cara y se enjugó el rabillo de los ojos.

—Por favor, mamá, no llores. Hace años que no vivo contigo; además, tienes a papá —se rio—. No quiero irme.

Su madre respiró profundamente. Apartó el plato y cogió las manos de Miriam.

—Para que un matrimonio funcione, a veces tenemos que soportar ciertas cosas. Al final, todo saldrá bien. Estarás con Axel, él te quiere. Empezaréis de nuevo en Wolfsburg… Dicen que es precioso, y, después de haber perdido al bebé, el aire fresco es justo lo que necesitas para volver a encontrar un poco de felicidad.

Miriam le dio un beso en la mejilla.

—Te quiero.

—Venga, vamos a pedir un postre, ¿vale? Y a celebrar los nuevos comienzos.

Miriam se había quedado mirando a la calle mientras su madre se iba a pedir un pastel. El coche rojo de Axel estaba aparcado en la acera de enfrente. Con él dentro. Había bajado la ventanilla para que Miriam pudiera verle.

Al volver, su madre dijo:

—He pedido tarta de chocolate y helado, nos lo traen en unos minutos.

—No me puedo quedar.

—¿Por qué? —preguntó su madre, sentándose y alisándose la servilleta sobre el borde de la falda.

—Axel está esperando ahí fuera.

—Pero si dijo que se pasaría por casa más tarde a recogerte, para que pudieras ver a tu padre también…

—Mira.

Miriam señaló hacia la ventana. Al volverse su madre, Axel, los ojos tapados por las gafas de sol, se bajó del coche y apoyó los brazos en el techo.

—Lo siento.

A su madre se le puso la cara larga; encorvada, con la servilleta torcida sobre el regazo, parecía desinflada.

Miriam se agachó para besarla, pero al ver que su madre no alzaba la cara, le dio un beso en la suave cabellera.

—Te quiero.

—Id con cuidado —dijo su madre tragando saliva—. ¿Me llamarás?

—En cuanto nos instalemos. Te lo prometo —dijo Miriam, y cogiendo su bolso, se dirigió hacia la puerta.

—Yo también te quiero, cuídate, cielo.

Miriam había cruzado la calle con los ojos llenos de lágrimas.

Fue la última vez que vio a su madre. Había estado viviendo cinco años en Wolfsburg, a solo dos horas de viaje, y solo había vuelto una vez.

Para su funeral.

Miriam suelta la *Lebkuchen* en el plato.

—Perdona, Eva, ¿qué decías?

Se frota los ojos con el dorso de la mano.

—¿Estás bien?

—Aunque Frieda amó a mi padre y mi padre también debió de amarla, no cambia nada. Yo quería mucho a mi madre, mucho, y me duele que ya no esté aquí.

Eva deja el café y se termina el último trozo del pastel antes de coger el bolso. Sin decir palabra, desliza un papel por encima de la mesa. La carta ocupa un folio y, como todas las demás, lleva incorporada la traducción de Eva.

Miriam respira hondo.

—¿La última?

—Sí.

Coge el papel y lee.

Henryk:

Hani se sacrificó para que yo pudiera vivir. ¡Qué valiente fue! Murió cuando debería haber muerto yo. Matka me ayudó.

Y de repente, un buen día, los guardias se marcharon, llevándose consigo a todas las presas que podían andar y toda la comida, y a las demás nos dejaron encerradas. Yo no podía moverme. No podía comer. Me quedé.

Al día siguiente, el campo fue liberado.

Nos rescataron. Los soldados hablaban inglés y yo guardaba silencio. Acabé en el hospital y mi bebé salió adelante. ¡Fue un milagro!

Emilie ha venido a verme al hospital. Estoy muy enferma, pero la niña está bien y se ocupan de ella en la guardería. Vi a Emilie en la entrada de mi habitación. Me dio la impresión de que vacilaba; supongo que no me parecía en nada a la Frieda que conocía.

La enfermera que había abierto la puerta confirmó que había contraído el tifus.

—Solo le quedan unos días de vida —le avisó la enfermera antes de salir.

¡Qué raro se me hace que, después de tanto tiempo luchando, se hable de mi vida en términos de unos pocos días!

384

Me estoy muriendo, Henryk. Te escribo esto mientras Emilie, desde la pared del fondo, vela por mí. Con nuestra hija en brazos.

Me llega el olor a azahar y a leche para bebés, tan dulce, y veo felicidad. Pura dicha. Me estoy muriendo, pero dejo atrás algo bueno. Tienes todas mis cartas, tienes a nuestra hija y tienes mi amor.

Por favor, no me olvides.

Lo único que tengo ahora son imágenes robadas y la promesa de Emilie de que cuidará de la niña, y también de ti.

Emilie viene a menudo sin la niña y me coge la mano. Llora. Y yo lo único que sé es que quiero que estés conmigo antes de que me muera.

Solo pido verte.

Solo para poder decirte adiós…

40

MIRIAM

El aire que rodea a Miriam vibra en sus oídos como si estuviese sumergida en el agua. Tiene los pies entumecidos, pegados al suelo.

—No entiendo —dice.

—Dale la vuelta.

Frieda murió el 14 de febrero de 1945 a las 4 de la mañana. Su hija la ha sobrevivido.

—¡Pero si es la letra de mi madre! —Miriam vuelve a mirar—. ¿Mi madre lo sabía? —De repente se siente confusa, desorientada—. ¿Qué significa esto?

—Creo... —dice Eva tendiéndole la mano por encima de la mesa— creo que esto significa que tú eras aquel bebé...

Miriam guarda silencio.

A su alrededor cada vez hay más ruido, pero mira el rostro limpio y fuerte de Eva y, cogiéndole la suave y cálida mano, mira la carta.

—¿Qué? —Se levanta de golpe, pero se le sube la sangre a la cabeza y tiene la sensación de que la habitación da vueltas—. Quiero decir..., ¡no!

Se sienta a esperar a que algo tenga sentido.

—¡Eso no podemos saberlo! —continúa—. No sabemos si la niña siguió viva, ni si mi madre llegó a quedarse con ella. —Miriam mira a Eva—. ¿No hay nada más?

—No. Cogí el vestido para comprobar si había algo más. Cualquier cosa que pudiera ayudarte.

—¿Y...?

Eva niega con la cabeza.

—No me quites a mi madre. Quiero decir..., todo esto, las cartas..., ya la perdí una vez, Eva. ¡Por favor, para! —dice Miriam, deseando con todas sus fuerzas que su madre viviera para poner punto final a todo esto. Sabe que Eva no tiene la culpa, pero es ella la que lo ha traducido todo.

—No era necesario que me dieras esta carta. Me habría quedado tan a gusto sin saber esto —dice al fin Miriam—. ¿Por qué me la has dado?

—Mereces conocer la verdad. No he querido ocultarte nada. A mi modo de ver, tus padres te protegieron mucho y, aunque esto no es malo, quizá seas más fuerte de lo que te crees —dice Eva con tacto.

—¿Por qué no me lo contaron?

—No lo sé. Pero piénsalo, Miriam; suponiendo que sea cierto, que eres hija de Frieda...

—«Suponiendo»... Es demasiado suponer, porque aunque lo fuera, mi madre es Emilie, mamá.

—Y lo será siempre. Pero piensa en la fuerza que tuviste para sobrevivir desde el primer momento. Si aquel bebé eras tú, y si esta es también tu historia... —Eva no termina la frase—. En fin, pensé que deberías saberlo.

Cuanto más vueltas le da Miriam, más va entendiendo. Su padre está llamando a Frieda. Quizá... Quizá no sea que la esté buscando, como pensaba hasta ahora, sino que intenta decirle que fue Frieda quien la dio a luz. ¿Y no será...? Se le agolpan los pensamientos. ¿No será que su padre la confunde con Frieda? Hace tanto que se fue... ¿Se parecían Frieda y ella?

—Jamás sabré nada con certeza, ¿verdad?

—Cuánto lo siento, Miriam. Si es así, has sobrevivido a muchas cosas y has sido muy querida.

Miriam mueve la cabeza.

—Nunca hay una verdad, ¿no crees? La única persona que podría saber qué pasó está muerta. Mamá era mi mejor amiga. Y no… —agita la carta— no va a dejar de serlo solo por esto. No pienso permitirlo.

—Nada te va a quitar los recuerdos. Tu madre te quiso muchísimo, estoy segura.

—¿Y Frieda?

Eva se levanta, rodea la mesa y tira de ella para que se ponga de pie. Mientras se funden en un abrazo, Miriam suelta un sollozo que suena como un lamento. Al separarse, ve que en los ojos de Eva se refleja el sufrimiento de su propio rostro. El resto de los clientes las está mirando.

—Tengo que irme —dice Miriam.

Eva paga la cuenta y salen a la calle.

Miriam se para en seco y vuelve a sacar la última carta; el dolor que encierra se abre paso por su piel y se esparce por su interior, como si fuera el suyo propio. Al final, ¿iría su padre a ver a Frieda?

¿Moriría sola, sin él?

Cuando se siente más tranquila, se acerca a Eva, que la espera un poco rezagada, y le coge la mano. Y juntas siguen caminando calle abajo.

Eva guarda silencio, dando tiempo a Miriam para que se serene. Todavía se ven adornos navideños colgados como joyas de los árboles y las farolas.

A medida que avanzan, la calle se va abarrotando de cuerpos. De aquí y de allá les llegan retazos de conversaciones mientras cruzan el parque Ruhwald en dirección a la residencia. Miriam tiene la sensación de que la cabeza le va a estallar, son tantos los pensamientos que se agolpan: las cartas, las vidas perdidas…

La cháchara amaina cuando una voz clara como la de un pájaro sube volando al cielo. La gente alza la vista, como si oyera la voz de un ángel.

Eva apoya la mano en el pliegue del codo de Miriam. Nadie habla. La canción se apodera del tiempo, reteniéndolo para todos los que escuchan, y a Miriam se le despeja la cabeza. No hay acompañamiento, tan solo una voz cantándole al cielo. Una voz que invita a viajar a Miriam por el espacio y por el tiempo.

Recuerda aquella vez que su padre volvió tarde a casa del trabajo, el día que daban las vacaciones de Navidad.

—¡Lo siento! ¿Lo habéis hecho ya todo sin mí? —dijo nada más entrar.

—Casi —dijo Miriam. Su padre las besó; su madre estaba decorando la parte alta del árbol y Miriam estaba jugueteando con la cinta de un regalito para Axel que acababa de envolver. Su padre se quitó la corbata y soltó el maletín en la mesa.

—¿Ya ha llegado?

—Aún no —dijo su madre con voz excitada.

—¿Cómo es?

—¡Guapísimo! —proclamó Miriam, muerta de risa—. Te va a encantar, mamá.

El creciente burbujeo que sentía por dentro la impedía dejar de sonreír.

—¿Queda algo que pueda hacer yo? —preguntó su padre.

—La estrella, como siempre —contestó su madre.

El árbol, cubierto de plata y oro, era precioso. Por la radio sonaban serenos villancicos. Miriam le pasó la estrella a su padre, que la colocó en la punta.

—Venga, la cuenta atrás —dijo él, y Miriam apagó la luz del techo, sumiéndolos a los tres en la oscuridad.

—Tres..., dos..., ¡uno! —dijeron al unísono, y su madre encendió las luces del árbol iluminando toda la habitación.

La estrella resplandecía en lo alto. Miriam observó cómo su padre tiraba del cordón del delantal de su madre y se lo sacaba por la cabeza. Lo dejó sobre el respaldo de la silla y la cogió de la mano, tan pequeña en comparación con la de él. Su madre dio unos pasitos de puntillas y él la estrechó entre sus brazos y se puso a bailar con ella por todo el salón.

—Cuidado con los adornos —dijo su madre mirándole a los ojos con una sonrisa.

Recorrieron varias veces el cuarto bajo la atenta mirada de Miriam. ¡Qué elegancia! Su madre, con la falda hinchada, parecía un hada a punto de posarse en un árbol. Las mejillas arreboladas, el cabello despeinado. ¡Ojalá algún día, pronto, también ella sintiera lo mismo que su madre, pero en brazos de Axel!

—Feliz Navidad, Emilie —dijo su padre, besándola en la boca y devorándola con una mirada que hizo que su madre se ruborizara.

—Feliz Navidad —dijo ella, parándose para atusarse el pelo mientras su padre tiraba de ella hacia sí.

—Feliz Navidad, cielo —dijo su padre besando a Miriam en la mejilla.

Y el corazón de Miriam rebosaba alegría, una alegría multiplicada por la inminencia de la Navidad.

El aplauso de la multitud se hace esperar, pero una vez que estalla viene acompañado de silbidos y vítores que devuelven a Miriam al presente.

La orquesta arranca y los cuerpos empiezan a rebullir con los primeros acordes. Miriam echa un vistazo en derredor y ve a un niño bebiendo un sorbito de agua. Está rodeado de adultos, y es su voz la que ha conseguido entusiasmarlos a todos.

Miriam coge a Eva del brazo mientras la muchedumbre se dispersa.

—¿Estás bien? —pregunta.

—He sido muy afortunada. Pero ahora no sé si mi padre lo sabía, y merece saber lo que pasó. Aunque sea al final de su vida. Se lo prometí.

Se aleja unos pasos y vuelve con Eva.

En su cabeza resuena la voz de su madre: «La gente merece fallecer en paz, ligera de equipaje», había dicho. Miriam suelta un suspiro que riela en el aire gélido. Pues claro que es capaz de hacer esto por su padre.

En la entrada de la residencia, se detiene y mira al cielo. La luna sigue en lo alto, rodeada de lo que parecen brillantes estrellas. Al principio parece como si las estrellas se estuvieran cayendo, pero son copos: ha empezado a nevar.

Miriam extiende el brazo y los atrapa con la palma de la mano. Alza la vista y admira la belleza de algo que tan fácilmente puede borrarse.

—Las cenizas suben negras, pero siempre caen blancas. Papá decía que, cuando nieva, las cenizas de las personas que se nos han ido caían con cada copo para alimentar la tierra y posarse sobre sus seres queridos. Besos de nieve, el roce de un copo. Cuando era pequeña nunca lo entendí del todo, simplemente me daba la risa tonta mientras los besos de nieve se convertían en besos de mamá y papá. Pasara lo que pasara, me querían.

—No tengo la menor duda. Te espero aquí por si me necesitas, ¿de acuerdo? —dice Eva, pero Miriam está contemplando cómo se derriten los copos de nieve en su mano. Oye la voz de su padre, siente su mano enguantada sobre la suya, ve el vaho de su aliento mezclado con la nieve inmaculada.

—Si se disuelven todos los copos, una parte de cada persona se traslada a tu interior. Y te da un regalo, algo que tuvo —había dicho su padre.

Miriam piensa en las conejillas, en Hani, en Frieda, en su madre y en todas las que murieron y cayeron en el olvido. La nieve cae cada vez más densa y se pregunta si las que murieron no tendrán, quizá, muchos regalos que ofrecer.

Eva abre suavemente la puerta y la coge del brazo. Se acerca al árbol de Navidad y se queda esperándola mientras Sue viene por el pasillo.

—Su padre está muy espabilado hoy —dice Sue cogiéndole las manos después de saludarla—. Pero el pecho le ha empeorado. Creo… —le hace una seña para que entre en la habitación—, creo que ha llegado el momento —dice con tono solemne.

Hay un vago olor a especias flotando en el ambiente, a Navidades recién celebradas. Sue entra, se inclina sobre la cama y coge la mano de su padre.

—*Herr* Winter…, Henryk, ha venido Miriam a verle —dice animándola a acercarse con un gesto de la cabeza.

Sue se yergue.

—Los dejo solos. Hay galletas de Navidad, si le apetecen —dice acariciándole el brazo al pasar.

Miriam sabe que debería empezar a hablar. Que debería explicarle a su padre lo que cuentan las cartas. Que debería decirle que Frieda ha muerto. Que debería preguntarle si él sabía que quizá, solo quizá, ella es hija de Frieda. De Frieda y de él.

En cambio, se acerca a la cama y se inclina a besarle suavemente en la frente.

Se acuerda del poema y de la nota que garabateó Frieda en el despacho hace…, hace ya una eternidad. Sabe que puede darle paz a su padre.

Se merece un final feliz.

HENRYK

Es ella. Frieda.

No puedo abrir los ojos, pero sé que es ella.

¡Al cabo de tantos años…!

Me da un beso en la frente, y siento los besos del pasado; su aliento cálido y electrizante, tan en bruto y tan luminoso que siento que doy vueltas y que mi único centro son sus labios, sus caricias. Hace ya tanto tiempo…

Me envuelve una bruma, floto, dejo atrás un cuerpo, una vida.

—Henryk.

Noto que traga saliva, que los labios se le adelgazan y vuelven a hincharse al contacto con mi piel. Se acerca a mi oreja, se me pone la carne de gallina con el roce de su aliento.

—Cuando cae la oscuridad, yo soy tu luz.

Y sí, lo es. Mi luz y mi oscuridad. Vive.

—Te amo —continúa la voz entre lágrimas—. Todo está bien.

Frieda está sentada en el banco, bajo los pinos, su rubio cabello jugando en la brisa. Se acurruca contra mi cuerpo. Me coge la mano, suavemente pero con firmeza. Huele a nieve recién caída, a rosas, a estrellas.

Y aprieto con fuerza; su mano en la mía. Trago saliva y respiro hondo. La voz que se escapa de mis labios secos no es la mía, pero digo:

—Frieda.

Diciembre de 1990

La nieve caía copiosamente, aterrizando en el parabrisas con un rui-do sordo mientras el viejo Trabant avanzaba renqueando hacia el norte. Las dos mujeres, calladas, atentas, respetuosas.

Atajando por blancos prados, entre árboles y cooperativas agrícolas abandonadas, vieron una señal que apuntaba hacia Sachsenhausen: iban en dirección correcta, rumbo a Ravensbrück.

Era increíble que estuviera tan cerca, a menos de dos horas hacia el norte desde Berlín.

Respiró hondo y cuando apareció el chapitel de la iglesia de Fürstenburg lo señaló con el dedo. Al pasar por delante de la estación de tren, movió la cabeza con pesar, y siguió moviéndola hasta que se detuvieron en la otra punta de Fürstenburg. A la izquierda de un camino forestal empedrado que desembocaba en el campo de concentración, se alzaban casas con tejados a dos aguas; a la derecha, blanco, inmenso y congelado, se extendía el lago.

Arrebujadas en abrigos y bufandas, cogidas del brazo, fueron camizando cuidadosamente hasta la entrada.

Altos muros, letreros en ruso. No podían seguir.

Las tórtolas arrullaban sobre la arboleda de tilos combados por la nie-ve. En la orilla opuesta del lago, el chapitel de la iglesia se ensartaba en el manto de nieve como un negro aguijón.

—Yacen al fondo del lago —dijo Miriam—. Todas y cada una de ellas.

La brisa les daba dentelladas en las mejillas, en los ojos. Ninguna de las dos lloró: guardaron silencio, inmóviles, hasta que los pies, las piernas y los brazos se les quedaron entumecidos de frío.

Ante ellas, una pluma pequeña, suave y blanca estuvo flotando unos segundos en el aire antes de alejarse revoloteando sobre el hielo.

AGRADECIMIENTOS

No habría podido escribir este libro sin el apoyo de mis padres, que creyeron en mí mucho antes que yo misma, y mucho antes de que diese forma a algo en lo que mereciera la pena creer.

Os lo debo todo.

Gracias a Juliet Mushens, que vio algo especial enterrado en mi manuscrito y me contrató, trabajó conmigo, me animó y me desafió. Este libro no sería ni la mitad de bueno sin tus correcciones, tu apoyo y, en última instancia, mi rotundo empeño en no defraudarte.

A Laura Deacon y a todo el personal de Lake Union, por sacar mi libro al mundo.

A Arzu Tashin por sus observaciones, que me han hecho mejor escritora.

No habría podido llevar a término este proyecto sin mi tribu: mis amigos nuevos y los de toda la vida. Gracias por escucharme; por alimentarme; por sacar tiempo para interesaros; por no preguntar «¿Qué tal va tu libro?» cuando lo estaba reescribiendo (una vez más); por las tazas de té, la comida que me traíais, la «operación zapatos» y vuestro estímulo para que no me rindiera.

Gracias a mi Gemelo Malvado, a Demo Dan, a Shawn y a mi familia Krav. A mis amigas de Faber: Fran, Mandy y Louise, y a mis nuevas amigas escritoras: Louise, Priscilla y Liz; todas ellas escritoras excepcionales por derecho propio. A mis amigas «mamaítas», sobre todo a Beth Hollington, por escucharme de verdad y apoyarme cuando otras personas me habrían dicho que lo dejara.

Por último, gracias a Jane Reece por ser una maestra extraordinaria. A Fay Weldon por ayudarme a creer en mí misma y a Clint Badlam por ver a la persona que hay detrás de la pluma.